MICHAEL HÜBNER

Sterbestunde

GOLDMANN
Lesen erleben

Buch

Ein junger Mann wird Opfer eines brutalen Autounfalls. Der Schwerverletzte wird hilflos am Straßenrand zurückgelassen, wo er qualvoll stirbt. Schon bald geht die Polizei davon aus, dass hier ein Mord vertuscht werden sollte. In unmittelbarer Nähe der Leiche findet sich ein Notizbuch mit rätselhaft codierten Aufzeichnungen. Bei der Überprüfung des Arbeitgebers des Toten – er war Altenpfleger in einem Seniorenheim – stoßen der leitende Kommissar Sven Becker und sein Kollege Dennis Bergmann auf brisante Details. Die Blutprobe einer verstorbenen Heimbewohnerin enthält rätselhafte HIV-resistente Zellen. Doch noch bevor der Heimdirektor dafür zur Rechenschaft gezogen werden kann, ist er verschwunden. Becker und Bergmann bekommen es mit skrupellosen Gegnern zu tun, denen ein Menschenleben nicht das Geringste bedeutet …

Autor

Michael Hübner, Jahrgang 1968, arbeitete als Keramiker, Logistiker und freiberuflicher Webdesigner, bevor er das Schreiben für sich entdeckte. Sein erster Thriller, »Stigma«, war ein großer Lesererfolg und wurde in zahlreichen Foren und Blogs gelobt. Hübners zweite Leidenschaft gilt der Fotografie und dem digitalen Bearbeiten von Bildern. Er lebt mit seiner Frau und drei Töchtern in der Nähe von Koblenz.

Mehr Informationen zum Autor und zu seinen Büchern unter:
www.michaelhuebner.de

Von Michael Hübner außerdem bei Goldmann lieferbar:

Stigma. Thriller (47417)

Michael Hübner

Sterbestunde

Thriller

GOLDMANN

MIX
Papier aus verantwortungsvollen Quellen
FSC® C014496

Verlagsgruppe Random House FSC-DEU-0100
Das FSC®-zertifizierte Papier *München Super* für dieses Buch
liefert Arctic Paper Mochenwangen GmbH.

1. Auflage
Originalausgabe Juni 2012

Umschlaggestaltung: UNO Werbeagentur, München
Umschlagmotiv: FinePic®, München
Redaktion: Marie-Luise Bezzenberger
mb · Herstellung: Str.
Satz: omnisatz GmbH, Berlin
Druck und Bindung: GGP Media GmbH, Pößneck
Printed in Germany
ISBN 978-3-442-47418-9

www.goldmann-verlag.de

Für meine Frau und meine Kinder,
die Lichter meines Lebens

Die Wissenschaft ist eine Fackel,
die uns das Dasein der Abgründe zeigt,
aber deren Grund nicht durchleuchten kann.

William Thomson

Zwei Jahre zuvor

Wie gelähmt starrte er auf den Leichnam, der von der Decke der alten Scheune herabhing und um den Dutzende von Fliegen kreisten. Trotz des Taschentuchs, das er sich vor Mund und Nase hielt, raubte der Gestank ihm den Atem. Starr folgte sein Blick dem Verlauf des Seils, das um den rissigen Balken geknotet war, bis hinunter zu der Schlinge und dem angeschwollenen, blau verfärbten Gesicht. Milchige Augen quollen aus ihren Höhlen und sahen vorwurfsvoll auf ihn herab, als wollten sie fragen: »Warum?«

Weil du schuldig warst, redete er sich ein, doch dieser Gedanke reichte nicht aus, um sein Gewissen zu entlasten. Sein Blick glitt bis zu den Füßen des Toten hinab, die über dem umgestürzten Melkschemel pendelten. Einer der Hunde, die frei auf dem Hof herumstreunten, hatte sich an dem rechten Fuß zu schaffen gemacht. Das Fleisch war bis auf die Knochen abgenagt. Ganz kurz war Sven Becker überzeugt, dass dies der schrecklichste Anblick in seiner ganzen Laufbahn als Polizist war. Doch dann erinnerte er sich an die toten Kinder, an ihre zerschundenen Körper, die nur notdürftig in einem Waldstück verscharrt gewesen waren, und er zwang sich, erneut in die trüben Augen zu schauen.

Du warst schuldig, wiederholte er in Gedanken, als suche er nach einer Rechtfertigung für diesen Selbstmord. Aber warum kam ihm dieser Anblick dann so falsch vor? Warum fühlte *er* sich dann so schuldig?

Es sollte zwei Jahre dauern, bis Kommissar Sven Becker darauf eine Antwort bekam. Denn exakt so lange schaffte es sein Gewissen, die Geschehnisse zu verdrängen, die in diesem Freitod ihren traurigen Höhepunkt gefunden hatten. Erst zwei Jahre später zwang ihn eine weitere Serie von Todesfällen dazu, sich erneut damit zu beschäftigen. Und diese Ereignisse, die mit dem Tod eines neunzehnjährigen Zivildienstleistenden begannen und später als gewaltiger Skandal in die Geschichte der Stadt Koblenz eingehen sollten, stürzten ihn in die schwerste Krise seines Lebens und hätten ihn beinahe das Leben gekostet.

1

D*onner!* … Nichts weiter. Nur dieser hohle, blecherne Donner, kurz bevor die Schwerkraft aussetzte und die Welt um ihn herum zu einem rasenden Karussell wurde. Ein abstruser Mischmasch aus Farben und Formen, die in seiner Wahrnehmung stetig tiefer zu einem dunklen Grauton verschmolzen. Dann der Aufschlag – hart, aber fern jeder Realität. Allmählich begann das Grau wieder Gestalt anzunehmen, sich in dunklen Umrissen zu festigen, die wie geisterhafte Schatten in der Dunkelheit vibrierten. Er spürte den warmen Asphalt unter sich, fühlte, wie das Adrenalin seinen Körper betäubte. Ein kurzer Moment zwischen Unterbewusstsein und Wahrnehmung, zwischen Dämmerung und Tageslicht, in dem er noch immer schwerelos war.

Dann setzte der Schmerz ein.

Mit dem Schmerz kam die Erinnerung zurück wie eine tonnenschwere Last. Und als ihm klar wurde, was passiert war, wünschte er sich, er wäre nie aus dieser Schwerelosigkeit erwacht.

Nur widerwillig füllte sich seine Lunge mit Luft; es kam ihm vor, als atme er durch einen Strohhalm. Am meisten Angst jedoch machten ihm seine Beine. Alles an ihnen fühlte sich verdreht an, grotesk, irgendwie – *falsch*. Wie die losen Glieder einer Marionette, die man achtlos zu Boden geworfen hatte. Eine glühende Masse wabernden Schmerzes. Unmöglich, jetzt noch davonzurennen. Doch das hatte er ohnehin schon lange genug getan.

Obwohl erst wenige Sekunden vergangen waren, konnte er sich nur vage daran erinnern, wie er die Straße mit gesunden, mit *richtigen* Beinen überquert hatte. Mit Träumen und mit einer Zukunft. Er erinnerte sich nur an den Schock und an die Unfähigkeit zu reagieren. Daran, wie sein Kopf auf die Motorhaube geschlagen war. Danach hatte sein Verstand abgeschaltet, hatte ihm vorenthalten, wie er gegen die Frontscheibe und über das Wagendach geschleudert worden war. Erst nachdem er hier, im grellen Licht einer Straßenlaterne, liegengeblieben war, schien ein Teil seines Bewusstseins entschieden zu haben, ihn wieder an der Situation teilhaben zu lassen. Und diesen bewussten Teil seines Selbst verfluchte er nun, denn er erinnerte ihn daran, wer er war: Erik Jensen, ein Verlierer vor dem Herrn, der um jeden Preis zum Gewinner werden wollte und der nun die Rechnung dafür präsentiert bekam.

Ein Blutschwall schwappte aus seinem Mund, nahm ihm die wenige Luft zum Atmen, die ihm noch blieb. Er röchelte, spie den kupferartigen Geschmack auf die Straße.

Nicht ersticken!, schrie ein panischer Gedanke in ihm, während grelle Punkte vor seinen Augen explodierten. Sein Atem war nur noch ein pfeifendes Rasseln, aber das ständige Auf und Ab seiner Brust ging weiter. Und obwohl ihm klar war, dass er das hier nicht überleben würde, beruhigte er sich wieder, denn es war nicht die Angst vor dem Sterben, die ihn in Panik versetzte. Selbst die Tatsache, dass er schon mit neunzehn Jahren sterben würde, war ihm egal. Er wollte diesen Drecksäcken nur nicht die Genugtuung gönnen, dass er an seinem eigenen Blut erstickte. Und er würde auch nicht um sein Leben betteln. Denn dieses Leben war es nicht wert, dafür zu kämpfen.

Benommen versuchte er sich zu orientieren, doch die Straßenlaterne blendete ihn. Nur undeutlich nahm er wahr, dass er quer auf der steil abfallenden Straße lag. In einiger Entfernung erkannte er die dunklen Umrisse eines Autos. Zwei Bremslichter in der Nacht, die ihn betrachteten wie glühende Augen.

Ich lebe noch, du Scheißkerl! Also leg endlich den Rückwärtsgang ein und tu, wofür sie dich bezahlen!

Sie hatten allen Grund dazu. Er wusste zu viel, war hinter ihr sorgsam gehütetes Geheimnis gekommen. Und vermutlich hatte sie das so überrascht, dass ihnen keine andere Wahl geblieben war. Sie hatten ihn unterschätzt.

Eine weitere Schmerzwoge brach über ihn herein, und er registrierte nur undeutlich, wie der Wagen aufheulend in die Dunkelheit davonraste und all seine Hoffnungen mitnahm. *Du hattest es fast geschafft*, dachte er benommen. *Nur zwei Tage. Zwei gottverdammte Tage!* Wenigstens würde er dafür sorgen, dass sie nicht ungeschoren davonkamen.

Nur mit Mühe gelang es ihm, den rechten Arm zu bewegen. Im Gegensatz zum Rest seines Körpers schien dieser den Aufprall halbwegs unbeschadet überstanden zu haben. Schwerfällig tastete sich seine Hand bis zur leeren Brusttasche seines Hemdes vor.

Es war nicht mehr da!

In panischem Schrecken zuckte sein hämmernder Kopf herum, so dass ihm schwarz vor den Augen wurde. Als er sich wieder erholt hatte, sah er es – das kleine blaue Buch, das etwa zwei Meter entfernt am Rande des Lichtkegels lag. Mit fast unmenschlicher Kraft stemmte er sich auf den Ellenbogen und zog sich ein Stück vorwärts, ignorierte den rasenden Schmerz, als seine zerschmetterten Gliedmaßen über den Straßenbelag schrammten. Es gelang ihm, einen flüchtigen Blick auf sein linkes Bein zu werfen. Ein großes Stück Knochen ragte wie ein blutiger Pfahl aus seinem Oberschenkel, und er wandte sich sofort wieder ab. Blut tropfte ihm aus Mund und Nase und bildete kleine Lachen auf dem Asphalt. Erst als seine Hand das kleine Buch zu fassen bekam, sackte er erleichtert zusammen. Sein ganzer Körper bestand nur noch aus Schmerzen. Ein dunkles Tuch legte sich über ihn, hüllte seine Wahrnehmung mehr und mehr ein, aber das war gut so. Er hatte die Dunkelheit immer gemocht, hatte sie stets als seinen einzigen Freund betrachtet. In ihrem Schutz hatte er sich nie vor anderen schämen müssen. Warum sich ihr nicht für immer anschließen?

Nur noch schwach drangen Geräusche zu ihm durch. Er hörte Schritte und Stimmen. Rollläden und Fenster, die geöffnet wurden. Jemand schrie. Das alles war nur wenige Meter entfernt, doch es drang von weit her zu ihm, aus einer Welt, die ihn sein ganzes Leben lang ignoriert hatte, weil sie nur Perfektion akzeptierte.

Seine Hände umklammerten das kleine Buch wie einen seltenen Schatz, während die Geräusche um ihn herum immer schwächer wurden, bis er nur noch leise Schritte wahrnahm, die sich ihm näherten.

Sie kommen dich holen. Fast glaubte er, in blendende Klarheit einzutauchen. *Wohin sie dich auch bringen, das Taxi ist soeben eingetroffen.*

Blut strömte aus der klaffenden Wunde an seiner Stirn und tauchte diese letzte Vision seines sterbenden Gehirns in leuchtendes Rot.

Dann spürte er nichts mehr.

Der Wagen ruckte kurz, als er abrupt an einer Kreuzung zum Stehen kam. Um ein Haar hätte er den Motor abgewürgt. Ihn ein weiteres Mal kurzzuschließen hätte unnötig Zeit gekostet. Also ermahnte er sich, Ruhe zu bewahren, während die Scheibenwischer über das gesprungene Glas schrubbten, um die Blutspritzer zu entfernen, die ihm die Sicht nahmen. Ein Stück Kopfhaut klebte an einem Wischblatt, hob und senkte sich mit ihm. Lange, dunkelbraune Haare sprossen daraus hervor. Hektisch schaute der Fahrer sich um, doch es war niemand zu sehen. Er bog auf die Hauptstraße ein, die geradewegs durch die kleine Stadt führte und sie wie ein Fluss in zwei Ufer teilte. Erst jetzt schaltete er den einen Scheinwerfer ein, der noch intakt war, und folgte dem Verlauf einer lang gezogenen Rechtskurve.

War er tot?, fragte er sich. *War der Kerl auch wirklich tot?*

Natürlich war er tot. Teile seines verdammten Schädels klebten an der Scheibe. Niemand hätte diesen Aufprall überlebt!

Aber du bist nicht sicher. Du hättest dich vergewissern müssen.

Das war doch lächerlich. Er hatte genug Erfahrung, um zu wissen, wann jemand tot war und wann nicht. Und dieser Kerl *war* tot!

Er suchte im Rückspiegel nach Verfolgern. Doch da waren nur spärlich beleuchteter Asphalt und ein Teil seines Gesichts. Eine dunkle Schirmmütze, die er tief in die Stirn gezogen hatte, verdeckte die schwarzen Haare, und der aufgeklebte Oberlippenbart ließ seine südländischen Züge wenigstens fünf Jahre älter erscheinen. Es war nur eine spärliche Tarnung, doch sie würde genügen. Den Rest würde die Dunkelheit verbergen. In einem Provinznest wie diesem war um diese Zeit ohnehin nicht mit Zeugen zu rechnen. Irgendwie bedauerte er das sogar, denn üblicherweise musste er sich mehr Mühe geben, sein Äußeres zu verändern. Er konnte sich älter oder jünger oder unsichtbar machen, wobei ihn stets eine fast kindliche Euphorie überkam, die beinahe die Lust am Töten überwog. Aber vermutlich war es die Kombination aus beidem, die diesen Rausch heraufbeschwor. Dieses freudige Prickeln, wie es Schauspieler kurz vor ihrem Auftritt verspüren. Nur lag *sein* Bestreben nicht darin, die Leute zu unterhalten, sondern ihnen eine Lektion zu erteilen, und zwar eine endgültige.

Du hättest dich vergewissern müssen!

Zum Teufel damit! Sein verdammter Perfektionismus brachte ihn noch um den Verstand. Aber das war nun einmal nötig, denn ein gelungener Auftritt hing von guter Vorbereitung, exaktem Timing und präziser Ausführung ab.

Sein Künstlername: Mohamed. Seine Vorliebe: Dramen mit tödlichem Ausgang. Doch trotz seiner außergewöhnlichen Begabung blieb ihm gebührende Anerkennung versagt. Ein Aspekt seiner Arbeit, der ihm zunehmend missfiel.

Er fuhr an alten Fachwerkhäusern und parkenden Autos vorbei, die zu beiden Seiten die schmale Straße säumten. Noch immer war niemand zu sehen. Es war fast schon zu leicht. Das Einzige, was ihm jetzt noch gefährlich werden konnte, war eine Begegnung mit einer Polizeistreife. Doch auch für diesen unwahrscheinlichen Fall hatte er vorgesorgt. Die Schnellfeuerwaffe, die er jederzeit griffbereit mit Klebeband an der Lehne des Beifahrersitzes angebracht hatte, würde ihm die nötige Durchsetzungskraft verschaffen.

Die Häuserreihen lichteten sich, und erst als das gelbe Ortsschild der kleinen Westerwälder Gemeinde Hillscheid am Seitenfenster vorbeiraste, entspannte er sich. Der Vorhang war gefallen, die Vorstellung vorbei. Und sie war ihm unter den gegebenen Umständen gut gelungen. Nicht perfekt, aber zufriedenstellend. Und manchmal musste das eben reichen. Es hatte wie ein Unfall aussehen sollen. Das war die einzige Bedingung gewesen, und er hatte sie erfüllt.

Vor ihm erstreckte sich ein riesiges Waldgebiet, in dem sich die Straße im Nichts verlor. Ein düsteres Lächeln umspielte seine Lippen, und in seinem Innern hörte er den tosenden Applaus eines unsichtbaren Publikums.

2

Etwa eineinhalb Stunden später hielt ein silberfarbener Opel an der Unfallstelle. Der Fahrer blieb noch einige Minuten sitzen und betrachtete das geschäftige Treiben im künstlichen Licht der Straßenbeleuchtung. Polizeiwagen säumten die Bordsteine, und etwa ein Dutzend Beamte in Uniform und Zivil waren dort zugange. Schaulustige aus den umliegenden Häusern hatten sich in kleinen Gruppen am Straßenrand versammelt oder betrachteten das Geschehen aus den Fenstern ihrer Wohnungen. Blaulicht kreiste über ihre Gesichter und an den Häuserwänden entlang und tanzte durch die Bäume der Vorgärten.

Sven Becker hatte auf all das ebenso viel Lust wie auf eine Wurzelbehandlung beim Zahnarzt. Seine Kopfschmerzen waren schlimmer geworden, was aber durchaus Vorteile hatte. Denn durch den pochenden Schmerz, der wie eine wütende Katze in seinen Ohren fauchte, hörte er die Stimme in seinem Kopf nicht mehr. Die Stimme der Vergangenheit, die ständig von den guten Zeiten schwärmte und ihn daran erinnerte, wie schlecht die Gegenwart war. Seit acht Tagen hatte er seine Wohnung nicht mehr verlassen. Und er bereute es bereits, dieses sichere Versteck aufgegeben zu haben, auch wenn es voraussichtlich nur für ein paar Stunden war.

Müde betrachtete er sich im Rückspiegel, sah die dunklen

Ringe unter seinen Augen, die der fehlende Schlaf der letzten Wochen dort hinterlassen hatte. Seine Haut wirkte grau und schlaff, und seine braunen Haare hingen ihm strähnig und ungewaschen ins Gesicht. Es war das Abbild eines fünfunddreißigjährigen Mannes, dessen Leben aus den Fugen geraten war. Als der Anruf ihn vor gut zwanzig Minuten aus seiner Schlaflosigkeit gerissen hatte, hätte er eigentlich froh sein müssen. Jetzt jedoch wäre er am liebsten wieder umgedreht. Es dauerte eine Weile, bis er sich dazu durchrang, aus dem Wagen zu steigen.

Augenblicklich schlug ihm die schwüle Nachthitze ins Gesicht und trieb ihm den Schweiß auf die Stirn. Langsam bahnte sich ein grauer Leichenwagen einen Weg durch die Absperrung, als Sven sich den Beamten näherte. Ein junger Polizist trat ihm in den Weg.

»Sie können hier nicht durch«, sagte er streng. »Polizeieinsatz.«

Sven Becker blieb stehen und betrachtete den jungen Mann in seiner Uniform. »Tatsächlich?«, fragte er gereizt, während er seinen Dienstausweis aus der Gesäßtasche seiner verwaschenen Jeans zog. »Und ich dachte schon, Sie halten hier 'ne Parade ab.«

Der junge Polizist schielte auf den Ausweis und zupfte verlegen an seiner Uniformjacke. »Kripo Koblenz?«, fragte er und betrachtete irritiert Svens Hemd.

»Lassen Sie ihn durch!«, rief eine dröhnende Stimme im Hintergrund, die Sven sofort erkannte. Sie gehörte zu einem Mann, der etwa zehn Meter entfernt bei einer Gruppe Schaulustiger stand. In der einen Hand hielt er einen kleinen Notizblock, mit der anderen winkte er Sven energisch zu sich.

»Kann ich jetzt meine Arbeit machen?«, fragte Sven Becker bissig.

»Natürlich, Herr Kommissar. Entschuldigen Sie.«

Sven verstaute seinen Ausweis wieder und ging auf den Mann zu, dessen Zuruf ihm wahrscheinlich eine längere Auseinandersetzung mit diesem Jungspund erspart hatte. Dennis Bergmann hatte seine dunkelblonden Haare wie üblich mit Gel zurückgekämmt, und sein markantes Gesicht war glatt rasiert.

»Nimm's dem Jungen nicht übel«, sagte er, nachdem er Sven eingehend gemustert hatte. »In dieser Aufmachung wirkst du nicht gerade wie ein Gesetzeshüter.«

Verwundert sah Sven an sich herab und begriff erst jetzt. In der Unordnung und dem Halbdunkel seines Schlafzimmers hatte er sich das erstbeste Hemd übergestreift, das greifbar gewesen war. Dabei musste ihm entgangen sein, wie zerknittert es war. »Das trägt man jetzt so«, erwiderte er.

»Na, den Trend hab ich wohl verpasst.« Dennis betrachtete Svens geschwollene Augen. »Sind die auch modern, oder machst du jetzt einen auf Herr der Ringe?«

»Ich habe einfach in letzter Zeit schlecht geschlafen.« Sven wischte sich über die schweißnasse Stirn. »Und das lag nicht an dieser verdammten Hitze.«

»Ich dachte, du hättest dir ein paar Tage frei genommen.«

»Ja, das dachte ich auch, bis vor zwanzig Minuten.«

Dennis sah ihn mitfühlend an. Dann griff er in die Innentasche seines Sakkos und zog einen Streifen Kaugummi heraus. »Scotch oder Bourbon?«

»Was?«, fragte Sven irritiert.

»Na ja, für einen überzeugten Biertrinker riecht dein Atem erstaunlich hochprozentig.« Er reichte Sven den Kaugummi. »Die Trennung von deiner Frau setzt dir ziemlich zu, was?«

»Ich will nicht darüber reden, okay?«, ging Sven wie gewohnt in Deckung.

»Schon gut«, wiegelte Dennis ab. »Glaub mir, ich hätte dich nicht rufen lassen, wenn ich das hier nicht für wirklich wichtig halten würde.«

»Sag mir, wenn ich mich irre, aber liegt dieses Kaff nicht außerhalb unseres Zuständigkeitsbereichs?«

»Ja, aber die Kollegen sind zurzeit mächtig unterbesetzt und haben uns um Hilfe gebeten. Angeblich haben wir auch mehr Erfahrung mit Mordfällen.«

»Mord?«, fragte Sven.

»Ja, es spricht einiges dafür.«

»Hm, dann klär mich mal auf, mit deiner unendlichen Erfahrung.«

Sie gingen langsam die Straße hinunter, während Dennis in seinen Notizen blätterte. »Laut seinem Ausweis handelt es sich bei dem Toten um einen gewissen Erik Jensen, neunzehn Jahre alt. Wohnt in dem alten Backsteinhaus dort drüben.« Er deutete auf ein mehrstöckiges Gebäude an der linken Straßenseite. »Er wurde da unten an der Baustelle von einem Auto erfasst, als er die Straße überquerte. Die Anwohner haben sofort den Notarzt gerufen, aber der konnte zehn Minuten später nur noch den Tod feststellen. Vom Unfallwagen und dem Fahrer fehlt jede Spur.«

Die beiden schoben sich an mehreren Zivilbeamten vorbei auf den Rand der Absperrung zu.

»Hallo, Sven«, grüßte einer der Männer. »Schickes Hemd.«

Sven winkte genervt ab. Das Letzte, wonach ihm der Sinn stand, war ein Schlagabtausch mit einem geistigen Tiefflieger wie Klaus Rathke. »Wo ist der Haken?«, fragte er und wandte sich wieder Dennis zu.

»Na ja, da wäre zunächst einmal die Vergangenheit des Opfers. Bei den Kollegen von der Trachtengruppe war Jensen kein Unbekannter. Ständige Kontakte zur Drogenszene, wurde mehrfach wegen Besitzes von Haschisch verhaftet. Außerdem noch Anzeigen wegen Körperverletzung und Diebstahl. Mehrere Jugendstrafen.« Dennis blätterte eine Seite seines Notizblockes um. »Am Tatort wurden keinerlei Reifenspuren gefunden. Wie mir die Jungs von der Spurensicherung bestätigten, wäre das bei einem Unfall ziemlich ausgeschlossen. Selbst wenn der Wagen ABS hat, würde eine Vollbremsung Spuren hinterlassen. Dann sind da noch Teile des Wagens, die wir gefunden haben. Zusammen mit den Lackspuren an Jensens Kleidung lassen sie darauf schließen, dass es sich bei dem Wagen um einen anthrazitfarbenen VW Golf handelt, vermutlich neueres Baujahr. Und nun rate mal, was für ein Auto bei den Kollegen vor etwa einer Stunde als gestohlen gemeldet wurde.«

Sie blieben vor Jensens Leichnam stehen, der noch immer quer zur Fahrbahn lag. Er wurde von einem weißen Tuch verdeckt, das sich um den Kopf herum blutrot verfärbt hatte. Ein Polizeifotograf schoss emsig Fotos vom Tatort. Das grelle Blitzlicht zuckte durch die Dunkelheit und verwandelte die Umgebung für Sekundenbruchteile in ein farbloses Gemälde.

»Ziemlich riskante Methode, jemanden aus dem Weg zu räumen, findest du nicht?« Es fiel Sven schwer, sein Desinteresse zu verbergen.

»Nicht, wenn man will, dass es wie ein Unfall aussieht«, vertrat Dennis beharrlich seinen Standpunkt. »Kein Mord, keine Ermittlungen. Vielleicht will jemand vermeiden, dass wir im Fall Erik Jensen zu viele Fragen stellen.«

Der gleichgültige Ausdruck in Svens Augen war noch immer da. »Vielleicht, klingt aber ziemlich unwahrscheinlich«, knurrte er halbherzig, wie jemand, der mit seinen Gedanken woanders war.

Dennis seufzte enttäuscht. »Ich merke schon, es war ein Fehler, dich aus deinem Versteck zu holen«, gab er schroff zurück. »Wahrscheinlich willst du einfach, dass es unwahrscheinlich ist, damit du dich wieder in deine Höhle verkriechen kannst, um weiter deinen Kummer runterzuspülen.«

Einen Moment lang herrschte Stille. Die Hitze im Blick der beiden Männer schien die in der Luft noch zu übertreffen.

»Entschuldige«, lenkte Dennis schließlich ein. »Liegt bestimmt daran, dass ich seit Tagen nicht mehr geraucht habe.«

»Schon gut, vergiss es.«

»Das mit dir und Sandra tut mir wirklich leid. Ich weiß, du machst schwere Zeiten durch, und glaub mir, ich brauche dich hier. Oder glaubst du etwa, ich bin scharf darauf, mir das Wochenende mit diesem Blindgänger von Rathke um die Ohren zu schlagen? Aber ich kann verstehen, wenn du dich im Moment lieber raushalten willst.«

»Nein, das ist es nicht«, erwiderte Sven, und seine Stimme verlor wieder an Kraft. »Vielleicht bin ich seit dem Heibel-Fall einfach nur vorsichtiger geworden.«

Jedes Mal, wenn Sven diesen Namen aussprach oder auch nur an ihn dachte, verspürte er einen Druck in der Magengegend und glaubte, den Geruch von verfaultem Fleisch riechen zu können, der sich seit jenem Tag in der alten Scheune in den Tiefen seines Gewissens festgesetzt hatte.

Dennis seufzte. »Das ist jetzt fast zwei Jahre her.«

»Ja«, bestätigte Sven, während er an die vernichtenden Berichte von damals dachte, »aber du weißt ja, die Presse hat deswegen einen ziemlichen Rummel gemacht, und ich sehne mich nicht gerade danach, wieder in die Schlagzeilen zu kommen.«

»Das würde Ihre berufliche Laufbahn wohl auch nicht noch einmal verkraften«, ließ sich eine sachliche Stimme vernehmen. Der Mann, zu dem sie gehörte, war groß und stämmig und hatte mittellange, dunkelblonde Haare. Sein Gesicht wirkte weich, aber dennoch entschlossen, und das breite Kinn wies ein kleines Grübchen auf, das ihn fast sympathisch erscheinen ließ. Verachtung legte sich wie ein dunkler Schatten über Svens Miene, als er sich umdrehte und den Mann erblickte, der wenige Meter entfernt hinter der Absperrung stand.

»Koschny«, fauchte er. »Wenn man vom Teufel spricht.«

»Freut mich auch, Sie zu sehen, Herr Kommissar. Sie sind doch noch Kommissar, oder?«, fügte der Mann sarkastisch hinzu.

»Was wollen Sie, Koschny? Hier ist nichts passiert, was die Leser Ihres Klatschblattes interessieren könnte.«

Koschny grinste selbstgefällig, wodurch sich das Grübchen an seinem Kinn etwas glättete. »Also, ich denke nicht, dass eine solche Umschreibung für den *Rhein-Mosel-Kurier* angemessen ist.«

»Hm, dann haben Sie es also doch geschafft, aus Ihren Verleumdungen von damals Kapital zu schlagen. Was streben Sie denn diesmal an, den Posten des Chefredakteurs?«

»Ich bin bloß hier, um meine Arbeit zu machen.«

»Tja«, erwiderte Sven abfällig, »dann müssen Sie wohl noch ein bisschen warten, denn ich bin hier mit *meiner* Arbeit noch nicht fertig.« Demonstrativ kehrte er dem Reporter den Rücken zu.

»Ich hoffe, Sie übersehen in Ihrer Selbstgefälligkeit nicht, dass es sich hier um einen Mord handelt«, sagte Koschny.

Sven stutzte einen Moment und sah Dennis fragend an, der jedoch abwehrend den Kopf schüttelte.

»Der Tote heißt Erik Jensen, nicht wahr?« Koschny hob das rot-weiße Kunststoffband an und trat hinter die Absperrung. »Er war neunzehn Jahre alt und einschlägig vorbestraft.« Kurz vor Sven blieb er stehen. »Und er war nicht gerade der Traum jeder Schwiegermutter.«

»Na schön«, fauchte Sven erbost, »mit wem haben Sie gesprochen?«

»Mit niemandem«, beteuerte Koschny. »Ich habe selbst recherchiert.«

»Und was hat Sie dazu veranlasst?«

Koschny betrachtete die zugedeckte Leiche. »Jensen hat mich vor etwa zwei Wochen in der Redaktion angerufen. Er klang ziemlich aufgeregt und hat behauptet, er hätte Informationen für mich.«

»Informationen?«, fragte Dennis. »Was für Informationen?«

»Damit wollte er nicht herausrücken. Er meinte, er könne mir im Moment noch nicht mehr sagen und ich müsse mich noch ein paar Tage gedulden.«

»Hat er Ihnen auch einen Grund dafür genannt?«

»Nein. Er hat nur gesagt, es wäre die Story meines Lebens.«

»Und da haben Sie natürlich gleich angebissen«, brummte Sven verächtlich.

»Nein«, erwiderte Koschny gelassen. »Eigentlich habe ich das Ganze für ziemlichen Blödsinn gehalten.«

»Und warum haben Sie dann Nachforschungen angestellt?«, wollte Dennis wissen.

»Weil ich gerne weiß, wer mich an der Nase herumführen will.« Wieder betrachtete Koschny den Leichnam. »Aber so, wie es aussieht, war an der Sache wohl tatsächlich etwas dran.«

Sven winkte ab. »Hör nicht auf diesen Wichtigtuer.«

»Nein, warte mal«, beharrte Dennis. »Sie glauben also,

Jensen wurde ermordet, weil er Informationen an Sie weitergeben wollte?«

»Oder weil er auf etwas gestoßen ist, das nicht für ihn bestimmt war.«

»Ja, und das Ihnen die *Story Ihres Lebens* beschert, nicht wahr? Nur darum geht es Ihnen doch.«

»Wenn Sie meinen. Ich wollte nur helfen.«

»O bitte, tun Sie nicht so gönnerhaft«, sagte Sven. »Ich weiß genauso gut wie Sie, was Ihre wahren Motive sind.«

Koschny trat einen Schritt auf ihn zu. »Tja, dann wissen Sie ja sicher auch, dass Jensen in demselben Pflegeheim gearbeitet hat wie Ihre Frau.« Mit gespielter Bestürzung hielt er sich die Hand vor den Mund. »Uups«, hauchte er und sah Sven unverwandt in die Augen. »Oder sollte ich lieber sagen: Ihre zukünftige *Ex*frau?«

Sven wollte auf ihn losgehen, doch Dennis gelang es in letzter Sekunde, ihn zurückzuhalten.

»Schwingen Sie Ihren Arsch sofort hinter die Absperrung, Koschny«, zischte Sven, »oder ich lasse Sie auf der Stelle verhaften.«

»Tja, wie's aussieht, sind Sie immer noch ziemlich voreilig, was Verhaftungen betrifft. Aber keine Bange«, meinte Koschny, »ich sehe keinen Grund, noch länger hierzubleiben. Denn anscheinend weiß ich ohnehin mal wieder mehr als Sie, Herr Kommissar.«

Dennis hatte alle Hände voll zu tun, Sven im Zaum zu halten, während Koschny hinter die Absperrung trat und zwischen den Schaulustigen verschwand.

»Jetzt reg dich ab«, sagte Dennis. »Er ist weg.«

»Lass mich«, schnappte Sven und riss sich los.

»Hey, es gibt keinen Grund, auf *mich* sauer zu sein«, verteidigte sich Dennis.

»Ach nein? Ist dir vielleicht irgendwie entfallen, mir zu sagen, dass der Tote in dem Pflegeheim gearbeitet hat?«

»Nein«, entgegnete Dennis gereizt. »Das wusste ich selbst nicht.«

»Na toll!« Sven ging geradewegs auf die Leiche zu und kniete neben ihr nieder. Er schlug das rot befleckte Tuch zurück – und einen kurzen Moment lang glaubte er, in das aufgequollene Gesicht von Edmund Heibel zu blicken, war sich beinahe sicher, das geflochtene Seil zu erkennen, das noch immer um seinen Hals geschlungen war. Erschrocken fuhr er zurück, bis sich das Trugbild schlagartig auflöste und er in Erik Jensens blutverschmiertes Gesicht blickte. Die Augen waren geschlossen. An seiner Stirn klaffte eine tiefe Platzwunde, und seine langen braunen Haare klebten blutgetränkt an dem zerschmetterten Schädel.

»Ziemlich hässlicher Kerl, was?«, sagte Dennis. »Kennst du ihn etwa?«

»Nur flüchtig«, erwiderte Sven, aus dessen Blick alle Gleichgültigkeit verschwunden war. Er bedeckte das Gesicht des Toten wieder und erhob sich. »Als Sandras Wagen vor zwei Monaten zur Inspektion war, habe ich ihn öfter im Heim gesehen, wenn ich sie manchmal abends von der Arbeit abgeholt habe. Hat nicht gerade einen sympathischen Eindruck gemacht.«

»Laut den Aussagen der übrigen Hausbewohner war er das auch nicht«, sagte Dennis. »Jensen galt als unfreundlich und rücksichtslos. Es gab mehrfach Beschwerden wegen zu lauter Musik aus seiner Wohnung. Als der Vermieter ihn vor ein paar Tagen darauf angesprochen hat, soll Jensen ihm sogar mit Prügel gedroht haben.«

»Ideale Voraussetzungen, um in einem Pflegeheim zu arbeiten«, bemerkte Sven sarkastisch.

»Ja, irgendwas passt hier nicht zusammen.«

»Was ist mit Angehörigen?«

»Bis jetzt konnten wir noch keine finden«, sagte Dennis.

»Was denn, der Junge war erst neunzehn. Da muss es doch irgendwelche Verwandten geben.«

»Seine Akte wird uns sicher mehr Auskunft geben. Aber die Nachbarn beschreiben Jensen als Einzelgänger. Keinerlei Hinweise auf Freunde oder sonstige Kontakte. Bis auf das hier.« Er zog einen Plastikbeutel aus der Innentasche seines Sakkos und reichte ihn Sven. »Ich habe vorhin nichts davon erwähnt, wegen Koschny.«

Sven betrachtete den Gegenstand in dem Beutel. »Ein Notizbuch?«

»Ja. Wir haben es bei dem Toten gefunden. Er hat es so fest umklammert, dass wir ihm beinahe die Finger brechen mussten. Hatte fast den Eindruck, er wollte, dass wir es finden.«

»Demnach war er nicht auf der Stelle tot.«

»Nein. Er hat sich sogar noch ein Stück die Straße runtergeschleppt, was bei der Schwere seiner Verletzungen beinahe unmöglich erscheint.«

»Steht denn was Verwertbares darin?«

»Sag du's mir. Keinerlei Eintragungen bis Ende Juni diesen Jahres, aber dann wird's umso merkwürdiger. Sieh selbst.«

Sven nahm das blutverkrustete Notizbuch und schlug es etwa in der Mitte auf. Rasch überflog er die krakelige, fast kindliche Handschrift unter den Datumsangaben:

MONTAG, 26. JUNI
CD8/13-CP
Code?

Angestrengt folgten Svens Augen den schwer leserlichen Zeilen. Er war eindeutig zu erschöpft für solche Rätsel. Trotzdem packte ihn die Neugier, und er las weiter:

> DONNERSTAG, 29. JUNI
> Passwort: »Levy«
> Columbus-Projekt??

Verwirrt blickte er auf.

Dennis zuckte lediglich die Schultern. »Es wird noch merkwürdiger.«

Sven senkte den Blick wieder auf das Notizbuch:

> MONTAG, 2. JULI
> 21:00 N.N. – Inesco!
>
> MITTWOCH, 11. JULI
> WWSG368 – Umbra.
>
> FREITAG, 13. JULI
> RMK: 90500 Coeo.
>
> SAMSTAG, 28. JULI
> 1492!

Dieser letzte Eintrag war doppelt unterstrichen. Sven blätterte einige Seiten vor, konnte jedoch keine weiteren Notizen finden.

»Samstag, 28. Juli«, flüsterte Sven. »Das ist übermorgen.«

»Kannst du dir einen Reim auf das Ganze machen?«, fragte Dennis.

»Nein.« Kopfschüttelnd reichte Sven ihm das Notizbuch

zurück. »Aber du hast mich überzeugt. Lass uns ein paar Fragen stellen.«

»Gut«, sagte Dennis und gab sich dabei Mühe, nicht zu triumphierend zu klingen. »Dann fangen wir morgen früh gleich mit dem Altenheim an.«

Sven schaute nachdenklich zu Boden.

»Soll ich das lieber allein erledigen?«

»Nein, ist schon gut«, winkte Sven ab. »Ich komme mit. Wird sich auf Dauer ohnehin kaum vermeiden lassen, dass wir uns über den Weg laufen.«

»Ruf sie doch einfach an, und versuch, das Ganze wieder ins Lot zu bringen«, schlug Dennis vor.

»Das würde ich vielleicht sogar tun, wenn ich wüsste, wo sie ist. Vermutlich hängt sie bei diesem religiösen Verein rum, bei dem sie in letzter Zeit ständig ist.« Sven stieß einen tiefen Seufzer aus und fuhr sich mit der Hand übers Gesicht. Er war müde und sehnte sich danach, diese fremd gewordene Welt für ein paar Stunden zu verlassen. »Ich verschwinde jetzt besser«, sagte er und rieb sich die Augen. »Werde versuchen, noch ein wenig Schlaf nachzuholen. Wir sehen uns dann morgen.«

»Ist das deine charmante Art zu sagen: ›Kümmere du dich um den Bericht‹?«

»Gut übersetzt«, schmunzelte Sven. »Das hier ist deine Show.«

»Na schön«, gab sich Dennis geschlagen. »Kannst du mich wenigstens morgen früh abholen? Mein Auto hat den Geist aufgegeben.«

»Kein Problem«, sagte Sven.

»Prima. Aber tu mir bitte einen Gefallen.«

»Klar, was denn?«

»Verbrenn vorher das Hemd.«

Sven winkte lächelnd und ging zurück zu seinem Wagen. Während die Stimmen hinter ihm langsam verhallten, überkam ihn plötzlich Angst vor der Einsamkeit seines Schlafzimmers. In diesem Moment hätte er lieber die ganze Nacht hindurch Berichte geschrieben.

3

Der nächste Tag schien noch heißer zu werden. Als Sven am Morgen seinen Wagen vor Dennis' Haus abstellte, war die Luft bereits zum Schneiden. Wie schon die Nächte zuvor hatte er schlecht geschlafen, und seine Augäpfel schienen zu eng in ihren Höhlen zu liegen.

Dennis wohnte in einem kleinen Einfamilienhaus in einem Dreihundert-Seelen-Dorf. Ein kurzes Glockenspiel erklang, als Sven auf die abgewetzte Klingel neben dem kaum leserlichen Namensschild drückte.

»Sven?«, ertönte es dumpf aus einem kleinen Kellerfenster links neben dem schmalen Treppenabsatz. »Bist du's?«

»Wen hast du denn erwartet, das Playmate des Monats? Hast du etwa vergessen, dass ich dich abholen sollte?«

»Nein. Mir ist hier unten nur was – na ja, dazwischengekommen«, rief Dennis und schob den Kopf aus der schmalen Fensteröffnung. »Komm rein, die Tür steht auf Drücker.«

Als Sven das Haus betrat, war er zum wiederholten Male überrascht, wie groß es wirkte. Helle Farben und spärliches, überwiegend rustikales Mobiliar ließen es von innen geräumiger erscheinen, als auf den ersten Blick zu vermuten war. Er ging den kleinen Korridor entlang, an dessen Ende sich eine halboffene Tür befand. Dahinter führte eine Steintreppe in den hell erleuchteten Keller hinab. Ein säuerlicher Geruch stieg Sven in die Nase, als er die Stufen hinabstieg. Nur mit Sportshorts bekleidet kniete Dennis an der hinteren Wand vor einem grauen Kasten und hantierte mit einem Schraubenschlüssel in dessen Innenleben herum.

»Willkommen in meiner Gruft«, sagte er, als er Sven erblickte. »Komm ruhig runter, es dauert noch einen Moment.«

»Was zum Henker treibst du da?«

»Ach, irgendwas stimmt mit diesem verdammten Heizungskasten nicht. Dieses klapprige Fossil stand vermutlich schon da, als sie den Grundstein für das Haus gelegt haben. Ich wette, die haben die Hütte um dieses Scheißding herumgebaut.«

»Wo liegt denn das Problem?«, wollte Sven wissen.

»Der Brenner geht immer wieder aus. Nicht dass es mir bei dieser Hitze viel ausmachen würde, jeden Morgen eiskalt zu duschen, aber das Fatale an der Sache ist, dass die Gaszufuhr nicht unterbrochen wird. Liegt bestimmt am Ventil, oder was auch immer das hier sein soll.«

»Vielleicht solltest du lieber einen Fachmann holen.«

Dennis lachte laut auf. »Hast du mal versucht, während der Ferienzeit einen Handwerker aufzutreiben? Da stehen deine Chancen besser, den Heiligen Gral zu finden. Ich hab den Kasten jetzt erst mal lahmgelegt. Das sollte mich vor weiteren Gasattacken schützen. Für alle Fälle lasse ich aber immer das Kellerfenster offen.« Er legte den Schraubenschlüssel beiseite und drehte sich zu Sven um. »Und wie war dein Morgen?«

»Seit gestern hat sich nicht viel geändert.«

»Na, ich weiß nicht.« Er zeigte auf Svens Hemd. »Wie ich sehe, hast du das Ding nicht verbrannt.«

»Nein, aber gebügelt.«

»Vielleicht hättest du das auch mit deinen Augen machen sollen.«

»Wahnsinnig witzig«, knurrte Sven grimmig.

»Mach dir nichts draus«, meinte Dennis. »Meine Nacht war auch ziemlich kurz. Zuerst habe ich noch bis zirka zwei Uhr an dem Bericht gesessen, und heute Morgen hat mich diese Antiquität hier auf Trab gebracht. Ich sage dir, es gibt kein besseres Mittel, um morgens den Kreislauf in Schwung zu bringen, als den betörenden Duft von ausströmendem Gas. Ich schätze, ich hab vorhin den inoffiziellen Weltrekord im Treppenlaufen ohne festes Schuhwerk hingelegt.«

»Du hast also tatsächlich gestern noch den Bericht geschrieben?«

»Na ja, nach der ganzen Aufregung hätte ich sowieso nicht schlafen können. Warum also die Zeit nicht sinnvoll nutzen?«

»Das sieht dir ähnlich«, bemerkte Sven, für den Dennis' ungeduldiger Enthusiasmus nichts Ungewöhnliches war.

»Hast du schon gefrühstückt?«

»Nein«, erwiderte Sven. »Ich habe morgens nicht sonderlich viel Appetit.«

»Was hältst du dann von einer Tasse Kaffee? Dürfte uns beiden guttun. Dabei können wir uns auch gleich Jensens Akte vornehmen.«

»Was denn, die ist hier bei dir?«

»Ja, ich dachte, das erspart uns eine Menge Zeit und unnötige Fahrerei.«

»Gibt es eigentlich Momente, wo du mal entspannst?«

»Nur, wenn ich rauchend neben einer Frau im Bett liege.« Dennis grinste auf seine ganz eigene Art; dabei sah er immer aus wie ein betrunkener Heiliger.

»Ich dachte, du wolltest es dir abgewöhnen. Das Rauchen, meine ich.«

»Danke, dass du mich daran erinnerst. Ich könnte für eine einzige Zigarette jemanden umbringen.« Dennis verstaute Schraubenschlüssel und Zangen geräuschvoll in einem Werkzeugkasten und deponierte ihn unter einer kleinen Werkbank. »Also gut«, verkündete er voller Tatendrang, »an die Arbeit. Ich brauche etwas, das mich ablenkt.«

»Geht mir ähnlich.« Sven musste plötzlich feststellen, dass Liebe und Zigaretten eines gemeinsam hatten: Beides verursachte starke Entzugserscheinungen. »Tu mir nur einen Gefallen«, fügte er hinzu. »Bevor wir gleich in dieses Altenheim fahren, ruf bitte im Präsidium an und sag denen, dass wir uns an die Sache von gestern Abend dranhängen, damit wir wenigstens so etwas Ähnliches wie einen dienstlichen Auftrag haben.«

»Mach ich.« Dennis schloss die Klappe des grauen Heizungskastens und wischte sich die Finger an einem Lappen ab. »Ach, übrigens: Däumling hat heute Geburtstag.«

»Martin Daum, der Leiter der Spurensicherung?«

»Kennst du noch einen Däumling? Die Jungs und ich haben gesammelt und eine kleine Überraschung besorgt. Machst du mit?«

»Klar«, sagte Sven. »Solange das Ganze nicht wieder ausartet wie bei Rathkes Geburtstag.«

»Die Nummer mit dem Stripper ist doch bombig angekommen.« Dennis konnte sich das Grinsen nicht verkneifen. »Hast du Rathkes gierigen Blick nicht gesehen, als der Kerl ihm seinen Tanga über den Kopf gestülpt hat?«

»Ja«, feixte Sven. »Und dann sein Gesicht, als der Alte aufgetaucht ist … Das wird schwer zu toppen sein.«

»Komm, lass uns endlich aus diesem Loch verschwinden«, sagte Dennis. »Im Gegensatz zu dir habe ich nämlich morgens einen Bärenhunger. Und nach dem Frühstück statten wir Jensens Arbeitgeber einen kleinen Besuch ab. Irgendwie hab ich das Gefühl, dass wir nicht willkommen sein werden.«

Etwa zwanzig Minuten nach neun fuhren Sven und Dennis auf den Parkplatz des Pflegeheimes. Die Sonne heizte die Landschaft auf, als läge sie unter einer unsichtbaren Kuppel. Die aufsteigende Hitze ließ die Luft flimmern, so dass die Wälder und Wiesen, die sich kilometerweit in jede Richtung erstreckten, nur undeutlich zu erkennen waren.

Das Heim wirkte in der naturbelassenen Umgebung wie ein Fremdkörper. Es war ein modernes, kantiges Gebäude mit zwei mächtigen Seitenflügeln, die mit Dutzenden von Giebeln und Balkonen versehen waren. Die riesige Anlage lag etwas abseits der abfallenden Landstraße und war an drei Seiten von blühendem Grün umgeben.

Sven schloss den Wagen ab und ließ den Blick hinter der Sonnenbrille nervös über den Parkplatz gleiten. Sandras blauer Renault war nirgends zu entdecken. Ein Teil von ihm war erleichtert.

Sie gingen zum Haupteingang in der Mitte des U-förmigen Gebäudes. Die weiße Fassade und die vielen Fenster reflektierten das grelle Sonnenlicht, und Dennis kniff trotz Sonnenbrille die Augen zusammen, als er auf das Schild neben der kleinen Treppe blickte.

SENIOREN- UND PFLEGEZENTRUM WALDESRUH.

Als sie die kleine Empfangshalle betraten, wurde das Geräusch ihrer Schritte augenblicklich von dem weichen dunkelgrauen Teppichboden verschluckt, und angenehme Kühle schlug ihnen entgegen. Svens Blick fiel auf einige Bilder, die an den rau verputzten Wänden hingen und für seinen Geschmack etwas zu modern für ein Altenheim waren.

Auf der rechten Seite befand sich ein kleiner, halbrunder Empfangstresen, hinter dem eine rundliche Frau in weißer Schwesterntracht stand. Ein Namensschild an ihrem mächtigen Busen wies sie als Schwester Kathrin aus. Als sie Sven erblickte, lächelte sie. »Hallo, Herr Becker. Sie habe ich ja schon lange nicht mehr hier gesehen.« Sie schob die Unterlagen, die sie studiert hatte, beiseite. »Ich hoffe, Sie wollen nicht zu Ihrer Frau. Die hat sich heute frei genommen, wegen einem Termin. Aber was rede ich denn da?« Sie wischte mit der Hand durch die Luft, als wollte sie den Satz wieder ausradieren. »Das wissen Sie ja sicher.«

»Äh, ja, natürlich«, beteuerte Sven und versuchte seine Verlegenheit zu überspielen. Anscheinend hatte sich noch nicht herumgesprochen, wie es um seine Ehe stand. Was Sven ziemlich überraschte, da Koschny bereits davon wusste. »Nein, wir sind dienstlich hier. Das hier ist mein Kollege, Kommissar Bergmann. Wir würden gerne mit dem Heimleiter sprechen.«

»Ach, Sie meinen Herrn Hofer.« Schwester Kathrins Stimme klang freundlich und sanft, es schien sie nicht im Geringsten zu interessieren, um was es ging. »Die Verwaltung ist im Hauptgebäude, in der obersten Etage«, sagte sie. »Gehen Sie einfach weiter den Gang entlang, da finden Sie die Aufzüge.«

Auf dem Korridor, der an den Flur eines Luxushotels erinnerte, kamen ihnen einige ältere Leute entgegen, manche im Rollstuhl, andere mit Krücken oder Gehhilfen. Während die beiden auf einen der Fahrstühle warteten, studierte Dennis fasziniert den Grundriss des Gebäudes, der gegenüber auf einer zwei mal drei Meter großen Bildwand zu bestaunen war. Den Erläuterungen zufolge war das Heim vor vier Jahren eröffnet worden und bot Platz für 194 Bewohner, die in den Seitenflügeln untergebracht waren. Etwa ein Viertel der Heimbewohner waren Pflegefälle. Dem Grundriss nach waren die Räume für die medizinische und physiotherapeutische Betreuung der Patienten im Mittelteil des Gebäudes zu finden.

»Ganz nett hier, was?«, stellte Dennis nüchtern fest.

»Kann man so sagen«, brummte Sven.

»Kostet bestimmt ein Vermögen.«

»Nein. Sandra hat gesagt, die Unterbringungskosten unterscheiden sich kaum von denen anderer Heime.«

»Schwer vorstellbar«, meinte Dennis.

Ein leises elektronisches Klingeln kündigte die Ankunft des Fahrstuhls an. Wenige Augenblicke später standen beide im Vorzimmer von Hofers Büro. Seine Sekretärin, die sich als Sonja Winter vorstellte, kündigte sie an.

Dennis fiel es schwer, den Blick vom wohlgeformten Körper der jungen Frau abzuwenden, der von einer weißen Bluse und einem engen, knielangen Rock reizvoll zur Schau gestellt wurde.

»Sie müssen sich noch einen Augenblick gedulden«, sagte die Sekretärin höflich. »Bitte nehmen Sie doch einen Moment Platz.« Sie deutete auf eine kleine Sitzgruppe vor einer Wand aus farbigen Glasbausteinen in der linken Ecke des Raumes. »Kann ich Ihnen einen Kaffee anbieten?«, erkundigte sie sich, während die beiden sich setzten.

Dennis bejahte die Frage.

»Wie hätten Sie Ihren Kaffee denn gern?«

»Am liebsten heiß«, scherzte Dennis. »Und in einer Tasse, das wäre nicht schlecht.«

Sie schenkte ihm ein atemberaubendes Lächeln und verschwand in einem kleinen Nebenraum. Gleich darauf kam sie zurück.

»Bitte sehr«, sagte sie lächelnd und reichte Dennis eine Tasse mit dampfendem Kaffee, während er den Blick im Ausschnitt ihrer Bluse umherwandern ließ.

Sven dachte über das bevorstehende Gespräch mit Hofer nach. Jensens polizeiliche Akte hatte nur weitere Fragen aufgeworfen, und Sven war gespannt auf die möglichen Antworten.

Kurz darauf ertönte undeutlich eine kratzige Stimme aus der Sprechkonsole neben dem Telefon.

»Sie können jetzt hineingehen«, sagte die Sekretärin.

»Allmählich komme ich mir vor, als hätten wir einen Termin beim Schah von Persien«, raunte Dennis seinem Kollegen zu, als sie sich erhoben.

Peter Hofer kam strahlend auf sie zu und gab ihnen die Hand. »Becker?«, wiederholte er, nachdem sie sich vorgestellt hatten. »Woher kenne ich den Namen?«

»Ich nehme an, von meiner Frau, Sandra Becker«, antwortete Sven und wunderte sich, dass ihm der Name so leicht über die Lippen ging. »Sie arbeitet bei Ihnen, als Ernährungsberaterin.«

»Ja, richtig«, fiel es Hofer wieder ein. »Schön, Sie endlich einmal persönlich kennenzulernen. Tut mir leid, dass Sie warten mussten, ich hoffe, meine Sekretärin hat sich um Sie gekümmert.«

»Sie macht ausgezeichneten Kaffee«, bemerkte Dennis.

Sven wunderte sich über Hofers dürftige Erscheinung. Er hatte einen hochgewachsenen, selbstsicheren Geschäftsführer erwartet. Stattdessen stand ihm ein nervöser, hektischer Mann mit Halbglatze und der Statur eines Magersüchtigen gegenüber.

Hofer führte sie an einen runden Tisch, und sie setzten sich.

»Nun, meine Herren, was führt Sie zu mir?«

»Es geht um einen Ihrer Mitarbeiter, Erik Jensen«, erklärte Sven. »Wie aus seinen Unterlagen hervorgeht, arbeitet er für Sie.«

»Nun, so würde ich es vielleicht nicht direkt bezeichnen«, meinte Hofer. »Er leistet hier seinen Zivildienst ab. Zu meinem Bedauern wird er wohl einer der Letzten sein, nachdem die Politik uns diese Unterstützung gestrichen hat.« Er bemerkte die ernsten Mienen der beiden Polizeibeamten. »Was ist denn mit Jensen?«, fragte er besorgt. »Ich hoffe, er hat nicht wieder irgendeine Dummheit angestellt.«

Sven wechselte einen kurzen Blick mit Dennis, dann wandte er sich wieder dem Heimleiter zu. »Wir müssen Ihnen leider mitteilen, dass Erik Jensen tot ist. Er wurde gestern Abend vor seiner Wohnung von einem Auto erfasst.«

Hofers glatte Gesichtszüge wirkten plötzlich wie versteinert. Entsetzt huschte sein Blick zwischen Sven und Dennis hin und her. »O mein Gott, das … das ist ja … das ist ja furchtbar«, brachte er nur stotternd heraus. »Bitte entschuldigen Sie mich, ich …«

Er stand auf und eilte in die Toilette neben dem Büro.

Sven und Dennis sahen ihm verwundert nach. Kurz darauf war das Geräusch eines laufenden Wasserhahns durch die halboffene Tür zu vernehmen. Wenig später betrat Hofer wieder den Raum. In den Händen hielt er ein weißes Frotteehandtuch, mit dem er sich das Gesicht abtrocknete. Er entschuldigte sich abermals.

»Alles in Ordnung?«, fragte Sven.

»Ja, es geht schon wieder, danke.« Hofers Gesicht war kreidebleich.

»Ihrer Reaktion nach zu urteilen, haben Sie und Jensen sich näher gekannt«, mutmaßte Dennis.

Hofer legte das Handtuch über eine Stuhllehne und ging zu seinem Schreibtisch. Er öffnete eine Schublade und kramte nervös darin herum. »Wissen Sie, es ... es ist nur der Schock. Nach all diesen Problemen in seiner Vergangenheit schien er endlich auf dem richtigen Weg zu sein, und nun das.«

»Nun, ehrlich gesagt wundern wir uns ein bisschen, was einer wie er hier verloren hatte.«

»Einer wie er? Sie meinen, ein vorbestrafter Halbstarker?« Hofer kam an den Tisch zurück. In seiner Hand hielt er ein silbernes Etui. Er klappte es auf und hielt es den beiden hin.

»Nein, danke«, sagte Sven. »Ich rauche nicht.«

Gierig starrte Dennis die Zigaretten an. »Und ich versuche gerade, es mir abzugewöhnen.«

»Dann stört es Sie doch hoffentlich nicht? Normalerweise rauche ich im Büro nicht, aber jetzt kann ich wirklich eine Zigarette vertragen.«

Sven bemerkte, dass Hofers Hand leicht zitterte, als sie das Feuerzeug betätigte.

»Also«, sagte Hofer, während er Rauchschwaden in die klimatisierte Luft blies, »um auf Ihre Frage zurückzukommen: Jensen war sicher kein Unschuldslamm, aber er konnte arbeiten. Und er hat sich hier den alten Leuten gegenüber immer korrekt verhalten, darauf habe ich persönlich geachtet.«

»Das entspricht nicht gerade dem Bild, das wir von Erik Jensen haben«, entgegnete Dennis. »Seine Nachbarn haben ihn als egoistisch und unfreundlich beschrieben. Sogar seine ehemaligen Lehrer sagten, er wäre oft zu spät gekommen und hätte regelmäßig den Unterricht gestört.«

»Weil er dort nicht ausreichend gefordert wurde, wenn Sie mich fragen.« Hofer machte eine Pause und zog ausgiebig an seiner Zigarette, als suche er nach den passenden Worten, um seine These zu untermauern. »Sehen Sie, im Gegensatz zu dem, was die meisten Leute von ihm dachten, war Erik Jensen ein sehr intelligenter junger Mann. Sein Problem lag eher darin, dass die Leute ihm nichts zugetraut und ihn für einfältig gehalten haben. Deshalb war er vielleicht etwas ... nun ja, unbeherrscht. Vermutlich brauchte er einfach eine anspruchsvollere Beschäftigung. Wissen Sie«, fuhr er fort, »ich bin sozial ein sehr engagierter Mensch, wie Sie an meiner Arbeit erkennen können, und ich versuche immer, das Gute in einem Menschen zu sehen. Und was das anging, schien mir Erik Jensen eine Menge Potenzial zu haben; er war im Grunde kein schlechter Mensch.«

»Dagegen spricht die Anzeige wegen schwerer Körperverletzung in seiner Akte«, konterte Dennis.

»Davon ist mir nichts bekannt.«

»Tja, anscheinend war er wohl doch nicht so *ausgefüllt*, wie Sie dachten. Einen Mann derart zu verprügeln, dass er anschließend mit der Schnabeltasse ernährt werden muss, spricht nicht gerade für einen gutmütigen Charakter. Eher untypisch für einen Kriegsdienstverweigerer, finden Sie nicht?«

»Entschuldigen Sie«, sagte Hofer, »aber wie war doch gleich Ihr Name, Herr Kommissar?«

»Bergmann.«

»Nun, Herr Bergmann, ich bin nicht verantwortlich dafür, was meine Mitarbeiter in ihrer Freizeit tun. Ich habe auch nie behauptet, dass er ein Heiliger war. Mir waren weder sein soziales Umfeld noch seine Gepflogenheiten bekannt. Ich denke, es waren wohl eher seine persönlichen

Umstände, die es Jensen schwer gemacht haben, sich anzupassen.«

»Sie meinen seine familiären Verhältnisse?«, fragte Sven.

»Ja. Sein Vater hat die Familie kurz nach seiner Geburt verlassen, und seine Mutter war stark depressiv. Sie hatte wohl nicht viel für ihn übrig. Er war zwei Jahre im Heim. Na ja, Sie wissen ja, wie das ist.«

»Es würde mich interessieren, was genau Erik Jensen hier eigentlich gemacht hat«, bemerkte Dennis, nachdem er Hofer einige Zeit eingehend betrachtet hatte.

Erneut zog Hofer an seiner Zigarette. »Nun, in erster Linie Aushilfsarbeiten. Er hat bei der Essensausgabe geholfen und war für die Sauberkeit im Labor verantwortlich. Aber er wurde auch zur Patientenbetreuung eingesetzt, meistens bei den Pflegefällen. Natürlich immer unter der Aufsicht von geschultem Personal.«

»Natürlich.«

»Was sollen eigentlich all diese Fragen?« Nervös drückte der Heimleiter seine Zigarette in dem großen Marmoraschenbecher aus. »Stehe ich etwa unter Verdacht?«

»Niemand steht hier unter Verdacht«, beschwichtigte Sven. »Wir versuchen lediglich, mehr über Jensens Umfeld in Erfahrung zu bringen. Da die Umstände seines Todes noch nicht eindeutig geklärt sind und Jensen keine uns bekannten Angehörigen oder Freunde hatte, müssen wir uns an Sie als seinen Arbeitgeber wenden. Das ist reine Routine.«

»Ungeklärte Umstände?« Hofers Nervosität nahm merklich zu. Er zündete sich eine neue Zigarette an. »Sie haben doch vorhin gesagt, Jensen wäre angefahren worden.«

»Das ist richtig«, bestätigte Sven. »Es gibt da allerdings noch einige Ungereimtheiten.«

»Und eine davon ist Jensens Verbindung zu Ihrem Heim«, fügte Dennis hinzu.

»War es denn ein Unfall?«, fragte Hofer, als hätte er die Bemerkung nicht gehört. »Ich meine ... haben Sie den Fahrer?« Er rollte die Zigarette nervös zwischen den Fingern hin und her.

»Nein«, sagte Sven. »Der Fahrer des Wagens ist noch immer flüchtig.«

»Entsetzlich. Eine wirklich schlimme Sache«, beteuerte Hofer mit Nachdruck. Trotzdem schien ihn diese Antwort eher zu beruhigen.

Sven stand auf und ging einige Schritte in dem geräumigen Büro umher. »Hatte Jensen sonstige Verwandte?«

»Nein. Jedenfalls sind mir keine bekannt.«

»Freunde oder Bekannte, mit denen er sich getroffen hat?«

»Wie schon gesagt, sein Umfeld war mir nicht bekannt. Bei einem Mann wie ihm ist das auch schwer zu sagen. Er war ein Einzelgänger, schwer zu durchschauen.«

Sven betrachtete Hofers Schreibtisch. Es war der ordentlichste Arbeitsplatz, den er je gesehen hatte. Bis auf eine einzelne Computer-CD, die neben dem Monitor lag, war alles an seinem Platz und farblich aufeinander abgestimmt. Selbst die schwarze Schreibunterlage aus Leder schien auf den Millimeter genau ausgerichtet worden zu sein. Kein Staub, keine Tassenränder. Nicht einmal ein Fingerabdruck war auf der dunklen Tischplatte zu erkennen.

Er trat vor das große Giebelfenster, von dem aus man den Parkplatz sehen konnte. Rechts und links wurde das Blickfeld durch die mächtigen Seitenflügel des Gebäudes eingegrenzt, die sich wie zwei riesige kantige Roboterarme schützend um den Parkplatz legten.

»Wirklich eine beeindruckende Anlage, die Sie hier betreiben«, bemerkte Sven.

»Ja, nicht wahr?«, stimmte Hofer zu und trat neben ihn ans Fenster. »Wir dürfen uns nicht zu Unrecht als größte und modernste Einrichtung dieser Art im ganzen Westerwald bezeichnen.« Seine Stimme überschlug sich beinahe. »Wir sind bestrebt, den Bewohnern das Gefühl zu vermitteln, dass sie hier in einem Hotel untergebracht sind, nicht in einem Altenheim. Es soll den alten Menschen hier an nichts fehlen. Vom Spezialitätenrestaurant bis zum hauseigenen Schwimmbad steht ihnen alles zur Verfügung. Und für unser eigens entwickeltes medizinisches Betreuungs- und Versorgungsprogramm haben wir schon mehrere Auszeichnungen erhalten.« Er deutete auf drei Urkunden an der rechten Wand.

Sven nickte beeindruckt. »Gibt es unter diesen ganzen medizinischen Programmen auch ein Projekt namens Columbus?«, fragte er, ohne Hofer anzusehen.

Einen Augenblick lang war nur das leise Summen der Klimaanlage zu hören. Es war, als wäre Sven allein im Raum.

»Hm … nein. Jedenfalls ist mir nichts dergleichen bekannt. Was soll denn das für ein Projekt sein?«

Sven drehte sich wieder zu Hofer um. Der Mann musste mindestens Mitte vierzig sein, doch mit seinen großen fragenden Augen und dem fast knabenhaften Körperbau sah er aus, als wäre er gerade eben alt genug, sich selbst ein Bier zu bestellen. »Nun, wir hatten eigentlich gehofft, dass Sie uns das sagen können.«

»Und wie kommen Sie darauf?«

»Wir haben ein Notizbuch bei Jensen gefunden, in dem er ein Projekt dieses Namens erwähnt. Wir dachten, es hätte vielleicht etwas mit seiner Arbeit hier zu tun.«

»Da muss ich Sie leider enttäuschen«, bedauerte Hofer lächelnd. »Wir haben hier zwar einige herausragende Experten, aber der Entdecker eines neuen Kontinents war bislang noch nicht darunter.«

Sven war zwar nicht nach Lächeln zumute, doch er tat es aus Höflichkeit. »Nur aus reiner Neugier: Wie viele Angestellte beschäftigen Sie?«

»Na ja, so ganz genau weiß ich das selbst nicht. Neben den üblichen Verwaltungsangestellten und dem Küchenpersonal arbeiten hier etwa dreißig Schwestern und Pfleger. Außerdem beschäftigen wir natürlich eine ganze Reihe von hoch qualifizierten medizinischen Fachkräften, unter anderem einen Arzt für Allgemeinmedizin, der sich auf Wunsch um die kleineren Wehwehchen unserer Heimbewohner kümmert.« Hofer strahlte. »Tja, und natürlich Ihre Frau. Sozusagen die gute Seele unseres Hauses. Sie hat maßgeblich zum Erfolg des Heimes beigetragen. Hat sie Ihnen nie davon erzählt?«

Sven hätte Hofer für diese indiskrete Frage am liebsten auf der Stelle erwürgt. Doch je mehr er darüber nachdachte, desto klarer wurde ihm plötzlich, dass er nichts über Sandras Tätigkeit wusste oder über die Menschen, mit denen sie zusammenarbeitete. Sicher, sie hatte ihm oft von ihrer Arbeit mit alten Menschen und von diesem Heim erzählt. Doch er hatte es nie für nötig gehalten, ihr zuzuhören. Und allmählich musste er sich eingestehen, dass er ihr eigentlich nie richtig zugehört hatte.

»Doch ... natürlich«, sagte er und schlug die Augen nieder. »Aber das alles wirkt noch wesentlich beeindruckender, wenn man es mit eigenen Augen sieht.«

Hofer nickte und grinste zufrieden.

Nun erhob sich auch Dennis. »Tja, dann wollen wir Sie

nicht länger aufhalten«, sagte er ein wenig enttäuscht und sah zu Sven herüber. »Es sei denn, mein Kollege hat noch Fragen.«

Sven rührte sich nicht. Wie versteinert starrten seine braunen Augen auf einen Punkt auf Hofers Schreibtisch.

»Sven?«

»Hm!« Erschrocken fuhr er auf.

»Hast du noch Fragen? Sonst lass uns gehen.«

»Äh ... ja«, stammelte er geistesabwesend, »nur noch eins.« Er wandte sich an Hofer und wirkte plötzlich wesentlich lebendiger. »Wann genau hat Erik Jensen bei Ihnen angefangen?«

Hofer dachte einen Moment nach. »Das müsste vor etwa neun Wochen gewesen sein, wenn ich mich recht erinnere.«

»Wäre es möglich, die Dienstpläne der letzten zwei Monate einzusehen?«

»Ja ... natürlich«, antwortete Hofer verstört. »Aber warum?«

»Nun, wie gesagt, reine Routine.«

»Wenden Sie sich bitte an meine Sekretärin. Sie wird Ihnen Kopien der Pläne aushändigen.« Er begleitete sie zur Tür.

Sven bedankte sich bei Hofer, während Dennis wortlos den Raum verließ. Als er ihm folgen wollte, hielt er plötzlich inne und drehte sich noch einmal um. »Da wäre noch etwas. Ich muss wissen, wo Sie gestern Abend zwischen 22 und 23 Uhr waren.«

Ohne zu zögern, antwortete Hofer: »Meine Frau und ich waren bis etwa halb zwölf bei Freunden. Ich bitte Fräulein Winter, Ihnen die Adresse herauszusuchen, falls Sie die Angaben überprüfen wollen.«

Sven bedankte sich erneut und verließ das Büro.

Die Sonne stand mittlerweile fast senkrecht am blauen Himmel und strahlte so gnadenlos, dass man hätte meinen können, sie wollte die Erde verbrennen. Eine schwache Brise bahnte sich einen Weg durch die vibrierende Luft, doch sie reichte nicht aus, um die Hitze zu lindern.

Als Sven und Dennis das Gebäude verließen, schlug ihnen die schwüle Mittagshitze wie eine Faust ins Gesicht.

»Was willst du eigentlich mit den Dienstplänen?«, fragte Dennis und betrachtete neugierig die beiden Kopien, die Sven in der Hand hielt.

»Das erkläre ich dir, wenn wir wieder im Präsidium sind«, erwiderte Sven knapp.

»Na schön, Mister Geheimnisvoll.« Als sie am Auto angekommen waren, warf Dennis einen strengen Blick über das Wagendach. »Was ist los?«, fragte er. »Du hast im Fahrstuhl kein einziges verdammtes Wort gesagt. Ich gebe ja zu, dass das Gespräch mit Hofer nicht gerade viel gebracht hat. Wahrscheinlich hast du recht, und das Ganze war tatsächlich ein Unfall.«

»Nein, war es nicht.«

Dennis sah ihn entgeistert an. »Hab ich gerade irgendwas verpasst? Was zum Teufel war denn da oben los mit dir?«

»Ich habe in Hofers Büro etwas gesehen, das meine Meinung geändert hat. Steig ein, ich erklär's dir später.«

Hofer stand am Fenster seines Büros und sah beklommen zu, wie der silberne Opel den Parkplatz verließ. Als der Wagen außer Sichtweite war, wandte er sich ab und ging zurück zu seinem Schreibtisch. Seine schmalen Hände stützten sich Halt suchend auf die massive Tischplatte. Er schloss seine Augen und atmete ein paarmal tief durch.

Plötzlich fuhr er hoch, griff nach der pyramidenförmigen

Tischuhr und schleuderte sie mit voller Wucht gegen die Urkunden an der Wand. Zwei der Rahmen zersprangen mit einem dumpfen Klirren und fielen scheppernd zu Boden.

»Verdammt!«, schrie Hofer den kleinen Trümmerhaufen an, als hoffte er, den Schaden dadurch noch verschlimmern zu können.

Die Tür wurde aufgerissen, und seine Sekretärin kam hereingestürzt. »Ist alles in Ordnung?«, fragte sie verängstigt. Ihr verstörter Blick wanderte von Hofers zornigem Gesicht zu den Urkunden, die zerrissen auf den Glasscherben lagen.

»Bitte gehen Sie!« Hofer schnaufte wie ein wütender Stier. »Ich will nicht gestört werden. Und sagen Sie all meine Termine ab.«

»Ja … aber …«

»Raus!«, fuhr Hofer sie an.

Nachdem seine Sekretärin das Büro verlassen hatte, sank er auf den schwarzen Ledersessel hinter seinem Schreibtisch und vergrub das Gesicht in den Händen.

Es hatte angefangen. Und jetzt war es nicht mehr aufzuhalten.

4

Die Polizeidienststelle lag unmittelbar an der Bundesstraße 9, die aus dem Zentrum von Koblenz zu den Autobahnen führte. Das Einzige, was den grauen Betonklotz äußerlich von den umliegenden Hotels und Versicherungsgebäuden unterschied, war ein unübersichtlicher Wald aus mächtigen Funkantennen, die wie riesige Stacheln auf dem Dach in den Himmel ragten.

Das Büro von Dennis und Sven war ein heller Raum mit zwei cremefarbenen Schreibtischen und mehreren kopfhohen, vollgestopften Aktenschränken, neben denen ein Flipchart stand. Ein paar Fahndungsplakate und eine große Landkarte der Umgebung hingen an den weißen Wänden.

Sven saß an seinem Schreibtisch, der in puncto Sauberkeit und Ordnung nichts mit dem von Hofer gemein hatte, und studierte die Dienstpläne, die Hofers Sekretärin ihm kopiert hatte.

»Und?« Ungeduldig nippte Dennis an seinem Kaffee.

»So wie's aussieht«, sagte Sven, »war Jensen die meiste Zeit einem Pfleger namens Thomas Milenz zugeteilt. Jensens Arbeitszeit richtete sich somit nach dessen Schicht.«

»Und was sagt uns das?«, wollte Dennis wissen.

»Das sagt uns, dass wir diesem Milenz mal ein paar Fragen stellen sollten.«

»Du denkst, er kann uns mehr über Jensen sagen?«

Sven nickte. »Aber vielleicht weiß er auch, was genau in diesem Altenheim vorgeht.«

Dennis sah ihn fragend an. »Wie meinst du das?«

»Erinnerst du dich an diese Formel, die Jensen in seinen Aufzeichnungen erwähnt hat?«

Zwischen Dennis' Augenbrauen wölbten sich zwei kleine Falten auf. »Ja, ich glaube, es war so was wie CL-6 ...«

»CD8/13-CP«, korrigierte Sven.

»Und?«

»Wenn ich Jensens Notizen richtig interpretiere, muss die Formel mit diesem Projekt in Zusammenhang stehen. Und wenn dem wirklich so ist, hat Hofer gelogen.«

»Und wie kommst du darauf?«, fragte Dennis gespannt.

»Ich habe auf Hofers Schreibtisch eine CD gesehen, auf der genau die gleiche Bezeichnung stand: CD8/13-CP.«

»Bingo!« Beinahe hätte Dennis sich den Kaffee auf die Hose geschüttet. Er konnte es durch eine geschickte Ausgleichbewegung gerade noch verhindern und stellte den Becher vorsichtshalber auf dem Tisch ab. Dann stand er wie elektrisiert auf und fing an, rastlos hin und her zu wandern. »Ich wusste es! Der Mistkerl war viel zu nervös. Glaubst du, an Koschnys Verdacht ist was dran? Ich meine, dass Jensen auf etwas Illegales gestoßen war?«

Sven stützte die Ellenbogen auf das Durcheinander aus Papieren und Ordnern, das den größten Teil seines Schreibtischs bedeckte. »Ich fürchte, ja.« Er deutete auf zwei Kopien der Einträge aus Jensens Notizbuch. »Jensen schreibt hier von einem Code und einem Passwort. Ich denke, er hat in diesem Heim die Nase in Sachen gesteckt, die nicht für ihn bestimmt waren.«

»Und was ist hiermit?« Dennis tippte auf den Eintrag

vom 2. Juni: *21:00 N.N.* »Vielleicht hat er sich mit jemandem getroffen?«, überlegte er.

»Ja, das wäre möglich. Ich habe die Uhrzeit mit den Dienstplänen verglichen. Jensen hatte an diesem Tag Frühschicht. Das heißt, er hatte abends frei.«

»Tja, dann müssen wir jetzt nur noch herausbekommen, wer N.N. ist«, bemerkte Dennis sarkastisch. »*Inesco*. Vielleicht ist das ein Treffpunkt.«

Sven zuckte die Achseln. »Keine Ahnung. Aber ich bin mir fast sicher, dass ich dieses Wort schon einmal gehört habe.«

»Das da könnte immerhin ein Nummernschild aus der Gegend sein«, meinte Dennis und deutete auf den vierten Eintrag. WWSG368.

»Hab ich schon überprüft«, berichtete Sven. »Das Kennzeichen gibt es tatsächlich, und es ist als gestohlen gemeldet.«

»Seit wann?«

»Seit etwas mehr als zwei Wochen.«

»Das käme zeitlich hin.«

»Ja«, meinte Sven. »Und er hat mit seinen Notizen erst begonnen, nachdem er in dem Heim angefangen hat. Entweder er wusste schon vorher, dass dort etwas nicht stimmt, oder er ist durch Zufall darauf gestoßen.«

»Und das hat diesen Hofer vermutlich ziemlich verärgert.«

Sven ließ sich seufzend in seinen Stuhl zurücksinken. »Vermutlich. Allerdings hat die Sache einen Haken.«

»Und der wäre?«

»Hofer hat für die Tatzeit ein Alibi. Während du vorhin am Kaffeeautomaten warst, habe ich bei den Richters angerufen, so heißen die Leute. Sie bestätigen Hofers Aussage. Er und seine Frau waren den ganzen Abend dort. Auch wenn Hofer vielleicht eine Autorität auf dem Gebiet der Altenpflege ist, bezweifle ich doch sehr, dass er Spezialist im Autoknacken ist. Für so etwas braucht man Erfahrung.«

»Ja, sicher«, stimmte Dennis nachdenklich zu. »Schau dir Hofer doch nur mal an. Ich wette, der wäscht sich noch mit Seife, weil auf dem Duschgel *for men* steht. Schwer genug zu glauben, dass der Kerl ein Altenheim leitet.« Er rieb sich nachdenklich das Kinn. »Aber das würde bedeuten, dass mindestens noch eine dritte Person im Spiel ist.«

»Und genau das ist es, was alles über den Haufen wirft. Weil Hofer nämlich allem Anschein nach bis zu unserem Eintreffen nicht einmal wusste, dass Jensen tot ist. Ich glaube, er spielt in diesem Stück nur eine Nebenrolle.«

»Du meinst …?«

Sven nickte. »Ja. Irgendjemand hat Jensen ohne Hofers Wissen aus dem Weg geräumt. Jemand, der offensichtlich keine Skrupel hat, seine Interessen durchzusetzen.«

»Was zum Teufel geht da vor?«

»Ich weiß es nicht«, sagte Sven. »Aber wir werden es schnell herausfinden müssen. Und dabei werden wir Hilfe brauchen.«

Klaus König blickte überrascht von seinen Unterlagen auf, als Sven und Dennis durch die Verbindungstür zwischen den beiden Büros traten. »Nun sieh mal einer an«, sagte er erstaunt und sah kurz zu seinem Kollegen Wolfgang Cerwinski hinüber, der am Tisch gegenüber saß. »Wir dachten schon, der Alte hätte euch versetzt.«

»Nicht doch«, wehrte Sven lächelnd ab. »Wir würden doch niemals ohne euch gehen. Wer würde denn sonst für uns die Schreibarbeit erledigen?«

König, der Ende zwanzig war und den alle nur King nannten, grinste gequält. »Was verschafft uns denn die Ehre?«

»Na ja«, meinte Dennis, »wir haben uns gedacht, ihr hättet vielleicht Lust, eure Hintern mal weiter als drei Schritte von eurem Schreibtisch zu entfernen und richtige Polizeiarbeit zu leisten.«

»Nichts lieber als das«, erwiderte King, »aber im Moment können wir uns über Langeweile nicht beklagen. Ein Totschlag, eine ermordete Prostituierte und der Drogentote von letzter Woche.«

»Den Bericht hast du uns aufgebrummt, schon vergessen?« Verdrossen schaute Cerwinski zu Sven auf. »Der Alte will die Sache bis Montag auf dem Tisch haben.«

»Mein Gott, Wolfgang«, entfuhr es Dennis, als er das kreidebleiche Gesicht seines jüngeren Kollegen eingehender betrachtete. »Du siehst aus wie etwas, das meine Toilette verstopft.«

»So in etwa fühl ich mich auch«, hauchte Cerwinski leidvoll.

»Doch hoffentlich nichts Ernstes?«

»Nein«, grinste King. »Nur ein übermäßiges Bedürfnis nach billigem Fastfood.«

»Wie dem auch sei«, lenkte Sven das Gespräch wieder zum Thema zurück, »der Schreibkram muss warten. Ihr müsst uns einen Gefallen tun.«

King lehnte sich zurück und fuhr sich mit den Fingern durch die rostroten Haare. »Schieß los.«

Sven ließ Jensens Akte und den Bericht von letzter Nacht auf den Tisch fallen und erläuterte die Fakten, während King und Cerwinski in den Unterlagen blätterten. Als er fertig war, setzte er sich und sah seine beiden jungen Kollegen erwartungsvoll an.

»Und was genau wollt ihr von uns?«, fragte King skeptisch.

»Ihr sollt euch bloß ein bisschen in Jensens Wohnung umsehen. Vielleicht finden wir dort etwas, das uns weiterbringt.«

»Und warum kümmert ihr euch nicht selbst darum?«, wollte Cerwinski wissen. »Ihr braucht doch nur wieder jemanden, der euch die Drecksarbeit abnimmt.«

»Wir statten in der Zwischenzeit diesem Milenz einen Besuch ab«, erklärte Sven. »Womöglich steckt der in der Sache mit drin. Zumindest könnte er uns ein wenig mehr über Jensen erzählen. Durch eure Hilfe könnten wir viel Zeit gewinnen.«

»Also wieder mal Überstunden«, seufzte King. »Und wozu die Eile?«

»Wenn unsere Vermutungen zutreffen«, sagte Sven, »haben wir Hofer mit unserem Besuch einen ziemlichen Schrecken eingejagt. Und ich will auf jeden Fall vermeiden, dass er genug Zeit hat, seine Spuren zu verwischen. Wir müssen ihn weiter unter Druck setzen, damit er einen Fehler macht.« Sein Handy klingelte. Als er es aus der Hosentasche zog und auf das Display schaute, stockte ihm einen Moment lang der Atem.

Sandra.

Er hatte diesen Namen doch tatsächlich für einen kurzen Zeitraum aus seinem Gedächtnis verdrängt. Umso mehr hatte er jetzt das Gefühl, er stürzte wie in einem Fahrstuhlschacht haltlos in die Tiefe.

»Ich ... Ich bin mal kurz nebenan«, sagte er zu Dennis. Dann ging er in sein Büro und schloss die Tür hinter sich. Anschließend holte er zweimal tief Luft und drückte die Sprechtaste. »Ja?«

»Ich bin's, Sandra!« Ihre Stimme klang schroff und verärgert.

Also gut, dachte sich Sven, der ganz kurz gehofft hatte, sie wolle sich vielleicht bei ihm entschuldigen. *Sie klingt also verärgert.* Nun, das war ja auch nicht weiter verwunderlich. Schließlich war *sie* es ja gewesen, die ihm ohne nachvollziehbare Erklärung den Laufpass gegeben hatte. Und *sie* war es auch, die damit sein Leben in ein trostloses schwarzes Loch verwandelt hatte. Also war es ja auch nur allzu begreiflich, dass *sie* jetzt verärgert klang.

»Was willst du?«, fragte er kurz angebunden.

»Wie wär's mit einer Erklärung?«

»Ich glaube, wenn hier jemand das Recht auf eine Erklärung hat, dann bin ich es, findest du nicht?« Zu seiner eigenen Überraschung war er erstaunlich gefasst.

»Ja, und wenn ich mich nicht irre, wollten wir uns deshalb heute treffen. Du hättest wenigstens anrufen können!«

»Was?«, stieß er verwundert hervor. »Wovon redest du eigentlich?«

Sandra seufzte resigniert. »Du hast es also tatsächlich vergessen.«

»Vergessen? Was denn …?« Er verstummte. Wie aus heiterem Himmel tauchte plötzlich das Anschreiben vor seinem inneren Auge auf, das er einige Tage zuvor in seinem Briefkasten gefunden und nach ausgiebiger Begutachtung zerrissen hatte. Jetzt jedoch sah er es so deutlich vor sich, als hielte er es noch immer in den Händen:

… Um in dieser Angelegenheit eine für beide Parteien zufriedenstellende Lösung zu erreichen, bitte ich Sie hiermit, am Freitag, dem 28. Juli, um 11 Uhr 30 in meiner Kanzlei zu erscheinen …

Er schloss die Augen. »Mist«, zischte er in die Sprechmuschel. »Der verfluchte Anwaltstermin.«

»Ja, richtig«, fauchte Sandra, »der verfluchte Anwaltstermin! Ist dir eigentlich klar, dass ich über eine Stunde dort gesessen und auf dich gewartet habe? Weißt du, wie peinlich das für mich war?«

Und weißt du, wie viele Nächte ich schon nicht mehr richtig geschlafen und wie oft ich in letzter Zeit daran gedacht habe, von irgendwelchen Brücken zu springen?, ging es Sven durch den Sinn. »Hey, es tut mir leid, okay? Ich habe momentan eine Menge um die Ohren, ich habe wirklich nicht mehr daran gedacht.« Das war nicht einmal gelogen.

»Schon gut.« Sandras Stimme klang etwas ruhiger. Im Hintergrund konnte Sven das Geräusch eines vorbeifahrenden Autos hören. »Ich glaube, was mich eigentlich so wütend macht, ist die Tatsache, dass ich mir heute frei genommen habe. Aber irgendwie hätte ich ja wissen müssen, dass auf dich kein Verlass ist. Du wirst dich eben nie ändern.«

Svens Finger umklammerten das Handy so fest, dass sie ganz weiß wurden. »Wo bist du jetzt?«

»Ich stehe vor meinem Auto, gegenüber von der Kanzlei. Ich hätte zwar auch von dort aus telefonieren können, aber ich wollte mir weitere Peinlichkeiten ersparen.«

»Hör zu«, sagte Sven und versuchte, einen energischen Ton anzuschlagen, »die letzten Wochen waren nicht gerade einfach für mich. Wie du dir vielleicht vorstellen kannst, habe ich im Augenblick genug damit zu tun, mein Leben in den Griff zu kriegen. Es wäre schön, wenn du ein bisschen mehr Verständnis für meine Lage aufbringen würdest.«

»Ich glaube, in dieser Hinsicht hast du sämtliche Ressourcen aufgebraucht.«

Obwohl niemand im Raum war, vor dem er etwas hätte

verbergen müssen, blickte Sven zu Boden, wie immer, wenn es um Gefühle ging. »Was hältst du davon, wenn wir uns zum Mittagessen im *Lucania* treffen? Ich finde, du bist mir noch ein paar Antworten schuldig. Und um die zu klären, ist kein Anwalt nötig.«

Sandra zögerte einen Augenblick. »In Ordnung«, gab sie schließlich nach. »Lass uns das Ganze wie Erwachsene angehen. Wir schulden uns wohl beide eine Erklärung.«

»Also abgemacht.« Sven sah auf die Uhr. »In einer halben Stunde?«

Sie schwieg einen Moment. »Na schön. In einer halben Stunde. Und bitte versuch wenigstens einigermaßen pünktlich zu sein.«

Sven klappte sein Handy zu. Keine Frage, er würde sogar sehr pünktlich sein. Trotz des Zorns über sie und ihr Verhalten, der sich in ihm aufgestaut hatte, vermisste er sie mit jedem verdammten Gedanken.

»Alles in Ordnung?« Neugierig streckte Dennis den Kopf durch die Tür.

Sven nickte. Ja, so weit war alles in Ordnung, bis auf seinen Magen, der einem brodelnden Säurebad glich. »Ich muss weg. Kommt ihr alleine klar?«

»Kein Problem«, sagte Dennis. »Du bist schließlich nicht unersetzlich.« Er setzte wieder sein hämisches Grinsen auf.

»Wie reizend von dir«, bemerkte Sven.

»Nein, im Ernst. Ich gehe den Fall mit unseren beiden Grünschnäbeln noch mal durch. Sieh du erst mal zu, dass du dein Privatleben auf die Reihe kriegst.«

Sven knuffte ihn gegen die Schulter. »Drück mir die Daumen.«

»Mach ich. Und nun verschwinde endlich.«

5

Das *Lucania* war eines von drei italienischen Restaurants in der kleinen Kannenbäcker-Stadt. Es war besonders an heißen Sommertagen begehrt, da es eines der wenigen Restaurants der Stadt war, die ausreichend Platz im Freien boten.

Sven fuhr an der kleinen örtlichen Polizeiwache vorbei und lenkte seinen Wagen auf einen schmalen Parkplatz schräg gegenüber von dem Restaurant. Nachdem er ausgestiegen war, suchte er mit dem Blick die zahlreichen Tische und bunten Sonnenschirme vor dem Lokal ab, bis er Sandra entdeckte. Sie saß etwas abseits im Schatten, doch er erkannte sie sofort. Da war dieses Vertraute an ihr; die Art, wie sie ihren Kopf hielt und aus ihrem Glas trank. Er hätte sie unter Tausenden von Menschen auf Anhieb erkannt.

Nervös sah er auf die Uhr. Nur etwa zwanzig Kilometer lagen zwischen dem Restaurant und der Dienststelle. Doch um die Mittagszeit schien die Welt nur aus Autos zu bestehen, und er hatte sich gute zehn Minuten verspätet. Er wollte sich um jeden Preis mit ihr versöhnen und konnte es sich nicht erlauben, sie ein zweites Mal zu versetzen. Allerdings wollte er auch nicht übereifrig wirken. Wochenlang hatte er auf eine Reaktion von ihr gewartet. Da war es nur fair, dass sie zur Abwechslung mal auf ihn warten musste.

Mit schnellen Schritten überquerte er die Straße. Auf halbem Weg erblickte ihn Sandra und legte die Zeitschrift weg, in die sie sich vertieft hatte. Sie trug ein weißes T-Shirt, auf das ihr blondes, schulterlanges Haar offen herabfiel, und eine gelbe Caprihose.

»Hallo«, krächzte er und räusperte sich verlegen. »Tut mir leid, dass ich mich verspätet habe, aber der Verkehr …« Als er sich setzte, spürte er, wie sich auf dem Hemd an seinem Rücken kleine kalte Schweißinseln bildeten.

»Ich glaube, ich bin diejenige, die sich entschuldigen muss«, wehrte Sandra ab. »Und zwar nicht nur für den schroffen Überfall am Telefon.«

Hoppla! Hörte er da so etwas wie Reue in ihren Worten? »Die Situation ist für uns beide wohl nicht ganz einfach«, meinte er und betrachtete sie eine Weile. Sie sah so sanft und unschuldig aus, dass es ihm fast das Herz zerriss.

Ein junger Mann trat an ihren Tisch und zückte einen Schreibblock. »Guten Tag«, sagte er freundlich in gebrochenem Deutsch und strahlte Sven an. »Wie geht?«

»Na ja, Carlo, den Umständen entsprechend.« Er warf Sandra einen vorwurfsvollen Blick zu, die sich hinter einem unverbindlichen Lächeln versteckte.

»Was kann ich Sie bringen?«

Wie wäre es mit einer doppelten Portion Versöhnung und zum Nachtisch eine ausgedehnte Liebesnacht? »Ich nehme das Übliche«, sagte Sven, nachdem dieser Gedanke wieder verschwunden war. Er verspürte zwar nicht den geringsten Hunger, doch sein Körper konnte einen kräftigen Energieschub vertragen; in den letzten Wochen hatte er mindestens drei Kilo abgenommen. »Und eine große Cola«, fügte er hinzu. Zwar wäre ihm mehr nach einem Schnaps zumute gewesen, doch diese Tortur wollte er seinem Magen ersparen.

»Für mich bitte nur einen kleinen Salat und noch ein Glas

Wasser«, sagte Sandra fast schüchtern. »Für mehr ist es im Moment einfach zu heiß.«

Der Kellner nickte freundlich und verschwand.

Die beiden sahen sich eine Zeitlang wortlos an.

»Du siehst müde aus«, brach Sandra schließlich das Schweigen.

»Bin ich auch. In vielerlei Hinsicht.«

Erneute Stille.

»Da ... Bei mir sind noch ein paar Sachen von dir, und ... ich dachte mir, du brauchst sie vielleicht.«

»Ja, ich wollte sie bei Gelegenheit abholen.«

»Wo wohnst du im Moment?«, fragte er neugierig.

»Ich habe eine kleine Wohnung im Neubaugebiet. Erst mal nur vorübergehend, bis ich was Besseres gefunden habe.«

Sie hatte eine Wohnung? Und auch noch unmittelbar in der Nähe des Altenheims? Frauen konnten so verdammt radikal in ihren Entscheidungen sein!

»Warum?«, ergriff Sven wieder die Initiative. In seiner Stimme lag erstmals Entschlossenheit. »Das ist alles, was ich von dir wissen will. Und warum so plötzlich?«

»Von plötzlich kann keine Rede sein«, seufzte Sandra. »Ich habe aus mehreren Gründen schon lange an eine Trennung gedacht. Aber ich glaube, der Knackpunkt war, dass wir uns immer fremder geworden sind.«

»Fremder?«, wiederholte Sven. »Was soll das heißen? Ich meine ... Wieso hast du nie mit mir darüber geredet? Immerhin hatten wir beschlossen, unser Leben miteinander zu teilen, und nach vier Jahren suchst du dir einfach eine Wohnung und lässt mich im Regen stehen?«

»*Ich* wollte mein Leben mit dir teilen«, verteidigte sie sich energisch. »Bei dir bin ich mir da nicht mehr so sicher.«

Er seufzte. »Ja, ich weiß«, gab er leise zu. »Ich habe Fehler gemacht, das ist mir jetzt klar. Und es tut mir leid.«

»Ich glaube, dafür ist es jetzt zu spät.«

In Sven stieg ein Gefühl auf, das ihn innerlich zu zerreißen drohte.

»Als wir uns damals kennengelernt haben«, fuhr Sandra fort, »da warst du der verständnisvollste, aber auch der widersprüchlichste Mann, dem ich je begegnet war. Nach außen cool und gelassen, aber innerlich sensibel wie ein verängstigtes Kind. Diese Mischung hat mir gefallen. Deshalb habe ich mich in dich verliebt, und aus demselben Grund habe ich dich geheiratet. Aber mit der Zeit hast du dich verändert, du bist launisch geworden und hast niemanden mehr an dich rangelassen. Und jedes Mal, wenn ich versucht habe, dich darauf anzusprechen, bist du mir ausgewichen, hast genervt abgewinkt und behauptet, es wäre alles in Ordnung. Eine Weile habe ich sogar geglaubt, du hättest eine Affäre, und war eifersüchtig auf jede Frau in deiner Nähe. Aber dann ist mir klar geworden, dass du viel zu sehr mit dir selbst beschäftigt warst, als dass du die Zeit für so etwas gefunden hättest. Du hast dich immer tiefer in deiner Verbitterung vergraben, von der ich bis heute nicht weiß, woher sie kommt. Ich weiß nur, dass du früher mit mir über deine Probleme geredet hast, anstatt sie an mir auszulassen.«

Sven hatte plötzlich das Gefühl, der Stuhl, auf dem er saß, sei zu einer Anklagebank geworden. *Schuldig in allen Anklagepunkten, Hohes Gericht.*

»Aber ich liebe dich doch!« Es klang verzweifelter, als er beabsichtigt hatte. »Und ich will dich nicht verlieren.«

Sandras große Augen sahen ihn einen Moment lang verwundert an. Doch dann verschwand die Überraschung darin und wurde durch etwas Nüchternes ersetzt. »Glaubst du wirklich, es hätte unter diesen Umständen noch Sinn, unsere Beziehung fortzusetzen?«, fragte sie ein wenig resigniert. »Es ist ja nicht so, dass die jetzige Situation ganz plötzlich entstanden ist, auch wenn es dir vielleicht so vorkommt. Ich habe vier Jahre gebraucht, um einzusehen, wie verschieden unsere Auffassungen sind.«

»Nur komisch, dass *mir* das nie aufgefallen ist«, warf Sven ein.

»Das beweist doch nur, wie sehr wir uns auseinandergelebt haben. Ich liebe dich auch, Sven, aber es funktioniert einfach nicht mehr zwischen uns. Deshalb halte ich es für besser, wenn wir uns trennen. So bleibt uns vielleicht noch unsere Freundschaft erhalten, an der mir nach wie vor sehr viel liegt.«

Großartig, dachte er. *Ich liebe dich, und deshalb verlasse ich dich.* Ebenso gut hätte sie behaupten können, Milch schmecke wie Kakao, nur nicht so schokoladig. »Freundschaft«, wiederholte er enttäuscht. In Verbindung mit ihr kam ihm dieses Wort vor wie eine Degradierung. Missmutig registrierte er, dass ein weiterer Gast am Nachbartisch Platz nahm, und senkte augenblicklich die Stimme. »Und du glaubst nicht, dass ich eine zweite Chance verdient habe? Ich könnte mich ändern.«

»Das hast du schon getan, Sven«, meinte sie und seufzte. »Seit diese Geschichte vor zwei Jahren in den Medien breitgetreten wurde, siehst du in jedem Menschen nur noch einen Feind. Ich wollte immer dein Freund sein. Aber zuletzt hatte ich nur noch das Gefühl, dass wir unser Leben nicht mehr miteinander teilen, sondern es uns gegenseitig stehlen. *Das* ist der Grund, weshalb ich dich verlassen habe.«

»Und du bist dir wirklich sicher, dass das allein meine Schuld ist?«

»Was meinst du damit?«

»Ich meine, dass ich nicht der Einzige bin, der sich verändert hat. Seit du bei diesem religiösen Verein bist, lebst du doch in einer anderen Welt.«

»Ich lebe in der gleichen Welt wie du«, konterte sie energisch. »Ich sehe sie nur mit anderen Augen.«

»Da widerspreche ich dir ja gar nicht«, sagte er, »aber seit du bei dieser Kirchengemeinde bist, ist sie der Dreh- und Angelpunkt in deinem Denken.«

»Mit anderen Worten: Du hältst mich für verrückt!«

»Nein, verrückt ist jemand, der die Realität nicht mehr erkennt. Du versuchst der Welt deinen eigenen Stempel aufzudrücken, indem du aus allem und jedem eine göttliche Fügung machst und allem eine Bestimmung zuordnest.«

Sandra beugte sich vor und legte ihre Hand auf seine. Sven zuckte innerlich zusammen. Plötzlich musste er daran denken, wo ihn diese Hand schon überall berührt hatte. Wie sie zärtlich an seinem Rücken hinuntergeglitten war und dort ein heißes Kribbeln erzeugt hatte.

Aus.

Vorbei.

Nie wieder.

»Ich kann deinen Groll ja verstehen«, räumte sie ein. »Und ich denke, es würde dir helfen, mit anderen Menschen über deine Probleme zu sprechen. Warum kommst du nicht am Wochenende zu unserem Gottesdienst?«

»Das hatten wir doch schon«, wehrte er schroff ab. »Und wie du bestimmt noch weißt, war das nicht sonderlich erfolgreich.«

»Wie könnte ich das vergessen?«, sagte Sandra. »Du bist mitten in der Messe aufgesprungen und hast unseren Vorsitzenden beschimpft und bedroht.«

»Der Kerl hat vor aller Augen ein Kind misshandelt!«, verteidigte sich Sven.

»Du übertreibst wie immer maßlos«, widersprach Sandra ärgerlich. »Das war doch bloß eine Zeremonie, mit der der Junge offiziell in unsere Glaubensgemeinschaft aufgenommen wurde.«

»Und dazu war es nötig, ihm ein rotes Kreuz auf die Stirn zu malen?«

»Die Farbe war ein Symbol für das Blut Christi, so ähnlich wie Wein beim katholischen Abendmahl.«

»Der Junge hat geschrien und geweint.«

»Das tun Neugeborene bei der Taufe auch«, konterte Sandra. »Springst du deshalb auf den Altar und verprügelst den Pfarrer?«

»Das ist doch etwas ganz anderes.«

»Nein, Sven, im Grunde ist es dasselbe Ritual. Dass es anders ausgeführt wird, macht aus uns noch lange keine Sekte. Jede Glaubensrichtung hat ihre eigenen Ansichten und Regeln.«

»Ja, und manche Religionen verlangen von ihren Mitgliedern, sich in die Luft zu sprengen, nicht wahr?«

Sandra ließ seine Hand los und seufzte enttäuscht. »Wie ich sehe, hat sich an deiner Ansicht nichts geändert.«

»Tut mir leid, aber ich glaube nun mal nicht an Märchen.« Unverwandt sah er ihr in die Augen. »Ich will damit nur sagen, wenn es um Religion geht, sind die Menschen sehr leicht manipulierbar.«

»Ja, wenn man wie du immer nur das Schlechte in ihnen sieht«, konterte sie. »Vielleicht solltest du einfach lernen, den Menschen wieder ein bisschen zu vertrauen.«

Sven schielte zu dem Mann am Nachbartisch hinüber, der in seine Zeitung vertieft war. Trotzdem wurde er das Gefühl nicht los, belauscht zu werden. »Andere Menschen sind mir ziemlich egal«, erwiderte er. »Du bist es, um die ich mir Sorgen mache. Diese Leute sind nicht gut für dich. Sie verändern dich.«

»Ja, aber zum Guten. Und jetzt halte ich es für besser, wenn wir das Thema wechseln. Es hat keinen Zweck, mit dir darüber zu reden.«

»Na schön, dann versuch mich zu überzeugen. Was gibt dir dein Glaube sonst noch, außer der rosaroten Brille, durch die du die Welt betrachtest?«

»Wie wäre es mit Hoffnung?«

»Hoffnung?« Er lachte laut auf. »Du bist also der Meinung, Gott gibt uns Hoffnung, ja? Ich bin gespannt, wie du das den Eltern des Jungen erklärt hättest, dessen mit Heroin vollgepumpte Leiche wir letzte Woche in einer heruntergekommenen Baracke gefunden haben. Was ist das für ein Gott, der nicht einmal genug Hoffnung für einen Sechzehnjährigen übrig hat?« Seine Stimme wurde laut vor hilfloser Wut. »Ich finde, man sollte euch Gott-beschützt-uns-und-schenkt-uns-Hoffnung-Predigern die Leiche einmal unter die Nase halten, damit ihr die Wahrheit erkennt! Da draußen laufen Menschen rum, die kleine Kinder missbrauchen und anschließend wie Abfall im Wald verscharren. Und ich bin es, der sich Tag für Tag mit solchem Abschaum abgeben muss. Meine sämtlichen Ideale sind in diesem Dreck versunken, und dann kommst du und sprichst von Gottvertrauen? Drauf geschissen!«

Er schloss die Augen und atmete tief durch. Als er sie wieder öffnete, bemerkte er die verblüfften Blicke der übrigen Gäste. Auch der Mann am Nebentisch sah von seiner Zeitung auf. Doch das war Sven egal. Denn als er Sandra ansah, stellte er bestürzt fest, dass ihre wunderschönen Augen voller Tränen waren. Diesmal war er es, der ihre Hand ergriff. Er spürte, wie sie vor seiner Berührung zurückwich.

»Bitte … ich …«, stotterte er. »Glaub mir, es … es tut mir leid. Ich wollte dich nicht verletzen. Es ist nur … ich bin das alles so verdammt leid.«

Sie wischte die Tränen weg und strich sich eine Haarsträhne hinters Ohr. »Mir war klar, dass dir irgendetwas auf der Seele liegt«, sagte sie mit zitternder Stimme, »aber mit so viel Verbitterung hatte ich nicht gerechnet.«

»Glaub mir, manchmal möchte ich mich verkriechen und mich vor alldem verstecken und diesen ganzen Dreck einfach vergessen. Aber das ist nicht leicht, wenn man jeden Tag mittendrin steckt, verstehst du? Gerade gestern …« Er überlegte einen Moment, ob er ihr den Vorfall lieber verschweigen sollte. Der Gedanke, dass jemand aus ihrer unmittelbaren Umgebung ermordet worden sein könnte und ihr Arbeitgeber vermutlich etwas damit zu tun hatte, machte ihm ohnehin bereits zu schaffen. Andererseits hielt er es für vernünftiger, sie wenigstens über einen der beiden Punkte aufzuklären, zumal sie es früher oder später sowieso erfahren würde. Er holte tief Luft. »Gestern Abend wurde im Nachbarort ein Mann von einem Auto erfasst und getötet. Das war auch der Grund, weshalb ich heute Morgen nicht bei deinem Anwalt erschienen bin. Es spricht einiges dafür, dass es Mord war.«

»Du meine Güte!«, sagte sie entsetzt.

»Ja, das ist aber noch nicht alles. Der Tote hat in eurem Heim gearbeitet.«

Sandra sah ihn besorgt an. »Wie hieß er?«

»Erik Jensen.«

»Jensen?«, stieß sie abfällig hervor. »Das überrascht mich nun überhaupt nicht.«

Sven schüttelte den Kopf. »Siehst du, genau das meine ich. Wie kannst du eine solche Nachricht mit einer derartigen Selbstverständlichkeit aufnehmen? Jeder andere wäre entsetzt.«

»Bei jedem anderen wäre ich auch entsetzt, aber nicht bei Erik Jensen. Er hat im Dienst getrunken, und einmal habe ich ihn sogar dabei erwischt, wie er sich im Überwachungsraum einen Joint gedreht hat. Und das ausgerechnet, als in der Pflegeabteilung ein Virus umging.«

»Warum hast du deinem Chef nichts davon erzählt, diesem Hofer?«

»Das habe ich getan, mehrfach sogar. Aber aus irgendeinem Grund hatte Jensen bei dem in letzter Zeit so etwas wie Narrenfreiheit.«

»Was du nicht sagst.«

»Ja. Irgendwann hab ich ihn dann selbst zur Rede gestellt.«

»Was ist passiert?«

»Er hat mich eine blöde Schlampe genannt, mir den Stinkefinger gezeigt und dann noch gesagt, ich solle ihm nicht weiter auf den Sack gehen. Seitdem bin ich ihm lieber aus dem Weg gegangen. Der Kerl schien zu allem fähig zu sein. Deswegen überrascht es mich auch nicht sonderlich, dass er gewaltsam ums Leben gekommen ist. Ich glaube, die Einzigen, vor denen Jensen wirklich Respekt hatte, waren die alten Leute im Heim. Jedenfalls habe ich nie erlebt, dass er sich ihnen gegenüber so aufgeführt hat. Vermutlich war das seine einzige gute Eigenschaft. Trotzdem werde ich für ihn beten.«

Sven stöhnte und verdrehte die Augen. »Dein Chef, was ist das eigentlich für ein Typ?«

»Wieso fragst du?«

»Na ja, wir waren heute im Altenheim, um ihm ein paar Fragen zu stellen. Gehört ihm das Anwesen allein?« Er hasste sich dafür, sie auf diese Weise auszufragen, doch er hielt es für angebrachter, als mit der Tür ins Haus zu fallen.

Sandras Augen verengten sich ein wenig. »Soviel ich weiß, ist er einer der Haupteigner.«

»Hat er Familie?«

»Ja, eine Frau und einen Sohn. Was sollen diese Fragen?«

»Reine Neugier. Du scheinst ja ziemlich große Stücke auf ihn zu halten.«

»Ja, ich bewundere ihn für sein Engagement. Was ist falsch daran?«

»Nichts, gar nichts«, beschwichtigte Sven. Er kramte einen Stift und einen Zettel aus seiner Hemdtasche und schrieb etwas auf. Anschließend schob er den Zettel zu Sandra hinüber. »Sagt dir das was?«

»CD8/13-CP«, las sie laut. »Nein, was soll das sein?«

»Eine Notiz, die wir bei Jensen gefunden haben und von der wir annehmen, dass sie etwas mit seiner Ermordung zu tun hat. Und mit einem Projekt namens Columbus. Hast du davon schon mal gehört?«

»Nein. Was hat das mit mir oder Hofer zu tun?«

Sven zögerte. »Ich habe heute Morgen auf Hofers Schreibtisch eine CD mit exakt derselben Aufschrift gesehen.«

Sandras Blick wurde zusehends kälter, und Sven bereute es bereits, das Thema angesprochen zu haben. »Moment mal«, sagte sie wie jemand, der gerade bemerkt hat, dass er hinters Licht geführt wurde. »Du willst doch wohl nicht behaupten, Hofer sei irgendwie in diese Sache verwickelt?«

Sven antwortete nicht. Es war auch nicht nötig, sein unsicherer Blick sagte mehr als genug.

»Nein, das fasse ich nicht!«, stieß Sandra empört hervor. »Du bestellst mich hierher, beleidigst mich und meine Freunde, fragst mich aus wie einen von deinen Verdächtigen und behauptest dann auch noch, mein Chef, einer der fürsorglichsten und verantwortungsvollsten Menschen, die ich kenne, wäre ein Mörder. Jetzt will ich dir mal was sagen, mein Lieber, du solltest schleunigst zum Arzt gehen, deine Paranoia nimmt nämlich langsam erschreckende Ausmaße an.« Wutentbrannt stand sie auf. »Wenn du wieder normal bist, können wir diese Unterhaltung gerne fortsetzen, aber bis dahin halte ich es für besser, wenn wir uns nicht mehr sehen.«

Sven gelang es gerade noch, ihren Arm zu packen, als sie an ihm vorbeieilen wollte. Erneut starrten die Leute zu ihrem Tisch herüber. Diesmal beachtete er sie nicht. »Bitte setz dich wieder«, flehte er. »Ich habe nie behauptet, Hofer wäre ein Mörder. Ich hatte lediglich gehofft, du könntest mir vielleicht weiterhelfen. Irgendetwas geht in eurem Altenheim vor, und ich weiß nicht, was es ist. Aber ich weiß, dass ein Mensch deswegen sterben musste und ich mir deinetwegen Sorgen mache. Ich will doch nur, dass du vorsichtig bist und auf dich aufpasst, in Ordnung? Tut mir leid.«

Sie sahen sich eine Weile unverwandt in die Augen, und Sandras Blick verlor etwas an Schärfe.

»Bitte«, flehte Sven erneut und deutete mit dem Kopf auf den leeren Stuhl. »Lass uns einfach essen.«

»Also gut«, gab sie nach und setzte sich wieder. »Aber wir sprechen dieses Thema nicht mehr an, verstanden?«

»In Ordnung«, sagte er erleichtert.

Während des Essens redeten sie kaum miteinander. Sandra stocherte lustlos in ihrem Salat herum, und Sven kämpfte mit einer viel zu großen Pizza. Der Graben, der sich zwischen ihnen aufgetan hatte, wurde mit jeder Minute des Schweigens größer und riss sie weiter auseinander. Und mit den Fragen nach Hofer hatte er nur Salz auf die offene Wunde gestreut.

»Ich muss jetzt gehen«, sagte Sandra nach einer Weile und winkte dem Kellner. »Ich habe einen Friseurtermin und will vorher noch ein paar Sachen erledigen.«

Sven nickte wortlos, obwohl er diesen Termin für einen Vorwand hielt. Ihre Haare hätten nicht perfekter sein können. Und sie dufteten wunderbar. »Lass nur, ich zahle.«

»Nein«, wehrte sie ab. »Wer unabhängig sein will, muss auch bereit sein, die Rechnung zu zahlen.«

Wie tiefsinnig. Sven seufzte und schob seinen Teller beiseite, der noch gut zur Hälfte gefüllt war. Er hätte lieber die Rechnung für das Essen bezahlt als für ihre Unabhängigkeit. »Wegen deiner restlichen Sachen …«

»Ich melde mich in den nächsten Tagen«, sagte sie, nachdem der Kellner sich verabschiedet hatte. »Bei der Gelegenheit können wir auch in Ruhe über alles andere sprechen.«

Alles andere hieß wohl Scheidungsangelegenheiten.

»Pass auf dich auf.«

»Mach ich«, antwortete sie und ging.

Die folgende Stunde verbrachte Sven damit, ziellos umherzulaufen. Er schlurfte die Hauptgeschäftsstraße hinunter und versuchte, sich mit dem Gedanken abzufinden, dass er Sandra für immer verloren hatte. Es gelang ihm nicht. Nicht einmal seine Wut und seine Resignation reichten aus, um das Gefühl vollkommener Leere zu besiegen, das ihn dabei überkam.

Nach einer Weile setzte er sich in ein Eiscafé und bestellte sich einen Cappuccino. Er hatte keine Ahnung, wie spät es war, als er schließlich nach seinem Handy griff und im Präsidium anrief. Dennis berichtete ihm, dass sich Jensens Vermieter bereit erklärt habe, sie gleich am nächsten Morgen in die Wohnung zu lassen. Anscheinend lag ihm sehr viel daran, die Angelegenheit so schnell wie möglich abzuschließen. Außerdem waren sie Jensens Notizen noch einmal durchgegangen und hatten herausgefunden, dass es sich bei dem Eintrag »RMK: 90500« um die Telefonnummer des *Rhein-Mosel-Kurier* handelte, was immerhin die Verbindung zu Koschny bestätigte. Wer oder was »Coeo.« sein könnte, konnte ihnen dort allerdings niemand sagen.

Sven hörte zu, doch es fiel ihm schwer, sich zu konzentrieren, deshalb brachte er das Gespräch sehr schnell auf den Punkt. »Ihr müsst morgen früh ohne mich auskommen.«

»Und weshalb?«, fragte Dennis.

»Ich … Ich muss einfach mal ausschlafen«, sagte er, wohl wissend, dass er in der kommenden Nacht kein Auge zumachen würde. »Muss den Kopf frei bekommen, verstehst du?«

Dennis schwieg ein paar Sekunden lang. »Ist nicht so gut gelaufen, was?«

»Nein.«

»Hey, mach dir keine Sorgen. Ich werde schon allein mit Milenz fertig.«

»Danke. Wir sehen uns dann. Ich denke, ich komme so gegen Mittag ins Büro.«

6

Über Nacht hatte sich eine dichte Wolkendecke vor den Himmel geschoben, die nun wie ein riesiger Filter vor der aufgehenden Sonne hing und die Landschaft in ein dunkles Grau tauchte. Das düstere Licht ließ Peter Hofers kahlen Schädel fettig glänzen, als er am Schreibtisch seines Büros saß und hastig die Seiten des *Rhein-Mosel-Kurier* durchblätterte. Der Vorfall hatte sich zu spät ereignet, um in der gestrigen Ausgabe erwähnt zu werden, und auch auf der Titelseite von heute stand nichts darüber. Allmählich fragte er sich, ob den Zeitungen der plötzliche Unfalltod eines allgemein unbeliebten Menschen wohl die Druckerschwärze wert war. Erst bei den Lokalnachrichten auf Seite zwölf wurde er schließlich fündig. TOD NACH FAHRERFLUCHT lautete die Überschrift eines zweispaltigen Artikels. Sorgfältig studierte Hofer die Zeilen. Seinen übernächtigten Augen fiel es schwer, sich auf die Worte zu konzentrieren, als er plötzlich von der Stimme seiner Sekretärin unterbrochen wurde.

»Herr Hofer«, meldete sie sich zaghaft über die Gegensprechanlage. Nach dem gestrigen Vorfall wagte sie es kaum noch, ihn zu stören. »Hier ist ein Anruf für Sie, von einem Herrn Kuntz. Er sagt, er wäre ein Bekannter von Ihnen. Soll ich durchstellen?«

Hofer sah von seiner Zeitung auf, und seine schmalen Augen weiteten sich.

»Herr Hofer?«

»Ja ... in Ordnung, stellen Sie durch.«

Einen Augenblick später läutete das schwarze Designertelefon auf seinem Schreibtisch. »Hofer.«

»Ich habe gehört, Sie wollen mich sprechen.« Die Stimme war dunkel und rauchig.

»Warum haben Sie nicht wenigstens die Courage, sich mit Ihrem richtigen Namen zu melden?«, fauchte Hofer den Anrufer an. »Finden Sie dieses kindische Versteckspiel nicht langsam etwas kitschig?«

»Nun, ich würde mich nicht unbedingt als prominent bezeichnen, aber mein Name ist hier in der Gegend nicht unbekannt, und ich will vermeiden, dass man uns in irgendeiner Weise in Verbindung bringt. Das wäre zum jetzigen Zeitpunkt einfach zu riskant.«

»Tja, im Ausschalten von Risiken scheinen Sie ja ziemlich geübt zu sein.« Hofer sah auf den Zeitungsbericht vor sich.

»Sie klingen verärgert«, stellte der Anrufer fest. »Dabei sollten Sie dankbar sein, dass dieses Problem so diskret bereinigt wurde.«

»Diskret? Dass ich nicht lache. Haben Sie heute noch keine Zeitung gelesen?«

»Ich lese grundsätzlich keine Zeitungen. Zu viel Gewalt.«

»Vielleicht sollten Sie trotzdem mal einen Blick in die heutige Ausgabe werfen.«

»Was könnte da drinstehen, was ich nicht schon weiß?«

»Zum Beispiel, dass die Staatsanwaltschaft in dem Fall ermitteln lässt.«

»Und wenn schon«, bemerkte der Anrufer gelassen. »Die haben nichts in der Hand.«

»Und warum taucht dann die Kriminalpolizei bei mir auf?«

Einen Moment lang hörte Hofer nur ein Brummen in der Leitung.

»Ich weiß Bescheid«, sagte die Stimme ruhig. »Mohamed hat mich unterrichtet, nachdem Sie ihn angerufen haben.«

»Nein, eigentlich habe ich *Sie* angerufen«, gab Hofer gereizt zurück, »aber anscheinend machen jetzt andere Ihre Arbeit.«

»Wie Sie sich bestimmt vorstellen können, habe ich auch noch andere Verpflichtungen. Außerdem ist diese Nummer nur für Notfälle vorgesehen.«

Hofer lachte gezwungen auf. »Ach ja«, meinte er. Sein nervöses Kichern klang wie ein Wimmern. »Dann sollte ich Sie vielleicht erst anrufen, wenn die Bullen mit einem Haftbefehl vor mir stehen.«

»Jetzt beruhigen Sie sich wieder. Diese Befragung war nichts weiter als die übliche Routine bei einem solchen Fall.«

»Das haben die Bullen auch gesagt. Der eine scheint harmlos zu sein, aber der andere, Bergmann heißt er, der hat sich regelrecht an mir festgebissen. Ich glaube, der könnte uns gefährlich werden.«

»Wir kümmern uns bereits darum«, versicherte die Stimme gelassen.

»Heißt das, ich sollte auch weiterhin Zeitung lesen?«

»Ihre Anspielungen gehen mir langsam auf die Nerven.«

»Sie wissen von unserem Projekt«, sagte Hofer mit resignierter Stimme. »Jensen hatte ein Notizbuch bei sich, in dem er es erwähnt hat.«

Wieder nur ein Brummen.

»Das ist nur ein Begriff, der für alles Mögliche stehen könnte. Die wissen nichts, sonst hätten sie uns längst hochgehen lassen. Trotzdem sollten wir vorsichtig sein.«

»Ich habe diesem Jensen von Anfang an nicht über den Weg getraut«, betonte Hofer, »aber Sie waren ja überzeugt, er wäre der Richtige.«

»Das war er auch, bis er durch Ihre Nachlässigkeit an Unterlagen herangekommen ist, die er nie hätte sehen dürfen, und dadurch zu einer Bedrohung wurde. Also unterlassen Sie Ihre Anspielungen, sonst könnte ich mich gezwungen sehen, Sie auch aus der Gleichung zu nehmen.«

Hofer lehnte sich in seinem Ledersessel zurück und lockerte seine Krawatte. »Haben Sie mich angerufen, um mir zu drohen?«

»Nein, hören Sie zu: Ich will, dass Sie sämtliche Unterlagen über unsere Aktivitäten vernichten. Tabellen, Berichte, Kopien … einfach alles. Und speichern Sie sämtliche Daten aus Ihrem Computer auf CDs, die Sie mir dann zusammen mit den anderen Dingen auf dem üblichen Wege zukommen lassen.«

»Verstehe«, sagte Hofer. »Sie trauen mir nicht mehr.«

»Mit Vertrauen hat das nichts zu tun. Je mehr Schriftliches über unsere Aktivitäten vorhanden ist, desto größer ist die Gefahr, dass es in falsche Hände fällt. Das müsste selbst ein Bürokrat wie Sie begreifen. Wenn man bedenkt, wozu ein Mann wie Erik Jensen in der Lage war … Nicht auszumalen, was er hätte anrichten können.«

»Natürlich, Sie haben recht«, räumte Hofer ein.

»Dann tun Sie, was ich Ihnen gesagt habe, und tun Sie es diesmal etwas sorgfältiger. Und reißen Sie sich zusammen, in Ihrem eigenen Interesse. Sie wissen ja, was auf dem Spiel steht.«

Es klickte in der Leitung.

Wenige Augenblicke nach dem Anruf klopfte es an Hofers Tür.

»Nicht jetzt!«, brüllte er gereizt.

Dennoch wurde die Tür geöffnet, und ein untersetzter älterer Mann betrat das Zimmer. Sein Haar war voll und weiß. In der linken Hand hielt er eine kleine gläserne Kartusche, in der sich mehrere zylinderförmige Kapseln mit einer dunkelroten Flüssigkeit befanden.

»Ach, Sie sind es, Doktor Krämer.« Hofers Lächeln wirkte flüchtig und müde. »Sind das die neuesten Proben?«

Ohne auf die Frage einzugehen, stellte Krämer die Kartusche auf den Schreibtisch und griff wortlos in die rechte Tasche seines Kittels. Er zog eine CD hervor und warf sie achtlos neben den Glasbehälter. Sie landete genau auf dem Zeitungsbericht, über dem Hofer so ausgiebig gebrütet hatte.

»War es das wert?«, fragte er vorwurfsvoll.

Hofer blickte überrascht zu ihm auf. »Wenn wir Erfolg haben, ja.«

»Verstehe«, sagte Krämer. »Erfolg rechtfertigt alles, nicht wahr?« Er betrachtete Hofer. »Sie sehen müde aus. Schlecht geschlafen?«

»Wollen Sie mir irgendetwas sagen, Doktor Krämer? Wenn nicht, verschwinden Sie wieder in Ihr Labor.«

»Frau Marek auf Zimmer 17 hat starke Schmerzen und hohes Fieber. Ich weiß nicht, wie lange ich sie noch stabil halten kann.«

»Dann tun Sie gefälligst, wofür Sie bezahlt werden. Schließlich sind Sie Arzt, oder etwa nicht?«

»Ehrlich gesagt bin ich mir da nicht mehr so sicher.«

»Jetzt fangen Sie nicht auch noch an durchzudrehen«, fauchte Hofer ihn an. »Ich habe wirklich schon genug Ärger am Hals.« Er stand auf und ging zum Fenster. »Glauben

Sie etwa, mich lässt das alles kalt? Ich wollte ebenso wenig wie Sie, dass jemand zu Schaden kommt. Aber mit der Zeit ist das Ganze irgendwie außer Kontrolle geraten.«

»Wir hatten es nie unter Kontrolle«, sagte Krämer. »Deshalb bin ich der Meinung, wir sollten lieber abbrechen.«

»Das können wir nicht – jetzt nicht mehr.« Kraftlos fuhr sich Hofer mit den Händen übers Gesicht. »Herrgott, wie konnte es nur so weit kommen?«

»Jensen war wohl doch nicht so dumm, wie wir alle dachten.«

»Das ist keine Entschuldigung«, fuhr Hofer ihn an. »Er war Ihnen unterstellt, und Sie hatten dafür zu sorgen, dass er nur so viel erfährt, wie unbedingt nötig war.«

»Das habe ich auch getan«, wehrte sich Krämer. »Jensen sollte lediglich die Patienten überwachen und mich über etwaige Veränderungen informieren. Hin und wieder hat er mir bei Laborversuchen geholfen und Medikamente verabreicht. Das war alles.«

»Wie ist er dann an die Daten gekommen?«

»Er muss sich Zugang zum Laborcomputer verschafft haben.«

»Aber woher kannte er das Passwort?«

»Ich … Ich hatte es mir als Gedächtnisstütze auf meiner Schreibunterlage notiert.«

»Großartig! Warum haben Sie es nicht gleich mit Leuchtfarbe an die Wand gesprüht?«

»Na schön, ich gebe zu, ich habe Jensen unterschätzt.« Aufgebracht strich sich Krämer über den akkurat gestutzten Vollbart, der nicht ganz das Weiß seiner Haare erreichte. »Ich bin eben nicht sonderlich geeignet für solche Versteckspiele. Vielleicht hätten Sie ihm einfach mehr Geld geben sollen, um ihn ruhigzustellen.«

»Was wir ihm auch gezahlt hätten, es wäre nicht genug gewesen. Sind Sie wenigstens sicher, dass er die Dateien nicht kopiert hat?«

»Ja. Das Laufwerk ist blockiert. Nur ich habe den Schlüssel für die Sperre.«

»Vielleicht hatten Sie den ja auch auf Ihrer Schreibunterlage deponiert, wer weiß?«

Krämers Gesicht wurde dunkel vor Wut.

»Schon gut, vergessen Sie's«, winkte Hofer resigniert ab. »Es ist nicht Ihre Schuld. Sorgen Sie nur dafür, dass sämtliche Daten von Ihrem Computer gelöscht werden.«

»Soll das heißen, wir beenden die Sache endlich?«

»Nein. Ich will lediglich sichergehen, dass so etwas nicht noch einmal vorkommt.«

Krämer seufzte verzweifelt. »Was muss noch geschehen, bevor Sie vernünftig werden?«, fragte er und deutete erneut auf den Zeitungsartikel. »Wir haben ohnehin schon genug angerichtet. Ich kann das nicht länger mit meinem Gewissen vereinbaren.«

»Ihnen wird nichts anderes übrig bleiben«, erwiderte Hofer. »Sie haben sich darauf eingelassen, also werden Sie gefälligst damit fertig. Ich muss schließlich auch damit klarkommen.«

»Ja, aber Sie müssen diesen Menschen da unten nicht Tag für Tag in die Augen sehen«, gab Krämer verbittert zurück. »Als ich mich auf diese Geschichte eingelassen habe, war nie die Rede davon, dass Menschenleben gefährdet werden. Diese Menschen vertrauen uns, und wir …? Wir benutzen und missbrauchen sie aufs Schamloseste. Nichts auf der Welt kann das auf Dauer rechtfertigen.«

»Nicht einmal Ihre eigene Existenz, Doktor Krämer?« Hofers Ton wurde scharf. »Ich muss Sie wohl nicht erst daran erinnern, in welcher Verfassung Sie waren, als wir uns an Sie gewendet haben. Ein alter Mann, bis über beide Ohren verschuldet, dem die Patienten weggelaufen waren, weil er schon mittags an der Flasche hing.«

»Ja, der perfekte Mitarbeiter, nicht wahr? Leicht zu manipulieren und zu kontrollieren.«

»Tatsache ist nun mal, dass Ihnen keine Klinik auf Erden noch eine Chance gegeben hätte. Und nun schauen Sie sich an. Sie und Ihre Frau führen sozusagen ein erfülltes Leben. Wenn Sie wollen, dass das auch weiterhin so bleibt, dann sollten Sie und Ihr Gewissen sich schleunigst wieder an die Arbeit machen, oder Sie landen wieder da, wo Sie hergekommen sind. Haben wir uns verstanden?«

»Ja«, seufzte Krämer resigniert. »Klar und deutlich.« Demonstrativ kehrte er Hofer den Rücken zu und schritt zur Tür. Die Hand auf der Klinke, hielt er inne und drehte sich noch einmal um. »Ich frage mich nur, was auf Dauer leichter zu ertragen ist: ein betrunkener Versager zu sein, oder ein Mörder.«

Damit verließ er das Zimmer.

Hofer trat an seinen Tisch zurück und ließ sich in den Sessel fallen. Gedankenverloren betrachtete er die CD, die Krämer ihm gegeben hatte. Nervös tippten seine Finger auf das Etikett. CD8/14-CP war mit schwarzem Filzstift darauf vermerkt.

Ja, er wusste, was auf dem Spiel stand. Er wusste es nur zu gut.

7

Als die Wohnungstür im Erdgeschoss des Mietshauses geöffnet wurde, stand Dennis ein junger Mann mit langen blonden Haaren gegenüber. Thomas Milenz war schätzungsweise Mitte zwanzig, hatte aber das Gesicht eines unrasierten Dreizehnjährigen. Er trug ein offenes dunkelgraues Jeanshemd über einer ausgebeulten blauen Jogginghose, und seine Füße steckten – wie sollte es anders sein – in weißen Birkenstocksandalen.

Dennis hatte Milenz' Adresse aus dem örtlichen Telefonbuch, ein weißes Reihenhaus genau gegenüber von dem kleinen Stadtpark. Die Nachricht von Jensens Tod hatte sich wie ein Lauffeuer in dem Pflegeheim verbreitet, und so überraschte es Dennis nicht sonderlich, dass Milenz bereits im Bilde war. Was allerdings die erhofften Informationen betraf, schien er seine Erwartungen zurückschrauben zu müssen.

»Das ist so, wissen Sie«, erklärte Milenz und gestikulierte dabei wild mit den Händen, als wollte er seine Worte in die Luft meißeln. »Laut Dienstplan waren Jensen und ich zwar zusammen eingeteilt, aber in Wahrheit hatte ich kaum was mit ihm zu tun.«

»Wie ist das zu verstehen?«, fragte Dennis.

»Na ja, er hat fast immer bei Pille rumgehangen – so nennen wir Doc Krämer, unseren Hausarzt. Medikamentenausgabe, Patientenbetreuung, Laborarbeiten ...«

»Labor?«, unterbrach ihn Dennis.

»Ja, wir haben im Keller ein kleines Untersuchungslabor, da werden Stuhl- und Urinproben und so 'n Zeugs untersucht und Medikamente gelagert.«

»Was hatte Jensen dort verloren?«

»Keinen Schimmer, Mann. Ich weiß nicht, was die da unten getrieben haben. Ich glaube, das wusste er selbst nicht genau.«

Ein seltsam süßlicher Geruch schlug Dennis durch die geöffnete Wohnungstür entgegen, eine Mischung aus Blütenduft und dem Aroma getrockneter Tabakblätter. *Wahrscheinlich findet gerade die heimische Mohnernte statt*, dachte er. »Hat er jemals mit Ihnen darüber gesprochen?«

»Hab ihn eigentlich nur in den Pausen zu Gesicht bekommen«, sagte Milenz, »und dann hat er kaum ein Wort mit mir gequatscht. War 'n reichlich abgefahrener Typ; ziemlich verschlossen, hat kaum jemanden an sich rangelassen. Aber jetzt, wo Sie's sagen: Er hat mal erwähnt, dass den Patienten seiner Meinung nach ungewöhnlich oft Blut abgenommen würde und dass er's komisch fände, dass da unten nur mit Handschuhen und Mundschutz gearbeitet werden durfte. Aber das ist in solchen Labors normal, wegen der Krankheitserreger. Ich glaube, er wollte sich nur wichtigmachen. Wenn er mal den Mund aufgemacht hat, hat er ständig so blödes Zeug gefaselt. Er wolle aussteigen, es allen zeigen und so was. Zuerst hab ich das alles nur für Show gehalten, aber als er dann vor vier Wochen plötzlich nicht mehr zur Arbeit gekommen ist, hab ich echt gedacht, er hätte das tatsächlich durchgezogen.«

»Moment mal. Sie sagen, Jensen ist seit vier Wochen nicht zur Arbeit erschienen?«

»Ja. Als ich mich nach ihm erkundigt habe, hieß es, er wäre krank. Und jetzt das.«

»In welcher Beziehung stand Jensen zu Peter Hofer?«

»Na ja, Hofer war sein Boss. Die beiden konnten sich nicht sonderlich riechen. Hab sie mal nach Dienstschluss auf dem Parkplatz streiten sehen.«

»Haben Sie auch mitbekommen, worum es bei dem Streit ging?«

»Nee, aber Hofer war ziemlich sauer. Schätze, Jensen hatte mal wieder Mist gebaut.«

»Kam das öfter vor?«

»Trägt der Papst 'n Käppchen, Mann? Der Kerl war ein Unruhestifter. Nur die alten Leute schienen es ihm angetan zu haben.«

»Und wissen Sie auch, weshalb das so war?«

»Na ja, sie haben nie über ihn gelacht, verstehn Sie? Haben ihn immer mit Respekt behandelt. Trotzdem hat er eigentlich nicht richtig zu uns gepasst.«

»Haben Sie sich nie darüber gewundert?«

»Shit, ich betreue jeden Tag alte, hilflose Menschen, die zum Teil von ihren eigenen Familien abgestoßen werden und in der Gesellschaft als nutzlos und lästig gelten. Da wundert man sich über gar nichts mehr, Mann.«

»Wissen Sie vielleicht, wo sich Jensen in seiner Freizeit aufgehalten hat? Ich meine, hatte er Freunde, mit denen er sich getroffen hat?«

»Das hat mich gestern auch dieser Reporter gefragt. Aber dazu kann ich nichts erzählen. Wie gesagt, Jensen hat niemanden an sich rangelassen.«

»Was für ein Reporter?«, fragte Dennis misstrauisch.

»So ein etwas untersetzter Kerl. Arbeitet angeblich für den *Rhein-Mosel-Kurier*.«

Koschny, dachte Dennis. *Das fehlte gerade noch.* »Na schön«, sagte er. »Hier ist meine Karte. Rufen Sie mich jederzeit an, falls Ihnen noch etwas einfällt, und entschuldigen Sie die frühe Störung.«

»Kein Problem, Mann«, meinte Milenz gelassen. Mit einem kurzen Winken verschwand er wieder in seiner Wohnung.

Dennis ging mit gemischten Gefühlen zu seinem Dienstwagen zurück. Einerseits sah er seinen Verdacht bestätigt, andererseits war er enttäuscht, noch immer keinen entscheidenden Hinweis zu haben.

An einer Hausecke sah er einen Zigarettenautomaten, und einen schwachen Augenblick lang erlag er fast der Versuchung. Doch dann besann er sich eines Besseren, stieg rasch in sein Auto und fuhr in Richtung Innenstadt.

Den dunklen BMW, der ihm in einigem Abstand folgte, bemerkte er nicht.

8

»Wo warst du denn so lange?«, fragte Sven, der seit fast einer Stunde im Büro wartete.

»Ich musste noch was überprüfen«, antwortete Dennis überrascht und sah auf seine Uhr. »Wolltest du nicht später kommen?«

»Ich konnte nicht schlafen«, gestand Sven kleinlaut. »Irgendwann hab ich es zu Hause nicht mehr ausgehalten.«

Dennis nickte. »Siehst beschissen aus.«

Sven blickte zu ihm auf. »Es ist schön, Freunde zu haben, die einen aufbauen.«

»Ich gehe nicht davon aus, dass du darüber reden willst.«

»Nein.« Sven seufzte. »Wie ist es mit Milenz gelaufen?«

Dennis berichtete ihm von seiner Unterredung mit dem Pfleger. Allerdings vermied er es, den Namen Koschny zu erwähnen.

»Krank?«, fragte Sven.

»Ja, seit vier Wochen. Fällt dir was auf?«

»Das stimmt in etwa mit der Zeit überein, in der seine Eintragungen beginnen.«

»Volltreffer. Ich bin danach zu Jensens Krankenkasse gefahren. Denen lag keine Krankmeldung vor. Noch eine Ungereimtheit, die Hofer uns verschwiegen hat.«

»Auf den Dienstplänen ist auch nichts dergleichen verzeichnet. Wir können also davon ausgehen, dass sie gefälscht sind. Was ist mit dem Projekt?«

»Milenz wusste weder davon, noch konnte er mir etwas über diese Formel erzählen.« Dennis schwieg einen Augenblick. »Meinst du, wir sollten Hofer festnageln?«

»Nein, es ist noch zu früh, das würde nichts bringen. Was wir haben, ist einfach nicht genug. Jeder Anwalt hätte ihn in fünf Minuten wieder draußen. Und freiwillig erzählt der uns sicher nichts.«

Die Tür ging auf, und King und Cerwinski kamen herein.

»Ihr kommt wie gerufen«, sagte Dennis. »Ich hoffe, ihr wart erfolgreicher.«

»Wie man's nimmt«, antwortete King und deponierte einen kleinen Karton auf Svens überfülltem Schreibtisch. »Jedenfalls bin ich heilfroh, wieder aus dieser Wohnung raus zu sein. Der Hausbesitzer war ja schon vorher nicht gut auf Jensen zu sprechen, aber als er diesen Saustall gesehen hat ... Ihr hättet ihn hören sollen. Ich wusste gar nicht, wie viele Synonyme für Scheißkerl es gibt.«

»Was habt ihr für uns?«, fragte Sven.

»Nicht viel«, sagte Cerwinski, dessen Gesichtsfarbe heute um einiges rosiger wirkte. »Nur ein paar persönliche Sachen. Ein Wörterbuch, Schulzeugnisse, Pornohefte, einen Marihuana-Vorrat für mindestens drei Jahre – und das hier.« Er warf ein rotes Büchlein auf Svens Tisch.

»Ein Reisepass?«

»Mit einem gültigen Visum für Thailand«, erläuterte King. »Und das passende Ticket dazu. Nur Hinflug. Datiert auf den 29. Juli.«

»Das ist heute«, fügte Cerwinski hinzu, als wäre sonst keiner darauf gekommen.

»1492«, sagte Sven nachdenklich und sah zu Dennis auf.

Der erwiderte lediglich fragend seinen Blick. »Du meinst, den Eintrag, den Jensen für heute gemacht hat?«

»Ja. Die Eroberung des Paradieses. *1492* – das war angeblich das Jahr, in dem Kolumbus Amerika entdeckt hat. Kennst du den Film etwa nicht?«

»Doch, aber … Du meinst, Jensen wollte tatsächlich die Biege machen?«

»Ja«, bestätigte Sven. »Er wollte sein ganz persönliches Paradies erobern. Ich glaube, langsam begreife ich seine Denkweise.« Ein warmes, euphorisches Prickeln durchfuhr seinen Körper. Aufgeregt wandte er sich an Cerwinski. »Du hast etwas von einem Wörterbuch gesagt?«

Cerwinski sah ihn verwirrt an und reichte ihm das Buch.

Mit fast fiebrigem Blick überflog Sven den gelben Einband. »Natürlich«, flüsterte er. »Latein!«

»Latein?«, wiederholte Dennis.

»Ja – die Sprache der Gelehrten.« Hastig blätterte er in dem Buch. Nach einer Weile suchte er auf seinem Schreibtisch nach einem Stift und notierte etwas auf einem Zettel. Kurz darauf fügte er zwei weitere Eintragungen hinzu.

Dennis verfolgte das Ganze gespannt.

Schließlich legte Sven den Stift aus der Hand und lehnte sich zufrieden zurück. »Alea iacta est – die Würfel sind gefallen! Ist schon ein Weilchen her, aber ich wusste doch, dass mir das bekannt vorkommt.«

Dennis blickte auf den Zettel und las Svens Notizen. »Anscheinend hattest du bessere Lehrer als ich«, sagte er schließlich. Er zog die Kopie von Jensens Aufzeichnungen aus dem unübersichtlichen Berg aus Papieren und legte sie zum Vergleich neben Svens Notizen.

Montag, 2. Juli	
21:00 N.N. – Inesco!	inesco – ködern
Mittwoch, 11. Juli	
WWSG368 – Umbra.	umbra – Schatten, Gespenst
Freitag, 13. Juli	
RMK: 90500 Coeo.	coeo – zusammenkommen, zusammentreffen

»Ziemlich intellektuell für einen Penner wie Jensen«, meinte Dennis anerkennend.

Sven wühlte in dem Karton, bis er Jensens Zeugnisse gefunden hatte, die bereits beim flüchtigen Betrachten beeindruckende Noten offenbarten. »Jensen war vielleicht ein Penner«, entgegnete er, »aber er war nicht dumm. Er hatte bloß ein Problem damit, sich anzupassen.«

»Aber war Kolumbus nicht Spanier? Warum also Latein?«

»Vielleicht ein unbewusster Hinweis«, sagte Sven.

»Ein Hinweis worauf?«

»Wie gesagt, Latein ist die Sprache der Gelehrten. Und in Jensens Notizen taucht der Name eines Projekts auf und eine Formel, die vermutlich Teil dieses Projektes ist. Möglicherweise hat das irgendetwas mit Medizin oder Wissenschaft zu tun. Dafür spricht auch die Tatsache, dass Kolumbus mit C geschrieben wurde, das ist die internationale Schreibweise.«

»Meinst du nicht, du interpretierst da ein bisschen viel hinein?« Dennis' dunkle Augen blickten skeptisch auf Sven herab. »Allzu intelligent kann Jensen ja nicht gewesen sein, sonst wäre er nicht tot.«

»Intelligenz war noch nie ein Garant für Erfolg«, meinte Sven. »Dazu gehört auch ein gesundes Selbstvertrauen, und damit ist man als Außenseiter nicht gerade gesegnet.«

»Moment mal«, schaltete sich King ein. Er deutete auf die beiden Notizzettel. »Wenn ich das alles richtig interpretiere, hat sich dieser Jensen also mit jemandem getroffen, um ihn zu ködern.«

»Richtig«, stimmte Sven zu. »Ich vermute, er wollte sein Wissen zu Geld machen.«

»Du meinst, es ging um Erpressung?«

Sven nickte. »Da bin ich mir ziemlich sicher.«

»Dann ist dieser *Schatten* vermutlich ein Verfolger«, schlussfolgerte King weiter.

»Ja«, sagte Sven. »Die müssen jemand auf ihn angesetzt haben, nachdem er seine Forderungen gestellt hatte. Wahrscheinlich war dieser Jemand auch der Mörder.«

»Aber warum wollte er sich dann mit einem Reporter treffen?«, warf King ein.

»Ich nehme an, er wollte beides«, sagte Dennis. »Geld und Gerechtigkeit. Milenz sagt, Jensen mochte die alten Leute in dem Heim. Deswegen denke ich, dieses Projekt muss irgendetwas mit den Heimbewohnern zu tun haben. Wahrscheinlich wollte er die Verantwortlichen auffliegen lassen. Aber erst, nachdem er abkassiert hatte.«

Wieder war es King, der die nachdenkliche Pause unterbrach. »Demnach steckt also der, den er geködert hat, hinter alldem?«

»Ja, aber ich denke nicht, dass N.N. für den Namen dieser Person steht.«

Alle sahen Sven verwundert an.

»Und wie kommst du zu dieser Ansicht?«, fragte Dennis.

Sven blätterte wieder in dem Wörterbuch, bis er auf einer der vorderen Seiten angekommen war. »Weil im Lateinischen N.N. die gängige Abkürzung für ›nomen nescio‹ ist.« Er deutete auf die Stelle im Buch. »Was so viel heißt wie ›ohne Namen‹. Jensen hat sich mit jemandem getroffen, dessen Namen er nicht kannte.«

Dennis schüttelte den Kopf. »Dieser Kerl hat eindeutig zu viele schlechte Romane gelesen.« Er wühlte in Jensens Habseligkeiten herum. »Und mehr war dort wirklich nicht zu finden?«

»Was habt ihr denn erwartet?«, fragte King.

»Vielleicht eine Computer-CD?« Sven sah ihn fragend an.

»Nein, nichts dergleichen«, meinte Cerwinski. »Viel zu durchsuchen gab's da ohnehin nicht. Der Kerl hatte nicht mal einen richtigen Schrank. Seinen Plunder hatte er in einer alten Kommode verstaut, und die Drogen haben wir im Gemüsefach des Kühlschranks gefunden. Was da sonst noch alles drin war, erzählen wir euch lieber nicht. Es sei denn, ihr wollt aufs Mittagessen verzichten.«

Die Köpfe der vier drehten sich gleichzeitig herum, als es plötzlich an der Tür klopfte.

Allgemeine Ablehnung spiegelte sich in ihren Gesichtern wider, als sich der mächtige Oberkörper von Klaus Rathke durch den Türspalt schob.

»Wir gehen jetzt besser«, sagte King und sah Cerwinski an. »Wenn sich noch was ergibt oder ihr Hilfe braucht, sagt Bescheid. Aber wenn ihr mich fragt, steckt ihr in einer Sackgasse.«

Das Gefühl habe ich auch, dachte Sven. *Nicht nur, was diesen Fall angeht.*

»Was willst du, Rathke?«, fragte Dennis kurz angebunden, nachdem die beiden gegangen waren. Er verabscheute

Rathke – wie vermutlich jeder, der nichts von arroganten Großmäulern hielt.

»Der Chef schickt mich«, sagte Rathke mit nasaler Stimme, die in einem seltsamen Gegensatz zu seiner hünenhaften Erscheinung stand.

»Rößner? Kaum zu glauben, dass du die Zeit gefunden hast, aus seinem Hintern zu kriechen.« Erst im Nachhinein wurde Dennis die Zweideutigkeit dieser Bemerkung bewusst.

Rathke bedachte ihn mit einem verächtlichen Blick. Dann wandte er sich an Sven. »Neues Hemd?« Er grinste anmaßend. »Rößner will dich sprechen, und auf mich hat er keinen freundlichen Eindruck gemacht.« Rathke schob seine Brille ein Stück hinunter und begutachtete Sven über das Gestell hinweg. »Bist ziemlich abgemagert«, meinte er und stützte die massigen Hände auf die Tischkante. »Solltest öfter mit mir trainieren gehen und was für deine Muskeln tun. Das entspannt.«

»Ach ja? Hätte ich dann bessere Chancen bei dir?«

Dennis lachte amüsiert, und Rathkes Grinsen gefror einen Augenblick, bevor es sich langsam auflöste. »Ihr beide macht gerne Witze über mich, nicht wahr?«, sagte er und schob sich die Brille wieder zurecht. »Dabei hättet ihr doch nun wirklich genug mit euern eigenen Problemen zu tun, stimmt's, Sven?« Provozierend sah er ihn an. »Wie geht's eigentlich deiner Frau?«

»Hey, das reicht!«, fuhr Dennis dazwischen. »Du bist deinen Spruch losgeworden, also verzieh dich endlich.«

Rathke sah ihn wütend an. »Ich hab die Nummer mit dem Stripper nicht vergessen, Bergmann. Glaub mir, das war das letzte Mal, dass du mich vor anderen lächerlich gemacht hast.« Warnend deutete er auf Sven. »Und du, denk an Rößner«, fauchte er und knallte beim Hinausgehen wütend die Tür zu.

»Mistkerl«, zischte Dennis. »Ich wette, der hat Koschny damals die Informationen zugespielt, mit der er dich in der Öffentlichkeit verrissen hat.«

»Ja«, seufzte Sven. »So langsam denke ich, die ganze Welt ist eine einzige Kloake.«

Dennis ging zum Fenster und betrachtete das düstere Farbenspiel am Himmel. »Wo wir gerade beim Thema sind: Was will der Alte von dir?«

»Keine Ahnung. Wahrscheinlich soll ich mal wieder seinen Ring küssen.«

»Merkwürdig«, sagte Dennis nachdenklich.

»Was ist merkwürdig?«

»Ich bin mir nicht sicher, aber der BMW da auf der anderen Straßenseite … Ich könnte schwören, der ist heute schon ein paarmal in meinem Rückspiegel aufgetaucht.«

Sven trat neben ihn ans Fenster und blickte skeptisch über die vielbefahrene Straße auf das große Autohaus schräg gegenüber. »Ich glaube, du leidest an Verfolgungswahn.«

»Du hast recht, wahrscheinlich sehe ich Gespenster. Muss wohl daran liegen, dass ich heute Morgen nicht gefrühstückt habe. Komm, lass uns was essen gehen.«

Das Klingeln des Telefons hielt sie zurück.

»Becker … Ja … Wann? … Und wo genau? … Sind schon unterwegs.« Eilig legte er auf. »Vergiss das Essen!«

»Was ist los?«

»Sie haben das Auto gefunden, mit dem Jensen überfahren wurde.«

9

Martin Daum war von Natur aus ein ausgeglichener und gewissenhafter Mensch, Eigenschaften, die ihm als Leiter der Spurensicherung sehr zugutekamen. Doch am Abend zuvor hatte er seinen zweiundvierzigsten Geburtstag mit ein paar Gläsern trockenem Moselwein zu viel begossen. Der Tag hatte mit schier unerträglichen Kopfschmerzen und dem Wunsch begonnen, auf der Stelle zu sterben, gefolgt von dem Schwur, sämtlichem Alkohol auf ewig zu entsagen – zumindest, bis es ihm wieder besser ging. An solchen Tagen besann er sich meist auf seine Christenpflicht und verbrachte den Großteil des Morgens damit, seine Sünden zu bereuen. Doch der Allmächtige schien an diesem Tag nicht auf seiner Seite zu sein, denn er hatte ihn dazu verdammt, an seinem freien Tag hier auf dem Waldboden herumzukriechen.

Leise fluchend kniete er zwischen Farnen und Büschen neben der offenen Fahrertür des zerbeulten Wagens und untersuchte den Fußraum. Ihm fehlten ungefähr zwanzig Stunden Schlaf, und er fühlte sich, als hätte ihn jemand als Sandsack missbraucht. Selbst die frische Waldluft half wenig, denn in dem weißen Schutzanzug, den er tragen musste, um keine Fasern zu hinterlassen, schwitzte er wie ein Stahlarbeiter am Hochofen.

»Raffinierter Drecksack«, zischte er vor sich hin, während er den dunklen Teppichboden des Wagens untersuchte. »Wirklich raffiniert.«

Plötzlich schlug etwas donnernd auf das Wagendach. Erschrocken fuhr er hoch und hätte sich beinahe den Kopf angestoßen. »Wer zum …?«

»Hey, Däumling«, dröhnte eine fürchterlich laute Stimme über ihm. »Suchst du da unten nach Wahrheit und Gerechtigkeit?«

Daum spähte vorsichtig nach oben und erblickte Dennis und Sven. »Bergmann. Ich hab dir schon hundertmal gesagt, du sollst mich nicht so nennen.« Behutsam richtete er seinen schlaksigen Körper auf. »Bitte tut mir den Gefallen und redet etwas leiser. Der Verstärker in meinem Kopf ist auf volle Kraft gestellt.«

»War wohl gestern ein bisschen heftig«, bemerkte Sven.

»So könnte man's ausdrücken«, stöhnte Daum. »Ach, übrigens: Vielen Dank für euer Geschenk. Ein *Paarungskissen* hab ich mir schon immer gewünscht. War echt ein Brüller, als ich das Teil vor meiner Frau und all meinen Freunden feierlich enthüllt habe.«

Sven gab sich alle Mühe, nicht schallend loszulachen.

»Na ja«, räusperte sich Dennis, »wir dachten, das bringt vielleicht ein bisschen Schwung in deine Ehe.«

»Schwung ist gut«, sagte Daum und fasste sich mit beiden Händen ins Kreuz. »Das Ding hätte mir letzte Nacht beinahe einen Bandscheibenvorfall verpasst.«

Sven platzte los. »Tut uns wirklich leid, dass wir dich von deinem Sterbebett geholt haben«, keuchte er, nachdem er sich wieder gefangen hatte. »Ich hoffe nur, es war wenigstens nicht umsonst. Wir hängen nämlich ziemlich in der Luft und könnten dringend ein paar Hinweise gebrauchen.« Er wischte sich die Tränen aus den Augen.

»Tja, da muss ich euch leider enttäuschen«, sagte Daum. »Spurentechnisch gesehen ist der Wagen so unbefleckt wie meine zwölfjährige Tochter. Wir konnten weder Faserspuren noch Fingerabdrücke finden.«

»Irgendwie habe ich so was erwartet«, seufzte Sven. Er sah Daum an, der sich mit beiden Händen den Rücken massierte, und bekam einen neuerlichen Lachanfall.

»Wer hat den Wagen gefunden?«, fragte Dennis.

»Ein Rentner auf seinem Spaziergang. Das heißt, eigentlich war es sein Hund. Er muss das getrocknete Blut auf der Motorhaube gewittert haben.«

»Wonach riecht es hier drin?«, fragte Dennis und schnüffelte an dem offenen Wagen.

»Eine Mischung aus verschiedenen wasserlöslichen Tensiden und zitrushaltigem Parfümöl«, klärte Daum ihn auf.

»Ich wollte keine chemische Analyse, sondern eine einfache Auskunft.«

»Handelsübliches Fensterputzmittel! Der Kerl hat die Karre nicht nur gereinigt, er hat sie regelrecht sterilisiert. Sogar der Teppichboden sieht aus, als hätte meine Frau ihn sich vorgenommen. Die wenigen Faserspuren, die wir gefunden haben, dürften von dem Lappen stammen, den er benutzt hat. Er hat sogar die Sitzbezüge mitgenommen, um ganz sicherzugehen. Wirklich ein raffinierter Drecksack.«

»Ja, *zu* raffiniert«, unterstrich Sven. »Sonst noch was?«

»Na ja, der Boden dort hinten auf dem Weg ist ziemlich hart und ausgetrocknet. Da ist jede Spurensuche zwecklos. Aber hier auf dem weichen Waldboden konnten wir ein paar schwache Fußabdrücke finden, Größe 46.«

»Na toll«, stöhnte Dennis. »Wir sollten sofort eine Großfahndung nach einer Putzfrau mit zwei Sitzbezügen und Kindersärgen an den Füßen einleiten.«

»Tut mir leid«, beteuerte Daum, »aber mehr kann ich euch nicht bieten.«

Sven ging um den Wagen herum und spähte durch die Fenster. »Was ist denn das hier?« Er zeigte auf zwei breite, weißliche Streifen an der Rückseite des Beifahrersitzes. »Hier scheint der Kerl geschlampt zu haben.«

»Na, sieh mal einer an«, sagte Daum. »Das hätte ich doch beinahe übersehen.«

»Wundert mich ja, dass du durch diese verquollenen Schlitze überhaupt was siehst«, stichelte Dennis.

Daum öffnete die Hintertür und beugte sich über die Stelle. Sein Kopf drohte zu explodieren. »Sieht nach Rückständen einer klebrigen Substanz aus, wahrscheinlich von einem Klebeband«, stöhnte er gequält. »Interessant. Seht ihr die Eindrücke und Kratzer hier in der Mitte?« Vorsichtig streiften seine behandschuhten Finger über einige kleine Einbuchtungen in dem glatten Kunststoffbezug, in denen schwache ölige Rückstände zu erkennen waren. »Wahrscheinlich hat er hier irgendetwas befestigt, das er vom Fahrersitz aus schnell erreichen musste. Den Klebeabständen zufolge was Größeres.« Er schnüffelte an der fettigen Substanz. »Waffenöl.«

»Du meinst, er hat dort eine Knarre befestigt? Warum?«

Daum zuckte die Schultern. »Möglicherweise wollte er so verhindern, dass das Ding durch den Aufprall durch den Innenraum geschleudert wird. Ich schätze mal, es war zu groß oder zu schwer, um es am Körper zu tragen.«

»Zu groß?«

»Na ja …« Daum zog ein Maßband hervor und hielt es an die Einkerbungen. »Vielleicht 'ne Uzi, oder so was. Wirklich ein verdammt raffinierter Drecksack.«

»Hast du vor, dem Kerl einen Preis für Gewissenhaftigkeit zu verleihen?«, fragte Sven.

»Verdient hätte er ihn«, sagte Daum. »Eins steht jedenfalls fest: Derjenige, der diesen Wagen gefahren hat, war auf alles vorbereitet, auch auf eine größere Auseinandersetzung.« Mühselig rappelte er sich wieder auf. »Sogar den Abstellplatz hätte er nicht besser auswählen können«, sagte er und hielt sich vorsorglich an der Tür des Wagens fest. »Von hier aus kann man ungesehen in drei verschiedene Richtungen verschwinden: zurück auf die Schnellstraße, über den Feldweg dort hinten in den Nachbarort oder geradewegs in die Stadt. Dazu hätte er nicht einmal ein Auto gebraucht. Er könnte zu Fuß abgehauen sein oder mit dem Fahrrad. Der Kerl könnte hier um die Ecke wohnen, und wir würden es nicht merken.«

»Worauf willst du hinaus?«, fragte Sven.

»Das hier war keineswegs ein überhasteter Racheakt oder so was. Der Täter hat so etwas nicht zum ersten Mal gemacht.«

»Was denn, ein Killer?«, entfuhr es Dennis.

»Entweder das oder der ausgekochteste Drecksack, mit dem ich es je zu tun hatte. In meiner ganzen Zeit bei der Spurensicherung habe ich selten so gründliche Arbeit gesehen. Das ist die Handschrift eines Profis, der genau weiß, wie wir arbeiten.«

Aus einiger Entfernung drang sprödes Grollen zu den Männern herüber. Daum, dessen dunkelbraunes Haar vom aufkommenden Wind zerwühlt wurde, betrachtete misstrauisch die regenschwangeren Wolken, die bleiern über ihren Köpfen hingen.

»Sobald der Abschleppwagen da ist, brechen wir jedenfalls unsere Zelte hier ab«, meinte er. »Selbst wenn es in der Umgebung irgendwelche verwertbaren Spuren geben sollte, was ich bezweifle, werden sie ohnehin gleich weggespült. Ich lasse am Montag noch ein paar Labortests machen. Danach kann ich euch vielleicht etwas mehr über das Klebeband und den Lappen sagen, den der Kerl benutzt hat. Eventuell auch zu dem Waffenöl. Aber zu mehr wird's wohl nicht reichen.«

»Danke«, sagte Sven und sah Daum nach, der auf wackeligen Beinen zu den anderen Beamten hinüberschritt. Dann fiel sein Blick wieder auf das zerbeulte Auto. »Columbus-Projekt, seltsame Formeln, bezahlte Killer …«, murmelte er grübelnd. »Was zum Henker geht hier vor?«

Dennis betrachtete ihn schweigend. Er wusste keine Antwort.

10

Das Zimmer, in dem sie lag, war dunkel. Und im ersten Moment fühlte sie sich vollkommen verloren. Sie sah nichts, was ihr Halt gab. Denn es gab nichts, was sie kannte. Nur dieses krampfartige Gefühl, das sich in ihr ausbreitete wie glühende Lava.

Ihr Name? Wie war ihr Name?

Sie hatte ihn vergessen, wie so vieles andere. Finsternis umgab sie. Doch es war nicht die Dunkelheit ihres Zimmers, die sie erschreckte, sondern die in ihrem Kopf. Diese Leere, in die kein Licht mehr drang.

Sie hörte das Donnern und Stürmen, und es machte ihr Angst. Und dann war da noch ein Trommeln. Es klang, als klopfe etwas gegen die dunkle Fensterscheibe. Sie glaubte sich zu erinnern, dass man so etwas Regen nannte.

Wo war sie? Eine Frage, die sie sich viele Male am Tag stellte. Und allmählich konnte sie sich nicht einmal mehr erinnern, ob sie je eine Antwort darauf gewusst hatte. Nur manchmal drang noch etwas zu ihr durch, vage und schemenhaft. Gerade war so ein Moment, »ein Schub«, wie die weiß gekleideten Menschen es nannten. Ausgelöst durch ein intensives, quälendes Gefühl in der unteren Region ihres Körpers.

Schmerz, geisterte ein wiedergefundener Gedanke durch ihren Kopf. *Dieses Gefühl nennt man Schmerz!*

Ihr war heiß. Sie spürte die Hitze ihres Körpers, der nur noch eine Hülle war. Eine nutzlose Ansammlung organischer Masse, über deren Funktionen sie keine Kontrolle mehr hatte. Mühsam tastete sie nach ihrem Arm, und als sie ihn berührte, fürchtete sie, sich daran zu verbrennen. Sie sah den Schlauch, der aus der Haut ragte und zu etwas führte, das mit einer klaren Flüssigkeit gefüllt war und an einer Art Ständer hing.

Beutel ist das Wort, nach dem du suchst.

Ja, ein Beutel, mit diesem Zeug drin. Böses Zeug.

Die Schmerzen wurden schlimmer, und dadurch wurde ihr Verstand klarer. *Helft mir doch!*, hätte sie am liebsten geschrien, doch sie konnte sich nicht mehr verständlich ausdrücken. Sie raffte die ganze Kraft des Schubes zusammen und erkämpfte sich die Kontrolle über ihre Hand zurück. Schließlich ertastete sie einen länglichen Gegenstand an der Kante ihres Bettes. Darauf befand sich ein Knopf – *ein Schalter* –, und sie erinnerte sich, ihn schon einmal betätigt zu haben. Früher, in einem anderen Leben, das ihr vorkam wie ein ferner, bis zur Unkenntlichkeit verblasster Traum. Sie wusste nicht mehr, was dieser Schalter auslöste, doch sie musste sich beeilen, es herauszufinden, denn sie spürte, wie die Leere zurückkam. Und mit ihr die Finsternis. Und etwas in ihr, ein letzter Rest Bewusstsein, sagte ihr, dass die Dunkelheit dieses Mal endgültig sein würde.

Und während ihr sterbender Körper mehr und mehr erstarrte, hielten ihre zitternden Finger mit letzter Kraft den Schalter gedrückt.

Thomas Milenz saß im Überwachungsraum des Altenheimes und war in eine Zeitschrift vertieft. Er hatte sich freiwillig zum Nachtdienst einteilen lassen. Im Gegensatz zum hektischen Alltag der Pflegeabteilung war die Nachtwache eine meist ruhige und willkommene Abwechslung, die ihm ein wenig Zeit ließ, sich seiner großen Leidenschaft zu widmen. Ein Motorradkauf stand an, und es galt, Testberichte zu studieren und zu vergleichen. Sein Kollege Andreas Christmann teilte diese Begeisterung mit ihm. Von den Vorzügen der Nachtschicht war er allerdings nur schwer zu überzeugen.

»Gott, ist das öde«, stöhnte er und gähnte. »Erst halb zwölf, und ich sterbe jetzt schon vor Langeweile. In der Glotze läuft nur Mist.«

»Die Ruhe ist doch echt cool«, meinte Milenz, ohne aufzublicken. »Oder würdest du lieber mit Wundsalbe rumschmieren und Betten beziehen?«

»Immer noch besser, als hier zu versauern«, murrte Christmann. Sein anschließender Seufzer wurde jäh von einem Piepen übertönt. Eines der vielen roten Lämpchen auf dem Kontrollpult begann zu blinken.

»O nein, nicht schon wieder die Marek«, stöhnte Christmann. »Die hält uns jetzt schon seit Tagen auf Trab.«

»Ach, die ist bestimmt nur wieder an den Schalter gekommen.«

»Ich weiß nicht. Langsam kommt's mir vor, als ob sie das mit Absicht macht.«

»Du warst doch eben noch scharf auf Bewegung, also los.«

»Ja, aber nicht die Marek. Die sieht einen immer an, als wollte sie jeden Moment über dich herfallen. Richtig unheimlich.«

Milenz legte die Zeitschrift hin und seufzte gequält. »Das soll wohl heißen, dass ich mal wieder ranmuss.«

Christmann stand auf und verbeugte sich mehrmals vor

Milenz wie ein Moslem beim Gebet. »O barmherziger Tom, Retter der Unwilligen, geheiligt sei deine unendliche Gnade …«

»Lass den Quatsch«, knurrte Milenz. »Ich gehe – unter einer Bedingung: Wenn ich zurückkomme, will ich frischen Kaffee riechen – wenn das nicht zu viele Umstände macht.«

»Ich denke, damit kann ich leben«, grinste Christmann.

Milenz ging den hell erleuchteten Flur entlang zum Westflügel. Das Geräusch seiner Schritte wurde vom Getöse des Gewittersturms übertönt, der draußen tobte. Bis in den späten Nachmittag hinein hatten sich dichte Regenwolken am Himmel gesammelt, die schließlich am Abend ihre Schleusen geöffnet hatten und sie seitdem nicht mehr schließen wollten. Grelle Blitze entluden sich noch immer vereinzelt am dunklen Firmament, von kreischendem Donner begleitet, dessen Dröhnen die Luft erzittern ließ.

In den Krankenzimmern zu beiden Seiten des Flures nahm dies kaum jemand wahr. Die meisten Patienten in diesem Trakt waren schwere Pflegefälle, von denen viele nur noch vor sich hin vegetierten. Apathisch, nicht mehr ansprechbar, warteten sie auf den Tod.

Ilse Marek war eine von ihnen. Anfangs hatte sie Milenz noch erkannt, wenn er das Essen brachte oder ihr beim Waschen half. Sie hatte mit ihm geredet, war fröhlich gewesen, hatte viel gelacht. Dann wurden die Gedächtnislücken größer. Später kamen dann Sprachstörungen hinzu. Sie vergaß die Namen von Angehörigen und Freunden, suchte ihre dritten Zähne, obwohl sie noch eigene hatte. Mittlerweile wusste sie nicht einmal mehr ihren eigenen Namen, geschweige denn den ihres Pflegers. Meistens lag sie nur da, starrte ihn an, als wäre er ein Außerirdischer, und brabbelte sinnloses Zeug. Sie litt unter Alzheimer, eine Krankheit, die sich nicht nur als simpler Gedächtnisverlust äußerte, sondern als Verlust der Persönlichkeit. Zuerst vergaß man, das Badewasser abzustellen, dann seine Freunde, seine Gefühle, sein Leben. Man verlor langsam, aber sicher den Verstand. So weit würde er es nicht kommen lassen, schwor sich Milenz, falls das Schicksal ihn einmal auf so schreckliche Weise heimsuchen sollte. Lieber würde er sich vor einen Zug werfen, solange er noch bei klarem Verstand war, als wie eine Blume langsam zu verwelken.

Als sei all das noch nicht genug, grassierte schon seit einigen Wochen ein Virus auf der Station. Fieber und Schmerzen schwächten die Patienten zusätzlich. Seltsamerweise war niemand vom Personal davon betroffen. Nicht dass Milenz sich das gewünscht hätte, aber dass anscheinend keiner der Schwestern oder Pfleger daran erkrankte, war doch merkwürdig.

Leise öffnete er die Tür von Zimmer 17 und spähte hinein. Es war dunkel. Nur das schwache Quietschen der Bettfedern und schweres, gedämpftes Atmen waren zu hören.

»Frau Marek? Sie sind wieder an den Notschalter gekommen. Ist alles in Ordnung?« *Was tue ich da eigentlich?*, dachte er. *Sie weiß doch nicht einmal, in welchem Jahrhundert sie ist.*

Er knipste das Licht an und blieb wie angewurzelt stehen. Die Bettdecke lag auf dem Boden, und Ilse Marek wand sich in Krämpfen auf ihrem Bett. Die altersfleckigen Hände krallten sich in die Matratze. Ihr Körper zuckte. Das Gesicht war angeschwollen und graubräunlich verfärbt. Die weißen Locken klebten an ihrem Kopf, den sie fest ins Kissen presste.

»Großer Gott!«, schrie Milenz auf, stürzte zu ihr und

versuchte, sie festzuhalten. Erst jetzt bemerkte er die rötliche Flüssigkeit, die durch den Katheter in den seitlich am Bett angebrachten Beutel lief und auf Blut im Urin hinwies. Mühsam hob er ihren Kopf an und zog das Kissen darunter weg, um zu verhindern, dass sie darin erstickte. Ihre Augen waren verdreht und leblos, nur das Weiß darin war zu sehen.

Hastig rannte er wieder auf den Flur hinaus, eilte zum Telefon und wählte die Nummer des Überwachungsraums. Es schien eine Ewigkeit zu dauern, bis der Hörer abgenommen wurde.

»Welcher Arzt hat heute Notdienst?«, brüllte er.

»Doc Krämer, warum?«, antwortete Christmann erschrocken.

»Dann schaff ihn schleunigst her!«

»Was ist denn da oben los?«

»Frag nicht so viel, tu's einfach!«

Er knallte den Hörer auf und hastete zurück ans Bett von Frau Marek.

Als er dort ankam, bewegte sie sich nicht mehr.

11

Dennis drückte auf einen der Knöpfe des Kaffeeautomaten, am unteren Ende des Flures. »Er hat gesagt, die Frau sei gestorben, bevor der Arzt da war«, sagte er, während sich der Becher langsam füllte.

»Wann hat Milenz dich angerufen?«, fragte Sven.

»Gestern Mittag, so gegen eins. Kurz nachdem Rita gegangen war.«

»Rita?«

»Ja. Klein, handlich, brünett – und irrsinnig gelenkig. Hab sie Samstagabend kennengelernt.« Er hechelte wie ein liebestoller Hund.

Sven ruckte abfällig mit dem Kopf. »Glaubst du, am Tod der Frau ist was faul?«

Dennis drückte ein zweites Mal auf den Knopf. »Kann ich mir nicht vorstellen. Immerhin war sie über siebzig und hatte schweren Alzheimer. Der Arzt hat als Todesursache Nierenversagen angegeben. Genauer gesagt …«, er kramte eine Notiz hervor, »… Niereninsuffizienz durch akute Glomerulonephritis. Schätze, das Gleiche hab ich auch immer nach einer Sauftour«, fügte er trocken hinzu.

»Klingt nicht gerade kriminell«, bemerkte Sven.

»Ja, aber trotzdem …«

»Was?«

»Ich weiß auch nicht. Milenz klang irgendwie verunsichert, als ob er sich nicht recht damit abfinden könnte. Er hat dauernd von irgendeiner Viruserkrankung geredet.«

»Ja, ich erinnere mich«, sagte Sven nachdenklich. »Sandra hat auch so was erwähnt. Na, jedenfalls ist es jetzt offiziell.« Er wedelte mit der Mappe, die er in der Hand hielt.

»Darauf sollten wir einen trinken.« Dennis reichte ihm einen der Becher.

Sven trank einen großen Schluck und verzog angewidert das Gesicht. »Du meine Güte, was ist denn *das*?«

»Na ja, ganz sicher bin ich nicht«, gestand Dennis und betrachtete skeptisch den Becher in seiner Hand. »Sieht aus wie Brühe, schmeckt wie Kakao, soll aber Kaffee sein.«

»Becker!«, hallte es durch den Flur.

Über den Rand seines Bechers hinweg erblickte Sven einen Mann, der energisch auf ihn zueilte. Sein Bauch schwappte im Takt seiner Schritte, und die zornigen Falten auf der Stirnglatze verhießen nichts Gutes.

»Rößner«, knurrte er. »Verfluchter Mist, den hab ich völlig vergessen.«

»Ja, und er sieht nicht aus, als wäre er besonders erfreut darüber.« Dennis legte ihm die Hand auf die Schulter. »Du wirst mir fehlen, Alter«, versicherte er mit gespielter Trauer.

»Ich glaube, wir hatten einen Termin, Becker, erinnern Sie sich?«

»Na ja, ich hatte noch keine Zeit, mich …«

»Wie kommen Sie eigentlich dazu, zwei von meinen Leuten von Arbeiten abzuziehen, die ich ihnen aufgetragen habe?«, fiel ihm Rößner verärgert ins Wort. »Sie wissen doch, dass die Personalpolitik es im Augenblick nicht zulässt …«

»Wir brauchten dringend Informationen«, verteidigte sich Sven.

»Und ich brauche diese verdammten Berichte! Ich habe auch Vorgesetzte, vor denen ich mich rechtfertigen muss. Und wo wir gerade davon reden: Den Bericht über den Vorfall vom Donnerstagabend vermisse ich ebenfalls.«

Sven reichte ihm die Mappe. »Hier ist er, mitsamt dem Bericht der Spurensicherung. Eine Kopie liegt bereits beim Staatsanwalt. Die Laborergebnisse folgen in ein paar Tagen.«

Rößner setzte seine Brille auf und überflog den Inhalt der Mappe. Hin und wieder schielte er kurz zu Sven und Dennis hinüber. »Mord also«, stellte er schließlich fest, als hätte es noch niemand vor ihm getan.

»Ja, es spricht alles dafür.«

»Na schön. Aber nächstes Mal will ich vorher unterrichtet werden, wenn Sie derartige Schritte unternehmen. Solche Einzelaktionen wie vor zwei Jahren will ich nicht mehr sehen, klar? Wo kommen wir denn da hin, wenn hier jeder macht, was er will?«

Er ließ die beiden stehen und verschwand in einem der Büros.

»Wo kommen wir denn da hin, wenn hier jeder macht, was er will?«, äffte Sven ihn nach.

»Ach, der macht doch auch nur seinen Job.«

»Ich frag mich nur, warum dieser Egomane es dauernd auf mich abgesehen hat.« Sein halbvoller Kaffeebecher verschwand stellvertretend für seine Wut in einem Abfalleimer. Dann strich er sich nachdenklich übers Kinn. »Welcher Arzt hat eigentlich den Totenschein ausgestellt?«

»Dieser Krämer aus dem Altenheim, warum?«

»Nur so.«

»Komm schon, ich kenne diesen Gesichtsausdruck.«

Noch immer rieb sich Sven das Kinn. Ein alter Instinkt taute langsam wieder auf, ein Gefühl des Argwohns, wie er es früher oft verspürt hatte, wenn etwas zu offensichtlich erschien. Doch seit jenem Tag vor zwei Jahren war dieses Gefühl unter einem Berg aus Schuldgefühlen und Zweifeln begraben worden. Er hatte es damals ignoriert, hatte es als falsch eingeschätzt, als etwas Unvollkommenes. Mittlerweile hatte er eingesehen, dass er das Gefühl einfach nicht hatte wahrhaben wollen. Er *wollte*, dass Edmund Heibel schuldig war, *wollte*, dass dieser Instinkt, diese Zweifel, falsch waren. Und wie zur Strafe glaubte er plötzlich wieder den fauligen Geruch wahrzunehmen, in die hervorquellenden Augen zu starren, die ihn vorwurfsvoll betrachteten. Rasch drängte er all das zurück und schloss es in der Dunkelkammer seines Gewissens ein.

»Komm mit«, befahl er.

»Wohin?«

»Ich will was überprüfen.«

»Bestattungsinstitut Gerlach« stand auf dem winzigen schwarzen Schild neben der Eingangstür des Hauses, dessen Fachwerkmauern sich auf den ersten Blick nur durch ein großes, mit weißen Vorhängen verdecktes Fenster von den übrigen unterschieden. Lediglich der silbergraue Leichenwagen im Hof nebenan ließ erahnen, dass ein Besuch hier meist keinen freudigen Anlass hatte.

Das Zimmer der Geschäftsleitung lag im Untergeschoss. Es war klein und eng. Bücher- und Aktenschränke, grau gestrichene Wände, fantasielose Möbel. Ein Büro wie jedes andere. Trotzdem beschlich Sven ein seltsames Unbehagen. Unweigerlich tauchten die schrecklichen Bilder aus jener Scheune wieder in seinem Kopf auf, und einen Moment lang musste er die Augen fest zusammenkneifen, um sie zu verbannen.

»Bitte, setzen Sie sich doch.« Norbert Gerlach deutete auf die zwei Stühle vor seinem Schreibtisch. Er hatte eine tiefe Stimme, die zu seiner ergrauten Erscheinung passte. »Was kann ich für Sie tun, meine Herren?«

»Es geht um das Altenheim Waldesruh«, erklärte Sven. Seine Stimme klang belegt. Er räusperte sich und versuchte seine Unsicherheit hinunterzuschlucken. Es gelang ihm nicht.

»Ach, Sie meinen dieses neumodische Ding draußen vor der Stadt, das aussieht wie ein Raumschiff aus einem Science-Fiction-Film.« Gerlach machte eine abfällige Handbewegung und beugte sich vor. »Ich persönlich habe ja nie begriffen, wie man es zulassen konnte, dass diese schöne Landschaft derart verschandelt wird«, fuhr er fort. »Ich halte nicht viel von solchen Heimen, müssen Sie wissen. Beruflich habe ich oft damit zu tun, und in manchen herrschen Zustände wie in einem Flüchtlingslager.«

»Nun ja, solche Verhältnisse können wir wohl in dem Fall ausschließen.« Unwillkürlich verspürte Sven das Bedürfnis, das Heim in Schutz zu nehmen, nicht zuletzt, weil Sandra dort arbeitete.

»Mag sein«, erwiderte Gerlach. »Trotzdem halte ich nichts davon. Es passt einfach nicht hierher.«

»Unseren Unterlagen zufolge«, sagte Sven, »sind Sie bei Todesfällen dort als Bestatter tätig. Ist das richtig?«

»Ja.«

»Dann können Sie uns sicher etwas über den Todesfall am späten Samstagabend erzählen.«

»Ach, Sie meinen die alte Frau Marek.« Der streitlustige Ausdruck in den blassen Augen des Beerdigungsunternehmers verschwand. »Tragisch. Eine furchtbare Krankheit, Alzheimer. Man beklagt sich andauernd, aber durch so etwas wird einem erst bewusst, wie viel Glück man bis jetzt gehabt hat.«

»Hatten Sie schon öfter in dem Heim zu tun?«, wollte Sven wissen.

»Da müsste ich nachschauen.« Geschickt fingerte Gerlach seine Lesebrille aus dem Etui und setzte sie auf. »Mein Gedächtnis ist mittlerweile schlechter als meine Augen«, erklärte er und tippte auf der Tastatur seines Computers herum.

Unterdessen fuhr sich Dennis nervös mit den Fingern über die Lippen und betrachtete schmachtend den blitzsauberen Aschenbecher, der vor ihm auf dem Tisch stand. »Sie sind nicht zufällig Raucher, Herr Gerlach?«

Das Klacken der Tastatur verstummte kurz, und Gerlach sah Dennis über die Ränder seiner Brille hinweg an. »Nein, tut mir leid. Wenn man wie ich jeden Tag mit dem Sterben zu tun hat, riskiert man nichts, was den eigenen Tod beschleunigen könnte.«

»Verstehe«, sagte Dennis enttäuscht. »Klingt einleuchtend.«

»Da haben wir es ja«, meinte Gerlach, als er den entsprechenden Ordner gefunden hatte. »Anscheinend war das bisher der einzige Sterbefall – zumindest soweit es unsere Firma betrifft. Aber das wundert mich nicht sonderlich. Das Heim existiert schließlich erst seit vier Jahren.« Behutsam nahm er die Brille ab und sah die beiden Beamten an. »Worum geht es eigentlich bei Ihren Nachforschungen?«

Gute Frage, dachte Sven. Die Wahrheit war, dass er sich selbst nicht sicher war. Was sollte er dem Mann erzählen? Dass sie wegen eines Gefühls hier waren? Wegen einer vagen Ahnung, die noch dazu von einer alten Schuldfrage herrührte?

»Wir würden gerne mehr über den Arzt erfahren, der den Totenschein ausgestellt hat«, gab er schließlich seinem Instinkt nach.

»Dieser Krämer?«, fragte Gerlach, ohne eine Miene zu verziehen.

»Ja. Er war doch anwesend, als Sie eintrafen, nicht wahr?«

Gerlach nickte.

»Ist Ihnen an seinem Verhalten etwas Ungewöhnliches aufgefallen?«

»Hm«, erwiderte Gerlach, »ungewöhnlich ist gar kein Ausdruck.«

»Inwiefern?«, wollte Dennis wissen.

»Nennen Sie es Intuition oder gesunden Menschenverstand, aber irgendetwas stimmt nicht mit dem. Sie hätten sein Gesicht sehen sollen, als er den Totenschein ausgestellt hat. So stelle ich mir einen Angeklagten bei der Urteilsverkündung vor. Sonderlich wohl schien er sich jedenfalls nicht zu fühlen.« Mit einem leisen Ächzen ließ er sich in seinem Stuhl zurücksinken. »Als wir den Leichnam abtransportiert haben, habe ich im Vorbeigehen gehört, wie er auf dem Gang mit jemandem gesprochen hat; ich glaube, es war der Leiter des Heimes. Ich konnte nur Bruchstücke verstehen, aber er hat deutlich gesagt, dass er ihm in den nächsten Tagen nicht zur Verfügung stehen würde. Klang ziemlich mitgenommen. Reichlich sensibel für einen Arzt, finden Sie nicht? Wenn Sie mich fragen, hat der etwas zu verbergen.«

»Und weshalb haben Sie sich dann nicht schon früher an uns gewandt?«, fragte Sven.

»Was wäre denn dann passiert? Sie hätten eine Aktennotiz gemacht, die wahrscheinlich im Papierkorb gelandet wäre.«

Damit hatte Gerlach nicht ganz unrecht. Sie konnten unmöglich jedem Verdacht oder Hinweis nachgehen. Dazu fehlte einfach die Zeit. Zumal es sich hier doch ziemlich eindeutig um eine natürliche Todesursache handelte. Zumindest oberflächlich betrachtet.

»Ist Ihnen sonst noch etwas aufgefallen?«, erkundigte sich Sven.

»Nein, ich sage doch, es war der erste Todesfall dort.« Gerlach lehnte sich zurück. »Aber wenn ich mir Ihre Gesichter so ansehe, hat es den Anschein, als rechnen Sie in nächster Zeit mit weiteren Zwischenfällen dieser Art.«

Am späten Nachmittag hatte der Regen endlich aufgehört. Zögernd übernahm die Sonne wieder das Regiment. Dampfschwaden stiegen von den feuchten Straßen empor und ließen Koblenz wie eine neblige Sumpflandschaft aus Stahl und Beton erscheinen, in der der Großstadtlärm rumorte.

»Na, sieh mal einer an«, staunte Dennis, der über Svens Schulter hinweg auf dessen Computermonitor schaute. »Verheiratet, keine Kinder. Zwei Anzeigen wegen Trunkenheit am Steuer, zweimal Führerscheinentzug. Eine Geldstrafe wegen Steuerbetrug. Nicht gerade ein Unschuldsengel, unser Doktor.«

»Na ja, der letzte Punkt fällt wohl eher unter Selbstverteidigung«, spottete Sven. »Aber er hat sich mehrfach an der Börse verspekuliert«, erläuterte er weiter. »Musste seine Praxis in Koblenz wegen Alkoholproblemen schließen. Ist nur knapp einem Lizenzentzug wegen Trunkenheit im Dienst entgangen und musste eine Therapie machen. Hat das Haus und die Praxis verkauft, um seine Schulden zu bezahlen. Das liegt jetzt etwa fünf Jahre zurück.«

»Dein Gefühl hatte also recht: Hofer scheint ein Faible für verkrachte Existenzen zu haben. Nur schade, dass wir über ihn selbst nichts in den Akten finden können.«

»Ja, aber das hier bringt uns auch nicht weiter. Wenn du mich fragst, ist es wieder eine Spur, die im Nichts endet.«

»Was hältst du davon, wenn wir morgen früh mal bei diesem Doktor Krämer vorbeischauen, um es herauszufinden?«

»Hm, morgen früh ... Tja, das wirst du wohl wieder allein erledigen müssen.«

»Warum denn?«, fragte Dennis verwundert.

»Weil ich morgen schon einen Arzttermin habe.«

»Fehlt dir was?«

»Überhaupt nichts«, winkte Sven ab. »Ich bin nur langsam in einem Alter, in dem ich nicht mehr um den jährlichen Check-up herumkomme.«

»Ja, ich weiß, was du meinst«, seufzte Dennis. »Wir kommen langsam in die Jahre, was?«

»Tja, schätze, das wird sich nicht vermeiden lassen.« Er schreckte hoch, als er auf die Uhr sah. »Schon nach sechs. Vor diesen verdammten Dingern verliert man jegliches Zeitgefühl.« Rasch schaltete er den Monitor aus. »Ich will noch ein paar Sachen einkaufen«, meinte er, während der Bildschirm dunkel wurde. »In meinem Kühlschrank herrscht gähnende Leere. Soll ich dich mitnehmen?«

»Nein, ich ... hab noch was zu erledigen«, wehrte Dennis ab.

»Und wie kommst du nach Hause?«

»Ich leihe mir einen Dienstwagen aus. Stepanek von der Fahrbereitschaft ist mir ohnehin noch was schuldig.«

»Na schön, wie du meinst. Dann bis morgen.«

Dennis nickte und wartete, bis Sven das Büro verlassen hatte.

Kurz darauf machte er sich ebenfalls auf den Weg. Er hatte noch eine Verabredung, die er auf keinen Fall verpassen wollte.

12

»Ich bin wieder da!«, verkündete Sven seiner vereinsamten Wohnung sarkastisch und warf die Schlüssel auf die kleine Kommode neben der Tür. Dann schleppte er die zwei Einkaufstüten in die Küche und deponierte sie auf der Arbeitsplatte neben der mit schmutzigen Tellern überladenen Spüle. Er würde sie später ausräumen. Jetzt sehnte er sich nach ein wenig Entspannung. Also zerrte er eine Flasche Bier aus einem der beiden Sechserpacks und machte es sich auf der Couch im Wohnzimmer bequem. Er würde heute Nacht hier schlafen. Vielleicht bekam er dann mal mehr als vier Stunden Schlaf. Insgeheim jedoch wusste er, dass es nichts nützen würde. Seinen Dämonen konnte er auf diese Weise nicht entkommen.

Etwas Samtiges streifte seinen Arm und ließ sich schnurrend auf seinem Schoß nieder. »Na, Zorro, alter Junge.« Sven strich dem Kater sanft über das tiefschwarze Fell, das nur zwei weiße Punkte aufwies, die wie eine Maske über seinen Augen lagen und denen er seinen Namen verdankte. »Zu heiß, um auf die Jagd zu gehen, was?« Zorros Antwort bestand aus einem Gähnen. Sven sah eine Weile zu, wie der Kater sich zufrieden putzte, und beneidete ihn um sein Katzendasein. Manchmal schien es besser zu sein, nicht zu wissen, dass man existierte.

Er schaltete den Fernseher ein. Die Sieben-Uhr-Nachrichten begannen, und mit gewohnt sachlicher Gelassenheit berichtete die Sprecherin von einem Tankerunglück vor der schottischen Küste. Wieder eine Ölkatastrophe. Wieder war ein Naturschutzgebiet betroffen. Und wieder hatten die Verantwortlichen nichts Besseres zu tun, als ihr Bedauern auszudrücken und mit einstudierter Rhetorik alle Schuld von sich zu weisen.

Den Bildern folgten Beiträge über geplante Sparmaßnahmen der Bundesregierung und von einem Staatsbesuch der Kanzlerin in Washington. Die IG Metall drohte *mal wieder* mit Warnstreiks, die Krankenkassen kündigten *mal wieder* Beitragserhöhungen an. So weit nichts Ungewöhnliches.

Dann kamen Bilder einer Protestkundgebung. Hunderte von Menschen standen mit hocherhobenen Schildern und Spruchbändern vor einem großen Werksgelände. »STOPPT TIERVERSUCHE!« und »LEBEN UND LEBEN LASSEN!«, gellte es von den Plakaten. Durch den Nieselregen war die Schrift auf einigen der Schilder verlaufen, was ihre Botschaft noch eindringlicher machte. Hinter der Menschenmenge erhob sich ein flaches, lang gestrecktes Gebäude, das Sven irgendwie bekannt vorkam und auf dessen getönten Fensterscheiben sich das Tageslicht düster spiegelte. Sicherheitspersonal mit Schutzhunden hatte sich entlang des Werkszaunes postiert. Ein junger Reporter mit grauem Anzug stand etwas abseits des Geschehens und bemühte sich vergeblich, seriös zu wirken.

»Etwa dreihundert Menschen haben sich am frühen Nachmittag vor dem Werksgelände des Pharmaunternehmens MediTech im Koblenzer Industriegebiet Rheinhafen zu einer Kundgebung versammelt. Anlass dieser Demonstration ist der Artikel einer lokalen Tageszeitung, die vor

zwei Tagen von grausamen Forschungsversuchen an grünen Meerkatzen berichtet hatte, einer zentralafrikanischen Affenart. Bis zum heutigen Nachmittag hatten die Vorsitzenden des Unternehmens, das im letzten Jahr mit einem neuartigen Antirheumatikum Millionenumsätze erzielte, jegliche Stellungnahme verweigert. Auf einer Pressekonferenz äußerte sich der Geschäftsführer und Firmeneigner Dietmar Hees persönlich zu den Vorwürfen.«

Das Bild wechselte zu einem Mann, der hinter einem Gewirr aus Kabeln und Mikrofonen saß. Sein schütteres Haar zog sich über seinen Schädel wie filzige Spinnweben. Das fleischige Gesicht darunter war ernst, aber zuversichtlich.

»Wir weisen jede dieser Anschuldigungen zurück«, verkündete er mit einer Stimme, die sich anhörte, als hätte sie jahrzehntelang in Schnaps und Nikotin gebadet. *»Sie sind unbegründet und beruhen lediglich auf den Aussagen eines ehemaligen Mitarbeiters, den wir vor einigen Wochen wegen persönlicher Differenzen entlassen mussten und der nun der Auffassung zu sein scheint, seine Probleme auf diese Weise an die Öffentlichkeit tragen zu müssen. Richtig ist, dass wir Tierversuche durchführen, genau wie jedes andere Pharmaunternehmen. Sie sind bei der Erprobung neuer Medikamente unumgänglich und werden auch in Zukunft nötig sein. Aber dies geschieht ausschließlich innerhalb des gesetzlichen Rahmens im Endstadium der Entwicklung. Von daher sehen wir keine Notwendigkeit, auf diese Vorwürfe einzugehen.«*

Jetzt wurde wieder der Reporter eingeblendet: *»Neuesten Verlautbarungen zufolge will das Unternehmen rechtliche Schritte gegen den Urheber der Anschuldigungen einleiten. Wie von einigen örtlichen Tierschutzorganisationen zu hören war, werden in den nächsten Tagen weitere Demons-*

trationen erwartet. Auch Greenpeace hat bereits Aktionen angekündigt.«

Sven seufzte resigniert. Wozu eigentlich neue Medikamente?, fragte er sich. Wenn die Kassen weiter die Beiträge erhöhten, konnte sich das Zeug ohnehin bald niemand mehr leisten. Zumal die moderne Medizin bei einer einfachen Viruserkrankung in den meisten Fällen noch immer versagte ...

Plötzlich durchfuhr ihn ein Gedanke. Hastig sprang er auf und eilte zum Schreibtisch, der ebenso unaufgeräumt war wie der in seinem Büro. Nur das gerahmte Foto von seiner Schwester und seinem kleinen Neffen verlieh dieser Unordnung eine persönliche Note. Es schien eine Ewigkeit zu dauern, bis der Computer hochgefahren war. Schließlich startete Sven seinen Browser und tippte »Gesundheitslexikon« in eine Suchmaschine. Dann klickte er auf den ersten Eintrag der umfangreichen Ergebnisliste.

Als sich die Seite aufgebaut hatte, gab er »Erkrankungen der Nieren« ein und studierte die darauf folgende Auswahlliste. Was hatte Dr. Krämer noch als Todesursache der alten Frau Marek angegeben?

Glo... Glo...

GLOMERULONEPHRITIS
(Entzündung der Nierenkörperchen)

Die GN ist eine Entzündung der Nierenrinde beider Nieren mit primärem Befall der Nierenkörperchen. Wahrscheinlich liegen oft Störungen des Abwehrsystems zugrunde, so dass das Abwehrsystem selbst Antikörper gegen Nierengewebe erzeugt (Autoimmunkrankheit). In vielen Fällen dürften auch Viren oder andere Antikörper erzeugende Substanzen schuldig sein.

Viren, ging es Sven durch den Kopf. Er las weiter:

> AKUTES NEPHRITISCHES SYNDROM
>
> Ein akutes nephritisches Syndrom (entzündliches Erkrankungsbild der Niere) zeigt sich in: Kopfschmerzen, dumpfem Gefühl in der Nierengegend, rotbrauner Verfärbung des Urins, Schwellung des Gesichts, fast immer auch Bluthochdruck.

Nachdenklich lehnte Sven sich auf seinem Stuhl zurück. *Also doch*, ging es ihm durch den Kopf. Die Viruserkrankung, die laut Sandra und Milenz auf der Pflegestation ausgebrochen war, schien, nach diesen Angaben zu urteilen, nicht ganz unschuldig am Tod der alten Frau gewesen zu sein. Natürlich wusste er nicht, ob sie die erwähnten Symptome gezeigt hatte, doch nach dem, was Dr. Krämer als Todesursache angegeben hatte, schien es offensichtlich.

Aber warum hatte der Arzt das Virus dann mit keinem Wort erwähnt, nicht einmal auf dem Totenschein? Es lag doch auf der Hand, dass es der Auslöser für das Nierenversagen gewesen war. Und wenn selbst er – ein einfacher Polizist – mit Hilfe eines simplen Gesundheitslexikons zu diesem Schluss kam, wie konnte dann ein Arzt so etwas übersehen, der täglich mit der Patientin zu tun gehabt hatte, der ihre Krankengeschichte genauestens kannte? Und überhaupt, was war das für ein Arzt, der die anderen Kranken sich selbst überließ und in den nächsten Tagen *nicht zur Verfügung stand*?

Sven war so sehr in diese Fragen vertieft, dass er das Surren des Telefons völlig überhörte. Erst beim zweiten Mal drang es zu ihm durch. Zerstreut griff er nach dem Hörer.

»Ja?« Er war noch immer so geistesabwesend, dass er sogar vergaß, seinen Namen zu nennen.

Am anderen Ende meldete sich niemand.

»Hallo?«

»Spreche ich mit Kommissar Sven Becker?«, fragte eine zögernde Männerstimme. Sie klang dumpf, irgendwie verfremdet.

»Ja. Wer ist da?«

Eine kleine Pause entstand.

»Sagen wir, jemand, der nicht länger schweigen kann.«

Sven lauschte angestrengt und versuchte etwas Bekanntes aus der Stimme herauszufiltern. Doch sie war zu undeutlich, zu verschwommen.

»Nun, im Allgemeinen haben die Leute, die mich anrufen, einen Namen. Das erleichtert die Kommunikation ungemein. Vielleicht sollten wir diese Tradition beibehalten.«

»Das halte ich zum jetzigen Zeitpunkt für keine gute Idee«, erwiderte die Stimme verhalten.

»Ach ja? Und wann passt es Ihnen, an Ihrem Namenstag? Auf Wiederhören, Sie Komiker!«

»Legen Sie nicht auf«, flehte der Anrufer. »Es hat mich große Überwindung gekostet, Sie anzurufen. Ich weiß nicht, ob ich das ein zweites Mal schaffe.«

»Dann sagen Sie endlich, was Sie von mir wollen«, gab Sven gereizt zurück.

»Ich will Ihnen helfen.«

»Das will mein Arzt auch. Trotzdem spreche ich ihn mit seinem Namen an, wenn ich einen Termin bei ihm habe. Also, wer sind Sie?«

Ein weiteres Zögern.

»Nennen Sie mich Columbus.«

Ein Ruck durchfuhr Sven. Seine Augen weiteten sich, glichen denen einer Katze, die sich lauernd an ihr Opfer anschlich. »Na schön, Columbus, machen Sie mich neugierig.«

»Angenommen, ich wüsste etwas über einen Todesfall in einem Altenheim. Und nehmen wir weiter an, dass sich dahinter mehr verbirgt, als Sie sich jemals vorstellen könnten, würde das Ihre Neugier wecken?«

»Die ist bereits hellwach«, antwortete Sven. »Reden Sie schon! War es Mord?«

»In gewisser Weise schon.«

»Was heißt das?«

»Manche würden es vielleicht anders bezeichnen.«

»Ach ja? Und wie?«

»Als Opfer.«

»Raus mit der Sprache. Was geht da vor?«

»Das ist alles, was ich Ihnen sagen kann – im Moment jedenfalls. Für mich steht noch zu viel auf dem Spiel.«

»*Noch?* Wovon reden Sie eigentlich?«

»Ich melde mich wieder bei Ihnen, wenn es sicherer ist.«

»Hey, Augenblick mal. Was soll das heißen? Sie werfen mir einen Krümel hin, obwohl Sie den ganzen Kuchen haben. Wenn Sie mir helfen wollen, müssen Sie mir schon etwas mehr erzählen. Hallo … *Hallo!*«

Doch diesmal reagierte der Anrufer nicht. Er hatte bereits aufgelegt.

13

Erst gegen halb zehn Uhr abends verließ Hofer das Altenheim. Die Ereignisse der letzten 24 Stunden hatten deutliche Spuren in seinem Gesicht hinterlassen. Mit beiden Händen umklammerte er eine Aktentasche, als fürchte er, jemand könnte sie ihm entreißen. Er schien es ziemlich eilig zu haben.

Es dämmerte bereits, und er spähte hastig über den beleuchteten Parkplatz. Ohne seine Schritte zu verlangsamen, ging er zielstrebig auf die Parknische rechts neben dem Haupteingang zu, die für seinen Wagen reserviert war. Er öffnete den Kofferraum und ließ die Tasche darin verschwinden.

»So spät noch bei der Arbeit?«

Hofer fuhr erschrocken herum und starrte die große Gestalt an, die etwa drei Meter von ihm entfernt in der Dämmerung stand.

»Kommissar Bergmann«, stellte er erleichtert fest. »Schleichen Sie sich immer so von hinten an die Leute ran?«

»Nur wenn sie etwas zu verbergen haben«, erwiderte Dennis und ging langsam auf den Heimleiter zu. »Warum denn so schreckhaft? Ich komme doch nicht etwa ungelegen?«

Erneut glitt Hofers Blick nervös über den Parkplatz.

»Nein, ich wollte nur …« Seine Miene erstarrte. »Hören Sie«, wehrte er übertrieben geschäftig ab, »meine Frau erwartet mich, ich habe keine Zeit!«

»Ich werde Sie nicht lange aufhalten«, entgegnete Dennis.

»Sind Sie dienstlich hier?«

»Nein.«

»Dann entschuldigen Sie mich bitte.«

Rasch wandte sich Hofer ab und wollte die Tür seines Wagens öffnen.

Dennis riss ihn herum, packte ihn am Revers und drückte ihn gegen die Autotür. Er war überrascht, wie leicht ihm das fiel.

»Nein, *Sie* hören mir jetzt zu«, zischte er. »Ich habe über zwei Stunden hier unten auf Sie gewartet, also habe ich wohl ein Recht darauf.«

Hofer war so überrascht, dass er keinerlei Gegenwehr leistete. »Was wollen Sie von mir?«, stieß er ängstlich hervor.

»Ich will Sie nur warnen! Treiben Sie keine Spielchen mit mir. Ich habe seit Tagen nicht mehr geraucht, und auf Nikotinentzug reagiert mein Körper im Allgemeinen äußerst gereizt.«

»Sie … Sie sind ja wahnsinnig«, keuchte Hofer, der es bei Dennis' Anblick mit der Angst bekam.

»Nein, ich habe nur einen ausgeprägten Riecher, wenn es um Scheiße geht, und immer, wenn ich in Ihrer Nähe bin, stinkt es zum Himmel! Ich kann diesen Geruch nicht ausstehen, und vor allem mag ich keine Leute wie Sie, die meinen, sie könnten mich verarschen.«

»Lassen Sie mich los«, keuchte Hofer. »Bitte, Sie wissen ja nicht, was Sie tun.« Ängstlich schielte er über Dennis' rechte Schulter.

»Wovor haben Sie solche Angst, Hofer?«

»Bitte, ich ...«

Dennis fasste fester zu: »Na los, Mann, reden Sie schon! Jensens Tod war kein Unfall, genauso wenig, wie der der alten Frau natürliche Ursachen hatte, habe ich recht?« Er schüttelte Hofer. »Ist es nicht so? Wer steckt noch dahinter? Spucken Sie's aus, Mann, sagen Sie endlich die Wahrheit!«

»Ich ... Ich kriege keine Luft mehr«, japste Hofer, und seine kleinen Augen quollen vor Panik aus den Höhlen.

»Also gut«, zischte Dennis. »Für heute hatten Sie Ihre Chance. Aber Sie sollten sich ab jetzt öfter umdrehen, denn ich werde Sie nicht aus den Augen lassen. Ich weiß nicht, was Sie hier treiben und warum Sie es tun, aber ich schwöre Ihnen, ich werde Himmel und Hölle in Bewegung setzen, um es herauszufinden.«

Mit einem Ruck ließ Dennis ihn los, und Hofer rang hustend nach Luft. Dennis warf ihm noch einen letzten warnenden Blick zu; dann ging er zu seinem Dienstwagen und fuhr davon.

Kurz darauf sprang ein weiterer Motor an. Angespannt und noch immer außer Atem, beobachtete Hofer das Fahrzeug, das aus der hinteren Ecke des Parkplatzes langsam an ihm vorüberrollte. Schon als er mit Bergmann gesprochen hatte, war ihm der Wagen aufgefallen. Und seine beiden Insassen, die das Geschehen schweigend beobachtet hatten und die ihn nun durch die getönten Scheiben betrachteten wie etwas Lästiges, das es aus dem Weg zu räumen galt. Hofers Angst wuchs, als der Wagen langsamer wurde und sich das Fenster auf der Fahrerseite senkte. In seiner Panik rechnete er fest damit, dass gleich eine Schusswaffe auf ihn gerichtet werden würde. Doch es war nur die Hand des Fahrers, die mit Daumen und Zeigefinger eine Pistole andeutete. Dennoch zuckte Hofer zusammen, als der Daumen symbolisch nach vorne schnellte. Dann sah er nur noch, wie die südländischen Gesichtszüge des Mannes sich zu einem Lachen verzogen, während der Wagen auf die Ausfahrt zusteuerte.

Die machen Ernst, dachte er und zerrte am Knoten seiner Krawatte. *Und ich bin der Nächste auf ihrer Liste!*

Nur langsam löste sich die Angst aus seinen Gliedern, und er richtete sich auf, während er beobachtete, wie der Wagen dem Auto des Kommissars in gebührendem Abstand folgte. Es war ein dunkler BMW, der ihm in den letzten Tagen öfter begegnet war.

Sie beobachten mich, wollen auf Nummer sicher gehen. Hofer atmete tief durch. Resigniert blickte er zum Heim zurück. Er hatte sich mit den Falschen eingelassen. Und nun blieb ihm nur noch, die Scherben zusammenzufegen. Doch er würde sich mit dem, was er vorhatte, beeilen müssen.

14

Kratzend führte Konrad Krämers Hand den Füllfederhalter über das Papier, das im Licht der Tischlampe gelblich schimmerte. Die große Standuhr schlug ihren erbarmungslosen Takt so eindringlich, dass es ihm schwerfiel, sich auf seine ausweglosen Gedanken zu konzentrieren. Hinter ihm blickten Dutzende medizinischer und naturwissenschaftlicher Bücher in den hoffnungslos überfüllten Regalen seines Arbeitszimmers anklagend auf ihn herab wie papierene Geschworene, die ihn stumm schuldig sprachen. Er hatte gegen den obersten Grundsatz ihres Wissens verstoßen, und das war unverzeihlich.

Schon nach wenigen Sätzen endete er. Seine Alpträume waren Nacht für Nacht schlimmer geworden, verfolgten ihn bis in den Tag hinein. Es schien nur noch ein Mittel zu geben, sie zu vertreiben.

Resigniert starrte er auf die geschwungenen Linien seiner Handschrift und überdachte die Botschaft ein letztes Mal. Dann legte er den Füller beiseite, leerte das Glas zu seiner Rechten in einem Zug und öffnete die Schublade des Schreibtisches. Seine Finger griffen nach einem harten, kalten Gegenstand darin, den er in der Tasche seines Bademantels verschwinden ließ. Er machte das Licht aus und schloss die Tür.

Eine breite Wendeltreppe führte vom Dachgeschoss ins Wohnzimmer. Die Einrichtung war edel und teuer. Designermöbel, Großbildfernseher, offener Kamin … wie belanglos ihm das plötzlich alles vorkam.

Leise betrat er das Schlafzimmer und machte das Licht an. Seine Frau lag mit dem Rücken zu ihm im Bett. Sie stöhnte leise, weil das Licht sie blendete.

Er stand nur da und betrachtete ihr Haar, glänzend wie ein roter Seidenschal und immer noch feurig wie das einer Zwanzigjährigen. Bestimmt hatte sie es vor dem Zubettgehen gebürstet. Das tat sie jeden Abend. Er hatte ihr oft dabei zugesehen und ihre reife Schönheit bewundert, die in den achtundzwanzig Jahren ihrer Ehe nichts von ihrer Anmut verloren hatte. Was hatte sie seinetwegen alles ertragen müssen. Die verstohlenen Blicke im Supermarkt. Das Geschwätz der Leute und Nachbarn auf der Straße: »Schaut mal, da kommt die Frau von Doktor Jack Daniel's!«

Wie oft hatte sie bis tief in die Nacht auf ihn gewartet und gewusst, dass er nicht einmal mehr fähig sein würde, die Tür zu öffnen. All die Wutanfälle, die hässlichen Dinge, die er im Rausch gefaselt hatte. Sie hatte sie nie ernst genommen. Obwohl man ihr die Sorgen ansah, hatte sie sich nie beklagt, hatte immer an ihn geglaubt. Und selbst als ihre Existenz auf dem Spiel stand und jeder anklagend mit dem Finger auf ihn zeigte, hielt sie weiter zu ihm. Sie musste sich vorgekommen sein wie der Krückstock für seine benebelte Seele, die ohne ihren Halt schon längst vor die Hunde gegangen wäre. Er hatte sein Leben mit der Jagd nach materiellen Dingen verschwendet und darin sein Glück gesehen. Doch nun begriff er, dass alles, was wirklich wichtig war, vor ihm unter der schlichten weißen Bettdecke lag. Er fragte sich, wie ihr Leben wohl verlaufen wäre, wenn sie Kinder hätte bekommen können. Doch die Natur hatte ihr das verwehrt. Vielleicht hielt sie deshalb so zu ihm, weil sie die Schuld an alldem bei sich selbst suchte, obwohl er ihr nie einen Vorwurf gemacht hatte. Nein, sie traf keinerlei Schuld. Sein Ehrgeiz und sein schwaches Selbstwertgefühl hatten sie an diesen Punkt gebracht. Er hatte wieder angefangen zu trinken. Sie wusste es. Alles schien sich zu wiederholen, der Alptraum von vorn zu beginnen. Er konnte ihr das kein zweites Mal antun; konnte den Gedanken nicht ertragen, dass ihr Name erneut durch den Schmutz gezogen würde. Das hatte sie nicht verdient.

Ein weiteres Stöhnen ertönte, mehr ein Seufzer.

»Kommst du endlich ins Bett?«, fragte sie schläfrig, ohne sich umzudrehen.

»Ja, Liebes«, erwiderte er schwermütig, und seine rechte Hand glitt langsam in die Tasche seines Bademantels. Eine Träne tropfte auf den Schaft des verchromten Revolvers. Er schluchzte leise auf, während sich sein Arm streckte. »Schlaf weiter, Schatz«, flüsterte er zitternd. »Schlaf einfach weiter.«

Dann schloss er die Augen.

Er spürte den Rückstoß bis in die Schulter hinauf. Der Knall hallte von den Wänden des Raumes wider und zerriss ihm fast das Trommelfell. Die Kugel drang hinter ihrem linken Ohr ein; Blut und Gehirnfetzen spritzten an die blaue Tapete und färbten das Kopfkissen dunkelrot. Daunenfedern wirbelten wie Schneeflocken durch die Luft und senkten sich sachte auf das blutige Loch in ihrem Schädel.

Konrad Krämer sah es nicht, wollte es nicht sehen, kniff die Augen fester zusammen. Einige Sekunden verharrte er stocksteif, weinte mit geschlossenen Augen, konnte und wollte nicht begreifen, was er gerade getan hatte. In der plötzlichen Stille hörte er die innere Stimme wieder. Diese Stimme, die seit Wochen durch seinen Kopf geisterte und ihn um den Verstand brachte. Er hatte versucht sie zu verscheuchen, aber kein Rausch der Welt brachte das fertig. Sie klang wie seine eigene, aber sie konnte nicht ihm gehören, denn er hatte furchtbare Angst vor dieser Stimme. Sie sprach von Menschen, die seinetwegen leiden und sterben mussten; predigte ihm seine Pflichten als Arzt, denen er nicht nachgekommen war. Sie sprach von Verhören, von Handschellen und von Leuten, die kopfschüttelnd behaupteten, sie hätten es ja schon immer gewusst. Diese Stimme war so mächtig und gnadenlos, dass er vor ihr erzitterte. Es war an der Zeit, sie endlich zum Schweigen zu bringen.

Schluchzend sank er auf die Knie und schob sich den Lauf des Revolvers in den Mund.

Den zweiten Schuss hörte er nicht mehr.

15

In Gedanken versunken saß Sven im Wartezimmer seines Arztes. Die Worte des anonymen Anrufers, die ihm eine weitere schlaflose Nacht beschert hatten, ließen ihn nicht los. Warum hatte der Kerl ihn angerufen, wenn er letztendlich nicht bereit gewesen war, ihm etwas Brauchbares zu erzählen? Wollte er nur seine Neugier wecken, um ihn bei der Stange zu halten? Oder hatte er vor, ihn auf eine falsche Fährte zu locken?

Ein Opfer.

Ihm war klar, dass es keinen Sinn hatte, sich länger damit zu beschäftigen; das würde ihn nicht weiterbringen. Erschöpft rieb er sich die Augen und hatte danach Mühe, sie wieder zu öffnen. Ein wenig verschwommen nahm er die vier Personen wahr, die sich mit ihm in dem Zimmer befanden. Die einzige Frau darunter mochte Mitte dreißig sein und war in eine Zeitschrift vertieft, während ihr kleiner Sohn ruhelos umherlief und offensichtlich der Meinung war, alles anfassen und umherwirbeln zu müssen, was er in die Finger bekam. Der jüngere der beiden Männer tippte genervt auf den Tasten seines Handys herum, während der andere einfach nur die Wand anstarrte. Nur der Mann mit dem Handy war noch vor ihm, dann war er an der Reihe. Und er hoffte, dass es nicht mehr lange dauern würde, denn die Müdigkeit brach jetzt über ihn herein wie ein Erdrutsch und drohte seinen Verstand zu verschütten. Vielleicht waren es aber auch die Umstände dieses Arztbesuchs, die zu diesem geistigen Tiefpunkt führten. Er hatte Dennis gesagt, es handle sich um eine Vorsorgeuntersuchung. In Wahrheit hatte er jedoch vor, sich ein Beruhigungsmittel verschreiben zu lassen. Und Schlaftabletten.

Der Junge malträtierte mittlerweile die Bauklötze in der kleinen Spielecke und begann, sie lautstark gegeneinanderzuschlagen, als wollte er sie zertrümmern. Als ihm das nicht gelang, warf er sie scheppernd auf den dunklen Laminatboden. Der Mann mit dem Handy warf einen vorwurfsvollen Blick in Richtung der Mutter, die jedoch weiter in ihre Zeitschrift vertieft war. Das hyperaktive Verhalten des Jungen zerrte auch an Svens strapazierten Nerven. Einem Kleinkind hätte man dieses Benehmen verziehen, aber der Junge war mindestens fünf Jahre alt, da konnte man doch ein bisschen Disziplin erwarten. Und die Gleichgültigkeit der Mutter machte alles noch schlimmer. Als der Junge schließlich anfing, die restlichen Zeitschriften zu zerfleddern und um den Tisch herum auf dem Boden zu verteilen, platzte Sven schließlich der Kragen.

»Könnten Sie sich vielleicht mal um Ihr Kind kümmern, bevor es die Praxis vollkommen auseinandernimmt?«, schrie er die Frau an, die daraufhin erschrocken von ihrer Zeitschrift auffuhr und ihn empört ansah. Das Gesicht des Kindes verzog sich zu einer weinerlichen Grimasse. Noch bevor die ersten Tränen über das Gesicht des Jungen liefen, meldete sich bereits Svens schlechtes Gewissen zu Wort.

»Hören Sie …«, seufzte er kleinlaut. »Es … Es tut mir leid. Ich wollte nicht …« Verzweifelt suchte Sven in den Gesichtern der beiden anderen Männer so etwas wie Zuspruch, doch auch das half nicht gegen dieses miese Gefühl beim Anblick des weinenden Kindes. Er hatte die Beherrschung verloren. Nur für einen Moment, doch der hatte ausgereicht, um ein fünfjähriges Kind und seine Mutter zu ängstigen. Und das machte *ihm* Angst. Er wollte etwas sagen, doch er brachte kein Wort heraus. Nach einigen quälend langen Sekunden übertönte der Klingelton seines Handys das Wimmern des verstörten Jungen.

Das Display zeigte Dennis' Namen an. Beinahe erleichtert stand Sven auf und verließ das Wartezimmer. Erst als er im Freien stand und ein paarmal tief durchgeatmet hatte, klappte er das Telefon auf.

»Was gibt's?«, fragte er kurz angebunden.

»Wie ich deiner freundlichen Stimme entnehmen kann«, bemerkte Dennis ironisch, »kommt mein Anruf ungelegen. Ich hoffe, du hast nicht gerade den Finger von deinem Arzt im Hintern.«

»Nein«, räusperte sich Sven, »eigentlich kommt mir dein Anruf gerade recht. Was ist bei der Befragung rausgekommen?«

»Nichts«, kam die knappe Antwort.

»Und wieso nicht?«

»Weil Krämer tot ist.«

»Was?«, stieß Sven entgeistert hervor.

»Tja, der liebe Herr Doktor hat sich letzte Nacht selbst ins Jenseits abkommandiert. Und seine Frau hat er gleich mitgenommen.«

»Verdammt«, entfuhr es Sven. »Wo bist du jetzt?«

»Wenn ich nicht wüsste, dass ich im Haus der Krämers bin, würde ich sagen, in einem Schlachthaus.«

Sven klemmte das Handy zwischen Wange und Schulter fest und durchsuchte seine Taschen hastig nach etwas, worauf er schreiben konnte. Schließlich stieß er auf den Zettel, den er Sandra in dem Restaurant gezeigt und auf dem er die Formel aus Jensens Notizbuch notiert hatte. Nach einem Stift tastete er jedoch vergeblich. »Moment.« Er hastete zurück in den Flur der Praxis, wo die dunkelhaarige Assistentin hinter einem Empfangstresen saß und von ihrem Computerbildschirm aufsah. »Darf ich?«, fragte Sven und deutete auf mehrere Kugelschreiber, die auf dem schmalen Tisch hinter dem Tresen lagen. Die Assistentin nickte und reichte ihm wortlos einen der Stifte. »Okay«, sagte Sven, »gib mir die Adresse.« Anschließend wiederholte er die Angaben und ließ sie sich bestätigen. »Rührt euch nicht vom Fleck. Ich bin in zwanzig Minuten da.« Er legte auf. Fast gleichzeitig öffnete sich die Tür des Sprechzimmers.

»Frau Klein, sind die Laborergebnisse von Frau Görgen schon da?«, fragte der Arzt.

Die Dunkelhaarige nickte. »Liegen nebenan auf dem Tisch. Ich hole sie Ihnen.« Dann verschwand sie im Nebenzimmer.

Der Arzt lächelte Sven freundlich zu, während er eine Schublade des Empfangstresens aufzog und einen Block Rezeptvordrucke hervorholte.

»Ich muss leider für heute absagen, Herr Doktor«, verkündete Sven. »Mir ist etwas Unerfreuliches dazwischengekommen.«

Der Arzt blickte auf. »Na, ich hoffe, es hat nichts mit Ihren Blutwerten zu tun. Da sind Sie bei mir eh an der falschen Adresse.«

Sven sah ihn fragend an.

»War nur ein Scherz«, meinte der Arzt. »Aber wie ich feststelle, wirkt der anscheinend nur unter Medizinern.«

Sven betrachtete ihn noch immer verständnislos.

»Ihr Zettel da«, erklärte der Arzt und deutete auf das Stück Papier mit Svens krakeliger Handschrift. »CD8 – das ist die Bezeichnung für eine bestimmte Sorte weißer Blutkörperchen. Aber Ihrer Verwunderung nach zu urteilen, hat das wohl auch noch eine andere Bedeutung.«

Sven starrte auf die Formel, die über Krämers Anschrift stand, und sein Herz begann schneller zu schlagen. »Sind Sie sicher?«

»Nun ja, es ist nicht mein Spezialgebiet, aber so viel medizinisches Grundwissen habe ich gerade noch. Jeder Medizinstudent im zweiten Semester könnte Ihnen das bestätigen.«

»Und was bedeutet das andere dahinter?«

Der Arzt betrachtete den Zettel genauer. »Schwer zu sagen. Das könnte für alles Mögliche stehen. Die Testreihe, den Namen des Patienten, die Nummer einer Gewebe- oder Blutprobe …«

»Blutprobe«, wiederholte Sven nachdenklich.

»Ja, in Labors werden Proben oft mit solchen Kürzeln versehen, um sie zuordnen zu können. Aber es gibt keine bestimmten Vorschriften oder Richtlinien, nach denen sich so ein Kürzel zusammensetzt. Das ist von Labor zu Labor verschieden. Im simpelsten Fall ist es nur eine fortlaufende Nummer. Das kommt auch auf die Testreihe an. Meist können nur diejenigen etwas damit anfangen, die daran arbeiten.«

»Virologen zum Beispiel?«

»Natürlich. Jeder bekannte Erreger lässt sich durch bestimmte Tests oder mikroskopische Untersuchungen im Blut nachweisen.«

Sven ließ den Zettel wieder in seiner Hosentasche verschwinden. »Danke, Doktor«, sagte er strahlend. »Sie haben mich gerade von lästigen Kopfschmerzen befreit.«

»Also, ich weiß zwar nicht, was das zu bedeuten hat, aber ich freue mich immer, helfen zu können.«

»Das haben Sie«, versicherte Sven. »Das haben Sie wirklich.«

Verwundert sah der Arzt ihm nach, als Sven eilig die Praxis verließ.

16

Kadenbach war eines jener Dörfer, in denen man automatisch langsamer fuhr, um die stilvollen Landhäuser mit ihren liebevoll gestalteten Vorgärten zu bestaunen. Hier war jede Straße eine Nebenstraße, in der Kinder noch gefahrlos spielen konnten. Aufregende Ereignisse waren nicht gerade an der Tagesordnung.

Umso mehr Aufsehen erregte das Polizeiaufgebot vor dem großen Haus am Ende der Straße. Kaum ein Fenster, aus dem kein Kopf herausragte. Auf dem steinigen Randstreifen der schräg verlaufenden Zubringerstraße standen mehrere Autos, deren Insassen die Vorgänge aufmerksam verfolgten. Sven spürte ein unangenehmes Kribbeln auf dem Rücken, als hafteten tausend neugierige Blicke auf ihm, während er das Haus betrat. Die Wände waren mit strukturierten Natursteinplatten verkleidet, die mit den modernen Möbeln einen behaglichen Kontrast bildeten. Ein junger Mann mit einem grauen Aluminiumkoffer kam ihm durch den breiten Flur entgegen, dessen Wände mit altertümlichen Waffen dekoriert waren. Cerwinski folgte ihm dicht auf den Fersen. Er sah noch blasser aus als beim letzten Mal.

»Wo ist Dennis?«, fragte Sven ihn eilig.

»Den Gang runter, letzte Tür links«, antwortete Cerwinski kreidebleich.

»Was ist denn los? Warst du schon wieder auswärts essen?«

»Geht schon«, stöhnte er. »Muss nur mal kurz an die Luft … Ich sage dir, Schreibtischarbeit wird völlig unterschätzt.«

Als Sven das Schlafzimmer erreicht hatte und vor Konrad Krämers Leichnam stand, konnte er Cerwinskis Reaktion verstehen. Gekrümmt wie ein Fragezeichen lag der Tote neben dem Bett, das einem blutigen Schwamm glich. Der Revolver lag dicht neben seiner Hand, und in seinem Hinterkopf klaffte ein faustgroßes Loch. Ein widerlicher Geruch lag in der Luft. Und überall war Blut. Auf dem Boden, auf dem Bett, an den Wänden … sogar an der Decke klebten einige Spritzer. Sie sahen aus wie blutige Graffiti.

»Gütiger Himmel!«, entfuhr es Sven bei diesem Anblick.

»Stimmt«, pflichtete Dennis ihm bei und kam von der anderen Seite des Zimmers zu ihm herüber, »ich werde in nächster Zeit auch auf Geschnetzeltes verzichten.«

»Was zum Teufel war hier los?«

»Darf ich vorstellen?« Dennis deutete auf den Leichnam am Boden. »Dr. Konrad Krämer, 56 Jahre alt und Arzt der Allgemeinmedizin, beschließt letzte Nacht, des irdischen Daseins nicht mehr würdig zu sein. Also holt er seine 38er aus dem Schrank, geht ins Schlafzimmer, wo seine Frau bereits im Bett liegt, und schickt sie mit einem gezielten Kopfschuss nach Walhalla. Anschließend versucht er dann, seinen Revolver aufzuessen, wobei er sich eine Kugel in den Mund feuert. Und um ganz sicherzugehen, dass sein Gehirn auch an der Wand landet, hat er Hohlspitzgeschosse genommen. Ebenso gut hätte er sich eine Granate ins Maul stopfen können. Hier«, er reichte Sven einen Briefbogen in einer Klarsichthülle. »Den haben wir in Krämers Arbeitszimmer gefunden.«

Sven nahm das Papier und las den kurzen Text:

An alle, die es angeht,
ich habe mein Leben lang versucht, Krankheiten zu heilen. Zumindest habe ich mir das eingeredet. Aber Schuld ist eine Krankheit, die unheilbar ist. Daher habe ich beschlossen, meine Qualen zu beenden. Möge Gott mir vergeben.

Langsam glitt Svens Blick von dem Brief in seiner Hand zu den beiden Leichen. Wieder holten ihn die Bilder ein, blitzten wie Scheinwerfer vor seinen Augen auf, blendeten ihn, so dass er gezwungen war, die Lider zu schließen. Graue, milchige Augen; fauliges, abgenagtes Fleisch, das faserig von den blanken Knochen hing ... Und dieser entsetzliche Gestank, der so schlagartig aus seinem Unterbewusstsein emporstieg, dass sich sein Magen schmerzhaft verkrampfte. Wie gewöhnlich wollte er diese Eindrücke verdrängen, sie in den dunkelsten Winkel seiner Erinnerung verbannen. Doch diesmal war etwas anders. Ihm war, als legten sich kalte Ketten um seinen Brustkorb und hinderten ihn am Atmen. Sein Puls schoss so jäh in die Höhe, dass ihm schwarz vor Augen wurde.

Schuld ist eine Krankheit, die unheilbar ist, hallte es durch seinen Kopf. Er krümmte sich, taumelte einige Schritte zurück und wäre sicher gestürzt, hätte Dennis ihn nicht festgehalten.

»Sven, alles in Ordnung?«, fragte er besorgt.

Sven reagierte nicht. Er spürte nur diesen immensen Druck in seiner Brust, der stetig zunahm. *Ein Infarkt*, schoss es ihm durch den Kopf. *Ich habe einen Herzinfarkt!*

Er spürte, wie die Dunkelheit ihn einhüllte, rechnete fest damit, dass sie ihn verschlingen würde, dass dies sein letzter klarer Gedanke war. Doch dann ließ der Druck in seiner Brust nach.

»Soll ich einen Arzt rufen?«, fragte Dennis.

Sven winkte ab. »Nein, nicht nötig«, keuchte er, noch immer völlig außer Atem. Alles Blut schien aus seinem Gesicht gewichen zu sein.

»Rede jetzt keinen Blödsinn, du bist fast zusammengeklappt.«

»Ich habe in letzter Zeit einfach zu wenig geschlafen«, meinte Sven. »Ist bestimmt nur der Kreislauf. Es geht schon wieder.« Er richtete sich langsam auf und betrachtete erneut Krämers Abschiedsbotschaft, die er noch immer in der Hand hielt. »Sieht aus, als hätte unser Doktor wegen irgendetwas ein schlechtes Gewissen gehabt.« Er stützte sich an einem der Bettpfosten ab.

Besorgt musterte Dennis seinen Kollegen. Schließlich entspannte auch er sich. »Ja«, meinte er, »aber viel interessanter ist die Frage, warum Selbstmörder sich in ihren Abschiedsbriefen immer so vage ausdrücken. Ich meine, wovor haben die Angst, dass jemand sie verklagen könnte?«

»Wie seid ihr ins Haus gekommen?«, wollte Sven wissen. Noch immer war ihm, als stünde er unter Strom.

»Als ich an der Haustür geklingelt habe und niemand aufgemacht hat, kam die Nachbarin völlig aufgelöst an und erzählte, sie sei letzte Nacht durch lautes Knallen geweckt worden und würde sich allmählich Sorgen machen, weil am ganzen Haus die Rollläden noch unten wären. Sie hat gesagt, sie hätte einen Zweitschlüssel, für den Fall, dass die Krämers sich mal ausgesperrt hätten. Also bin ich rein und hab das hier vorgefunden.« Wieder nahm sein Gesicht einen besorgten Ausdruck an, als Sven heftig zu husten begann. »Ist wirklich wieder alles in Ordnung?«

»Ja, ja«, brummte Sven grimmig.

»Wir sind hier fertig«, verkündete Daum, der am Fußende des Bettes stand und letzte Proben in seinem Koffer verstaute. »Der Arzt müsste jeden Moment eintreffen, um den Tod offiziell zu bestätigen. Danach könnt ihr die Leichen abholen lassen.« Er sah Sven prüfend an. »Vielleicht solltest du dich doch mal untersuchen lassen. Nur um sicherzugehen.«

»Was ist mit der Gerichtsmedizin?«, lenkte Sven ab.

Daum zuckte lediglich die Achseln. »Die haben momentan reichlich zu tun. Wegen ein paar Lebensmüden kann man die nicht mehr aus ihrer Gruft locken.«

»Habt ihr sonst irgendwas gefunden?«

»Keinerlei Anzeichen für Einbruch oder Fremdeinwirkung«, erwiderte Daum sachlich. »Schmauchspuren an Krämers Fingern. Außerdem Blutspritzer an der Hand und am Handgelenk. Die klassische Selbstmordkiste, wenn ihr mich fragt.«

Sven deutete auf den Revolver am Boden. »Woher stammt die Waffe?«

»Alles völlig legal«, meinte Dennis. »Krämer hatte eine Waffenbesitzkarte. Die Nachbarin sagt, er war Mitglied im Schützenverein. Anscheinend hatte er außerdem eine Vorliebe für alte Schießprügel. Den Flur hast du ja sicher schon bewundert, aber du solltest mal einen Blick in den Keller werfen. Ich glaube, da unten lagern mehr Waffen als bei der NATO.«

Sven kniete neben der Leiche nieder und hob vorsichtig den Revolver auf. »Bestimmt ein ziemlich kostspieliges Hobby.«

»Tja, Arzt hätte man werden sollen«, seufzte Dennis.

»Ein paar Krankschreibungen hier, ein paar Rezepte dort, und schon ist die Miete bezahlt.«

»Mag sein. Aber vor vier Jahren hatte Krämer keinen Job und eine Menge Schulden, stand quasi am Abgrund. Und jetzt sieh dir dieses Haus an. Erstaunlich, findest du nicht?«

»Da gebe ich Ihnen ausnahmsweise recht.«

Koschnys Stimme traf Sven wie eine Ohrfeige. Wütend drehte er sich zur Tür um. »Wer zum Teufel hat Sie hier reingelassen?«

»Na ja, Ihr Türsteher war wohl abgelenkt. Einer von Ihren Kollegen sortiert da draußen gerade seine Innereien. Reichlich empfindlich für einen Beamten der Mordkommission, wenn Sie mich fragen.« Koschny trat ins Zimmer und ließ den Blick prüfend über die blutigen Wände streifen. »Merkwürdig«, sagte er und überhörte Svens wütendes Schnaufen. »Erst ein Pfleger, dann ein Patient und jetzt der Arzt.«

»Ich weiß nicht, was Sie meinen«, wehrte Sven schroff ab. »Und jetzt verschwinden Sie gefälligst …«

»Kommen Sie, Becker«, fiel Koschny ihm ins Wort, »wollen Sie mir etwa weismachen, dass Sie das alles für Zufall halten? Vier Tote in fünf Tagen sind für diese Gegend doch wohl mehr als ungewöhnlich. Und drei davon standen in direkter Verbindung zu einem gewissen Altenheim, wovon wiederum zwei eine äußerst zweifelhafte Vergangenheit hatten. Das sind für meinen Geschmack etwas zu viele Zufälle.«

»Tja«, bemerkte Dennis anerkennend, »immerhin kann man ihm nicht vorwerfen, er hätte seine Hausaufgaben nicht gemacht.«

»Ich warne Sie, Koschny.« Energisch trat Sven auf den Reporter zu. »Wenn Sie noch mal versuchen, mit Ihren Verleumdungen ein laufendes Ermittlungsverfahren zu behindern, lasse ich Sie auf der Stelle verhaften.«

»So wie Edmund Heibel?« Koschny schüttelte den Kopf. »Anscheinend sind Sie immer noch ziemlich voreilig, was Verhaftungen betrifft.«

Die Wut hatte wieder Farbe in Svens angespanntes Gesicht gebracht. »Wissen Sie, Koschny«, antwortete er besonnen, nachdem er tief durchgeatmet hatte, »Sie erinnern mich jedes Mal an meinen Chef.«

»Ach ja?«

»Ja, den finde ich nämlich auch zum Kotzen.«

Koschny grinste. »Offenbar haben Sie sich Ihren unwiderstehlichen Charme erhalten.«

»Sie haben sich auch kein bisschen verändert«, fauchte Sven. »Immer noch dasselbe arrogante Arschloch!«

»Tja, wie's aussieht, ist dann ja wohl alles beim Alten geblieben.« Koschny blickte auf die Leichen hinab. »Anscheinend auch die Umstände, unter denen wir uns begegnen.«

Sven spürte, wie sein Puls erneut loshämmerte und dieses klauenartige Gefühl sich wieder um seinen Brustkorb legte. Er übergab Krämers Revolver einem von Daums Leuten, bevor er in Versuchung kam, ihn zu benutzen. »Passen Sie lieber auf, was Sie sagen.«

»Was haben Sie denn plötzlich, Herr Kommissar? Es ist doch ein offenes Geheimnis, dass die Selbstmordrate in Ihrer Nähe überdurchschnittlich hoch ist.«

»Okay, das reicht!«, schrie Sven und versetzte Koschny einen Stoß, so dass dieser einige Schritte zurücktaumelte und beinahe über Krämers Leichnam gestürzt wäre. »Raus hier, SOFORT! Oder ich vergesse, dass ich Polizist bin!« Seine Unterlippe bebte vor Zorn.

Dennis erwachte aus seiner Starre und packte Sven an der Schulter. Mit einem Ruck riss Sven sich los. Doch anstatt erneut auf Koschny loszugehen, wandte er sich ab und stürzte aus dem Zimmer.

King, der in der Tür stand und das hitzige Wortgefecht schweigend verfolgt hatte, sah ihm fragend nach.

»Haben Sie erreicht, was Sie wollten?«, fragte Dennis nach etlichen Sekunden des Schweigens. »Ich hoffe, Sie sind zufrieden, Koschny.«

»Hey, ich bin lediglich hier, weil ich im Polizeifunk ... weil ich von zwei Toten gehört habe und mir ein Bild von der Situation machen wollte.«

»Nun, ich hoffe, die Krämers haben Ihre Neugier befriedigt, ich halte es nämlich für besser, wenn Sie jetzt verschwinden, bevor ich Ihren Hintern aus dem Fenster schmeiße.«

»Ach, sind Sie jetzt hier der Klassensprecher, oder was?«

Dennis trat drohend einen Schritt vor.

»Schon gut, schon gut«, beschwichtigte Koschny. »Ich beuge mich der Staatsgewalt. Aber das ändert nichts daran, dass in diesem Fall nicht nur die Leichen zum Himmel stinken. Ich bleibe an der Sache dran.«

»Ja«, knurrte Dennis, kaum dass Koschny verschwunden war, »das ist zu befürchten.«

»Könnte mir mal jemand erklären, was hier eben los war?«, fragte King.

»Falls du Sven meinst, da bin ich auch überfragt.« Dennis rieb sich den verspannten Nacken. »Ich glaube, langsam wächst ihm das alles über den Kopf. Ich mache mir wirklich Sorgen um ihn.«

»Wer war dieser Kerl?«

»Koschny. Der Inbegriff von Sensations- und Scheckbuch-Journalismus.«

»Er hat jemanden namens Heibel erwähnt. Der Name kommt mir bekannt vor.«

»Kein Wunder. Koschny hat ja auch alles Menschenmögliche getan, um ihn publik zu machen.« Dennis stieß einen langen Seufzer aus. »Kannst du dich noch an die Morde vor zwei Jahren erinnern? Die Kinder, die im Wald gefunden worden sind?«

»Nein. Du weißt doch, Wolfgang und ich sind erst seit achtzehn Monaten bei der Kripo.«

»Ach ja, richtig. Aber du hast doch bestimmt was darüber gelesen. Es gab damals keine Zeitung hier, die nicht darüber berichtet hat. Zwei Mädchenleichen wurden in einem Waldstück vergraben gefunden. Beide waren vor ihrem Tod missbraucht und anschließend erdrosselt worden. Die Jüngere war gerade sechs Jahre alt.«

»Ja, jetzt erinnere ich mich«, sagte King betroffen. »Heibel war damals der Hauptverdächtige.«

Dennis nickte. »Er besaß zusammen mit seinem Bruder einen heruntergekommenen Hof hier in der Gegend, hat sich aber oft bei den Wohngebieten herumgetrieben und wurde immer wieder dabei beobachtet, wie er auf der Straße Kinder angesprochen hat. Wir hatten die Aussagen einer Kindergärtnerin und einiger Anwohner, konnten ihm aber nichts Konkretes nachweisen. Also hat Sven beschlossen, auf eigene Faust zu handeln, und ihn kurz danach unter einem fingierten Vorwand festgenommen.«

King stieß einen leisen Pfiff aus. »Ziemlich riskant«, meinte er. »Wie hat Heibel reagiert?«

»Ehrlich gesagt völlig anders, als wir gedacht hatten«, erwiderte Dennis. »Bei seiner Verhaftung vor dem Kindergarten wirkte er noch relativ ruhig. Aber als wir ihn auf der Dienststelle vernehmen wollten, ist er völlig ausgeflippt. Hat geschrien und um sich geschlagen. Außerdem schien er plötzlich total verwirrt zu sein. Als wir ihn auf seine ständigen Kontakte zu den Kindern ansprachen und nach dem Grund dafür fragten, gab er an, er wüsste es nicht mehr. Er hat uns einen falschen Namen genannt, und als wir nach seinem Wohnort gefragt haben, hat er nur gesagt: ›*Mond.*‹«

Dennis und King traten auf den Flur hinaus, als der Arzt eintraf, um die Leichen zu begutachten und die Totenscheine auszustellen.

»Als Heibel sich etwas beruhigt hatte«, fuhr Dennis fort, »schien er wieder völlig normal zu sein. Auf sein merkwürdiges Verhalten angesprochen, gab er an, sich an nichts mehr erinnern zu können. Zunächst dachten wir, er will uns verschaukeln und will auf unzurechnungsfähig machen. Aber dann hat sich sein Bruder gemeldet und uns erklärt, Heibel sei als Kind durch einen Zeckenbiss an Hirnhautentzündung erkrankt und hätte nur knapp überlebt. Seine geistigen Fähigkeiten wären seitdem eingeschränkt. Die meiste Zeit würde er zwar relativ normal wirken, aber trotzdem leide er an einer psychogenen Verhaltensstörung, die durch stressige oder traumatische Situationen zu vorübergehender Verwirrtheit und zu Gedächtnisverlust führen kann.«

King schüttelte den Kopf. »Was es nicht alles gibt.«

»Ja«, meinte Dennis und betrachtete Kings skeptische Miene, »so ähnlich müssen wir auch dreingeschaut haben, als sein Arzt das bestätigt hat. Also haben wir Heibel nicht weiter unter Druck gesetzt und stattdessen einen Psychologen hinzugezogen. Dem gelang es zunächst auch, zu ihm durchzudringen. Aber als er ihm die Fotos der Opfer unter die Nase gehalten hat, fing Heibel an zu flennen wie ein kleines Kind. Dann ist seine Stimmung plötzlich wieder umgeschlagen, und er hat die Fotos zerrissen. Danach ist er aufgesprungen, hat laut ›*Rot*‹ geschrien und ist auf den Psychologen losgegangen. Sven und ich hatten Mühe, ihn wieder zu beruhigen. Aufgrund des psychologischen Gutachtens wurde schließlich Haftbefehl gegen ihn erlassen. Zwei Monate saß er in Untersuchungshaft, mit intensiver psychologischer Betreuung.«

»Was ist passiert?«, fragte King.

»Zuerst nichts, alle waren zufrieden. Die Staatsanwaltschaft, die Anwohner, sogar die Presse hat unseren schnellen Erfolg gelobt – bis auf einen.«

»Koschny.«

Dennis nickte. »Ständig sind Begriffe wie *Sündenbock* und *Polizeistaat* in der Zeitung aufgetaucht, für die er damals gearbeitet hat. Irgendwie muss er dahintergekommen sein, dass es bei Heibels Verhaftung nicht ganz rechtmäßig zugegangen war. Daraufhin hat uns dieses Drecksblatt sogar einen Anwalt auf den Hals gehetzt. Und der hat es dann auch tatsächlich geschafft, unsere Anklage wie einen schlechten Witz aussehen zu lassen. Schließlich wurde der Druck auf den Staatsanwalt so groß, dass wir Heibel freilassen mussten.«

»Nicht zu fassen.« King war schockiert. »Hat denn niemand daran gedacht, dass der Kerl noch mehr Kinder töten könnte?«

»Den Medien ging es nie um Recht oder Unrecht«, sagte Dennis. »Nur darum, sich zu profilieren. Und dazu hatten sie nach Heibels Entlassung leider auch genug Gelegenheit. Denn unmittelbar danach hat er sich in seiner Scheune erhängt. Sein Bruder war damals gerade auf einer Landwirtschaftsmesse in Hannover. Er hat ihn erst nach drei Tagen gefunden.«

King nickte. »Wie ging es weiter?«

»Es gab keinen Abschiedsbrief, also auch kein Schuldgeständnis. Und plötzlich waren wir keine Helden mehr.

Die Zeitungen haben uns in der Luft zerrissen. Man hat uns beschuldigt, für den Tod des Mannes verantwortlich zu sein. Von den toten Mädchen hat niemand mehr geredet. Das Ganze ging sogar so weit, dass eine Untersuchung gegen Sven eingeleitet wurde. Er hatte verdammtes Glück, dass es glimpflich für ihn ausgegangen ist.«

»Also war Heibel schuldig?«

Dennis zögerte kurz. »Das konnte nie einwandfrei bewiesen werden«, sagte er und ging hinaus.

Sven saß ein paar Meter unterhalb der Straße auf einer Parkbank neben der alten Kirche und betrachtete die Hügel, die sich bis zum Horizont dehnten.

Dennis setzte sich neben ihn. »Alles wieder in Ordnung?«

Sanfter Wind wehte in ihre Gesichter und trug den Geruch von Weiden und Kühen zu ihnen herüber.

»Hast du auch manchmal das Gefühl, dass sich alles wiederholt?« Svens Stimme klang wie die eines Boxers, der in der zehnten Runde zu Boden geht. »Denkst du, ich habe damals alles richtig gemacht? Ich meine: War Heibel wirklich der, für den wir ihn gehalten haben? Ich versichere dir, ich habe mindestens tausendmal versucht, mir einzureden, dass es so wäre, habe mir das Für und Wider so lange vorgehalten, bis ich es schließlich verdrängt und zu den Akten gelegt habe. Es hat mich einfach nicht mehr interessiert, weil das der einfachste Weg war, das Ganze zu vergessen. Manchmal denke ich, ich bin nicht viel besser als der Abschaum, den ich bekämpfe.«

Es dauerte fast eine Minute, bis Dennis schließlich wieder das Wort ergriff. »Ich hab dich selten so unbeherrscht erlebt«, bemerkte er. »Und dein Zusammenbruch vorhin …«

»Ich sage doch, das war nichts weiter.« *Nur eine Panik-*

attacke, meldete sich seine innere Stimme zu Wort. *Du hattest eine verdammte Panikattacke, mein Gott!*

»Ich meine ja auch nur, wenn du über irgendetwas reden willst ...«

Sven blickte erneut zu Boden und seufzte. »Ich weiß es ja auch nicht«, meinte er resigniert. »Irgendwie habe ich das Gefühl, dass ich kurz vorm Durchdrehen bin.« Wieder ein Seufzer. Diesmal klang er, als wäre er kurz davor, in Tränen auszubrechen. »Es ist nicht nur dieser Fall oder die Geschichte mit Heibel, es ist dieser ganze beschissene Job, die Menschen ... Ich meine, für wen zum Teufel machen wir das alles eigentlich? Für diese ganzen Idioten da draußen, für die wir dann doch nur die Prügelknaben sind? Denkst du, dadurch ändert sich auch nur das Geringste? Ich hätte wirklich große Lust, alles hinzuschmeißen. Einfach neu anzufangen, ohne diesen ganzen Dreck, verstehst du?«

Dennis nickte. »Was hältst du davon, wenn wir eine Kleinigkeit essen gehen?«, fragte er. »Dabei kann man sich prima unterhalten.«

17

Das nächste Bistro war nur zwei Autominuten entfernt und wirkte von innen so nüchtern wie der Frühstücksraum einer billigen Pension. Die wenigen, mit roten Papierdeckchen belegten Tische waren nur spärlich besetzt. Lediglich ein alter Mann, der über seiner Zeitung brütete, und ein wild knutschendes Punker-Pärchen saßen in dem Raum. Die stickige Luft roch nach Fastfood und kaltem Rauch.

»Das verstehst du also unter *essen gehen*«, sagte Sven und schielte vorwurfsvoll zu Dennis hinüber.

Sie setzten sich in eine Ecknische in der Nähe des Eingangs. Eine junge Frau mit milchkaffeebraunem Teint trat an ihren Tisch und pustete sich die schwarzen Fransen aus der Stirn. »Hallo, was darf's denn sein?«, fragte sie freundlich und lächelte Sven mit makellos weißen Zähnen an.

»Zwei Wiener mit Senf, Pommes und 'ne Cola«, bestellte Dennis.

»Ich nehme dasselbe«, schloss sich Sven ihm an.

Die junge Frau bedankte sich, und ihre Katzenaugen musterten Sven ausgiebig, so dass er sich verlegen abwandte. »Kommt sofort«, sagte sie und eilte in die Küche.

»Süß, nicht wahr?«, sagte Dennis, dem der unbeholfene Flirt nicht entgangen war. »Ich würde sagen, die steht auf dich.«

»Lass stecken, ja? Ich habe erst mal genug von Beziehungen.«

»Wie du meinst«, seufzte Dennis. »Sandra hat dich also endgültig abblitzen lassen?«

»Das trifft es in etwa – vorsichtig ausgedrückt.« Svens Hände spielten unruhig mit einem Bierdeckel. »Wahrscheinlich liegt sie jetzt gerade mit ihrem neuen Kerl in ihrem neuen Bett und feiert ihren Unabhängigkeitstag.«

»Sie hat einen anderen?«

»Nein ... Ich weiß es nicht.« Verzweifelt fuhr er sich durch die Haare. »Die Wahrheit ist wohl, ich habe komplett den Überblick verloren. Das ist mir alles irgendwie eine Nummer zu kompliziert, verstehst du? Dabei dachte ich immer, wir hätten eine gute Beziehung und ich hätte mein Leben unter Kontrolle.«

Ein Trugschluss, für den Sven nun bitter bezahlte. Liebe ließ sich nicht kontrollieren. Dafür war sie zu selten.

»Glaub mir«, seufzte Dennis, »ich weiß, was du durchmachst.«

»Du?«, fragte Sven erstaunt.

»Denkst du etwa, du bist der Erste, dem eine Beziehung in die Brüche geht?«

»Na, da bin ich aber gespannt.« Erwartungsvoll sah Sven seinen Freund an.

Dennis zögerte eine Weile. »Da gibt's nicht viel zu erzählen«, meinte er niedergeschlagen. »Irgendwann musste ich einfach feststellen, dass Göttinnen nicht monogam sind. Hat mich ziemlich umgehauen.« Er seufzte resigniert. »Und der einzige Grund, warum ich seitdem mit so vielen Frauen geschlafen habe, ist, dass ich hoffe, endlich wieder neben jemandem aufzuwachen, bei dem ich gerne noch liegen bleiben möchte. Aber das ist nicht so einfach, wenn man ständig vergleicht.«

Nachdenklich betrachtete Sven seinen Kollegen. Nichts schien die Menschen gleicher zu machen als seelischer Schmerz.

Die Kellnerin kam und brachte das bestellte Essen. Wieder schenkte sie Sven ein kokettes Lächeln, und wieder tat er sein Bestes, es zu ignorieren.

Eine Weile lang aßen sie schweigend. Sven blickte verstohlen zu dem Punker-Pärchen hinüber, die offensichtlich vorhatten, gegenseitig ihre Zungen zu verschlucken.

»Hast du nie versucht, sie zurückzukriegen?«, fragte er nach einiger Zeit.

Dennis sah von seinem Teller auf. »Doch ... natürlich«, meinte er. »Und eine Zeitlang hat es sogar funktioniert. Aber letztendlich ist es auf dasselbe hinausgelaufen. Wenn zwei Menschen nicht zusammenpassen, dann ist das eben so. Man muss lernen, das zu akzeptieren, oder man geht daran zugrunde. Ist wohl so was wie Schicksal.«

Sven stöhnte. »Schicksal ist nichts weiter als eine Erfindung der Menschen, um ihren Drang zu befriedigen, für alles einen Schuldigen zu finden.«

»Ich weiß nicht recht«, wandte Dennis kauend ein. »Hast du noch nie das Gefühl gehabt, dass du regelrecht in eine bestimmte Richtung gedrängt wirst und plötzlich alles, was vorher geschehen ist, einen Sinn ergibt?«

Sven überlegte kurz: »Ich nehme an, so hab ich mich bei meiner Geburt gefühlt.«

»Nein, ernsthaft. Ich denke schon, dass da irgendetwas ist, das uns lenkt. Vielleicht irgendeine Kraft oder ein Gen, das in uns lauert und uns antreibt.«

Sven zog argwöhnisch die Augenbrauen hoch.

»Was macht eigentlich der Kleine von deiner Schwester?«, wechselte Dennis das Thema. »Wie alt ist er jetzt?«

»Torsten? Anderthalb. Und fängt gerade an, jedes Wort nachzusprechen – jedenfalls versucht er es.« Svens Miene erhellte sich. »Hätte ja nie gedacht, dass ich mal auf so einen kleinen Schreihals abfahren würde, aber ich muss zugeben, er ist unwiderstehlich. Du solltest mal dabei sein, wenn er gebadet wird. So was Süßes hab ich noch nie gesehen.« Jäh verdüsterte sich seine Miene, als er zum Eingang des Bistros hinüberblickte. Am Verkaufstresen stand ein Mann mit einem Kind an der Hand, und einen Moment lang war Sven sich absolut sicher, dass es sich um Edmund Heibel handelte. Doch dann verschwand das Trugbild schlagartig, und er sah, dass es lediglich ein Vater war, der seiner kleinen Tochter ein Eis kaufte.

»Sven, alles in Ordnung?«, drang Dennis' Stimme zu ihm durch.

»Ja, sicher«, antwortete er wie im Rausch. »Ich dachte nur …« Er spürte, wie sich seine Hände entspannten, die er unbewusst zu Fäusten geballt hatte. »Ich bin bloß in letzter Zeit ziemlich angespannt.«

»Das ist reichlich untertrieben«, erwiderte Dennis.

»Entschuldige, es ist nur … Ich habe dir doch von dieser Kirchengemeinde erzählt, zu der Sandra seit einiger Zeit geht.«

Dennis nickte.

»Ich weiß nicht, warum, aber irgendetwas sagt mir, dass mit denen etwas nicht stimmt. Ich bin ein paarmal abends dort vorbeigefahren und hab das Haus beobachtet. Mir gehen die Kinder dort einfach nicht aus dem Kopf. Irgendwas ist da faul. Nenn es Intuition.«

Dennis musterte ihn kritisch. »Dieselbe Intuition wie bei Edmund Heibel?«

Sven sah ihn finster an. »Jetzt fang du nicht auch noch an.«

»Im Ernst, Sven, ich finde, du steigerst dich zu sehr in so was rein. Du solltest lernen, die Dinge nicht zu nah an dich heranzulassen.«

»Du findest also, es sollte mir egal sein?«

»Das habe ich nicht gesagt«, konterte Dennis. »Aber du solltest nicht aus jedem Fall einen persönlichen Feldzug machen. Ein wenig Engagement in Ehren, aber du kannst nicht die ganze Welt retten.«

»Nein, da hast du sicher recht«, gab Sven niedergeschlagen zu. »Ich kann ja nicht mal meine Ehe retten.«

Dennis seufzte. »Vergiss es einfach«, knurrte er. »Blödes Thema.« Er schob seinen leeren Teller beiseite, und sein Blick blieb am Nachbartisch hängen. »Gott, ich könnte für eine einzige Zigarette sterben.« Kurz entschlossen stand er auf und ging auf die beiden Punker zu. Er sprach denjenigen der beiden an, den er für den männlichen Teil des Paares hielt. »Entschuldige, hast du mal eine für mich?« Er deutete auf die Zigarettenschachtel, die aus der mit Nieten verzierten Lederjacke herauslugte.

Der Punker sah Dennis verdutzt an. Er hatte sichtlich Probleme damit, dass er von einem Anzugträger angeschnorrt wurde. Nach einigen Sekunden hielt er Dennis schließlich die Zigaretten hin.

Beherzt griff Dennis zu. »Danke. Hast du auch Feuer?«

»Aber reinpfeifen kannst du sie dir selber, was?«

»Ja, ich denke, das schaff ich gerade noch.«

»Hier.« Er warf Dennis eine Streichholzschachtel zu. »Kannste behalten, Alter«, sagte er barsch und beschäftigte sich wieder mit seiner Freundin.

»Gott, wie hab ich dich vermisst«, meinte Dennis und starrte gierig auf die Zigarette in seiner Hand, nachdem er zu Sven an den Tisch zurückgekehrt war.

»Tja«, meinte Sven, »das wird dir nur nichts nützen.« Er deutete auf das Rauchverbotsschild, das über ihnen an der Wand angebracht war.

Dennis seufzte enttäuscht und steckte sich die Zigarette hinters Ohr. »So ändern sich die Zeiten«, schmollte er. »Früher hat man vor dem Kamin geraucht, heute muss man vor die Tür gehen. Komm, lass uns abhauen«, sagte er schließlich. »Kannst du mich zu Hause absetzen? Ich hab King gesagt, ich fahre mit dir.«

»Ist dein Wagen immer noch kaputt? Du solltest die Finger von diesen italienischen Kisten lassen.«

»Ja, aber wenigstens kommt gleich jemand wegen der Heizung vorbei. Immerhin eine Sorge weniger.«

»So schnell? Wie hast du denn das geschafft?«

»Na ja, ich kenne da jemanden, der einen Bekannten hat, der jemand kennt …«

»Erspar mir die Einzelheiten«, wehrte Sven ab und winkte die Kellnerin an ihren Tisch.

Dieses Mal erwiderte er ihr Lächeln.

Knirschend kamen die Räder auf dem schmalen Randstreifen vor dem kleinen gusseisernen Gartentor zum Stehen. Als Sven Dennis' Haus betrachtete, überkam ihn plötzlich wieder dieses beklemmende Gefühl. Eine Art bedrückende Enge, die sämtliche Instinkte in ihm schärfte. Unsicher sah er sich um, konnte jedoch nichts Auffälliges entdecken. Lediglich im Haus nebenan sah er eine ältere Frau am Fenster stehen, die neugierig zwischen den Gardinen hervorlugte.

»Meine Nachbarin«, klärte Dennis ihn auf. »Die würde einen erstklassigen Beschatter abgeben. Scheint den ganzen Tag nichts Besseres zu tun zu haben, als andere Leute zu begaffen.«

»Ich weiß, was du meinst«, erwiderte Sven angespannt. »Von der Sorte hab ich auch welche in der Nachbarschaft.«

Dennis betrachtete ihn sorgenvoll. »Du solltest ein paar Überstunden abbauen und nach Hause fahren. Entspann dich ein bisschen und schalt mal ab.«

»Ach, ich weiß nicht.« Abermals blickte Sven an seinem Kollegen vorbei zu dem Haus empor. »Das würde nur damit enden, dass ich stundenlang die Wände anstarre. Da ertrage ich doch lieber Rößners Launen.« Er rieb sich die Anspannung aus dem Gesicht. »Und wie hast du vor, den heutigen Abend zu gestalten?«

»Na ja, ich denke, sobald der Heizungsmensch weg ist, mache ich mich auf dem Sofa breit und hänge vor dem Fernseher ab.«

»Ja, das werde ich wohl auch tun«, sagte Sven und seufzte.

Dennis sah zu ihm hinüber. »Warum kommst du dann nicht vorbei, und wir hängen gemeinsam ab?«

»Gut«, stimmte Sven ein wenig zu schnell zu, »ich bringe die Chips mit.« Er wurde immer nervöser. Der Anblick des Hauses machte ihn misstrauisch, und er hatte nach wie vor keine Erklärung dafür. Es war, als wäre es von einer unheilvollen Aura umgeben. Verlor er jetzt völlig den Verstand?

»Sven?«, fragte Dennis.

»Was?«, fragte er verstört.

»Ich habe dich gefragt, ob du Weißbier magst? Was anderes hab ich nämlich nicht.«

»Äh … ja, geht schon in Ordnung.«

»Wo bist du eigentlich immer mit deinen Gedanken?«

Sven seufzte. »Keine Ahnung«, antwortete er matt. »Ich sehe und fühle in letzter Zeit Dinge, die …« Er schloss die Augen und atmete tief durch. »Ich bin total überdreht, kann nachts nicht schlafen, und jetzt habe ich auch noch Halluzinationen. Ich glaube, ich verliere langsam den Verstand. Und ich ziehe ernsthaft in Erwägung, mir diesbezüglich helfen zu lassen.« Jetzt war es raus. Er hatte sich endgültig und unwiederbringlich zum Vollidioten abgestempelt und wartete auf die Reaktion.

»Hey«, erwiderte Dennis, »du bist einfach nur überarbeitet. Außerdem hängt dein Privatleben im Moment etwas schief. Wer würde da nicht durchdrehen?« Er drückte Sven die Schulter. »Aber für so was sind Freunde da, verstanden? Wir reden heute Abend darüber.«

Und über einen anonymen Anruf, dachte Sven und nickte. »In Ordnung.« Er lächelte dankbar.

Vorsichtig griff Dennis an sein Ohr und zog die Zigarette hervor, die er dem Punker abgeschwatzt hatte. Er behandelte sie wie ein zerbrechliches Erbstück. »Vielleicht solltest du auch mal eine rauchen«, meinte er. »Das entspannt.«

»Wolltest du nicht aufhören?«

»Nur noch diese eine, ich schwör's.«

»Ja, sicher«, stichelte Sven. »Diese verdammten Dinger bringen dich noch um. Tu mir wenigstens den Gefallen und zünde sie draußen an.«

»Das war wohl mein Stichwort«, grinste Dennis und stieg aus. »Wir sehen uns später«, rief er durch das geschlossene Seitenfenster. »Ich melde mich, sobald der Handwerker weg ist.«

Sven wartete noch, bis Dennis die Haustür erreicht hatte. Er wurde dieses elende Gefühl nicht los, das unaufhörlich an ihm nagte. Verbissen starrte er die unscheinbare Fassade des alten Hauses an, suchte vergeblich nach einem Hinweis darauf, was dieses Gefühl ausgelöst hatte. Etwas an diesem Bild stimmte nicht, war verändert. Doch es musste so unbedeutend, so belanglos sein, dass er es nicht erfassen konnte.

Jetzt kann ich auch noch Verfolgungswahn mit auf die Liste setzen, dachte er und schüttelte den Kopf.

Die Sonne brach durch ein Loch in den Wolken, und ihre Strahlen spiegelten sich in den Fenstern des Hauses. Sven fuhr langsam an.

Auf den Stufen zu seiner Haustür zündete Dennis sich genüsslich die Zigarette an. Der Rauch in seiner Lunge war eine Wohltat, und seine Knie wurden weich wie Butter in der Mikrowelle. Suchend tastete seine Hand nach dem Schlüssel und wurde schließlich in der rechten Tasche seines Jacketts fündig, das an seinem Finger baumelte. Rasselnd schob er den Schlüssel ins Schloss und öffnete die Tür.

Den sauren Geruch, der durch den offenen Spalt strömte, bemerkte er nicht mehr. Ebenso wenig das Knistern unter ihm.

Das Letzte, was er wahrnahm, war ein gewaltiger, greller Blitz.

Sven beobachtete die leere Straße im Rückspiegel und wollte gerade losfahren, als ein ohrenbetäubender Donnerschlag die Erde erzittern ließ. Die Druckwelle der Explosion ließ den Wagen schwanken. Instinktiv warf sich Sven auf den Beifahrersitz und schlang die Arme schützend um den Kopf. Fast im selben Moment zerbarst über seinem Kopf die Seitenscheibe. Glassplitter regneten auf ihn herab, und mit der Druckwelle drang auch die Hitze ins Innere des Wagens. Sie war so intensiv, dass Sven einige Sekunden lang überzeugt war, er stünde in Flammen. Sein Schrei ging in dem Tumult unter. Ein Schauer aus Mörtel und Beton prasselte auf das Wagendach. Hätte man Sven später danach gefragt, er hätte das Geräusch als Todesstakkato bezeichnet. Immer schwerere Geschosse zerbeulten das Dach, drückten es ein, bis es an einigen Stellen Svens Körper gefährlich nahe kam. Ein faustgroßer Stein zerschlug die Heckscheibe und rollte auf die Rückbank, wo er zwischen den Glassplittern liegen blieb.

Sven versuchte mit dem rechten Fuß das Gaspedal zu erreichen, um den Wagen aus der Gefahrenzone rollen zu lassen. Doch ein kurzer Blick durch die halbwegs intakte Frontscheibe zeigte ihm die Ausweglosigkeit dieses Vorhabens. Die Straße glich einer Mondlandschaft aus Schutt und Trümmern.

Genau in diesem Moment schlug etwas auf der Motorhaube auf. Der Wagen ächzte und vibrierte unter dem Aufprall. Dann wurde das Dröhnen im Inneren des Wagens leiser, und der steinige Hagelschauer versiegte allmählich zu einem feinen, sandigen Sprühregen, bis die Geräusche sich in Totenstille verloren.

Nur zögernd erwachte Sven aus seiner Lähmung und richtete sich vorsichtig auf. Langsam wischte er sich die Glassplitter aus dem Haar und bemerkte dabei, dass er blutete. Seine Hände zitterten, und sein Körper bebte vor Adrenalin. Rechts neben dem Nasenbein spürte er einen brennenden Schmerz. Doch diese geringfügige Verletzung verblasste auf der Stelle, als er durch das Seitenfenster sah. Der staubige Vorhang verzog sich langsam, und Sven erstarrte bei dem Anblick, den er freigab.

Das Haus glich nur noch einer Ruine. Ein Großteil der Vorderfront war weggerissen. Auch ein Stück des Daches war verschwunden und offenbarte das Innere des Speichers. Papierfetzen wurden sanft vom Wind erfasst und aus der Öffnung nach draußen geweht. Lautlos sanken sie kreisend auf einige verstreute Möbelstücke am Boden herab. Ein loser Dachziegel verlor seinen letzten Halt, rutschte über die verbogene Dachrinne und schlug dumpf in dem Krater auf, der vor wenigen Augenblicken noch ein Keller gewesen war. Die noch verbliebenen glaslosen Fenster sahen aus wie riesige Einschusslöcher in der rissigen Fassade, hinter der Feuer flackerte und unruhige Schattenspiele verursachte.

Dennis, schoss es Sven durch den Kopf, und eine Welle der Panik brach über ihn herein. Er schnellte herum, tastete hastig nach dem Türgriff, wollte so schnell wie möglich aus diesem Wrack heraus – und dann erstarrte sein blutiges Gesicht zu einer Maske des Entsetzens, als er durch die eingedrückte Frontscheibe blickte.

Es war kein Stein, der auf der Motorhaube gelandet war. Auch kein Balken. Einen Moment lang glaubte er, es wäre eine Heimsuchung, die dort lag und ihn mit Augen ansah, von denen er überzeugt war, dass sie Edmund Heibel gehörten. Wieder spannten sich die Ketten um seine Brust, und ein Angstschauer lief ihm kalt über den Rücken. Doch dann erkannte er das Vertraute in diesen Augen, die für gewöhnlich so viel Zuversicht und Stärke ausstrahlten, so viel Fröhlichkeit und Optimismus. All das war verschwunden. Jede Regung, jede Emotion war aus diesen Augen gewichen.

Es waren die Augen seines Freundes.

Es waren tote Augen.

Im Nachbarhaus wurde die Tür aufgerissen, und Dennis' Nachbarin kam aus dem Haus gestürzt. Auf ihrer weißen Kittelschürze funkelten winzige Glassplitter wie Diamantstaub im Sonnenlicht. Am Zaun angekommen, wurden ihre Schritte langsamer, und sie betrachtete entsetzt das zerstörte Gebäude. Als sie auf den Wagen am Straßenrand zustolperte, der halb unter Geröll und Trümmern begraben war, stockte ihr der Atem.

Ein blutverschmierter Mann stand schreiend neben der offenen Fahrertür. Beide Hände an die Schläfen gepresst, brüllte er immer wieder einen Namen, bis seine Stimme schließlich in ein jämmerliches Schluchzen überging. Benommen taumelte er rückwärts über Trümmer und Staub, den Blick starr auf das zerdrückte Auto gerichtet. Vor dem kleinen Graben am Straßenrand sank er im knöchelhohen Gras auf die Knie, und sein Oberkörper sackte schlaff zusammen.

Der Rest war Tränen.

18

Sirenen kreischten durch die kleine Ortschaft, Blaulicht blitzte auf den Dächern der Einsatzfahrzeuge. Mit quietschenden Bremsen kam ein dritter Löschzug zum Stehen. Feuerwehrleute sprangen heraus, verteilten sich in alle Richtungen, Anweisungen wurden gebrüllt. Jeder Handgriff saß, war tausendmal geübt, Trümmer wurden von der Straße geräumt, Polizei, Notarzt, Rettungswagen ... Doch es gab nichts mehr, was sie hätten retten können.

Sven saß hinten in einem Krankenwagen. Eine kratzige graue Decke umhüllte seine Schultern, und ein breites Pflaster zierte sein von Tränen und Blut verschmiertes Gesicht. Der Schock ließ die Geschehnisse wie einen düsteren, unwirklichen Traum erscheinen.

War das möglich? Konnte Dennis wirklich tot sein? Svens Verstand konnte sich nicht damit abfinden. Dieser Schwung, diese Energie, die immer von ihm ausgegangen war. Nein, dieser zerfetzte Körper, der steif und verkohlt auf seinem Auto gelegen hatte, konnte unmöglich Dennis gewesen sein. Nichts erinnerte beim Anblick dieses blutigen, verrußten, leblosen Stück Fleisches an den Freund und Kollegen, dessen hitziger, manchmal überschwänglicher Tatendrang ihn gelegentlich zur Weißglut getrieben hatte.

Sven kam sich vor, als wäre *er* in diesem grellen Lichtblitz verglüht. Es gab nichts, was er empfinden konnte. Weder Trauer noch Entsetzen. Irgendwie war es, als wäre er innerlich verödet und leer. Das unsägliche Gefühl des Verlusts schien alles zu erdrücken. Zuerst Sandra und nun Dennis. Was kam als Nächstes? Würde er sich selbst verlieren?

Ein Sanitäter reichte ihm einen Becher mit Wasser. Gedankenverloren nahm er ihn entgegen, als wäre jede seiner Bewegungen automatisiert wie bei einer Maschine. Sein Umfeld nahm er kaum wahr. Nur ein Stimmengewirr, das aus weiter Ferne zu ihm drang. Darunter auch das erregte Kreischen einer Frau, die zwei Feuerwehrleuten ihre Sicht der Ereignisse schilderte und den Schock durch einen hysterischen Wortschwall zu überspielen versuchte.

… Ich war gerade dabei, meine Pflanzen zu gießen, als der Wagen vor dem Haus vorgefahren ist. Herr Bergmann und noch ein anderer Mann saßen darin, ich glaube, es war ein Bekannter von ihm, jedenfalls hab ich ihn schon öfter in das Haus gehen sehen …

Sven versuchte die aufgeregte Stimme zu überhören, die zweifelsohne der Nachbarin gehörte und so schrill klang, dass sie fast wehtat. Außerdem verspürte er keinerlei Verlangen, dank ihrer Ausführungen das Geschehene noch einmal zu durchleben. Doch es gelang ihm einfach nicht, sich ihren Worten zu entziehen; seine Gedanken hafteten daran wie ein Magnet.

… Meine Blumen brauchen nämlich sehr viel Pflege, wissen Sie, und deshalb werde ich eben oft auf Fremde aufmerksam …

»Wie geht es Ihnen?«, lenkte ihn eine bekannte, ungewohnt sanfte Stimme von dem dissonanten Timbre der Frau ab. Nur langsam schwenkte Svens Blick herum und fand Rößners untersetzte Gestalt, die neben dem Krankenwagen stand. Er schwieg. Die Frage war ebenso überflüssig wie unnötig.

»Was machen Sie denn hier?«, fragte er stattdessen.

»Einer meiner Mitarbeiter ist tot. Ich denke, das ist Grund genug, finden Sie nicht?«

Mitarbeiter!

»Verstehe«, knurrte Sven, »das Protokoll verlangt Ihre Anwesenheit.«

»Tut mir leid, dass Sie so denken«, antwortete Rößner.

»Was haben Sie denn erwartet, Beifall?«

»Hören Sie, Becker, Sie halten mich vielleicht für ein gefühlskaltes Arschloch, aber glauben Sie mir, Dennis' Tod geht mir ebenso nahe wie Ihnen.«

Sven fiel auf, dass Rößner zum ersten Mal jemanden beim Vornamen genannt hatte.

»Ich habe ihm zwar nicht so nahe gestanden wie Sie, aber seien Sie versichert, wir alle sind zutiefst betroffen …«

»Sparen Sie sich Ihr Mitgefühl«, wehrte Sven mit belegter Stimme ab. »Mir ist im Augenblick nicht nach Reden zumute.«

»Natürlich«, zog sich Rößner zurück. »Ich wollte eigentlich auch nur sagen: Wenn Sie Hilfe brauchen, meine Tür steht Ihnen jederzeit offen. Außerdem haben wir Psychologen für solche Fälle.«

Sven dachte einen Augenblick über das Angebot nach, bevor er es ablehnte. »Danke, aber ich schätze, ich muss erst mal versuchen, allein damit fertig zu werden. Auf meine Weise.«

… Dann hab ich noch gesehen, wie er sich eine Zigarette angezündet hat, und ich wollte gerade in die Küche gehen, um neues Wasser zu holen, als plötzlich das Haus gezittert hat und sämtliche Fensterscheiben kaputtgegangen sind. Se-

hen Sie sich meine Schürze an, voller Glassplitter; ich hatte Glück, dass ich mich nicht ernsthaft verletzt habe …

»Sie könnten nur eins für mich tun«, sagte er zu Rößner, der sich gerade zum Gehen wandte. »Bringen Sie diese Frau zum Schweigen. Ich kann ihr Gekeife jetzt nicht ertragen.«

Rößner bekundete mit einem kurzen Nicken sein Verständnis. »Ich versuche sie zu beruhigen«, versprach er und ging.

Sven trank einen Schluck Wasser und strich sich durch das staubige Haar. Vergeblich versuchte er seine Gedanken zur Ruhe zu bringen, die die entscheidenden Minuten vor dem Unglück so genau analysieren wollten wie ein gewissenhafter Chemiker. Da war zuerst dieses unsichere Gefühl, von dem er nicht wusste, was es ausgelöst hatte. Da war die Nachbarin, die sie durch das Fenster beobachtet hatte und deren schreckliche Stimme ihn jetzt in den Wahnsinn trieb. Dennis, der die Stufen zu seinem Haus hinaufschritt und die Tür aufschloss. Und dann die Explosion. Dieser gleißende Lichtblitz, der das Haus aufblähte und es zerplatzen ließ wie eine Seifenblase. Eine Gasentzündung, wie ihm einer der Feuerwehrleute erklärt hatte, vermutlich ausgelöst durch die glühende Zigarette. Aus seinem Mund hatte das so technisch geklungen, so nüchtern. So teilnahmslos. Wie oft hatte er selbst schon solche Gespräche geführt, hatte anderen Leuten den Tod eines Menschen erklären müssen. Das würde er nie wieder tun können.

Sein Blick fiel auf das abbruchreife Gebäude vor ihm. Das Bild war zerstört, das Rätsel blieb ungelöst. Was um alles in der Welt war falsch daran gewesen? Die Frage nistete sich zwischen Trauer und Ohnmacht in seine ausweglosen Gedanken ein wie ein lästiger Parasit und zwang ihn, seine Erinnerung zu obduzieren. Noch einmal ließ er Dennis in Gedanken die Stufen hinaufsteigen, versuchte jede Einzelheit, jedes Detail der Szene zu rekonstruieren, ließ das Haus im Geiste neu entstehen, vervollständigte das Bild wieder …

… *Was soll ich? Mich beruhigen? Sie haben gut reden. Sie waren ja nicht dabei. Ihnen sind nicht massenhaft Splitter um die Ohren geflogen …*

… Dennis war an der Haustür, zündete sich die Zigarette an. Das Streichholz fiel qualmend neben den Treppenabsatz. Er suchte in seiner Jacke nach den Schlüsseln, ging auf die Tür zu …

… *Ich habe nur deshalb so lange dort gestanden, weil ich mich gewundert habe, dass Herr Bergmann nicht mit seinem eigenen Auto unterwegs war …*

… Er fingerte den passenden Schlüssel aus dem Bund. Sein Sakko hing lässig über der Schulter …

… *Natürlich wusste ich, dass sein Auto in der Werkstatt war. Man lebt ja schließlich nicht hinterm Mond. Aber ich dachte, er wäre mit dem anderen Wagen gefahren …*

… Dann ein grelles Licht, ein kurzes Flimmern. Sonnenspiegelungen auf den Fenstern, Sekunden vor der Explosion …

… *Na, der andere Wagen, der in den letzten Tagen ständig vor seinem Haus stand …*

… Das Fenster? …

… *Es war wohl ein Ersatzwagen, von der Werkstatt. Das ist doch heute so üblich …*

… Das Fenster! Ja, natürlich …

… *Noch heute Morgen habe ich ihn auf der anderen Straßenseite stehen sehen, so gegen zehn Uhr …*

… das Kellerfenster! Das war der Fehler, der das Bild verfremdet hatte. Es war geschlossen gewesen! Er war sich völlig sicher, sah es deutlich vor sich: Es war fest geschlossen!

Aber es durfte nicht geschlossen sein. Die defekte Heizung, das ausströmende Gas … Dennis hatte es offen gelassen, um genau dem vorzubeugen, was nun geschehen war …

… Eine Stunde später war er dann weg, und ich hab noch gedacht: Der ist aber heute spät dran …

… Der Regen! Ja, wahrscheinlich hatte er es wegen des starken Regens geschlossen. Natürlich, so musste es gewesen sein. Das war eine logische Erklärung. Doch sie reichte nicht aus, um das Misstrauen zu besänftigen, das erneut in ihm aufkeimte wie eine Giftpflanze. Wäre er dieses Risiko wirklich eingegangen, nach dem Vorfall neulich?

Verdammt! Was war bloß los mit ihm? Sein bester Freund war vor seinen Augen ums Leben gekommen, und er haderte wegen dieser Nichtigkeit mit sich selbst. Er sollte lieber den Tatsachen ins Auge blicken, anstatt …

Der Gedankengang riss ab, wurde umgelenkt und verband sich mit etwas anderem in seinem Unterbewusstsein. Eine Bemerkung, flüchtig eingefangen von seinem Verstand und doch mächtig genug, ihm einen Stoß zu versetzen.

Erschrocken sprang er auf. Die graue Decke rutschte von seinen Schultern und fiel lautlos zu Boden. Hastig kämpfte er sich zwischen Polizeibeamten und Feuerwehrleuten hindurch zu der kleinen Gruppe um die Nachbarin.

… Ich persönlich fand seinen Lebensstil ja gelegentlich etwas anstößig; Herr Bergmann hatte oft Damenbesuch, wissen Sie, und ich finde, dass … »Aah!«, schrie die Frau erschrocken auf, als sich zwei Hände fest um ihre Schultern krallten und sie in das entschlossene Gesicht eines Mannes blickte, der wie aus dem Nichts vor ihr aufgetaucht war.

»Was haben Sie da gerade gesagt?«, fuhr Sven sie an.

»Was … Wer, wer sind Sie? Nehmen Sie gefälligst Ihre Hände weg«, empörte sich die Frau.

»Das Auto! Sie sagten, da hätte ein fremdes Auto vor dem Haus gestanden.«

»Ja … Sie tun mir weh.«

»Was für eins?«, schrie Sven wie besessen.

Die beiden Feuerwehrleute sahen verwundert Rößner an, der ratlos die Schultern zuckte.

»Was?«, hauchte die Frau ängstlich.

»Konnten Sie erkennen, was für ein Auto es war?«

»Ja, ich … es war ein BMW, ich glaube, ein älteres Modell …«

»Haben Sie das Kennzeichen gesehen?«

»Nein! … Lassen Sie mich sofort los, was fällt Ihnen eigentlich ein?« Entrüstet befreite sie sich aus seinem Griff.

Sofort wandte sich Sven an Rößner: »Rufen Sie auf dem Präsidium an und sagen Sie denen, Daum und seine Leute sollen schleunigst ihre Ärsche hierherbewegen. Ich will, dass hier jeder Quadratzentimeter untersucht wird.«

Rößner starrte ihn sprachlos an.

»Was glauben Sie denn hier zu finden?«, meldete sich einer der beiden Feuerwehrmänner zu Wort. Seine hellen Stoppelhaare waren platt gedrückt und verschwitzt. Er deutete mit einer weit ausholenden Geste auf das zerstörte Haus, während er feststellte: »Da gibt's nicht mehr viel, was man untersuchen könnte.«

»Es hat eine Explosion gegeben, oder etwa nicht?«, fuhr Sven ihn an. »Und es gibt eine Ursache dafür. Also finden Sie gefälligst heraus, was das war!«

»Das liegt doch wohl auf der Hand«, sagte der andere Mann, der wesentlich älter wirkte als sein Kollege. »Sie haben uns doch selbst gesagt, dass etwas mit der Gasheizung nicht in Ordnung war und dass ihr Kollege das Haus mit einer brennenden Zigarette betreten hat.«

»Ach, und damit ist der Fall für euch klar, wie?«

»Na, was glauben Sie denn, dass ein Meteor in das Haus eingeschlagen ist?«

»Ist euch mal in den Sinn gekommen, dass jemand diese Explosion vielleicht mit Absicht herbeigeführt haben könnte?«, hielt Sven energisch dagegen. »Immerhin war Dennis Polizist und hat in einem Mordfall ermittelt. Also setzen Sie gefälligst Ihren Arsch in Bewegung und tun Sie Ihre Arbeit!«

»Jetzt ist es aber genug, Becker!«, fuhr Rößner dazwischen und packte ihn am Arm. Er zerrte Sven von den beiden Männern weg, die ihn kopfschüttelnd betrachteten. »Jetzt beruhigen *Sie* sich mal!«, herrschte er ihn an. »Was denken Sie sich eigentlich? Sie können diesen Männern doch nicht die Schuld an dem geben, was hier passiert ist.«

»Tut mir leid, ich hatte einen ziemlich harten Tag«, murmelte Sven zerknirscht.

»Ich kann Ihre Erregung ja verstehen. Trotzdem sind Sie zu weit gegangen. Was sollte das alles überhaupt?«

»Ach, ich weiß auch nicht, ich …« Sven raufte sich verzweifelt die Haare. »Es ist nur … Dennis hatte keinen Ersatzwagen. Und vor ein paar Tagen hat er mir erzählt, dass er glaubte, er werde verfolgt. Und als die Nachbarin vorhin gesagt hat, sie hätte einen fremden Wagen vor seinem Haus gesehen, da dachte ich …«

»Da dachten Sie, es könnte sich vielleicht um denselben Wagen handeln? Mein Gott, Becker, wenn mich jeder BMW, der zufällig hinter mir auftaucht, verfolgen würde, wäre ich vermutlich der meistgejagte Mensch der Welt. Der Wagen kann jedem hier gehören, und das wissen Sie auch. Aber wenn es Sie beruhigt, höre ich mich mal in der Nachbarschaft um.«

»Und was ist mit der Spurensicherung?«

»Das ist Sache der Feuerwehr und der Staatsanwaltschaft. Wenn die der Meinung sind, dass etwas Ungewöhnliches vorliegen könnte, dann – und erst dann – stellen wir Ermittlungen an. Tun Sie bitte nicht so, als müsste ich Ihnen das erst erklären.«

Damit musste Sven sich wohl zufriedengeben. Was hatte er schon zu bieten? Ein fremdes Auto, das jedem gehören konnte, und ein geschlossenes Kellerfenster, von dem jetzt nicht einmal mehr die Wand existierte, in die es eingelassen gewesen war. Bruchstücke, die kein Gericht der Welt als Indizien bezeichnen würde. Wie würde er wohl dastehen, wenn er anhand dieser Belanglosigkeiten einen Mord konstruierte? Man würde ihn endgültig für verrückt erklären.

»Gehen Sie nach Hause, Becker«, sagte Rößner. »Nehmen Sie sich ein paar Tage frei und versuchen Sie, mit alldem fertig zu werden.«

»Das halte ich für keine gute Idee«, wehrte Sven ab. »Das hat schon beim letzten Mal nicht funktioniert.«

»Sie bleiben zu Hause, ist das klar?«, betonte Rößner mit Nachdruck. »Und bevor Sie sich nicht wieder unter Kontrolle haben, will ich Sie auf der Dienststelle nicht mehr sehen. Das Letzte, was ich jetzt gebrauchen kann, sind irgendwelche übereilten Handlungen wie damals vor zwei Jahren.«

»Wie Sie meinen«, fauchte Sven aufgebracht. »Aber sagen Sie mir eins: Weshalb halten Sie mir diese Geschichte immer wieder vor? Was haben Sie gegen mich? Ist es meine Einstellung, weil ich mich Ihnen nicht bedingungslos unterwerfe?«

»Wie immer erkennen Sie den Wald vor lauter Bäumen nicht, Becker«, konterte Rößner. »Glauben Sie tatsächlich, ich hätte mich damals bei der Untersuchung für Sie eingesetzt, wenn ich nicht der festen Überzeugung gewesen wäre,

Sie hätten richtig gehandelt? Ich habe nichts gegen Sie, im Gegenteil, ich halte Sie für einen guten Polizisten. Sie haben nur anscheinend ein ernsthaftes Problem damit, sich hin und wieder helfen zu lassen, also muss ich Sie eben zu Ihrem Glück zwingen. Ich kann nicht noch einmal die Kohlen für Sie aus dem Feuer holen, haben Sie mich verstanden? Also gehen Sie gefälligst nach Hause und beruhigen Sie sich. Und wenn Sie es auf Ihre Weise nicht schaffen sollten, rufen Sie mich an. Ich bin jederzeit für Sie da.«

Sven sah zu, wie Rößner zu der aufgebrachten Frau und den beiden Feuerwehrleuten zurückging und sich in seinem Namen bei ihnen entschuldigte. Auf ungewohnte Weise machte ihn das sympathisch.

Dann schritt er langsam an der langen Reihe von Schaulustigen vorbei, die sich hinter der Absperrung eingefunden hatten; ihre Anzahl mochte doppelt so hoch sein wie die der Einwohner in dem kleinen Dorf. Der Tod musste wirklich faszinierend sein, dass er so viele Menschen immer wieder in seinen Bann zog. Angewidert zwängte er sich durch die Menge. Nur einen kurzen Moment lang blieb sein Blick an einem langhaarigen Mann hängen, dessen übergroße Sonnenbrille sein Gesicht fast zur Hälfte verdeckte. Bis auf seinen dunklen Kinnbart war nichts Auffälliges an ihm. Und doch wirkte sein Aussehen eigenartig gekünstelt. Außerdem kam er Sven bekannt vor, doch er hätte nicht sagen können, woher.

Schließlich begrub seine Erschöpfung diesen Gedanken unter sich, und er machte sich auf den beschwerlichen Weg nach Hause. Seine Beine waren so schwer wie noch nie zuvor.

Der Mann, der sich Mohamed nannte, stand etwas abseits der Menge und betrachtete durch seine dunkle Brille das Publikum, das dieses Mal so zahlreich erschienen war. Stolz sah er, wie noch mehr Autos am Straßenrand abgestellt wurden und weitere Zuschauer herbeiströmten, um seine Arbeit zu bestaunen.

Dabei hatte der Auftrag so harmlos begonnen. Er sollte lediglich beobachten, nicht eingreifen. Nur berichten, nicht handeln. Doch als dieser Bulle zu neugierig wurde, bekam sein Auftraggeber dann doch kalte Füße. Und nach dem Zwischenfall auf dem Parkplatz sollte Mohamed schließlich Nägel mit Köpfen machen. Hofer hätte dem Druck dieses Schnüfflers nicht lange standgehalten, so viel war sicher. Mohameds erster Besuch in dem Haus hatte sich mehr als bezahlt gemacht; eine Telefonwanze erwies sich als äußerst hilfreich. Außer ein paar anregenden Gesprächen mit mehreren weiblichen Anrufern hatte er interessante Details über eine undichte Gasheizung in Erfahrung bringen können, was auch das offene Kellerfenster erklärte, durch das er eingestiegen war. Ein Geschenk des Himmels, in doppelter Hinsicht. Aber es galt, vorsichtig zu sein. In einer Großstadt hätte sich vermutlich niemand für einen Mann interessiert, der in ein offenes Kellerfenster stieg, aber hier auf dem Land konnte so etwas gefährlich werden. Trotzdem musste er es ein zweites Mal riskieren. Schon um die Wanze wieder zu entfernen. Sie würde selbst den naivsten Ermittler an einem Unfall zweifeln lassen, wenn sie entdeckt wurde. Obwohl das Fenster diesmal nur gekippt war, war es kein ernsthaftes Hindernis. Seine Hände waren ebenso kräftig wie flink und geschickt. So schnell wie das Fenster war auch der Gashahn geöffnet. Der Rest war einfach. Eine Steckdose rechts neben dem Eingang, ein durchtrenntes Stromkabel mit blanken Enden, die schmale Metallschiene an der Unterkante der Eingangstür … schon war das größte Elektrofeuerzeug der Welt fertiggestellt. Das Gas hatte sich schnell im ganzen Haus verteilt. Er musste nur den Abstand zwischen Kabel und Schiene so groß halten, dass er noch gefahrlos das Haus verlassen konnte. Ein Unwissender jedoch, der die Tür weiter als eine Körperbreite öffnete, würde mit der Schiene die blanken Enden des Kabels berühren. Ein kurzes Surren, eine kleine elektrische Entladung, winzige Fünkchen, durch rasende Elektronen verursacht, und … BUMM!!

Der Umstand, dass sein Opfer Raucher gewesen war, verlieh der Geschichte einen gehörigen Schuss Ironie.

Allmählich entwickelte sich das Ganze mehr und mehr zu einer profitablen Angelegenheit für ihn. Zuerst der Pfleger und jetzt der neugierige Bulle. Und Mohamed war sich fast sicher, dass der nicht der Letzte gewesen war. Er ging davon aus, dass Hofer der Nächste auf der Liste sein würde. Der Heimleiter war zu einem Risiko geworden, so viel hatte Mohamed mitbekommen. Und jetzt, wo hier alles erledigt war, konnte er sich neuen Aufgaben stellen. Er hatte zwar keinen blassen Schimmer, worum es bei der ganzen Geschichte eigentlich ging, doch das interessierte ihn auch nicht. Alles, was von Bedeutung war, war die Höhe des Honorars. Und in dieser Hinsicht hatte er sich in ein goldenes Nest gesetzt.

Mit einem zufriedenen Grinsen drehte er sich um und schritt davon.

19

Trauer … Das war alles, was er empfand. Grenzenlose, tiefe Trauer, die alle anderen Gefühle ausschaltete und sich endlos durch die folgenden Tage zog. Tage, die ihm wie zäher Sirup vorkamen, durch den er sich mühsam hindurcharbeiten musste.

Am liebsten hätte er sich in seine Arbeit gestürzt, sich mit scheinbar belanglosen Dingen beschäftigt, nur um etwas zu tun, um zu vergessen. Doch er konnte nicht, nicht dieses Mal; er konnte nicht einfach alles weiterlaufen lassen, als wäre nichts geschehen. Er wollte um Dennis trauern. Das war er ihm einfach schuldig.

Hin und wieder riefen Kollegen an, erkundigten sich nach ihm und gaben Beileidsbekundungen ab, als wäre Dennis sein Bruder gewesen. Auch Rößner hatte sich einige Male bei ihm gemeldet. Er schien tatsächlich besorgt zu sein.

Sogar Sandra klingelte an seiner Tür, nachdem sie von dem Unglück erfahren hatte. Und obwohl sie Dennis kaum gekannt hatte, schien ihr sein Tod nahezugehen. Sie sprach von Erlösung und Barmherzigkeit, von Königreichen und Wiederauferstehung durch den Sohn Jesus Christus. Anschließend ließ sie ihm eine Broschüre mit Schriften aus dem Neuen Testament da, die ihn trösten sollten.

Sven starrte sie nur an. Er verstand kein Wort von dem,

was sie sagte, suchte vergeblich nach der Frau, die er geheiratet hatte. Wochenlang hatte er um ihr Mitgefühl gekämpft, doch nun wollte er es nicht mehr. Und als sie am Ende ihres Besuchs die letzten Überbleibsel ihres früheren Lebens mitnahm, war es ihm beinahe gleichgültig.

Auf einmal hatte nichts mehr Sinn, hatte nichts mehr irgendeinen Wert. Beständigkeit existierte nicht mehr, war nur eine Illusion gewesen. Allmählich begriff Sven, weshalb sich so viele Menschen in ihren Glauben flüchteten. Vielleicht war es leichter, wenn der Glaube an etwas Gutes, an etwas Vollkommenes, einem zur Seite stand. Doch Sven war zu solchen Gedanken nicht fähig, weil er sie für eine Lüge hielt. Eine Lüge, von Menschen erschaffen, um der Realität einen Sinn zuordnen zu können. Sandra und Dennis waren in den letzten Jahren die Stützpfeiler seines Daseins gewesen, und nun saß er in diesem tiefen Tal der Depressionen fest, und alles drohte über ihm einzustürzen.

Warum nur setzte er sich immer wieder so exzessiv mit Dingen wie Einsamkeit und Tod auseinander? Weshalb konnte er sie nicht einfach als gegeben hinnehmen, statt sie mit dem Verstand erklären zu wollen? Dreiunddreißig Jahre eines Lebens, mit all seinen Ängsten, seinen Erfahrungen, seinen Leiden und Träumen, waren innerhalb einer Millisekunde in einem gleißenden Lichtblitz verglüht. Einfach ausradiert, als hätten sie nie existiert.

Wie konnte auch nur ein Mensch auf dieser Welt behaupten, dies erklären zu können?

Am schlimmsten waren die Nächte. In den wenigen Stunden, in denen seine rastlosen Gedanken ihm ein wenig Schlaf gönnten, kamen die Träume. Träume von toten Augen, von Feuer und von Blitzen. Und mit ihnen kam die Angst. Dieses unsagbar heftige Gefühl, das ihn von innen heraus zu erdrücken drohte.

Er ging zum Arzt, und der riet ihm, sich psychologische Hilfe zu suchen, was Sven jedoch ablehnte. Er tat sich schon schwer genug damit, seine Gefühle Freunden zu offenbaren. Vor einem Fremden erschien ihm das nahezu unmöglich. Also entschied er sich stattdessen für ein Beruhigungsmittel und Schlaftabletten. Doch auch das half nicht. Die Medikamente bewirkten zwar, dass er schneller einschlief, vor den Träumen konnten sie ihn jedoch nicht bewahren. Also tat er, was er immer tat, wenn er an einem Punkt angelangt war, wo er keinen Ausweg mehr sah.

Schon nach wenigen Gläsern verloren seine Gedanken den Halt. Und nach einer halben Flasche waren sie nur noch ein aufgescheuchter Mückenschwarm, der ohne jede Ordnung durch seinen Kopf summte. Er sah zusammenhanglose Bilder vor den geschlossenen Lidern, die wahllos aufeinanderfolgten: Dennis neben ihm im Auto. Dennis lachend an seinem Schreibtisch. Dennis tot auf der Motorhaube. Und zum ersten Mal stellte sich Sven die Frage, ob er das Unglück hätte verhindern können, wenn er auf diesen seltsamen Instinkt gehört hätte. Dieses Gefühl des Unbehagens, der Warnung. Er hatte es schon einmal ignoriert, und diese Borniertheit hatte sein Gewissen in einen Konflikt gestürzt, der noch immer andauerte und bis tief in sein Innerstes vorgedrungen war. Und genau aus dieser Tiefe schoss jetzt ohne jegliche Vorwarnung die Angst empor wie schwarzes Öl aus einem Bohrloch. Sie raubte ihm den Atem, bis er glaubte zu ersticken. Entsetzt riss er die müden Augen auf und rang nach Luft. Doch erst als er sich aufsetzte, ließ das Gefühl nach, und die haltlose Unruhe zog sich wieder in die dunkelsten Winkel zurück, wo sie auf den nächsten Angriff lauerte. Hastig griff er nach dem Beruhigungsmittel, riss die Packung auf und spülte zwei Tabletten mit Alkohol hinunter. Seine Hände zitterten so sehr, dass er Mühe hatte, die Tabletten aus der Hülle zu drücken. Erst nach einer Weile stellte sich die Wirkung ein, ein schwereloser Rausch, der die Gedanken und Bilder in seinem Kopf verschwimmen ließ. Einen schrecklichen Augenblick lang glaubte er tatsächlich, Dennis' tote Augen zu sehen, die stumpf und verkohlt aus dem Bildschirm seines Fernsehers starrten wie durch die Frontscheibe seines Autos.

Als er am nächsten Morgen erwachte, kauerte er noch immer auf der Couch und umklammerte mit beiden Armen ein Kissen.

Einen Tag vor der Beerdigung hielt Sven es nicht länger in seiner Wohnung aus. Er mietete sich einen Wagen und fuhr eine endlos lange Landstraße entlang. Seine Gedanken waren hohl und leer, völlig emotionslos. Er hatte den Gedanken und Visionen den Schrecken genommen, indem er sich an sie gewöhnt hatte. Und nun sehnte er sich nach etwas Unverbrauchtem, etwas Reinem, das ihm wieder neue Hoffnung gab. Eine Art Anker, der ihn in der Realität festhielt und verhinderte, dass er völlig den Verstand verlor. Er kannte nur einen Ort, wo so etwas zu finden war.

Dunkle Schieferplatten bedeckten das steil geneigte Satteldach des kleinen Einfamilienhauses. An der linken Seite des Jägerzaunes befand sich ein kleiner Sandkasten. Spielzeug lag darum herum im Gras verstreut, Förmchen, Eimer, Schaufel und eine kleine Plastikharke.

Seine Schwester Ivonne öffnete ihm und machte zunächst ein erschrockenes Gesicht, als sie sah, wie mitgenommen er wirkte. Dann fielen sie sich in die Arme wie zwei Freunde, die sich seit Jahren nicht gesehen hatten.

Ivonne führte ihn ins Wohnzimmer, wo der kleine Torsten inmitten von Bausteinen und Plüschtieren spielte. Dunkles, wirres Flaumhaar spross auf seinem Kopf. Als er Sven erblickte, strahlte er übers ganze Gesicht, so dass ihm der Schnuller aus dem Mund fiel. Dunkle, neugierige Augen, eine breite, gerade Stupsnase und kleine, volle Lippen. Ganz die Mama.

Gerührt beobachtete Sven, wie er sich mühsam auf die winzigen Füße stemmte. Mit tapsigen Schritten und unverständlichen Lauten kam Torsten auf ihn zugestolpert. Etwa auf halbem Wege verlor er das Gleichgewicht und plumpste auf den Fliesenboden. Einen Moment lang schien er angestrengt zu überlegen, ob der Sturz irgendwelche Folgeschäden verursacht hatte. Nachdem dies nicht der Fall war, rappelte er sich mit einem lauten *»Didaada«* wieder auf, als wollte er sich über den kleinen Plüschaffen beschweren, über den er gestolpert war.

Sven sah ihm amüsiert zu, und ein Lächeln taute seine erkalteten Züge auf. Manchmal bedurfte es nur so wenig, um etwas wie Glück und Geborgenheit zu empfinden. Er beneidete den Winzling um die Unschuld seiner Kindheit, bedauerte ihn aber zugleich wegen der vielen Prüfungen und Enttäuschungen, die noch vor ihm lagen.

Vielleicht kommen wir deshalb als Kinder auf die Welt, dachte er, *damit wir früh genug lernen, wieder aufzustehen, wenn wir hingefallen sind.*

»Schläft er?«, fragte Sven, als Ivonne in die große Küche kam und leise die Tür schloss.

»Wie ein Baby«, erwiderte sie schmunzelnd. »Ist ja auch kein Wunder, nachdem du über eine Stunde mit ihm herumgetobt hast.«

Sie holte die Kaffeekanne und schenkte nach.

»Ich sollte euch wirklich viel öfter besuchen«, meinte Sven. »Hab mich lange nicht mehr so daheim gefühlt.« Er goss etwas Milch in seinen Kaffee und trank einen Schluck. »Wo ist eigentlich Klaus?«

»Mal wieder auf irgendeiner Übung«, sagte Ivonne und setzte sich neben ihn an den Esstisch. Anmutig strich sie sich die braune Löwenmähne aus dem Gesicht. »Kommt erst Ende der Woche zurück.«

Wirklich schade, dachte Sven ironisch. Er hatte seinem Schwager, einem Bundeswehroffizier, noch nie besonders viel abgewinnen können. »Wie läuft's denn so mit euch beiden? Behandelt er dich und den Kleinen anständig?«

»Ja, warum?«

»Na ja«, meinte er skeptisch, »ich hab nie ein Geheimnis daraus gemacht, dass er nicht gerade mein Lieblingsschwager ist.«

»Ich weiß, du magst Klaus nicht besonders, aber glaub mir, er kann trotz seiner konsequenten Art sehr liebenswürdig sein. Ihr solltet euch ruhig mal näher kennenlernen«, fuhr sie fort. »Klaus hat auch seine guten Seiten.«

»Na ja, man muss wohl eine Frau sein, um das beurteilen zu können.«

»Ja, vielleicht.«

»Tut mir leid, ich wollte nicht den großen Bruder raushängen lassen. Es ist nur … Wenigstens einer von uns beiden sollte glücklich sein.«

»Dann ist es mit dir und Sandra also endgültig vorbei?«

»Ja, sieht so aus«, seufzte er und schwieg einen Moment.

Ivonne blickte ihm in die Augen, die ebenso tiefbraun waren wie ihre eigenen, und sah die Traurigkeit darin. Aber auch den Schrecken. Sie wusste, dass es schwer sein würde, mit ihm darüber zu reden, aber ihr war auch klar, dass er nicht nur aus Höflichkeit hier saß. Er wollte reden, wollte ihr sein Herz ausschütten, doch sie würde ihn nicht dazu drängen.

»Willst du noch Kaffee?«, fragte sie, obwohl seine Tasse noch halbvoll war.

»Hast du ein Bier da?«

Sie stand auf und ging zum Kühlschrank. Kurz darauf kam sie mit zwei grünen Flaschen zurück.

»Prost«, sagte Sven, »auf die alten Zeiten.«

Beide tranken einen ausgiebigen Schluck.

»Apropos alte Zeiten: Wie läuft's zu Hause?«, fragte Sven.

»Wie immer. Papa nörgelt den ganzen Tag herum, und Mama erträgt seine Launen, um Streit zu vermeiden.«

»Na, dann hat sich ja nicht viel geändert.«

»Du solltest dich öfter bei ihnen blicken lassen«, ermahnte sie ihn. »Sie würden sich sicher freuen.«

»Ach, sie haben sich doch noch nie sonderlich für mich oder mein Leben interessiert.«

»Das ist nicht wahr, Sven, das weißt du.«

»Ich würde mich doch nur wieder mit Vater in die Wolle kriegen, wie beim letzten Mal. Wir beide haben eben zu unterschiedliche Einstellungen. Wahrscheinlich würde er *mir* die Schuld am Scheitern meiner Ehe geben, und vermutlich hätte er sogar recht.«

»Mach dich doch nicht selber fertig«, beschwichtigte Ivonne. »So etwas passiert eben, und meistens ist nicht nur einer schuld daran. Menschen ändern sich.«

»Ich weiß nicht«, wandte er ein. »Wenn ich Sandra heute reden höre, dann gebe ich dir recht. Aber andererseits denke ich, sie ist irgendwie schon immer so gewesen. Ich war nur zu sehr mit mir selbst beschäftigt, als dass es mir aufgefallen wäre.« Er nippte an seinem Bier. »Ich schätze, du bist die einzige Frau, mit der ich auf Dauer klarkomme. Warum finde ich bloß niemanden wie dich?«

»Du hast mir nie einen Antrag gemacht«, scherzte sie. »Und ich bin keine Frau, die man warten lässt.«

»Tja, jetzt ist es zu spät, was? Aber das ist wohl typisch für mich.«

»Das ist es aber nicht, was dich bedrückt, nicht wahr?«

Sven sah sie unverwandt an. »Ist das so offensichtlich?«

»Wenn es nur um deine Ehe ginge, hättest du schon viel früher mit mir darüber reden können. Aber du hast es vorgezogen, mir nur am Telefon davon zu erzählen. Außerdem wirkst du zu zerschlagen für eine Trennung, die immerhin schon ein paar Wochen her ist.«

»Du warst schon immer die Schlauere von uns beiden«, bemerkte Sven anerkennend.

»Um das zu merken, muss man kein Genie sein. Ich habe gelesen, was deinem Kollegen passiert ist. In der Zeitung stand ein großer Bericht darüber.«

Ja, und ich kann mir auch lebhaft vorstellen, wer ihn geschrieben hat, dachte Sven zornig.

»Das muss schrecklich für dich gewesen sein.«

Sven nickte verhalten. »Dennis war mehr als ein Kollege, er war ein Freund. Und davon habe ich nicht allzu viele.«

Mitfühlend ergriff Ivonne seine Hand und lächelte ihm zu.

Sven erwiderte ihren Blick. Das Lächeln erwiderte er nicht. »Ich glaube, es war Mord.«

Einige Sekunden lang war nur das Ticken der Küchenuhr an der Wand zu hören.

»Mord?«, fragte Ivonne entsetzt. »Aber in der Zeitung stand …«

»Ist mir egal, was diese Käseblätter schreiben. Ich sage, es war Mord. Und ich hätte es verhindern können, wenn ich nur …«

Ivonnes Griff wurde fester, als sie merkte, dass er den Tränen nahe war.

Plötzlich riss Sven sich los und sprang auf. Sein Stuhl kippte nach hinten, prallte gegen den Zeitungsständer neben der kleinen Telefonkommode und fiel polternd auf die Fliesen. »Verdammt!«, schrie er außer sich. »Ich kapier das einfach nicht! Noch vor ein paar Tagen habe ich mit ihm in diesem verdammten Bistro gesessen! Er hat dieses verdammte Würstchen gefuttert, mir was aus seinem verdammten Leben erzählt und sogar versucht, mich mit der verdammten Kellnerin zu verkuppeln!«

Ivonne sah erschrocken zu ihm auf. So hatte sie ihn noch nie erlebt.

»Ich meine, ich habe mit ihm geredet, verstehst du? Er war real, greifbar, saß mir gegenüber, so wie du jetzt. Und jetzt rede ich schon in der Vergangenheit über ihn, als wäre er seit Jahren tot. Wo ist da der Sinn?«

»Das Leben ergibt nicht immer einen Sinn«, sagte Ivonne. »Hin und wieder brauchen wir Zeit, um zu verstehen.«

»Nicht nur, dass er tot ist«, wischte Sven ihre Worte beiseite, »ich gebe mir auch die Schuld dafür. Als würde mich nicht schon genug quälen!« Er machte eine Pause, versuchte vergeblich, seine Emotionen unter Kontrolle zu bekommen. Ihm war, als versuchten sie sich durch jede Pore nach draußen zu pressen. »Ich frage mich immer wieder, was ich falsch mache. Ich meine, verlange ich denn wirklich so viel vom Leben? Ich hatte doch alles, was ich brauchte, und mehr wollte ich auch nicht. Ein Zuhause, eine Frau, einen guten Freund … Das ist mehr, als manch anderer hat. Und plötzlich fängt man an, sich sicher zu fühlen. Man glaubt, man hat es geschafft, hat sich etwas aufgebaut, ist zufrieden und irgendwie doch nicht. Es ist zwar kein berauschendes Leben, aber man will es auch nicht hergeben, und du denkst dir, hey, was soll's, es hätte dich schlimmer treffen können.« Sein heftiges Atmen ging in ein Schluchzen über. »Wo ist es hin, dieses Leben, von dem ich immer gedacht habe, es wäre ein gutes Leben? Ich ...« Seine bebende Stimme kämpfte verzweifelt gegen die Tränen. »Weißt du, früher, da konnte ich nach einem harten Tag nach Hause kommen, und es war jemand da, auf den ich mich freuen konnte; jemand, bei dem ich wenigstens ab und zu diesen ganzen Dreck da draußen vergessen konnte. Und jetzt? Jetzt ist da gar nichts mehr. Nur eine leere Wohnung voller Erinnerungen und Vorwürfe. Ich will es wiederhaben, dieses Leben, verstehst du? Ich will es wiederhaben, weil ich nach all den Jahren, in denen ich den Dreck für andere Leute weggeräumt habe, verdammt noch mal glaube, ich habe ein *Recht* darauf!«

»Es wird wiederkommen«, sagte Ivonne und wusste, wie hilflos sich das anhörte. Doch was hätte sie anderes sagen können? »Du wirst ein neues Leben finden, und irgendwann wirst du glauben, dass das alte nie weg gewesen ist.«

Dann nahm sie ihn in die Arme, und er begann zu weinen.

20

Die Beerdigung war am Dienstag, eine Woche nach Dennis' Tod. Die Zeremonie half weder, den Verlust zu verstehen, noch konnte sie den Schmerz lindern.

Stumm lauschte Sven einem Pfarrer, der sich über die Eigenschaften und Vorzüge eines Mannes ausließ, den er gar nicht gekannt hatte. Standardfloskeln über Sanftmut und Aufrichtigkeit fehlten ebenso wenig wie die Verheißung von Trost und Erlösung. Am liebsten wäre er vor so viel Einfältigkeit davongelaufen.

Verloren stand er auf dem kleinen Dorffriedhof neben einem Meer aus Schärpen, Kränzen und Blumen und verachtete sich selbst für seine Gedanken, die diesem Anlass kaum gerecht wurden. Schweigend betrachtete er die zahlreichen Trauergäste. Alle waren gekommen: Cerwinski, King, Daum und seine Leute. Sogar Rathke machte ein betroffenes Gesicht. Einige Kollegen von der Streife standen um den aufgebahrten Eichensarg herum, und zum ersten Mal strahlten ihre Uniformen für Sven so etwas wie Würde und Stolz aus.

Nachdem der Pfarrer endlich fertig war, war Rößner an der Reihe. Er hielt eine kurze Ansprache und beklagte »den bitteren Verlust eines strebsamen und kompetenten Kollegen«.

Dennis hätte sicher seine helle Freude an diesem Schmierentheater gehabt. Aber immerhin lag in Rößners Worten nicht die gezwungene Scheinheiligkeit der Kirche, und gelegentlich blitzte auch ein Funken Glaubwürdigkeit darin auf.

Dann wurde der Sarg langsam in das Grab hinuntergelassen. »Dennis Bergmann« stand auf dem schlichten Holzkreuz, dem bald ein Gedenkstein folgen würde. Darunter seine Lebensdaten. »Asche zu Asche, Staub zu Staub ...« Wenn es wirklich so etwas wie Schicksal gab, dann besaß es einen äußerst makabren Sinn für Humor.

Nachdem die Feierlichkeiten endlich überstanden waren und jeder sein Beileid bekundet hatte, gingen sie den schmalen Kiesweg entlang, vorbei an kunstvoll geschlagenen Grabsteinen, von denen jeder einzelne eine tragische Geschichte zu erzählen wusste. Sorgfältig und liebevoll hergerichtet, als Gedenkstätten des Vergänglichen. Der Name war alles, was von einem übrig blieb. An keinem anderen Ort wurde das deutlicher.

Hohe Lebensbäume säumten den Weg und führten zu dem kleinen Eingangstor, vor dem sich etwa ein halbes Dutzend Reporter eingefunden hatten, die aus gebührender Entfernung Fotos machten. Einer von ihnen trat der Trauergemeinde entgegen. Sven erkannte ihn sofort. Ohne auf den Mann zu achten, ging er zügig weiter den asphaltierten Weg hinunter und folgte rasch den anderen, die bereits den kleinen Parkplatz erreicht hatten.

»Kommissar Becker!«, ertönte Walter Koschnys Stimme hinter ihm.

Sven hörte sie nicht, wollte sie nicht hören. Seine Schritte wurden schneller.

»Becker, warten Sie doch! Ich muss mit Ihnen reden!«

»Gehen Sie zu den anderen Aasgeiern, wo Sie hingehören«, brummte Sven grimmig, ohne sein Tempo zu verlangsamen.

»Ich wollte Ihnen nur sagen, das mit Ihrem Kollegen tut mir wirklich leid.«

»Komisch«, gab Sven zurück, »plötzlich scheint jedem irgendetwas leidzutun.«

»Bleiben Sie doch stehen«, flehte Koschny. »Ich will mit Ihnen reden, nur ein paar Minuten.«

»Sie nutzen wirklich jede Gelegenheit, was? Wie Sie vielleicht sehen, komme ich gerade von einer Beerdigung. Ist Ihnen denn nichts heilig, Koschny?«

»Sie lassen mir ja keine andere Wahl! In Ihrem Büro sind Sie seit Tagen nicht zu erreichen, und in Ihrer Wohnung meldet sich nur der Anrufbeantworter.«

»Ist Ihnen mal der Gedanke gekommen, dass ich nicht mit Ihnen reden will?«, fauchte Sven. »Also lassen Sie mich endlich in Ruhe.«

Da Sven keine Anstalten machte, stehen zu bleiben, packte Koschny ihn am Arm und hielt ihn fest.

»Hören Sie«, drängte er, »finden Sie nicht, es wäre an der Zeit, unsere kleine Fehde zu vergessen und uns wie Erwachsene zu benehmen? Ich verlange ja nicht, dass Sie mein Blutsbruder werden, aber ein bisschen mehr Kooperation wäre in diesem Fall wohl angebracht. Es gibt da eine Menge Ungereimtheiten, und ich denke, wir könnten uns gegenseitig helfen, sie aus der Welt zu schaffen. Also, reden wir, oder spielen wir weiter Spielchen?«

Sven betrachtete ihn einen Moment lang. Dann glitt sein Blick zu den übrigen Reportern hinüber. »Was wollt ihr eigentlich alle hier?«, fauchte er. »Gibt es außer dem Tod nichts anderes, was ihr ausschlachten könnt?«

»Es gibt Gerüchte.«

»Wieso überrascht mich das nicht?«

»Vielleicht weil *Sie* für diese Gerüchte verantwortlich

sind«, erwiderte Koschny. »Sie sollen ein paar Äußerungen gemacht haben, die sich nicht mit den Untersuchungsergebnissen decken.«

»Ach ja? Na, Sie kennen ja die offizielle Erklärung. Man geht davon aus, dass es ein Unfall war …«

»Und Sie? Was denken Sie?«

»Warum sollte ich ausgerechnet Ihnen sagen, was ich denke? Soll ich etwa wieder mal der Braten auf Ihrer Schlachtplatte werden? Dafür müssen Sie sich dieses Mal einen anderen Idioten suchen. Und jetzt lassen Sie mich los.«

Koschny fasste fester zu. »Ich glaube genau wie Sie, dass die Todesfälle der letzten Tage keine Zufälle waren, und ich habe vor, einen Artikel zu schreiben, der das beweist.«

»Gut, hoffentlich wissen Sie auch, wo Sie sich den hinstecken können«, knurrte Sven und versuchte sich loszureißen.

»Kommen Sie, Becker, wir wollen doch beide dasselbe.«

»Ach ja, und das wäre?«

»Die Wahrheit!«

»*Die Wahrheit?* Aus Ihrem Mund klingt das wie eine Drohung.«

»Manchmal kann Wahrheit eben wehtun.«

»Ja, und manchmal wird daraus ein Misthaufen, auf dem Sie und Ihresgleichen ihren Dreck abladen. Und jetzt lassen Sie gefälligst meinen Arm los, sonst breche ich Ihnen die Hand!«

»Na schön, Sie Dickschädel«, gab Koschny nach, als er sah, dass Sven es ernst meinte. »Aber beschweren Sie sich nicht wieder, wenn Ihnen *meine* Wahrheit stinkt!«

Blitzschnell fuhr Sven herum, packte den Reporter am Kragen und drückte ihn in die schulterhohe Ligusterhecke, die den Friedhof umgab. Seine Augen loderten. »Ich warne Sie, Koschny«, zischte er ihn an. »*Eine* falsche Zeile, nur *ein* Wort über Dennis, das nicht den Tatsachen entspricht, und Sie erfahren am eigenen Leib, was Polizeigewalt wirklich bedeutet! Dann mache ich Sie fertig, Koschny, so wahr ich hier stehe. Ich mache Sie fertig, mit allen Mitteln, die mir zur Verfügung stehen!«

Einige der Reporter waren auf sie aufmerksam geworden und kamen mit surrenden Kameras herbeigeeilt. Auch King und Cerwinski war der Streit nicht entgangen. Sie machten kehrt und hasteten auf die beiden zu. King bekam Sven als Erster zu fassen und riss ihn von Koschny weg.

Die Auslöser klickten.

»... Ich mach Sie fertig!«, wiederholte Sven.

»Hör auf!«, redete King auf ihn ein. »Das ist es nicht wert. Du kannst froh sein, wenn Rößner nichts davon mitbekommen hat.«

»Schon gut.« Sven beruhigte sich und zog sein dunkles Anzugjackett zurecht. »Ich habe alles gesagt, was ich zu sagen hatte.«

»Ja, und irgendwann ersticken Sie an Ihrer Sturheit«, schnaufte Koschny.

»Und Sie verschwinden jetzt besser«, fuhr King dazwischen, »bevor das hier in eine medienträchtige Schlägerei ausartet.«

»So weit hätte es nicht kommen müssen«, rief Koschny. »Ich wollte die Angelegenheit freundschaftlich regeln.«

»Eher friert die Hölle zu, als dass wir beide so etwas wie Freunde werden«, erwiderte Sven und zeigte warnend mit dem Finger auf ihn. »Merken Sie sich das! Und ich hoffe, Sie nehmen meine Warnung ernst!«

Er warf Koschny noch einen vernichtenden Blick zu. Dann wandte er sich ab und ging.

21

Es war gegen 22.45 Uhr, als Koschny seinen weißen Mercedes-Kombi in einer Nebenstraße abstellte und das gegenüberliegende Lokal betrat. *Marvins Eck*, leuchtete es von dem Schild über dem großen Fenster.

Als Koschny die Tür aufzog, schlug ihm dichter Zigarettenqualm ins Gesicht. Er hasste diese Kleinstadtkneipen, in denen er als Fremder erst einmal argwöhnisch unter die Lupe genommen wurde, bevor man ihn mit verhaltener Missbilligung duldete. Dies war nun schon das fünfte Lokal an diesem Abend, und genau wie bei den vier anderen hatte er auch hier den Eindruck, er wäre in eine verschworene Gemeinschaft eingedrungen, in deren Rangordnung er den hintersten Platz belegte. Missmutige Blicke begleiteten ihn, als er an den Tresen in der Mitte des Raumes trat. Die wenigen Gäste saßen größtenteils an der Theke und waren in Gespräche vertieft, sofern sie ihn nicht anstarrten. Gegenüber von ihm drosch ein junger Mann fluchend auf die blinkenden Lichter eines Spielautomaten ein, der ihm die gewünschten Sonderspiele verweigerte. Und in der linken hinteren Ecke des Lokals sah Koschny endlich den Mann, dem er diese spätabendliche Odyssee durch die Provinzkneipen zu verdanken hatte. Sven saß allein an einem Tisch neben einer fast leeren Flasche. Irgendwie hatte Koschny geahnt, dass der Tag für seinen Kontrahenten so enden würde. Dieses Mal jedoch hasste er es, recht zu haben. Als er Becker dort sitzen sah, wäre Koschny am liebsten wieder gegangen. Doch seine angeborene Beharrlichkeit triumphierte.

»Hallo, was darf's denn sein?«, fragte der korpulente Wirt, nachdem er sich von zwei älteren Männern gelöst hatte, mit denen er angeregt diskutiert hatte.

»Eine Cola«, bestellte Koschny, »und können Sie sie bitte an den Tisch dort drüben bringen?«

»Geht klar.« Der Wirt mochte Ende dreißig sein; seine ungezwungene Fröhlichkeit wirkte aufrichtig.

Koschny ging um die Theke herum zu dem Tisch hinüber, wo Sven saß. Trotz der stickigen Luft trug er noch immer das schwarze Jackett und starrte ausdruckslos auf das leere Glas zwischen seinen Händen.

»Ist hier noch frei?«, fragte Koschny und setzte sich ihm gegenüber auf die gepolsterte Sitzbank.

Sven hob schwerfällig den Kopf. »Mein Gott«, nuschelte er mit schwerer Zunge. »Jetzt sehe ich schon Arschlöcher vor mir sitzen. Muss betrunkener sein, als ich dachte.«

»Sie sollten wirklich vorsichtiger mit dem Zeug umgehen«, meinte Koschny ruhig. »Gegen einen Kater ist selbst Ihr Dickschädel nicht gefeit.«

Sven gab sich Mühe, Koschny in die Augen zu sehen. »Wer zum Teufel sind Sie, meine Anstandsdame? Auf mir muss ein Fluch liegen, dass Sie ständig in meiner Nähe auftauchen. Ist das so was wie 'ne Strategie von Ihnen, um mich fertigzumachen, oder was?«

»Nein, sieht aus, als könnten Sie das allein.«

»Sagen Sie mir, was ich tun muss, damit Sie endlich aus meinem Leben verschwinden.«

»Ich will immer noch mit Ihnen reden und unsere Meinungsverschiedenheit begraben.«

»Ich habe heute schon einen Freund begraben«, knurrte Sven. »Mein Bedarf an Beerdigungen ist fürs Erste gedeckt. Also ziehen Sie Leine, Koschny. Ich bin heute Abend nicht in der richtigen Verfassung, um mich mit Ihnen zu prügeln.«

»So schnell werden Sie mich nicht los, das sollten Sie wissen, auch in Ihrer Verfassung.«

»So, sollte ich das?« Sven schluckte heftig, was seinen Sprachfluss ziemlich beeinträchtigte. »Was machen Sie überhaupt hier? Wie haben Sie mich … gefunden?«

»Nachdem ich wieder mal ein anregendes Gespräch mit Ihrem Anrufbeantworter hatte, habe ich so ziemlich jede verdammte Spelunke zwischen diesem gottverlassenen Nest und Ihrer Wohnung nach Ihnen abgesucht, bis mir jemand gesagt hat, dass ich Sie hier finden könnte.«

»Alle Achtung«, gab Sven zu. »Sie geben sich wirklich Mühe, mir auf die Nerven zu gehen.«

»Wenn ich Sie so ansehe, frage ich mich allerdings, ob es das wert ist.«

»Sie verdammter Mistkerl!«, schnaufte Sven. »Sie haben kein Recht, über mich zu urteilen, Koschny, Sie nicht!« Sein Zeigefinger pendelte unkontrolliert hin und her wie der Lauf eines Gewehrs, der sein Ziel nicht fand. »Was wissen *Sie* denn von Werten? Für Sie ist das doch alles nur ein Spiel, das man um jeden Preis gewinnen muss … Sie sind ein Sensations-Junkie, der die Tatsachen zu seinem Vorteil verdreht und sich dann einredet, es wäre die Wahrheit, um sein Gewissen zu beruhigen. Also hören Sie gefälligst auf, mir meine Schwächen vorzuwerfen …«

Der Wirt trat an den Tisch und brachte Koschny die bestellte Cola. Sorgenvoll glitt sein Blick auf Sven, der schwer atmend dasaß und sich kaum noch aufrecht halten konnte.

»Ich schätze, *er* könnte das eher vertragen«, bemerkte der Wirt und stellte das Glas auf dem Tisch ab. »Ihr beide versteht euch nicht besonders, was?«

»Ach«, antwortete Koschny mit einer Prise Ironie, »so würde ich das nicht sehen. Im Gegenteil, wir stellen gerade fest, wie ähnlich wir uns im Grunde sind.«

»Wenn das so ist, sollten Sie ihn lieber schleunigst nach Hause bringen. Er hat fast die ganze Flasche intus, und normalerweise verträgt er nicht viel von dem Zeug.«

Wie auf Befehl sank Svens Kopf langsam auf die Tischplatte. Ein schnaufendes Brummen beendete diesen Vorgang.

»Tja, da haben Sie wohl recht«, kommentierte Koschny trocken und bezahlte seine Cola. »Was ist mit seiner Rechnung?«

»Die Flasche hat er im Voraus bezahlt. Den Rest schreibe ich an.«

»Den Rest?«, fragte Koschny perplex.

»Zwei Buletten und drei große Bier«, entgegnete Marvin.

»Großer Gott, ein Wunder, dass er noch atmet.« Koschny packte Sven und zerrte ihn auf die Füße, was dieser mit einem Grunzen quittierte.

»O Mann, dafür hab ich was gut bei Ihnen«, zischte er, als er sich Svens Arm um den Nacken legte und ihn hinausschleppte.

Die frische Luft schien Sven zu stabilisieren, und als sie an dem weißen Mercedes ankamen, war er wieder halbwegs bei Bewusstsein und sträubte sich energisch gegen Koschnys festen Griff.

»Lassen Sie mich los!«, fauchte er wild, und Koschny

konnte seinen Atem riechen, der eine kaum zu ertragende Mischung aus Schnaps, dem Aroma kalter Buletten und Magensäure bildete.

»Hören Sie nicht? Ich hab gesagt, Sie sollen mich loslassen!«, wiederholte Sven und befreite sich aus dem Griff, als Koschny die Beifahrertür öffnen wollte. »Ich brauche Ihre Hilfe nicht!«

»Seien Sie kein Idiot, Becker. Was glauben Sie denn, wo Sie in Ihrem Zustand noch hinkommen? Also steigen Sie gefälligst ein, ich bringe Sie nach Hause.«

Sven zeigte ihm den rechten Mittelfinger und taumelte die Straße hinunter.

»Warum nur tue ich mir das eigentlich an?«, fragte Koschny in die Dunkelheit.

Weil er dir leidtut, meldete sich eine innere Stimme. *Und weil er Informationen hat, die du brauchst*, schaltete sich eine weitere ein, die zweifellos dem Reporter in ihm gehörte. Diese Stimme war es auch, die ihn dazu bewog, Sven zu folgen. »Seien Sie doch vernünftig«, redete er auf ihn ein und packte ihn entschlossen am Kragen seines Jacketts.

Reflexartig schnellte Sven herum, und seine Faust traf Koschnys Kinn, der daraufhin überrascht und benommen einige Schritte zurücktaumelte. Es gelang ihm gerade noch, das Gleichgewicht zu halten. Sven dagegen wurde vom Schwung seines eigenen Schlages buchstäblich von den Füßen gerissen und landete hart auf dem rechten Ellenbogen, in dem eine Welle des Schmerzes explodierte.

»Das ist ja wohl das Letzte!«, brüllte Koschny, nachdem er sich ein wenig erholt hatte. »Gott, das glaub ich einfach nicht!« Er beugte sich über Sven und schrie ihm seine Wut ins Gesicht. »Sie sind ja krank, Mann, vollkommen irre! Ich sollte Sie hier liegen lassen, Sie verfluchter ...!« Schmerzen pulsierten in seinem tauben Unterkiefer, der sich seltsam verschoben anfühlte, als befände er sich nicht an seinem gewohnten Platz.

»Das war für die Untersuchung, die Sie mir vor zwei Jahren eingebrockt haben«, stöhnte Sven und hielt sich den schmerzenden Arm.

»Herrgott noch mal!«, schrie Koschny wütend und marschierte aufgebracht mitten auf der Straße auf und ab. »Wie kann man nur so verbohrt sein! Warum zum Teufel leben Sie eigentlich ständig in dem Glauben, die ganze Welt würde sich nur um Sie drehen, Becker? Tun Sie Ihrer Umwelt und sich selbst einen Gefallen und hören Sie endlich auf, alles so persönlich zu nehmen. Es gibt außer Ihnen auch noch andere Menschen, die das, was sie tun, aus Überzeugung tun. Aber gut, wenn Sie es unbedingt so haben wollen: Dann sind wir jetzt also endlich quitt!« Er packte Sven am Arm, schleifte ihn zum Auto und verfrachtete ihn grob auf den Beifahrersitz. Wütend knallte er die Tür zu. »Was mache ich hier?«, fluchte er leise, während er sich das schmerzende Kinn rieb und den Motor anließ. »Ich muss verdammt noch mal den Verstand verloren haben.«

Er fuhr aus dem Ort heraus und bog auf die Umgehungsstraße ein. Nach mehreren hundert Metern näherte er sich langsam einer Ampel, die daraufhin sofort auf Grün umsprang und die in die Dunkelheit abfallende Landstraße freigab.

Svens trüber Blick betrachtete derweil die vielen bunten Lichter auf dem dunklen Armaturenbrett, die verschwommen vor ihm aufflackerten. »Wo bin ich, in einem verdammten Raumschiff?« Wahllos tastete er auf der Mittelkonsole herum. »Hey, Scotty, beam me up«, quiekte er in die Lüftungsschlitze.

»Lassen Sie das!«, brummte Koschny gereizt und stieß ihn in seinen Sitz zurück. »Können Sie sich nicht einmal wie ein vernünftiger Mensch benehmen?«

»Nein«, erwiderte Sven heiser. »Ich hasse die Menschen, wussten Sie das nicht? Und am meisten hasse ich *Sie*, Koschny.« Der Versuch zu grinsen endete in einer Grimasse. Ein ständiges Schlucken machte ihm zu schaffen. »Mist«, hauchte Sven kaum hörbar.

»Was ist denn jetzt schon wieder?«

»Ich … ich glaub, ich muss kotzen.«

»Nein, das müssen Sie nicht!«, kreischte Koschny aufgebracht. »Auf gar keinen Fall müssen Sie das, verstanden?« Nervös registrierte er die zwei hellen Punkte in seinem Rückspiegel. »Hinter mir ist ein Auto, und ich kann hier nirgends halten. Also reißen Sie sich gefälligst zusammen, klar?«

»Sie können mich mal.«

»Na schön!«, gab Koschny verzweifelt auf und drückte auf einen der Schalter auf der Armlehne. »Tun Sie, was nötig ist!«

Der warme Duft von Blättern und Gras durchflutete das Wageninnere, als das Fenster auf Svens Seite in der Beifahrertür verschwand. Doch alle Frischluft der Welt half jetzt nichts mehr.

Sven beugte sich nach vorn und übergab sich in den Fußraum.

»Was machen Sie denn da?«, kreischte Koschny entsetzt.

»Das, was nötig ist«, keuchte Sven und übergab sich erneut.

Angewidert öffnete Koschny auch sein Fenster. »Sie sind wirklich mit Leib und Seele Polizist, was?«, stöhnte er. »Hinterlassen überall Ihre Marke!« Wütend schlug er mit der flachen Hand aufs Lenkrad.

Sven ließ sich erschöpft in den Sitz zurückfallen, wischte sich den Mund mit dem Ärmel ab und schielte zu ihm hinüber.

»Hey, Koschny.«

»Was?«, kam es gereizt zurück.

»*Jetzt* sind wir quitt!«

Dann schloss Sven die Augen und schlief mit einem hämischen Grinsen auf den Lippen ein.

22

Eigentlich mochte Sven die Sonne. An klaren Tagen ließ sie die Welt freundlicher und farbenprächtiger erscheinen. Tage, die eigentlich viel zu selten waren. Doch als er die müden Lider aufschlug und grelle Lichtstrahlen in seinen Augen explodierten, wünschte er sich sehnlichst, der Feuerball am Himmel wäre für immer erloschen. Nur langsam kam er zu sich, bewegte sich und bereute es sofort. Ein feuriges Pochen durchzog seinen rechten Arm bis zu den Knöcheln der blau geschwollenen Finger hinunter. Seine Kleider klebten an seiner Haut, die sich anfühlte, als hätte er in Schmierseife gebadet.

Hatte er etwa in seinen Klamotten geschlafen?

Natürlich, fing sein Verstand behutsam an zu arbeiten. *So wie du dich fühlst, kannst du froh sein, dass du nicht unter einer Brücke aufgewacht bist.*

Aber wie war er überhaupt in sein Bett gekommen?

Das würde er später klären. Ganz langsam schob er sich bis zur Bettkante und setzte sich vorsichtig auf. Sein Kreislauf stürzte ab wie ein reißender Sturzbach und erzeugte ein eigenartiges Brummen in seinen Gliedern. Hustend versuchte er, den widerlichen Geschmack im Rachen loszuwerden. Seine Lunge hörte sich an wie splitternde Glasfaser. *Wie kann ein Alkoholiker das nur jeden Morgen ertragen?*, fragte er sich. Zögernd kam die Erinnerung an den letzten Abend zurück, und er schüttelte sich vor Ekel. Behutsam stand er auf und betrachtete sich in dem großen Spiegel des Schlafzimmerschrankes. Er hatte Augen wie Bremslichter, und die Falten des Kopfkissens hatten Kerben in sein mehlweißes Gesicht gedrückt. Seine wild zerzausten Haare hatten Ähnlichkeit mit denen des Punkers, dem er und Dennis im Bistro gegenübergesessen hatten.

Dennis!

Er war tot.

Immerhin hatten die Nachwirkungen des Alkohols es ihn für einige Minuten vergessen lassen.

Unbeholfen öffnete er die Tür des Schlafzimmers und stakste durch den Flur. Dann machte er aus reiner Gewohnheit einen Abstecher ins viel zu helle Treppenhaus und fingerte den viel zu kleinen Schlüssel in das viel zu kleine Schloss seines Briefkastens. Er zog drei Umschläge und die Tageszeitung daraus hervor und ging zurück in die Wohnung. Der Versuch, die Absender der Briefe zu entziffern, endete damit, dass ihm schlecht wurde und er die Post samt Zeitung auf der Kommode neben der Tür deponierte. Dann setzte er zielstrebig seinen Weg in Richtung Badezimmer fort. Noch nie hatte er sich so nach einer Dusche gesehnt, nach dem Gefühl von warmem Wasser auf seiner Haut. Doch seine Hand verharrte regungslos auf dem Wasserhahn, als er durch das Dröhnen in seinen Ohren hindurch ein leises Pfeifen vernahm. Anfangs hielt er es für eine alkoholbedingte Sinnestäuschung. Erst beim zweiten Hinhören erkannte er, dass es eine reichlich schiefe Version von Armstrongs *What a Wonderful World* war, zu regelmäßig, zu klar, um von seinem benebelten Gehirn erzeugt zu werden. Leise schlich er zurück in den Flur und versuchte das Geräusch zu lokalisieren, das von einem brutzelnden Zischen begleitet wurde. Fast hätte er das Gleichgewicht verloren, als er ins Wohnzimmer stolperte und einen Mann in seiner Küche erblickte, der mit dem Rücken zu ihm am Herd stand. Das hellblaue Polohemd des Mannes hatte die Größe eines zu kurz geratenen Kaftans.

»Koschny?«

Das Pfeifen verstummte, und Koschny drehte sich zu ihm um. »Mein Gott, es lebt!«, stellte er fest, nachdem er Sven ausgiebig gemustert hatte.

»Was ... Was machen Sie hier?«, fragte Sven verwirrt und betrachtete die Bratpfanne auf seinem Herd, neben dem sich das Geschirr in drei Reihen stapelte.

»Also, der Volksmund bezeichnet diesen Vorgang üblicherweise als Kochen«, antwortete der Reporter. »Etwas, das in dieser Küche offensichtlich nur selten praktiziert wird; das einzig Essbare in diesem Chaos sind eine Packung Eier und eine Dose Pilze.«

»Nein, ich meine, was machen Sie in meiner Wohnung?«

»Na ja, nachdem Sie gestern Abend mein Auto vollgekotzt hatten, habe ich mich dazu durchgerungen, die Nacht auf Ihrer Couch zu verbringen, was weiß Gott kein Vergnügen war.« Er massierte seinen Nacken.

»Haben *Sie* mich nach Hause gebracht?«, fragte Sven entgeistert.

»Ja, und ich werde mir den Rest meines Lebens deswegen Vorwürfe machen.«

»Dann muss ich wohl Danke sagen, was?«

»Vergessen Sie's«, winkte Koschny ab.

Sven stützte sich vorsichtig auf einen der Hocker vor dem Küchentresen. Augenblicklich pochte hämmernder Schmerz durch seine rechte Hand. »Haben ... haben wir uns geprügelt oder so was?«

Bedächtig rieb Koschny sich das unrasierte Kinn, das unterhalb des Grübchens einen walnussgroßen rötlich blauen Fleck aufwies. »Sagen wir mal, der Ausläufer eines spontanen Reflexes von Ihnen hat mein Gesicht erwischt.« Damit kramte er die beiden letzten sauberen Teller aus einem der Hängeschränke und schaufelte den Inhalt der Pfanne darauf. »Hier«, sagte er und schob einen der Teller über den breiten Esstresen.

»Was ist das?« Sven verzog angeekelt das Gesicht.

»Omelette à la Koschny. Essen Sie, Sie sehen aus, als könnten Sie eine Stärkung vertragen.«

»Nein, danke. Ich hab's nicht so mit Frühstücken.«

»Schön, dann machen Sie ein Mittagessen draus.«

Sven schielte auf die Anzeige des DVD-Rekorders. Viertel nach eins! Die letzte Nacht war seit Wochen die erste, in der er mehr als vier Stunden an einem Stück geschlafen hatte, und dank des Alkohols in seinem Körper war sie so erholsam gewesen wie eine Sechzehn-Stunden-Schicht. Angewidert starrte er auf den Teller. Dann stand er auf und tappte mühsam wieder in Richtung Flur.

»Wo wollen Sie denn hin?«, fragte Koschny verwundert.

»Als Erstes rasiere ich mir die Zunge«, erwiderte Sven. »Danach habe ich vor, mich mindestens zwei Stunden unter kaltes Wasser zu stellen. Ihre Kochkunst in Ehren, Koschny, aber ich glaube, ich würde im Moment nicht mal eine Tasse Kaffee runterkriegen.« Prüfend fuhr er sich mit der Zunge über die Zähne, die sich erschreckend weich und pelzig anfühlten. »Meine Güte, wonach schmeckt das bloß?«

»Vermutlich nach der chemischen Keule, die ich den halben Vormittag vom Teppichboden meines Autos gekratzt habe«, knurrte Koschny.

»Ach ja«, brummte Sven, dessen verschwommene Erinnerung an den Vorfall allmählich zurückkehrte. »Tut mir leid. Sagen Sie mir einfach, was ich Ihnen für die Reinigung schuldig bin.«

»Wie wäre es mit Kooperation?«

»Sie geben wohl nie auf, was?«, stöhnte Sven.

»Ich denke, nach der letzten Nacht habe ich mir Ihre Mitarbeit redlich verdient, finden Sie nicht?«

»Und Sie nennen *mich* einen Dickschädel?« Sven fasste sich an seinen schmerzenden Kopf. »Na schön, Sie haben gewonnen. Ich kooperiere. Aber nicht, weil ich Ihnen etwas schuldig bin«, stellte er klar. »Ich habe heute bloß keine Lust, mich mit Ihnen zu streiten.« Damit machte er kehrt und schlich zurück ins Bad.

Als kurz darauf das Plätschern der Dusche zu hören war, machte sich ein zufriedenes Grinsen um Koschnys Grübchen breit. Er spitzte erneut die Lippen und begann zu pfeifen. *What a Wonderful World.*

Nach etwa einer halben Stunde kam Sven ins Wohnzimmer zurück. Er trug einen weißen Bademantel und rubbelte sich die Haare trocken, während er sich erschöpft in den schwarzgrauen Polstersessel fallen ließ. Sogleich sprang Zorro auf seinen Schoß und kuschelte sich in den weichen Stoff des Bademantels.

»Sie mögen Katzen?«, fragte Koschny, während er die Essensreste in den übervollen Mülleimer kratzte und die schmutzigen Teller zu dem übrigen Geschirr stapelte.

»Ja«, antwortete Sven und sah in die grünen Augen des schnurrenden Katers. »Sie sind Einzelgänger und entwickeln eine Art eigenen Charakter. Ich glaube, wir könnten eine Menge von ihnen lernen. Sie sind doch nicht etwa allergisch gegen Katzen, oder?«

»Nein. Wir beide haben uns schon letzte Nacht kennengelernt. Ich habe ihm wohl seinen Schlafplatz streitig gemacht.«

Als hätte er die Worte verstanden, glitt Zorro an Svens Beinen hinab und trottete unter dem Tisch hindurch zur Couch, wo er sich schnurrend auf seiner Decke räkelte.

»Fühlen Sie sich besser?«, erkundigte sich Koschny, während er neugierig das Zimmer durchstöberte.

»Immerhin habe ich wieder Gefühl in meinen Beinen«, entgegnete Sven.

»In der Küche steht frischer Kaffee, falls Ihnen jetzt danach zumute ist.«

»Vielleicht später. Alles, was ich im Moment brauche, sind zwei Aspirin.« Während Sven seine Haare mit dem Handtuch bearbeitete, beobachtete er aus dem Augenwinkel, wie Koschny interessiert die Fotos auf dem schmalen Regal über dem Fernseher betrachtete.

»Sind Sie das?«, fragte er erstaunt und deutete auf das gerahmte Bild neben Svens Hochzeitsfoto.

»Ja.« Svens Mundwinkel verzogen sich zu einem verlegenen Lächeln. »Das war nach der ersten Woche auf der Polizeischule. Hätte nie gedacht, dass ich diese Zeit mal vermissen würde.«

»Ich habe mich immer gefragt, was jemanden wie Sie veranlasst hat, zur Kripo zu gehen. Jetzt, wo ich Sie in Uniform gesehen habe, wird mir einiges klar.«

»Was meinen Sie damit, *jemand wie ich*?«

»Wie soll ich sagen?« Koschny wandte sich zu ihm um. »Für einen Job bei der Kripo scheinen Sie mir manchmal ein bisschen zu einfühlsam zu sein. Auf mich wirken Sie eher wie ein sensibler Einzelgänger.«

»Was ist so falsch daran, Empfindungen zu haben?«

»Nur, sie in sich hineinzufressen«, antwortete Koschny. »Dadurch wird man anfälliger und verliert den nötigen Abstand zu seiner Arbeit, und irgendwann werden die Probleme anderer Leute zu den eigenen.«

»Verstehe«, sagte Sven, »nur ein cooler Bulle ist ein guter Bulle.« Er ließ das Handtuch in den Schoß sinken. »Sie gehen zu oft ins Kino, Koschny.« Seine Augen wurden schmal. »Sie berichten doch täglich über Dinge wie Tod und Verzweiflung. Erzählen Sie mir nicht, dass Sie nicht auch ab und zu die Wut über so viel Sinnlosigkeit packt.«

»Nur mit dem einen Unterschied«, entgegnete Koschny, »dass ich nicht herumlaufen und wahllos irgendwelche Leute verhaften kann, wenn ich mal einen miesen Tag hatte.«

Sven schüttelte verständnislos den Kopf. »Was wollen Sie eigentlich, Koschny? Was versuchen Sie hier abzuziehen? Seit gestern Nachmittag hängen Sie wie eine Klette an mir, wollen mir einreden, Sie wollen reinen Tisch machen und dass Sie um jeden Preis meine Mitarbeit wollen, und trotzdem lassen Sie keine Gelegenheit aus, mir vors Schienbein zu treten.«

»Ich versuche eben immer, den Dingen auf den Grund zu gehen«, lenkte Koschny ein. »Mag sein, dass ich dabei gelegentlich übers Ziel hinausschieße. Aber so bin ich nun mal, finden Sie sich damit ab.«

»Wissen Sie was?« Die Wut trieb Sven die Röte ins Gesicht. »Sie können mich mal! Ich muss mich hier mit gar nichts abfinden. Weder habe ich Sie gebeten, mir zu helfen, noch habe ich Sie eingeladen, hier zu übernachten. Wenn Ihnen meine Ansichten nicht passen, dürfen Sie jederzeit gehen! Ich hindere Sie jedenfalls nicht daran! Und wenn Sie mich wieder kontaktieren wollen, können Sie mir gerne eine E-Mail …«

Er verstummte mitten im Satz und starrte die gegenüberliegende Wand an, vor der sein Schreibtisch stand. Was er dort sah, ließ den Druck in seiner Brust schlagartig wieder ansteigen, und das eisige Gefühl der Angst war wie ein Pfropf in seinem Hals, der ihn zu ersticken drohte.

»Mein Gott«, keuchte er.

»Was ist denn los?« Bestürzt sah Koschny, dass Svens Gesichtsfarbe noch einen Ton blasser geworden war. »Ist Ihnen wieder schlecht?«

Ohne auf ihn zu achten, stürzte Sven zu seinem Schreibtisch. Dort angekommen, gaben seine Knie nach, und er ließ sich auf den Stuhl sinken.

»Jemand war hier«, stieß er hervor.

»Wie meinen Sie das, jemand war hier?«

»Jemand Fremdes, hier, in meiner Wohnung.«

»Was …? Aber wie …?«

»Sehen Sie.« Wie versteinert deutete Sven auf das gerahmte Foto von seiner Schwester und seinem Neffen, das auf dem schmalen Fenstersims über dem Schreibtisch stand. Die Gesichter der beiden strahlten ihren Betrachter fröhlich und unbeschwert an. Umso erschreckender war dagegen das, was jemand mit rotem Filzstift auf das Bild des Jungen gemalt hatte. Svens Blut schien mit jeder Sekunde kälter zu werden.

»Ich wusste es! Diese verdammten Schweine«, entfuhr es ihm mit zitternder Stimme, während er das rote Kreuz auf der Stirn seines Neffen betrachtete.

Dann griff er hastig nach dem Telefon.

»Und?«, fragte Koschny, als Sven erleichtert aufgelegt hatte. »Was sagt Ihre Schwester?«

»Es geht beiden gut«, berichtete Sven erschöpft. »Und meiner Schwester ist auch nichts Ungewöhnliches aufgefallen. Sie sagt, ich soll mir keine Sorgen machen. Wenn ihr tatsächlich ein paar religiöse Fanatiker ein brennendes Kreuz in den Garten stellen, könnte sie im Notfall die gesamte fünfte Panzerdivision aufbieten.« Trotz allem konnte Sven sich ein Lächeln nicht verkneifen. »Anscheinend hält sie das Ganze für einen schlechten Scherz.«

»Sie auch?«

Sven sah Koschny an. »Nein. Immerhin hat jemand riskiert, hier einzubrechen. Und er hat seine Sache wirklich gut gemacht, ich kann keinerlei Spuren entdecken.«

»Tja, bei dem Durcheinander hier ist das auch kein Wunder«, bemerkte Koschny und fing sich einen zornigen Blick ein. »Mir ist aufgefallen, dass die Tür zur Terrasse sich nicht schließen lässt.«

»Ja, der Riegel ist kaputt«, gab Sven betreten zu. »An dem Tag, an dem meine Frau mich verlassen hat … Na ja, die Tür hat jedenfalls ziemlich darunter gelitten«, schloss er verlegen.

»Als Polizist machen Sie es Einbrechern wirklich nicht schwer«, stellte Koschny fest. »Ist etwas gestohlen worden?«

»Augenscheinlich nicht«, sagte Sven. »Anscheinend ging es tatsächlich nur darum, diese Drohung zu hinterlassen. Und ich muss zugeben, sie hat ihre Wirkung nicht verfehlt.« Krachend schlug er mit der Faust auf den Schreibtisch. »Ich glaube, es wird Zeit, dass ich mir diese Betbrüder mal vorknöpfe!«

»Was haben Sie vor?«, fragte Koschny. »Anzeige erstatten?«

»Da es keinerlei Einbruchspuren gibt, dürfte das schwierig werden«, knurrte Sven. »Alles, was ich habe, sind Schmierereien auf einem Foto.«

»Dann sollten Sie das Ganze lieber mit Bedacht angehen.«

Sven sah ihn wütend an. »Kommen Sie mir jetzt bloß nicht wieder mit Ihren Moralansichten, Koschny. Diesmal nicht!«

»Ich meine ja nur, dass Sie nicht wieder überstürzt handeln sollten. Beruhigen Sie sich erst einmal.«

»Mich beruhigen?«, fauchte Sven ihn an. »Wie würden Sie denn reagieren, wenn jemand bei Ihnen einbricht und Ihre Familie bedroht?«

»Ich würde das Ganze erst einmal genau hinterfragen«, antwortete Koschny gefasst. »Nach dem, was Sie gerade am Telefon über diese Kirchengemeinde erzählt haben, kommt mir eine solche Drohung doch ein bisschen zu … nun ja, verwegen vor.«

Das heiße Pochen in Svens Stirn ließ etwas nach. »Wie meinen Sie das?«

»Na ja, wenn ich Sie am Telefon richtig verstanden habe, besteht alles, was Sie gegen diese Gemeinde vorzubringen haben, aus einem vagen Verdacht, der noch dazu nicht ganz unvoreingenommen ist, wenn man Ihre eheliche Situation betrachtet. Es gibt also keinerlei konkrete Anhaltspunkte, ob die Leute dort etwas Illegales treiben, und wenn ja, was. Warum sollten sie Ihnen also drohen?«

»Vielleicht, weil *ich* ihnen gedroht habe?«

»Das wäre ziemlich dumm, meinen Sie nicht?«, entgegnete Koschny nüchtern. »Dadurch würden sie Ihren Verdacht doch nur bestätigen. Mal abgesehen davon, dass sie Ihnen ihre Drohung auch anonym mit der Post schicken könnten und dafür sicher keinen Einbruch riskieren müssten.«

»Worauf wollen Sie hinaus?«

»Darauf, dass es bei diesem Einbruch möglicherweise um etwas ganz anderes ging und das Foto nur davon ablenken soll.«

Sven grübelte einen Moment über dieser Bemerkung. Erneut musste er sich eingestehen, dass Koschnys analytische Fähigkeiten ihn zunehmend beeindruckten. »Sie meinen, diese angebliche Drohung ist gar keine?« Seine Pulsfrequenz ging allmählich zurück. »Aber wonach könnten die hier gesucht haben?«

Koschny betrachtete eingehend die Bilder. »Nun ja, nach dem Standort der Fotos zu urteilen, hat sich jemand an Ihrem Schreibtisch zu schaffen gemacht. Bewahren Sie dort irgendetwas Wichtiges auf?«

»Nein, nur Büromaterial.«

»Was ist auf Ihrem Computer?«

Sven überlegte. »Nicht viel«, meinte er. »Nur ein paar private Briefe und Fotos. Ich benutze ihn hauptsächlich für E-Mails und fürs Internet.«

»Keine dienstlichen Dokumente?«

»Nein, das wäre auch verboten.«

Koschny zuckte die Schultern. »Dann kann ich Ihnen auch nicht weiterhelfen. Es sei denn«, fuhr er fort, »Sie entschließen sich endlich dazu, mir alles über diese Todesfälle zu erzählen. Denn eines dürfte klar sein: Irgendjemand legt es darauf an, dass Sie die Beherrschung verlieren und wieder einen Fehler machen.«

»Aber wieso?«

»Aus demselben Grund, aus dem Ihr Kollege sterben musste. Die Vermutung liegt nahe, dass Sie bei Ihren Ermittlungen jemandem auf die Füße getreten sind, der Sie jetzt aus dem Weg haben will. Also sollten wir die Angelegenheit lieber zusammen angehen.«

»Ach ja?« Argwöhnisch blickte Sven zu Koschny auf. »Und wer sagt mir, dass *Sie* das Kreuz nicht auf das Bild gemalt haben? Immerhin hatten Sie die ganze Nacht Zeit.

Und ganz offensichtlich ist Ihnen jedes Mittel recht, um an Informationen zu kommen.«

»Das ist hoffentlich nicht Ihr Ernst«, wehrte Koschny perplex ab.

»Warum nicht? Sie haben doch selbst gesagt, dass Sie gelegentlich übers Ziel hinausschießen.«

»Hören Sie«, erwiderte Koschny gereizt, »ich habe Ihnen lediglich meine Hilfe angeboten. Wenn Sie diese Hilfe nicht wollen, na schön, auch gut. Allerdings sollte ich dann nicht länger meine Zeit hier verschwenden. Wenn Sie tatsächlich so denken, hätte eine Zusammenarbeit ohnehin keinen Zweck.« Wutentbrannt stampfte er hinaus. »Und übrigens«, rief er noch, ohne sich umzudrehen, »Sie schulden mir eine Fußmatte!«

»Warten Sie«, hielt Sven ihn zurück, als Koschny bereits den Durchgang zum Flur erreicht hatte. »Also gut, es tut mir leid«, gestand er kleinlaut. »Es ist nur ... dass ein Fremder hier eingedrungen ist ... Diese ganze Geschichte ...« Er holte tief Luft. »Ich stehe wohl im Moment etwas neben mir.« Er machte eine Pause und fuhr sich nachdenklich durch die Haare. »Na schön, Koschny«, gab er schließlich nach, »Sie haben gewonnen. Ich bin ohnehin an einem Punkt angelangt, wo ich Hilfe gebrauchen könnte. Und zumindest in diesem speziellen Fall haben wir wohl beide ausnahmsweise dasselbe Ziel.«

Koschny nickte zufrieden.

»Allerdings müssen Sie mir eines versprechen«, fügte Sven mit Nachdruck hinzu. »Die Akte Heibel ist ab heute geschlossen!«

Koschny zögerte. Dann nickte er ein zweites Mal.

Sie setzten sich an den Tisch, und Sven erzählte Koschny alles, was er über die Ereignisse der letzten Zeit wusste. Von Jensens Notizen über Milenz' Befragung bis hin zu dem anonymen Anruf. Koschny hörte aufmerksam zu und stellte gelegentlich Fragen, die Sven jedoch nicht beantworten konnte. Woher sollte er schließlich wissen, was die Proben beinhalteten, die Milenz erwähnt hatte, oder worum es bei den vermeintlichen Testreihen ging? Vielleicht waren sie der Schlüssel, vielleicht auch nur eine Spur, die im Nichts endete.

»Tja, das ist alles«, sagte er schließlich.

»Das ist mehr, als ich erhofft hatte«, meinte Koschny.

»Trotzdem muss ich Sie bitten, noch nichts davon zu veröffentlichen. Das könnte die Ermittlungen erschweren.«

»Zu Ihrer Beruhigung, ich habe nicht vor, etwas zu veröffentlichen, von dem ich noch kein klares Bild habe«, versicherte Koschny. »Es überrascht Sie vielleicht, aber ich bin nicht so mies, wie Sie es mir nachsagen. Ich schreibe nur über Dinge, bei denen ich mir sicher bin. Keine Fakten, keine Story!«

»Klar doch«, erwiderte Sven bissig. »Erzählen Sie das Ihrer Mutter.«

Koschnys Blick trübte sich. »Meine Mutter ist tot.«

»Das …« Sven stockte. »Das tut mir leid, wirklich«, sagte er kleinlaut. »Dann muss ich mich wohl auf Ihr Wort verlassen.«

»Was ist mit dem Tod Ihres Kollegen?«, überging Koschny diese Bemerkung. »Hat sich da noch irgendetwas ergeben?«

»Nein«, antwortete Sven. »Man hat zwar festgestellt, dass es einen Kurzschluss gegeben hat, aber der könnte auch durch die Explosion ausgelöst worden sein.«

»Also keinerlei Anhaltspunkte für einen Mord.«

»Nein.«

»Und der fremde Wagen vor seinem Haus?«

»Leider war die Nachbarin die Einzige, die ihn gesehen hat.«

»Und wie passt diese Kirchengemeinde in das Bild?«

Sven stieß einen langen Seufzer aus. »Keine Ahnung«, meinte er niedergeschlagen, »vermutlich gar nicht. Ich hatte nur den Verdacht, dass dort möglicherweise Kinder ...« Er stockte, da er es für keine gute Idee hielt, dieses Thema gegenüber Koschny anzusprechen. »Wenn ich ehrlich bin, weiß ich eigentlich gar nichts.« Er rieb sich mit beiden Händen die Erschöpfung aus den Augen. »Ich glaube, ich könnte jetzt doch einen Kaffee vertragen.« Es gelang ihm nur mit Mühe, sich aufzurappeln und in die Küche zu schleppen. Er kramte zwei Keramiktassen unter dem schmutzigen Geschirr hervor, wodurch das Gebirge aus Tellern, Gläsern und Besteck bedrohlich ins Wanken geriet, und wusch sie aus. Schließlich reichte er Koschny eine der gespülten Tassen und schenkte Kaffee ein. Seine Hand zitterte.

»Milch?«

»Nur Zucker, danke.« Koschny beobachtete Sven aufmerksam und versuchte in seiner Miene zu lesen. »Ist Ihnen eigentlich aufgefallen, dass das hier das erste halbwegs vernünftige Gespräch ist, das wir miteinander führen?«

»Ja, kann sein«, knurrte Sven.

»Hören Sie, ich ... ich möchte mich für den Überfall gestern auf dem Friedhof entschuldigen«, begann Koschny zaghaft. »Das war ziemlich taktlos von mir.«

»Allerdings.«

»Es war die einzige Möglichkeit, an Sie ranzukommen.«

»Tja, nun haben Sie ja, was Sie wollten.«

»Sie machen es einem wirklich nicht leicht.«

»Was erwarten Sie denn?«

»Wie wäre es mit ein wenig Entgegenkommen?«

»Also, um eines klarzustellen«, erwiderte Sven barsch, »nur weil Sie mich nach Hause gebracht und auf meiner Couch übernachtet haben, sind wir noch lange keine Freunde. Mein Vertrauen müssen Sie sich erst noch verdienen, Koschny. Bis dahin schlage ich vor, dass wir unsere Zusammenarbeit als Zweckgemeinschaft betrachten.«

»Na schön, wie Sie meinen. Ich wollte nur freundlich sein.«

»Wenn Sie freundlich sind, führen Sie meistens was im Schilde«, konterte Sven schroff. »Also bleiben Sie lieber unausstehlich.«

»Sie sind wirklich ein Vollidiot, Becker!«

»Finden Sie sich damit ab.«

Koschny schüttelte den Kopf. »Ich dachte wirklich, über diesen Punkt wären wir hinaus.«

»Lassen wir das seichte Geschwafel«, wehrte Sven energisch ab. »Ich finde, jetzt sind Sie dran, meine Fragen zu beantworten.«

»Was wollen Sie denn wissen?«

»Alles, was *Sie* wissen! Und versuchen Sie ja nicht, mich zu verarschen, sonst haben Sie schneller eine Anzeige am Hals, als Sie ›Vorenthaltung‹ buchstabieren können!«

»Ja«, sagte Koschny, und sein Blick war starr auf Sven gerichtet, »das glaube ich Ihnen aufs Wort.«

»Gut, dann schießen Sie los.«

Koschny schenkte sich Kaffee nach. »Kennen Sie eine Firma namens Soheim GmbH?«

»Nein.«

»Sehen Sie«, fuhr der Reporter fort, »ich eigentlich auch nicht – bis vor einigen Tagen.« Er lehnte sich gegen die Arbeitsplatte und trank einen Schluck Kaffee. »Nach den Todesfällen der letzten Zeit bin ich misstrauisch geworden und habe angefangen, Nachforschungen anzustellen. Schon sehr bald hat sich herausgestellt, dass alle Hinweise zu ein und demselben Ort führen.«

»Das Altenheim.«

Koschny nickte. »Also habe ich aus purer Neugier angefangen, ein paar Informationen über das Heim einzuholen. Zuerst habe ich herausgefunden, dass es auf einen gewissen Peter Hofer eingetragen ist.«

»Das ist nun wirklich kein Geheimnis«, bemerkte Sven abfällig.

»Ja, aber er ist nur der Betreiber. Hauptinvestor, mit einem Anteil von über sechzig Prozent, ist besagte Soheim GmbH, mit Sitz in Frankfurt. Deren Eigner ist ein gewisser Dieter Berghoff, der jedoch allein durch chronische Abwesenheit von sich reden macht. Es war mir weder möglich, einen Termin mit ihm auszumachen, noch, ihn ans Telefon zu kriegen. Wie ich jedoch herausgefunden habe, hat er bis vor ein paar Jahren als Rausschmeißer in einem Nachtclub gearbeitet und hat vermutlich den kaufmännischen Background eines Zeitungsjungen. Das Büro ist in einem schäbigen Altbau untergebracht, mit einem winzigen Firmenschild an der Tür. Die ebenso erlesene Mitarbeiterschaft umfasst eine Halbtagssekretärin und einen blutjungen Assistenten, der es plötzlich ziemlich eilig hatte, als ich ihn auf die Todesfälle in dem Heim ansprach.«

»Eine Scheinfirma?«, schlussfolgerte Sven.

»Das klassische Modell.«

»Aber wofür?«

»Da gibt sich jemand ziemliche Mühe, unerkannt zu bleiben. Und dieser Jemand könnte uns mit Sicherheit eine

Menge Fragen beantworten. Und noch etwas ist auffällig: Die Firma wurde exakt zu dem Zeitpunkt gegründet, als auch das Altenheim aufgemacht hat. Außerdem besitzt sie noch drei weitere Pflegeheime.«

»Hm«, brummte Sven, »ich denke, es wird Zeit, dass ich mir diesen Hofer noch mal vorknöpfe. Er schuldet mir ohnehin noch ein paar Erklärungen.«

»Tja, dann sollten Sie sich aber einen guten Fährtensucher zulegen.«

»Wieso?«

»Hofer ist seit über einer Woche verschwunden.«

»Was?«, entfuhr es Sven. »Und das sagen Sie mir erst jetzt?«

»Regen Sie sich ab«, beschwichtigte Koschny. »Diese Information ist alles andere als neu.«

»Für mich schon«, erwiderte Sven aufgebracht. »Und woher wissen Sie das?«

Koschny lehnte sich entspannt zurück. »Als ich Hofer zu den Vorfällen befragen wollte«, erklärte er, »habe ich vergeblich an seiner Tür geklingelt. Auch auf meine Anrufe hat niemand reagiert, und in dem Altenheim hat man mir erklärt, er wäre schon seit Tagen nicht mehr dort gewesen. Ich wollte es Ihnen schon gestern auf dem Friedhof sagen, aber nach Ihrem erfrischenden Auftritt hielt ich es für angebrachter, mich an Ihre Kollegen zu wenden. Die wussten aber schon längst Bescheid. Hofers Sekretärin hat ihn vor drei Tagen als vermisst gemeldet. Ich vermute, die Fahndung läuft bereits.«

»Seine Sekretärin?«, fragte Sven verwundert. »Was ist mit seiner Frau?«

»Ist ebenfalls verschwunden, genau wie sein Sohn.«

»Verdammt!«, fluchte Sven. »Wieso hat mir das niemand gesagt?«

»Nun, ich nehme an, man hielt es unter den gegebenen Umständen für angebrachter, Sie aus diesem Fall herauszuhalten.«

»Tja, dann wird's Zeit, dass ich mich wieder einklinke.«

Koschny räusperte sich. »Anscheinend ist Ihr Chef auch dieser Ansicht, er hat sich heute nämlich bereits mehrmals lautstark auf Ihrem Anrufbeantworter verewigt. Wenn ich mich recht erinnere, sollen Sie Ihren Arsch in sein Büro schwingen, und zwar unverzüglich.«

Sven stellte seine fast unberührte Tasse auf den Tisch. »Ich finde es ermutigend, dass Sie sich solche Nachrichten immer für den Schluss aufheben«, bemerkte er zynisch. »Geben Sie mir zehn Minuten.«

»Und dann?«

»Dann fahren Sie mich zum Präsidium. Den Weg kennen Sie ja.«

Koschny betrachtete ihn kritisch. »Sind Sie sicher, dass ... äh, ich meine, geht es Ihnen wirklich besser?«

»Keine Sorge, Koschny.« Sven konnte sich ein Lächeln nicht verkneifen. »Ich habe ganz bestimmt nicht vor, gewohnheitsmäßig in Ihren Wagen zu kotzen.«

Auf dem Weg ins Schlafzimmer blieb Svens Blick erneut an dem Foto seines Neffen hängen. Sein Magen zog sich schmerzhaft zusammen. Und er begann sich zu fragen, ob er die Übelkeit nur den Nachwirkungen der letzten Nacht zu verdanken hatte oder ob es daran lag, dass er sich auf jemanden eingelassen hatte, dem er nicht traute.

23

Es roch heiß und muffig nach abgestandenem Schweiß und schlecht gelüfteten Räumen, als Sven seine Abteilung betrat. Leise Stimmen drangen durch die halboffenen Türen. Aus einer davon hörte er im Vorbeigehen seinen Namen.

Er blieb stehen und streckte den Kopf durch die Tür neben der seines Büros.

»Hey, wie geht's dir?« King kam auf ihn zu. »Alles gut überstanden?«

»Wenn du die Beerdigung meinst, an deren Spätfolgen arbeite ich noch.«

»Was treibt dich hierher? Ist deine Schonzeit abgelaufen?«

»Sieht so aus. Der Alte ruft nach mir.«

»Dann sei bloß vorsichtig«, warnte King. »Anscheinend ist er heute mal wieder mit dem linken Fuß zuerst aufgestanden.«

»Ich glaube, der hat gar keinen rechten Fuß, mit dem er aufstehen könnte«, seufzte Sven. »Was ist mit Hofer? Habt ihr ihn gefunden?«

»Du weißt davon? Woher?«

»Erklär ich dir später. Also, was ist, habt ihr ihn?«

»Nein. Und so wie's aussieht, kriegen wir ihn auch nicht, selbst wenn er sich freiwillig stellt.«

»Was redest du denn da? Die Fahndung läuft doch hoffentlich?«

»Ja, aber sie wurde schon wieder eingestellt.«

»Wie bitte?« Sven trat in das Büro und schloss die Tür hinter sich.

»Genaueres weiß ich auch noch nicht«, sagte King. »Vielleicht will Rößner dich deshalb sprechen.«

»Wie lange lief die Fahndung?«

»Knappe 36 Stunden.«

»Irgendwelche Ergebnisse?«

»Hofer ist mitsamt seiner Familie spurlos verschwunden. Wir haben sein Haus durchsucht, konnten aber keine Hinweise auf einen möglichen Aufenthaltsort finden. Die Kleiderschränke waren größtenteils leer geräumt, und wie's aussieht, fehlen auch etliche Unterlagen aus seinem Arbeitszimmer. Sieht nach einer eiligen Flucht aus. Wir wollten gerade eine Meldung an sämtliche Flughäfen rausgeben, als das Ganze abgeblasen wurde.«

»Und du hast keine Erklärung dafür?«

»Nicht die geringste.« King zuckte ratlos mit den Schultern.

»Höchste Zeit rauszufinden, was zum Teufel hier los ist«, knurrte Sven und öffnete wütend die Tür.

»Herein!«, ertönte es unfreundlich, als er an Rößners Bürotür klopfte. Ebenso gut hätte es ein Befehl sein können. Beklommen betrat er Rößners Büro.

»Das wurde aber auch Zeit!«, empfing Rößner ihn grob. »Wo waren Sie denn so lange? Ich habe den ganzen verdammten Tag versucht, Sie zu erreichen!«

Svens unsicherer Blick huschte zu Rathke hinüber, der sich grinsend von seinem Stuhl erhob.

»Das ist erst einmal alles«, wandte sich Rößner an Rathke. »Und benachrichtigen Sie die Kollegen von der Streife, dass die Angelegenheit erledigt ist.«

»Mach ich«, versicherte Rathke übereifrig und stiefelte eilig zur Tür.

Rößner und Rathke, dachte Sven. *Das passt zusammen wie Schnupfen und Rotz.*

»Setzen Sie sich, Becker«, befahl Rößner schroff, während Rathke die Tür hinter sich schloss.

Sven trat vor den Schreibtisch, der für ihn wie ein Schafott aussah, und setzte sich.

»Sind Sie krank?«, fragte Rößner ohne eine Spur von Mitgefühl.

»Es geht mir gut, danke«, entgegnete Sven unsicher.

»Reden Sie keinen Unsinn, Mann! Sie sehen aus, als hätten Sie die ganze Nacht lang die Kloschüssel angebrüllt. Nicht dass es mich sonderlich interessiert, aber ich muss wissen, wie weit ich Sie zusammenstauchen kann.«

»Um was geht's denn?«, fragte Sven, der das Ganze so schnell wie möglich hinter sich bringen wollte.

»Darum!« Wütend warf Rößner ihm eine Ausgabe der Lokalzeitung auf den Tisch. Darauf war ein Bild von ihm und Koschny vor dem Friedhof zu sehen, in inniger Feindseligkeit ineinander verschlungen. POLIZEI SCHLÄGT AUF REPORTER EIN lautete die Schlagzeile darüber. »Haben Sie irgendetwas dazu zu sagen, bevor ich Sie in der Luft zerreiße?«

»Ich bin nicht gerade vorteilhaft getroffen«, kommentierte Sven die Momentaufnahme seines Wutausbruchs.

»Mir ist im Augenblick nicht nach Witzen zumute!«, brauste Rößner auf. »Ist Ihnen eigentlich klar, was Sie damit ausgelöst haben? Ich habe den größten Teil des Vormittags am Telefon verbracht und einer Menge Leute Ihr Verhalten zu erklären versucht. Der Präsidiumsleitung, der Direktion, dem Büro des Oberstaatsanwaltes, der Pressestelle … fehlt nur noch, dass sich Amnesty International bei mir meldet! Was haben Sie sich dabei gedacht?«

»Das ist eine persönliche Angelegenheit zwischen mir und diesem Reporter«, sagte Sven heiser.

»In Gegenwart der Presse gibt es nichts Persönliches!«, brüllte Rößner dieses Argument nieder. »Das nächste Mal suchen Sie sich für Ihren Privatkrieg ein weniger öffentliches Schlachtfeld! Und die Tatsache, dass es sich bei dem Kerl auch noch ausgerechnet um *den* Reporter handelt, dem Sie damals dieses Untersuchungsverfahren zu verdanken hatten, trägt nicht gerade zur Entspannung der Lage bei. Aber anscheinend gefällt es Ihnen ja, der Titelheld der Boulevardpresse zu sein.« Wütend schmiss er die Zeitung in den Papierkorb.

»Vielleicht beruhigt es Sie«, meinte Sven vorsichtig, »dass die Sache zwischen mir und Koschny mittlerweile bereinigt ist.«

»Na, großartig«, bellte Rößner. »Der halbe Polizeiapparat tanzt auf meinem Rücken Rumba, aber Hauptsache, *Sie* haben Ihren Frieden gemacht!« Seine Nasenflügel blähten sich wie die Nüstern eines Pferdes. »Wofür halten Sie mich eigentlich, Becker, für Ihren Hilfssheriff? Wenn Sie weiter den Rebellen spielen wollen, kaufen Sie sich eine Lederjacke und treten Sie einer Studentenbewegung bei. Meinetwegen schließen Sie sich einer gottverdammten Terroristengruppe an, aber solange Sie bei unserem Verein sind, halten Sie sich gefälligst an die Regeln, ist das klar? Das Ansehen der Polizei hat auch ohne Ihr Zutun schon genug gelitten, und ich bin es langsam leid, ewig die Suppe auslöffeln zu müssen, die Sie anbrennen lassen!«

Obwohl sich alles in ihm dagegen wehrte, begegnete Sven dem Blick seines Vorgesetzten mit widerwilliger Demut. »Ich habe nie von Ihnen verlangt, sich für mich einzusetzen«, sagte er.

»O ja«, entgegnete Rößner voller Ironie, »Sie glauben wie immer, alles allein bewältigen zu können und immer das Richtige zu tun, nicht wahr? Das Resultat kann man dann hinterher für fünfzig Cent an jedem Zeitungskiosk bestaunen.« Er hatte die Hände in die Hüften gestemmt, eine Geste der Überlegenheit. »Ich begreife das nicht, Becker«, seufzte er. »Es ist noch gar nicht so lange her, da haben Sie das Maul nur zum Essen aufgekriegt, und plötzlich legen Sie sich mit Gott und der Welt an. Was ist denn in Sie gefahren?«

Sag es ihm, riet eine innere Stimme tief aus Svens gebeuteltem Verstand. *Erzähl ihm von den Panikattacken und den Träumen. Für einen längeren bezahlten Urlaub mit anschließender psychologischer Betreuung dürfte das allemal reichen.* »Vielleicht habe ich einfach keine Lust mehr, das Maul zu halten«, sagte er stattdessen.

»Nur suchen Sie sich für Ihr Mitteilungsbedürfnis immer die falschen Momente aus«, konterte Rößner. Sein Blutdruck schien schon wieder in kritische Bereiche zu steigen. »Ich weiß, Sie haben in letzter Zeit eine Menge durchgemacht, aber das gibt Ihnen noch lange nicht das Recht, hier Ihren persönlichen Feldzug zu starten! Wenn ich ehrlich bin, würde ich Sie am liebsten suspendieren, wenigstens so lange, bis sich die Gemüter wieder beruhigt haben, einschließlich Ihres eigenen. Aber ich halte es für besser, Sie zu beschäftigen, damit Sie nicht aus Langeweile noch mehr Unsinn anstellen.«

»Gut, dann lassen Sie mich weiter nach Hofer suchen.«

»Vergessen Sie's! Die Fahndung wurde vor zwei Stunden eingestellt. Ich habe gerade mit Rathke darüber gesprochen.«

»Was hat der damit zu tun?«, fragte Sven.

»Er hat die Ermittlungen geleitet, während Sie beurlaubt waren.«

»Rathke?«

»Ja, was ist so verwunderlich daran?«

Sven zuckte die Achseln. »Vielleicht, dass er nicht im Geringsten mit dem Fall vertraut ist.«

»Ich weiß«, entgegnete Rößner kalt, »dass Rathke ziemlich penetrant sein kann und dass Sie beide sich nicht gut verstehen, aber er ist in erster Linie Polizist, und er gehört zu unserer Abteilung. Deshalb sollten Sie und er sich endlich zusammenraufen.«

»Weshalb wurde die Fahndung abgebrochen?«

»Anweisung von oben.«

»Wissen die etwas über den Fall, was wir nicht wissen?«

»Es gibt keinen Fall mehr«, sagte Rößner. »Die Sache ist offiziell so gut wie abgeschlossen.«

Sven sah ihn mit großen Augen an. »Könnten Sie das noch mal wiederholen? Ich bin nicht sicher, ob ich Sie richtig verstanden habe.«

Rößner kam ein paar Schritte um den Tisch herum und vergrub die Hände in den Hosentaschen. »Heute Morgen gegen zehn Uhr«, berichtete er, »bekamen die Kollegen einen anonymen Hinweis zu dem Mord an Erik Jensen. Der Anrufer hat behauptet, es ginge dabei um illegalen Drogenhandel, und hat den Kollegen eine Adresse genannt, wo Beweise zu finden wären. Dann hat er aufgelegt. Aufgrund der detaillierten Angaben des Anrufers wurde beschlossen, die Adresse zu überprüfen. Die betreffende Person war zu diesem Zeitpunkt nicht anwesend, also wurde der Hausmeister gebeten, die Wohnung zu öffnen. Und tatsächlich wurde dort eine Sporttasche mit fast einem Kilogramm Kokain und diversen Aufputschmitteln gefunden, außerdem ein Schnellfeuergewehr und zwei randvolle Magazine. An der Waffe wurden Rückstände von Klebeband gefunden, vermutlich dieselben, die Sie in Ihrem Bericht erwähnen.«

Sven lauschte Rößners Worten wie ein Ingenieur, dessen mühsam erstellte Konstruktion für den Rohbau eines Gebäudes plötzlich in sich zusammenfällt wie ein Kartenhaus. Aber je länger er zuhörte, desto größer wurde sein Misstrauen. Auf einmal war sein Spürsinn wieder da, dem er in der letzten Zeit nicht mehr vertraut hatte.

»Fingerabdrücke?«, fragte er skeptisch.

»Nein.«

»Klingt nicht sehr wahrscheinlich. Wo ist der Verdächtige jetzt?«

»Er wurde kurz darauf verhaftet und vor etwa zwanzig Minuten zum Verhör hierhergebracht. Eigentlich wollte ich mich gerade auf den Weg zu ihm machen.«

»Und wer ist der Kerl?«

»Ein gewisser Thomas Milenz.«

24

Milenz saß in dem kleinen Verhörraum und tippte mit den Fingern nervös auf die Tischplatte. Das eintönige Tacken seiner Fingernägel wirkte seltsam entspannend auf ihn. Sonst gab es nichts, was ihn hätte ablenken können. Keine Bilder. Keine Muster. Keine Stimme, die ihm sagte, dass das alles nur ein bedauerlicher Irrtum sei. Nur kahle Wände, deren klaustrophobische Enge das Geräusch verstärkte.

Je länger er sich auf dieses Geräusch konzentrierte, desto mehr kam es ihm vor wie der Countdown zu seiner Hinrichtung. Dieses endlose Warten. Erst auf der Wache und nun hier. Vergeblich durchforstete er sein Gewissen nach einem Anhaltspunkt, der ihm seine Situation erläutern konnte. Nach jemandem, den er verärgert haben könnte und der sich nun auf diese makabre Weise an ihm rächen wollte. Doch ihm fiel niemand ein, der einen Grund dafür haben könnte, sein Leben zu zerstören. Ein Leben, dessen Fundament sich noch vor wenigen Stunden aus Pflichterfüllung und dem Begleichen von Rechnungen zusammengesetzt hatte – aus Mietverträgen und Gehaltsschecks. Jener unbescholtenen Daseinsgrundlage, die man paradoxerweise als Freiheit bezeichnete. Wäre er sich eines Vergehens bewusst gewesen, er hätte es sofort gestanden, nur um diesem Vakuum der Ungewissheit zu entkommen. Es musste eine Erklärung für all das geben.

Schließlich hatte er nichts verbrochen. Jedenfalls nichts, was ein Abführen in Handschellen gerechtfertigt hätte, also hatte er auch nichts zu befürchten. Andererseits hatte man bei ihm ein Päckchen mit Kokain entdeckt, von dessen Existenz er bis vor wenigen Stunden nichts gewusst hatte.

Cool bleiben. Sich nur keine Blöße geben. Es würde sich schon alles regeln. Ja, gleich würde die Tür aufgehen und sich jemand bei ihm entschuldigen. Nein, er würde von einer Beschwerde absehen, dazu wäre er viel zu erleichtert.

Sein rechter Fuß hatte sich mittlerweile dem Takt seiner Finger angeschlossen und wippte auf und ab wie der eines Schlagzeugers.

Dann wurde endlich die Tür geöffnet, und zwei Männer traten vor ihn an den Tisch. Der eine trug Jeans und Turnschuhe, der andere war etwas kleiner und strenger gekleidet. In dem grauen Hemd und der blauen Krawatte wirkte er auf Milenz wie ein Vertreter in Sachen Freiheitsberaubung.

Keiner der beiden schien sich bei ihm entschuldigen zu wollen.

»Hallo«, sagte der Jeansträger. »Ich bin Kommissar Becker, und das ist Kriminaldirektor Rößner, der Leiter dieser Abteilung.«

Kriminaldirektor, hallte es unheilvoll durch Milenz' Kopf.

»Bevor wir weitersprechen, muss ich Sie darauf hinweisen, dass dieser Raum an ein Mikrofon gekoppelt ist. Alles, was wir sagen, wird aufgezeichnet.«

»Möchten Sie, dass ein Anwalt bei dem Verhör anwesend ist?«, fragte Rößner.

Milenz dachte einen Moment darüber nach. »Nein, ich brauche keinen Anwalt. Ich wüsste nicht, wofür.« *Gut so. Du musst überzeugend klingen.*

»Sie leugnen also den Besitz des Kokains?«

»Und ob, Mann!« Seine Stimme fühlte sich bleiern an; es fiel ihm schwer, die gewohnte Gelassenheit hineinzulegen. »Ich rauch vielleicht ab und zu ’nen kleinen Joint oder zieh mir ’n Pfeifchen rein, aber ich bin kein verdammter Drogendealer! Ich weiß nicht, woher das Zeug stammt oder wie es in meine Wohnung gekommen ist. Aber ich weiß, dass die Tasche noch nicht da war, als ich heute Morgen weggegangen bin.«

»Wo wollten Sie denn schon so früh hin?«, fragte Rößner.

»Ich wollte mir eine Maschine ansehen, an der ich interessiert bin.«

»So, Sie planen also größere Anschaffungen?«

»Ja«, lächelte Milenz gezwungen, »ich bin schon lange …« Seine Züge erstarrten, als er die versteckte Andeutung begriff. Plötzlich wurde ihm der Ernst seiner Lage bewusst. Jede unbedachte Äußerung, jede für belanglos gehaltene Bemerkung konnte auf einmal zur Bedrohung werden. Seine Augen zuckten nervös hin und her, suchten nach einem Hinweis, einem Ausweg aus dieser Situation. »Sie haben’s echt drauf, einem die Worte zu verdrehen. Wer Schuld sucht, der findet auch welche, stimmt’s?«

»Na ja«, entgegnete Rößner, »in Ihrem Fall mussten wir nicht lange suchen.« Seine Eindringlichkeit war beinah herzlos. »Woher haben Sie die Waffe?«

»Hey, ich sag doch, ich weiß nicht, wo das ganze Zeug herkommt. Da will mir jemand was anhängen, Mann.«

»Und wer könnte das Ihrer Meinung nach sein?«

»Keinen Schimmer.«

»Ach, kommen Sie.«

»Hey, ich bin überzeugter Pazifist«, verwahrte sich Milenz. »Was sollte jemand wie ich also mit ’ner Knarre?«

»Ich habe schon Unerklärlicheres erlebt«, bemerkte Rößner. »Die Drogen haben einen geschätzten Marktwert von rund hunderttausend Euro. Ich denke, eine solche Summe reicht aus, um seine Überzeugung vorübergehend zu vergessen.«

Milenz' Augen lagen eng beieinander und hatten die Farbe von verwaschenen Smaragden. Die Nervosität darin war steigender Wut gewichen. Er beugte sich vor, und das Leder seiner Motorradhose knirschte wie schwere Schritte in tiefem Pulverschnee. »So gut es auch in Ihr Konzept passen würde«, fauchte er, »aber ich beurteile den Sinn meines Lebens nicht nach meinem Bankkonto. Das überlasse ich denen da draußen, die Tag für Tag in einem Job schuften müssen, der sie eigentlich ankotzt, und die ihren Frust darüber mit dem Geld aufwiegen, das sie damit verdienen. Ich kann solche Leute nur bedauern. Und ich habe ganz sicher nicht vor, einer davon zu werden.«

»Ja, natürlich«, lächelte Rößner, »Sie ziehen es stattdessen vor, in Bescheidenheit zu leben, alten Menschen den Arsch abzuwischen und sich Ihre Träume mühsam zusammenzusparen. Kommen Sie, Milenz, da muss es doch noch mehr geben. Träume, die nicht in Erfüllung gehen, Wut auf das System, der Wunsch nach mehr Unabhängigkeit und Freiheit …«

»Jemand wie Sie weiß doch gar nicht, was das Wort bedeutet, Mann«, brauste Milenz auf, und Rößner schien erreicht zu haben, was er beabsichtigte. »Für Sie besteht Freiheit doch nur aus bedrucktem Papier. Für mich ist es eine Lebenseinstellung! Ich pfeif auf noble Autos, auf teure Wohnungen und steuerlich absetzbare Geschäftsessen. Das ist nicht meine Welt, selbst wenn ich sie mir leisten könnte. Ja, ich habe Träume, die nicht in Erfüllung gehen, die sich aber leider auch nicht mit Geld erkaufen lassen. Ja, ich bin wütend auf das System, weil es Leute mit Geld bevorteilt. Und ja, ich wische alten Leuten den Arsch ab, aber nur, weil ihr herzloser Nachwuchs zu sehr damit beschäftigt ist, Kohle zu scheffeln, und sich mehr um seine eigenen neureichen Ärsche kümmert! Und genau deshalb tue ich es gern. Und wissen Sie was, Mann? Ich würde sogar Ihnen den Arsch abwischen, wenn es sonst niemand mehr tun will!«

Sven schaffte es nicht, sich ein Grinsen der stillen Bewunderung zu verkneifen. Diesem Burschen gelang es spielend, Rößners despotische Kaltherzigkeit zu untergraben. In Svens Sympathieträgerliste machte ihn das zum Neueinsteiger der Woche.

»Wo waren Sie am 27. Juli gegen 22 Uhr 30?« Rößner wich nicht von seinem Fahrplan ab.

»Das ist jetzt fast zwei Wochen her«, stellte Milenz nach kurzer Berechnung fest, als sei es ein Sprung in die frühe Kreidezeit. »Hey, Mann, im Moment weiß ich nicht mal mehr, was gestern war. Was spielt das überhaupt für eine Rolle?«

»Für Sie vielleicht keine«, sagte Rößner. »Für den Haftrichter ... fünfzehn bis zwanzig Jahre, würde ich sagen.«

Milenz' rechter Fuß fing wieder an zu wippen. Sein Herz schlug so schnell, dass er zu spüren glaubte, wie sein Gesicht pulsierte. »Was?«

»Tja, das ist in etwa die Mindeststrafe für vorsätzlichen Mord.«

Sein Herz kam jäh aus dem Takt. »Mord?«

»Vielleicht erinnern Sie sich ja jetzt, wo Sie an dem Abend waren, an dem Erik Jensen getötet wurde.«

»Jetzt ... jetzt kommen Sie mal wieder runter, Mann. Sie glauben doch wohl nicht ... Mensch, ich hab doch niemanden umgebracht! Ich kannte Jensen kaum, das hab ich Ihrem

Kollegen doch gesagt.« Sein Blick huschte hilflos zwischen Sven und Rößner hin und her. »Wo ist der überhaupt? Ich … ich will mit ihm sprechen.«

»Lesen Sie keine Zeitung?«, fragte Rößner, nachdem er einen kurzen Blick mit Sven gewechselt hatte. »Er ist vor acht Tagen bei einer Explosion ums Leben gekommen.«

»Was denn, *der* war das?« Milenz strich sich mit beiden Händen das blonde Haar aus dem Gesicht, aus dem das Blut entwich. »Vermutlich geht der auch auf mein Konto, was? Und ich schätze, wenn wir hier fertig sind, bin ich auch für den Tod von Dr. Krämer verantwortlich.«

»Im Moment konzentrieren wir uns auf Jensen«, erwiderte Rößner.

Milenz rupfte mit den Zähnen einen Fetzen Hornhaut vom Nagelbett seines Daumens. Seine Gedanken rasten wie die endlose Befehlskette eines Computers. »Siebenundzwanzigster, siebenundzwanzigster … Das muss der Tag gewesen sein, nachdem Peters in Urlaub gegangen war.«

Rößner sah ihn fragend an.

»Ein Kollege von mir«, klärte Milenz ihn auf. »Manchmal hatten wir Dienst zusammen, wenn Christmann nicht da war. Ja, jetzt erinnere ich mich. Ich weiß noch, mittwochs hat er mir erzählt, er hätte so einen Last-Minute-Flug nach Spanien gebucht. Hat gemeint, er müsse das jedem unter die Nase reiben.« Er spuckte den Hautfetzen aus. »Damals war in unserer Abteilung gerade ganz schön was los. Anscheinend sind sämtliche Patienten plötzlich krank geworden, und da mit Peters schon zwei Leute gefehlt haben, mussten wir für drei ran. Wurde an dem Abend ziemlich spät.«

»Wann genau war Ihre Schicht zu Ende?«

»Regulär um sechs. Aber ich denke, ich bin erst so gegen neun gegangen.«

»Sie denken?«

»Ich bin nicht ganz sicher.«

»Was haben Sie anschließend getan?«

»Ich ... Ich weiß es nicht mehr genau.«

»Was denn, Sie können sich an all die Einzelheiten erinnern, aber nicht daran, was dann passiert ist!? Strengen Sie sich mal ein bisschen an!«

»Verdammt, was glauben Sie, was ich hier mache?«, fauchte Milenz. »Unter diesen Umständen ist das nicht ganz einfach. Sie wollen wissen, was ich an dem Abend gemacht habe? Vielleicht bin ich noch auf ein Bier in die Kneipe gegangen oder hab ein paar Runden auf meinem Bock gedreht. Vielleicht bin ich aber auch einfach nur nach Hause gefahren und hab mich ins Bett gelegt, ich weiß es nicht mehr! Ich weiß nur, dass ich an diesem Abend viel zu müde gewesen bin, um irgendjemand umzubringen!« Sein Zorn hielt ihn noch einen Moment aufrecht, bevor er auf seinem Stuhl zusammensackte.

Während des gesamten Verhörs hatte Sven ihn keine Sekunde aus den Augen gelassen. Auch jetzt betrachtete er diesen jungen Mann, der ebenso wenig ein Mörder war wie er ein Verfechter religiöser Offenbarungen. Etwas Liebenswürdiges ging von ihm aus. Die Aura des Individualismus und der Unabhängigkeit, die ihn umgab, machte ihn zu einem der wenigen Menschen, die Sven auf Anhieb mochte. Doch er wusste, dass Rößners Vorgehen das übliche Verfahren war. Wer hier saß, tat es in den meisten Fällen nicht ohne Grund. Er selbst hatte oft genug Wildfremde auf die gleiche Weise attackiert, hatte mit allen Mitteln versucht, sie an ihrem wunden Punkt zu treffen, bis sie sich selbst in die Enge trieben. Und das erreichte man in der Regel nicht durch Freundlichkeit.

»Darf ich rauchen?«, fragte Milenz.

Wortlos stand Rößner auf und verließ das Zimmer. Gleich darauf kam er mit einem Aschenbecher zurück, den er vor Milenz auf den Tisch stellte. Seine Hand verharrte einige Sekunden auf dem gläsernen Rand, als fordere sie eine Gegenleistung für dieses Entgegenkommen.

Milenz zerrte eine zerknitterte Packung aus der Innentasche seiner Wildlederjacke, die über der Stuhllehne hing. Er fischte einen Klumpen Tabak daraus hervor, dessen dunkle Fasern an ausgerissene Insektenbeine erinnerten. Seine nervösen Finger ließen die bei diesem Ritual übliche Geschicklichkeit vermissen, und das hauchdünne Papierblättchen riss ein. Wütend warf er das Resultat in den Aschenbecher. »Mist, verdammter!«

Sven trat vor und setzte sich auf die Tischkante. »Sie haben vorhin eine Krankheit auf Ihrer Station erwähnt«, schaltete er sich erstmals in die Befragung ein. »Was für eine Krankheit war das?«

»Wie meinen Sie das?«

»Na ja, was für Beschwerden haben die Betroffenen und so weiter?«

»Ein paar klagen über Schüttelfrost, Muskel- und Gelenkschmerzen, wie bei einem grippalen Infekt«, berichtete Milenz verstört.

»Ziemlich ungewöhnlich für diese Jahreszeit, finden Sie nicht?«

»Dachte ich zuerst auch, aber Pille hat gesagt, das wäre normal.«

»Wer?«, wollte Rößner wissen.

»Dr. Krämer, der Stationsarzt, der sich letzte Woche das Leben genommen hat«, klärte Sven ihn auf.

»Genau«, bestätigte Milenz. »Er hat gesagt, das sei nichts Ungewöhnliches bei unheilbar Kranken. Ein angegriffenes

Immunsystem würde anfälliger auf neue Erreger reagieren und daher auch leichter erkranken. Auch wegen der fehlenden Bewegung.«

»So wie bei Frau Marek?«

»Genau. Wir machen zwar regelmäßig Übungen mit den Patienten, die ans Bett gefesselt sind, aber Muskeln und Gelenke bauen auf Dauer ab, dadurch sind Schmerzen vorprogrammiert. Daher hat sich das alles ganz logisch angehört, obwohl ich noch nie erlebt habe, dass diese Symptome so konzentriert auftreten. Aber zumindest erklärte es, warum nur unsere Station davon betroffen war und niemand sonst krank geworden ist.«

Er sprach jetzt wesentlich befreiter, die Worte kamen plötzlich wie von selbst. Es war leichter, über etwas zu reden, das einen nicht direkt betraf und für das man keine Rechenschaft ablegen musste.

»Dann handelt es sich also nicht um einen Virus, wie Sie meinem Kollegen erzählt haben?«, fragte Sven.

»Nein, laut Krämer nicht.«

»Wann hat Krämer mit Ihnen darüber gesprochen?«

»Am Tag nach Frau Mareks Tod. Ich war ziemlich verunsichert und wollte natürlich wissen, was es mit diesen Erkrankungen auf sich hatte. Ich versuche, den alten Leuten ihre letzten Tage so erträglich wie möglich zu gestalten, aber das heißt nicht, dass ich bereit bin, ihr Schicksal zu teilen. Also habe ich ihn zu Hause angerufen.«

»Hat er sonst noch etwas zu Ihnen gesagt?«

»Nein … doch, warten Sie«, korrigierte er sich. »Er hat gesagt, ich solle mir keine Sorgen machen und dass das Ganze bald vorbei wäre.«

»Und am Tag darauf hat er sich das Leben genommen«, meinte Sven. »Haben Sie eine Ahnung, weshalb?«

»Woher soll ich das wissen?«, wehrte Milenz die Frage ab. »Vermutlich hatte er private Probleme, mit denen er nicht klargekommen ist. Weshalb sollte jemand sonst so etwas tun?«

»Anscheinend hat er sich wegen irgendetwas schuldig gefühlt. Und die Vermutung liegt nahe, dass es etwas mit seiner Arbeit zu tun hatte. Er war Alkoholiker, wussten Sie das?«

»Wir haben alle unsere Probleme«, wich Milenz aus.

»Aber nicht jeder löst seine Probleme auf so radikale Art«, entgegnete Rößner. »Ist Ihnen nie etwas Ungewöhnliches an ihm aufgefallen? An seinem Verhalten oder an seiner Arbeit?«

»Nur, dass er ziemlich in Ordnung war, für jemanden, der sich hauptsächlich durch Besitz definiert.«

Sven erhob sich und ging um den Tisch herum. »Kommen wir noch einmal auf Jensen zu sprechen …«

»Ich hab ihn nicht umgebracht, wie oft soll ich Ihnen das noch sagen!« Der Schock verblasste allmählich, und Milenz' Selbstsicherheit kehrte zurück.

»Vergessen wir das mal für einen Moment.« Sven blieb neben Milenz stehen. »Mich interessiert sein Umfeld. Wo hat er abends nach Dienstschluss abgehangen? Gab es jemanden, dem er vertraut hat, mit dem er sich öfter getroffen hat?«

»Das hab ich doch schon alles Ihrem Kollegen erzählt.«

»Nun, der kann heute leider nicht hier sein, um Ihre Aussage zu bestätigen. Also denken Sie nach. Hat er mal irgendwelche Namen genannt?«

»Verdammt, so einer wie Jensen hatte keine Freunde. Der war froh, wenn er niemanden in seiner Nähe ertragen musste. Hab ihn nur einmal außerhalb des Dienstes mit jemandem gesehen. Das war vor ein paar Wochen, kurz bevor er nicht mehr zur Arbeit gekommen ist, in meiner Stammkneipe. Er hat mit so einem älteren Kerl am Tisch gesessen, so um die fünfzig und genauso fett wie seine Brieftasche. Hat Jensen die ganze Zeit ausgehalten.«

N.N., dachte Sven, und seine Nackenmuskeln spannten sich. »Wie sah der Mann aus, können Sie ihn beschreiben?«

»Na ja, wie so 'n reicher Fettkloß eben aussieht: satt.«

»Geht's nicht ein bisschen genauer?«

»Ich hab nicht weiter auf ihn geachtet, okay? Außerdem bin ich gleich wieder gegangen. War mir zu laut in dem Laden.«

»Und Sie haben keine Ahnung, wer der Mann gewesen ist oder worüber die beiden gesprochen haben?«

»Nein. Aber der Typ hat keinen netten Eindruck auf mich gemacht, wenn Sie das meinen. Sah eher aus wie 'n Kredithai oder so was. Ein Freund war das bestimmt nicht.«

Sven nickte Rößner kaum merklich zu, worauf dieser sich erhob. Beide gingen ohne ein weiteres Wort zur Tür.

»Hey, was wird denn nun aus mir?«, fragte Milenz aufgebracht.

Rößner drehte sich im Hinausgehen zu ihm um. »Das entscheidet der Staatsanwalt«, sagte er knapp. »Vorerst bleiben Sie in Untersuchungshaft, bis wir Ihre Aussage überprüft haben. Ich gebe Ihnen aber den gut gemeinten Rat, sich doch einen Anwalt zu besorgen.«

»Ich hab nichts getan, verdammt! Hören Sie, ich war's nicht …«, rief Milenz noch, als er schon wieder allein war.

»Was halten Sie davon?«, fragte Rößner, während sie den Flur hinuntergingen.

»Wollen Sie die Meinung des alten oder des neuen Sven Becker hören?«

»Wie wäre es mit einer ehrlichen?«

Sie blieben stehen.

»Noch vor zwei Jahren hätte ich vermutlich alles darangesetzt, diesem Kerl die Hölle heißzumachen«, sagte Sven. »Mittlerweile denke ich etwas anders darüber.«

»Das hat man gemerkt. Sie waren ziemlich zurückhaltend.«

»Ich habe auf den Rat eines Freundes gehört und aus meinen Fehlern gelernt.«

»Darüber sollten Sie aber nicht vergessen, objektiv zu bleiben. Jeder, der hierherkommt, beteuert zuerst seine Unschuld.«

»Trotzdem sollte man seine Zweifel nicht ignorieren.«

»Also glauben Sie ihm?«

»Ja. Das Ganze war mir von Anfang an zu glatt. Zwei Wochen lang tut sich in dem Fall so gut wie nichts, und plötzlich geht ein anonymer Hinweis ein. Daraufhin werden Drogen und eine Waffe gefunden, die wie auf dem Präsentierteller auf uns warten. Das ist mir alles ein bisschen zu offensichtlich.«

»Da stimme ich Ihnen allerdings zu«, sagte Rößner. »Trotzdem wird der Staatsanwalt nur schwer davon zu überzeugen sein. Die Beweise sprechen eindeutig gegen Milenz. Er hat kein schlüssiges Alibi, und er kannte Jensen. Seine Drogenvergangenheit entlastet ihn auch nicht gerade.«

»Aber weshalb wurde dann die Fahndung nach Hofer eingestellt? Wenn die Dinge wirklich so sind, wie sie scheinen, dann liegt doch die Vermutung nahe, dass der auch seine Finger im Spiel hat. Immerhin war er der Vorgesetzte von den beiden und ist seit Tagen spurlos verschwunden. Nicht mal die Staatsanwaltschaft kann so blind sein.«

»Die Staatsanwaltschaft?«, wiederholte Rößner abfällig. »Sind Sie wirklich so naiv, Becker? Bei denen landen jeden Tag so viele Fälle auf dem Tisch, dass sie langsam den Durchblick verlieren. Und manche von denen machen sich gar nicht mehr erst die Mühe durchzublicken. Ich habe schon Staatsanwälte gesehen, die eine Anklage abgewiesen haben, weil sie Angst vor irgendwelchen Drohungen hatten oder weil sie nicht in die öffentliche Meinung hineingepasst hätte. Glauben Sie mir, die machen ihren Job auch nicht aus Überzeugung, sondern weil er gut bezahlt wird und sie dabei hin und wieder in den Medien groß rauskommen können. Und in Milenz haben sie einen willkommenen Sündenbock gefunden, der die Öffentlichkeit ruhigstellt. Damit ist Hofer aus dem Rennen, offiziell liegen gegen ihn keine weiteren Verdachtsmomente vor.«

»Aber er könnte ein wichtiger Zeuge sein, der uns sicher einige ungeklärte Fragen beantworten könnte.«

»Tja, die hohen Herren sehen das wohl etwas anders«, meinte Rößner. »Er ist lediglich als vermisst gemeldet.«

»Was ist mit dem Anrufer, der Ihnen den Tipp gegeben hat? Weiß man irgendetwas über den?«

»Nur, dass er einen ausländischen Akzent hatte. Vermutlich Türke oder Italiener.«

Das schränkte die Suche nicht gerade ein. In dieser Region gab es so viele Türken und Italiener wie deutsche Touristen auf Mallorca. Aber immerhin schloss dieser Dialekt die Möglichkeit aus, dass es sich bei Svens anonymem Anrufer um dieselbe Person handelte.

»Und die Waffe? Hat sie eine Geschichte?«

»Das wird noch überprüft. Die Seriennummer war weggeschliffen. Aber die Jungs vom LKA haben da so ihre Methoden. Vielleicht haben wir Glück, und sie finden trotzdem etwas.«

»Sven!«, schallte es durch den Flur. King streckte den Kopf aus der Tür von Svens Büro. »Telefon für dich. Ich hab gesagt, du wärst in einer Besprechung, aber der Mann sagt, es wäre dringend!«

»Wer ist es?«, fragte Sven.

King zuckte die Achseln. »Ich soll dich nur fragen, ob du Appetit auf ein Stück Kuchen hättest. Dann wüsstest du schon Bescheid.«

Einen Augenblick lang verharrte Sven regungslos. Dann warf er Rößner einen kurzen Blick zu und stürzte in sein Büro. Fast wäre ihm vor Aufregung der Hörer entglitten, nur durch einen schnellen Reflex konnte er es verhindern. »Ja, hier Becker«, stieß er hervor.

»Sie sind schwer zu erreichen, Herr Kommissar«, antwortete die Stimme aus der gewohnten dumpfen Ferne.

»Ich habe Verpflichtungen.« Sven hatte sich wieder gefasst.

»Ja, natürlich. Sparen Sie sich die Mühe, meinen Anruf zurückzuverfolgen. Sie werden wenig Erfolg haben.«

Diese Möglichkeit hatte Sven noch gar nicht in Betracht gezogen. Er war viel zu erregt, um derart logische Gedanken fassen zu können. »Keine Sorge, das habe ich nicht vor.«

»Haben Sie meine Nachricht erhalten?«

Sven grübelte kurz. »Welche Nachricht?«

Schweigen.

»Hallo! ... Sind Sie noch da?«

»Sie sollten Ihre Post ein wenig sorgfältiger durchsehen«, kam es kaum verständlich zurück.

»Meine Post?« Er stockte. »Waren Sie das, der in meine Wohnung eingebrochen ist?«, fragte er dann mit Nachdruck.

»Jemand war in Ihrer Wohnung?«, wiederholte die Stimme nach einer kurzen Pause. Sie klang bestürzt. »Dann haben die Sie also auch schon im Visier.«

»Wer sind *die*?«

Stille.

»Hören Sie«, schlug Sven vor, »warum treffen wir uns nicht einfach, und Sie erzählen mir, was Sie wissen. Das wäre wesentlich unkomplizierter.«

»Ist Ihnen eigentlich klar, was für ein Risiko wir Ihretwegen eingehen?«

»Wir?«, fragte Sven überrascht.

Diesmal entstand eine längere Pause, und Sven konnte förmlich spüren, wie der Anrufer seine Aussage bereute.

»Ich werde mich mit Ihnen treffen«, sagte die Stimme ausweichend, »aber erst, wenn es an der Zeit ist. Bis dahin läuft es so wie jetzt oder gar nicht.« Er klang wesentlich bestimmter als beim letzten Mal.

»Von was für einem Risiko sprechen Sie?«, hielt Sven ihn hin.

»Von demselben Risiko, dem Sie jetzt auch ausgesetzt sind. Überprüfen Sie Ihre Post. Sie werden eine Nachricht von mir finden. Leiten Sie die entsprechenden Maßnahmen ein. Aber seien Sie vorsichtig, wenn Sie nicht wollen, dass Ihnen dasselbe passiert wie Ihrem Kollegen. Ich will mir nicht auch noch Ihren Tod vorwerfen müssen. Mehr kann ich im Moment nicht für Sie tun. Ach, noch etwas ... Sie haben den Falschen verhaftet!«

Abermals wurde das Gespräch abrupt beendet.

Koschny saß in der offenen Beifahrertür und hantierte an einem kleinen schwarzen Kasten herum, der ganz oben im Handschuhfach montiert war. Ein quiekendes Rauschen war daraus zu hören, das jäh in kratzige Stimmen überging.

»Sie wissen doch, dass es strafbar ist, den Polizeifunk abzuhören«, bemerkte Sven, als er den Mercedes erreicht hatte.

Koschny schreckte auf und knallte hastig die Klappe des Handschuhfachs zu.

»Wo waren Sie denn so lange?«, fuhr er Sven aufgebracht an. »Ich stehe seit über einer Stunde auf diesem beschissenen Parkplatz und warte auf Sie. Wissen Sie eigentlich, wie verdammt heiß es in einem Auto werden kann?«

»Hören Sie auf zu keifen und fahren Sie los.«

»Ach, und wohin diesmal, bitte schön?«

»Zu mir nach Hause«, sagte Sven. Seinem Tonfall entnahm Koschny, dass er auf Geschwindigkeitsbegrenzungen keine Rücksicht nehmen musste.

Wie besessen stürmte Sven in seine Wohnung und hielt schnurstracks auf die kleine Kommode im Flur zu. Koschny folgte ihm keuchend. Der kurze Sprint hatte ihm die Grenzen seiner sportlichen Belastbarkeit aufgezeigt.

»Was ... was zum Teufel soll das hier werden?«, japste er. »Wollen Sie mich umbringen? Wonach suchen wir eigentlich?«

»Das sage ich Ihnen, wenn ich es gefunden habe«, erwiderte Sven, während er eifrig seine Briefe durchsah. Der oberste Umschlag trug das Emblem seiner Autoversicherung. Wahrscheinlich wollte man ihm mitteilen, dass ein Auto, das von einem Haus erschlagen worden war, nicht von der Versicherung abgedeckt wurde. Doch für so etwas hatte Sven im Moment wenig übrig und warf den Umschlag wieder auf die Kommode. Der zweite Brief, zweifelsohne die monatliche Abrechnung seiner Kreditkarte, folgte dem ersten. Erst der dritte Umschlag fiel ihm auf, da er keinen Absender trug. Keine Briefmarke und kein Poststempel. Nur ein kleines Umweltsiegel zierte die graue Hülle, in der sich etwas Hartes befand. Aufgeregt riss Sven den Umschlag auf. Eine gläserne Kapsel fiel in seine Hand. Ihr roter Inhalt waberte zäh in dem zylinderförmigen Gefäß, dessen unterer Teil mit einem bedruckten Etikett beklebt war. Die Nummer »17« war darauf vermerkt. Darunter das Kürzel: »CD8/14-CP«.

»Was ist das?«, keuchte Koschny, noch immer außer Atem.

»Ein Sechser im Lotto, hoffe ich«, gab Sven zurück und wühlte weiter in dem Umschlag. Ein Zettel kam zum Vorschein, nicht viel größer als eine Visitenkarte. »Ich hoffe, der Kuchen schmeckt Ihnen«, stand in Druckbuchstaben darauf. Und darunter das Wort »Columbus«.

»Der Kerl neigt zur Dramatik«, bemerkte Koschny und betrachtete den Zettel. »Was meinen Sie, ist das eine der besagten Proben?«

»Darauf würde ich meinen rechten Arm verwetten.« Sven starrte die rote Kapsel in seiner Hand an. »Haben Sie heute Abend schon was vor?«, fragte er fast beiläufig. »Ich lade Sie zu einem Bier ein.«

Beunruhigt sah Koschny ihn an. »Also, ich weiß nicht … Haben Sie schon mal daran gedacht, sich helfen zu lassen?«

»Ich bin kein Säufer, Sie Idiot! Ich will lediglich eine Aussage überprüfen. Also, kommen Sie nun mit oder nicht?«

»Schon gut, in Ordnung«, beschwichtigte Koschny.

»Aber vorher fahren Sie mich ins Präsidium zurück«, entschied Sven. »Diese Probe muss heute noch ins Labor.«

»Wofür halten Sie mich eigentlich, für Ihren Chauffeur?«

»Halten Sie keine Reden und beeilen Sie sich. Ich will so schnell wie möglich wissen, was es hiermit auf sich hat.« Er verstaute die Kapsel wieder in dem Umschlag und ging zurück zum Wagen.

Koschny folgte ihm mürrisch.

25

Sandra war spät dran. Sie hatte die Ernährungspläne für die kommende Woche bearbeitet und konnte es kaum erwarten, sie abzugeben. Seit drei Tagen studierte sie jetzt Ernährungstabellen, medizinische Datenblätter, Bedarfs- und Kalorienregister. Themen wie »Fettersatz«, »Laktovegetabile Ernährungsweise«, »Diabetiker-Ersatzstoffe« und »Regionale Bezugsquellen« hatten ihre letzten Konzentrationsreserven erschöpft. Dazu kam noch die unerträgliche Hitze. Sie sehnte sich nach einem entspannenden Kräuterbad und einem Roman auf der Couch. Eigentlich dürfte sie es gar nicht zugeben, aber nach all diesen Gedanken über Diätkost und ausgewogene Ernährung verspürte sie einen beinahe unbändigen Appetit auf einen Burger mit reichlich Pommes und Ketchup. Aber zuerst musste sie diese Pläne loswerden. Ein wöchentliches Ritual, das sich diesmal als schwierig erweisen würde. Normalerweise gab sie sie Hofer zum Unterzeichnen. Doch da niemand etwas über seinen Verbleib wusste, würde daraus nichts werden. Allmählich machte sie sich Sorgen um ihn. Die wildesten Gerüchte machten bereits die Runde. Das harmloseste war, dass er einfach weggegangen war. Aber selbst wenn dies zutraf, wäre er sicher der Letzte gewesen, der persönliche Dinge wie Familienfotos und Auszeichnungen seinem Nachfolger überlassen hätte. Und wer sollte das sein?

Plötzlich hatte Sandra das Gefühl, sich auf einem führerlosen Schiff zu befinden. Doch sie war zu erschöpft, um weiter darüber nachzudenken. Die einschneidenden Veränderungen der letzten Wochen waren auch an ihr nicht spurlos vorübergegangen. Der Umzug, die Trennung von Sven … Ein Schritt, der ihr nicht leichtgefallen war. Aber was hätte sie tun sollen? Sich den Rest ihres Lebens verstellen? Sie wäre sich vorgekommen wie ein Fisch in einem Aquarium, gefangen in einer Scheinwelt. Trotzdem tat es ihr in gewisser Weise leid. Nein, *er* tat ihr leid. Und dann noch der Tod seines Freundes. Am liebsten hätte sie ihn in den Arm genommen, ihm ein wenig von ihrer Kraft gegeben. Doch sie wollte ihm keine falschen Hoffnungen machen. Dieses Kapitel war abgeschlossen, und es würde keine Fortsetzung geben. Und natürlich war ihr klar, dass es schwer sein würde, mit ihm befreundet zu bleiben. Besonders wenn die Kluft so groß war wie zwischen ihnen. Man nahm sich zwar fest vor, nicht alle Brücken abzureißen, doch was übrig blieb, reichte meist nur zu einem verlegenen »Hallo«. So war das nun mal, wenn man sich nichts mehr zu sagen hatte. Es lag nicht in ihrer Macht.

Mit einer Büroklammer heftete sie einen kleinen Zettel mit der Aufschrift »Dringend« an ihre Pläne und legte sie auf den Schreibtisch von Hofers Sekretärin. Die würde schon wissen, was sie damit anfangen sollte. *Arme Sonja*, dachte sie. *An ihr bleibt vermutlich alles hängen.* An ihr und Mario, dem Küchenchef, mit dem sie bestimmt morgen früh wieder eine lebhafte Auseinandersetzung über ihre »Speisepläne« führen durfte.

Sie seufzte erlöst, als sie zu den Fahrstühlen ging. Die Büros waren um diese Zeit menschenleer, und sie genoss die Ruhe, als sie plötzlich ein Knarren hörte. Wie von einem Bürostuhl, dessen Lehne seit Jahren nicht geölt worden war. Es drang durch die geschlossene Tür von Hofers Büro.

Verwundert trat Sandra zu der Tür, klopfte zweimal verhalten an und lauschte gespannt. »Herr Hofer?«

Wieder das Quietschen, diesmal heftiger. Dann ein dumpfes Poltern, Schritte auf Teppichboden.

Sie zögerte einen Augenblick. Dann öffnete sie vorsichtig die Tür. Das Rollo vor dem großen Fenster war halb heruntergezogen. Auf dem Boden neben dem Schreibtisch lag eine umgestürzte Keramikfigur. Ein Arm war abgebrochen und lag neben dem Kopf. Der Computer war ausgeschaltet, doch auf dem Boden daneben lag ein aufgeklapptes Etui. Sie erkannte Werkzeug darin; einen Schrauber und verschiedene Steckaufsätze. Neugierig betrat Sandra das Büro. Ein schwacher Geruch von Aftershave hing in der Luft. Irgendjemand musste hier sein.

Aber es war niemand zu sehen.

Sie blieb vor der verkrüppelten Keramikfigur stehen und bückte sich, um sie aufzuheben. Dann vernahm sie hinter sich ein Geräusch.

Erschrocken fuhr sie herum und sah, wie eine verschwommene Gestalt auf sie zustürzte, die etwas Goldenes in der Hand hielt, das blitzschnell auf sie herabzuckte. Dann loderte Schmerz in ihrer linken Kopfhälfte auf. Tausende heißer Nadeln schienen sich in ihre Kopfhaut zu bohren, und eine warme Flüssigkeit lief ihre Wange hinab. Benommen taumelte sie einige Schritte rückwärts.

Dann überschlug sich die Welt um sie herum, und ihr Blick trübte sich zu groben Pixeln, die kurz darauf in tiefes Schwarz ausblendeten.

26

Es war spät geworden. Der Wind hatte etwas aufgefrischt und die schwüle Luft vertrieben, so dass der Abend nach der wochenlangen Hitze beinahe kühl war. Eine angenehme Kühle, wie beim Verlassen einer Sauna. Sven hatte den ganzen Tag nichts gegessen und Koschny auf der Heimfahrt zu einem kleinen Abstecher zu einem Imbiss im Ort überreden können.

Koschny saß im Auto und beobachtete Sven durch die hell erleuchtete Fensterfront des Ladenlokals. Der Besitzer unterhielt sich angeregt mit ihm, während er eine Rindswurst durch den Zerkleinerer schob und sie anschließend in Ketchup ertränkte.

Wahrscheinlich sind ihm die Pommes ausgegangen, und er hat das Bedürfnis, sich bei jemandem auszuheulen, dachte Koschny, dessen Empfänglichkeit für derart banale Konversation für die nächste Zeit erschöpft war. Er war müde und gereizt. Die Nacht auf Svens Couch hatte ihm arg zugesetzt, und er freute sich auf sein Bett in seinen eigenen vier Wänden. Im Moment wollte er nur noch schlafen. Aber vor allem wollte er weg, weg von diesen eigenwilligen Menschen und aus dieser gottverlassenen Gegend, wo die Straßen nicht nach Berühmtheiten, sondern nach ihrem botanischen Umfeld benannt wurden.

Es dauerte fast zehn Minuten, bis Sven zurückkam. In der Hand hielt er eine weiße Pappschale mit undefinierbarem rotem Inhalt.

»Passen Sie bloß auf damit«, warnte Koschny gereizt, noch bevor Sven richtig eingestiegen war. »Und knallen Sie die Tür nicht immer so fest zu. Sie fällt von ganz allein ins Schloss.«

»Regen Sie sich ab, Koschny«, erwiderte Sven, nachdem er missmutig gehorcht hatte. »Das ist schließlich nur ein Auto.«

»Nein«, widersprach Koschny. »Das ist nicht einfach nur ein Auto, das ist ein *Mercedes*.«

Sven sah mit gespielter Ehrfurcht von seinem Essen auf. »Ich werde mich respektvoll daran erinnern, wenn ich das nächste Mal kotzen muss.«

Koschny schüttelte verständnislos den Kopf. »Dieser Wagen hat etwas, das Sie nie besitzen werden.«

»Was denn? Starallüren?«

»Nein, Sie Prolet, ich rede von Klasse und Eleganz.«

»Wenn das bedeutet, dass ich mich nicht hinter teuren Symbolen verstecke, dann haben Sie wohl recht.«

»Ich verstecke mich nicht«, wehrte Koschny barsch ab.

Sven sah ihn verwirrt an. »Wovon zum Teufel reden wir hier eigentlich? Hab ich irgendetwas falsch gemacht?«

»Ach, vergessen Sie's. Ich bin einfach nur müde.«

»Hier.« Er hielt dem anderen die Pappschale entgegen. »Sie haben sicher bloß Hunger.«

Koschny verzog angeekelt das Gesicht. »Kein Hunger der Welt könnte mich dazu bewegen, diesen Müll in mich hineinzustopfen. Damit würde ich nicht mal einen Hund füttern.«

»Wie Sie meinen.« Gierig schlang Sven einen Bissen herunter. »Ich dachte nur, es würde Sie aufbauen.«

»Nach den letzten beiden Tagen wären dazu wohl nur ein ausgiebiges Bad und eine Rasur in der Lage. Gestern diese unsägliche Odyssee durch die Kaschemmen dieser Einöde und heute Fahrbereitschaft bei dreißig Grad im Schatten. Und als krönenden Abschluss ein Besuch in Jensens Stammkneipe. Da drin sind Gestalten rumgelaufen, die vermutlich nur nachts rauskommen, weil sie bei Tage in der Sonne verglühen. Was steht morgen an, ein Besuch im Zoo?«

»Sie halten sich wohl für was Besonderes«, knurrte Sven. »Kommen Sie endlich runter von Ihrem arroganten Großstadtgehabe. Damit machen Sie sich hier garantiert keine Freunde.«

»Wer sagt denn, dass ich hier Freunde haben will?«, gab Koschny müde zurück.

»Niemand hat Sie gezwungen, sich hier aufzuhalten.«

»Ja, ja, schon gut. Lassen Sie uns diesen Tag friedlich beenden. Also, was machen wir als Nächstes?«

»Warten«, antwortete Sven mit vollem Mund. »Das ist im Moment alles, was wir tun können. Zumindest in einem Punkt hat sich Milenz' Aussage bestätigt. Und ich bin sicher, dieser Fettsack, an den sich auch Jensens Stammwirt erinnern konnte und der laut seiner Aussage Jensens kompletten Deckel übernommen hat, gehört eher in Untersuchungshaft.«

Das Heulen einer Sirene näherte sich. In der zunehmenden Dämmerung, die sich wie dunkler Rauch in den engen Straßen niederließ, sah Sven Blaulicht aufblitzen. Dann entfernte sich das Heulen wieder und verhallte schließlich.

»Ein Krankenwagen«, mutmaßte Sven.

»Ich dachte, bei euch wäre es so ruhig und friedlich.«

»Ja, das dachte ich auch«, seufzte Sven und stocherte nachdenklich in seiner Pappschale herum. »Ich frage mich, woher er das gewusst hat?«

»Von wem reden Sie?«, fragte Koschny.

»Der Anrufer von heute Nachmittag. Er hat gesagt, wir hätten den Falschen verhaftet.«

»Na und?«

»Aber wie konnte er von der Verhaftung wissen? Das Ganze war doch gerade mal drei Stunden her, und wir hatten keine Pressemeldung herausgegeben.«

Koschny beugte sich zu ihm herüber und öffnete das Handschuhfach. Dank der Innenbeleuchtung konnte man den kleinen schwarzen Kasten darin erkennen. Koschny drückte den breiten Knopf an der linken Seite. Mehrere Dioden leuchteten auf, und abermals ertönte das krächzende Rauschen vom Nachmittag aus den Schlitzen des eingebauten Lautsprechers. »Was glauben Sie, woher die Presse ihre Informationen hat? Vom Weihnachtsmann? Damit höre ich sämtliche Polizeifunkfrequenzen ab, und zwar glasklar. Solche Scanner können Sie für ein paar Euro bei jedem Internetshop bestellen. Wir leben schließlich im Kommunikationszeitalter.«

»Ich frage lieber nicht, ob Sie eine Genehmigung dafür haben.« Sven drückte einen der Speicherknöpfe neben dem Display. Ein scharfes Knacken ertönte. Dann Stimmen. Kurze, abgehackte Sätze im knappen Funkjargon. Es ging um einen Verkehrsunfall. Ein Streifenwagen wurde an die Unfallstelle beordert. Kurz darauf die Bestätigung: *»Verstanden. Mosel drei an Zentrale, wir übernehmen.«* Sven drückte weiter. Meldungen über randalierende Jugendliche, einen betrunkenen Unfallflüchtigen (dessen Festnahme vor seinem Haus kurze Zeit später bestätigt wurde) und ein angeblicher Einbruch in einem Büro ganz in der Nähe, bei dem es eine Verletzte gegeben habe. Eine Streife war bereits vor Ort. Zwei weitere Beamte der Kripo wurden angefordert. Der Notarzt wäre bereits verständigt. Wieder die Bestätigung. Dann stockte Sven der Atem, als die Stimme des Streifenpolizisten sich die Adresse bestätigen ließ. *»… Das Büro im obersten Stock.«*

Ein unangenehmer Druck machte sich in Svens Magen bemerkbar. *Im obersten Stock*, hämmerte die mechanische Stimme in seinem Schädel, und beinahe hätte er die kleine Plastikgabel entzweigebissen, die wie ein bunter Zahnstocher aus seinem Mund ragte.

»FAHREN SIE LOS!«, brüllte er wie von Sinnen. Koschny schreckte zusammen. »WORAUF WARTEN SIE NOCH? FAHREN SIE ENDLICH LOS!«

Hastig startete Koschny den Motor.

27

Der Parkplatz des Altenheims war hell erleuchtet. Zwei Polizeiwagen standen quer zu dem Krankenwagen, der mit offenen Hecktüren vor dem Eingang parkte. Blaulicht huschte über die dunkle Fassade, und obwohl die Sirene verstummt war, hatte das Bild nichts von seiner Bedrohlichkeit verloren.

Sven riss die Tür des Mercedes auf, bevor der Wagen zum Stehen gekommen war. Die Gedanken überschlugen sich in seinem Kopf. *Nicht auch noch Sandra*, flehte er stumm, in der stillen Hoffnung, dass es doch etwas oder jemanden gab, der über alles wachte.

Er rannte die Stufen zum Eingang hinauf, hielt dem Streifenpolizisten an der Tür flüchtig seinen Dienstausweis hin und hastete an der leeren Rezeption vorbei zu den Aufzügen. Es schien eine Ewigkeit zu dauern, bis ein Fahrstuhl kam, und er überlegte schon, ob er nicht die Treppe nehmen sollte. Koschny, der wie immer Schwierigkeiten hatte, mitzuhalten, war etliche Meter hinter ihm. Er schaffte es gerade noch, in die Kabine zu schlüpfen, und war noch immer außer Atem, als sich die Tür kurz darauf im fünften Stock öffnete und die Sicht auf das Vorzimmer der Büros freigab.

Die folgenden Sekunden erlebte Sven wie in einem surrealen Traum, in dem Farben zugleich greller und diffuser wirkten. Er sah den Schreibtisch der Sekretärin, an deren gewinnendes Lächeln er sich gut erinnerte. Er sah zwei Schwestern in weißen Kitteln, die aufgeregt mit einem Pfleger tuschelten, die Bürotür hinter ihnen, auf deren gähnende Öffnung er zuhastete. Er sah die Trage in der Mitte des Raumes, den Sanitäter. Den Notarzt, der neben der Trage kniete und mit einer kleinen Stablampe in zwei grüne Augen leuchtete. Und er sah die Angst in diesen Augen. Trotzdem beruhigte ihn diese Angst, denn sie zeugte von Bewusstsein, von Leben.

Ja, sie lebte.

Sandra lag mit bandagiertem Kopf stumm da, die Hände auf dem Bauch gefaltet, aber sie lebte! Langsam wurde die Szene um ihn herum wieder real, und er konnte wieder bewusst am Geschehen teilhaben, wurde vom Beobachter zum Mitspieler. Das Erste, was er registrierte, war seine eigene Stimme, die das Schweigen zerplatzen ließ wie einen Ballon.

»Sandra!« Er merkte, dass er schrie. »Was ist mit ihr?«, fragte er gefasster.

»Keine Angst«, beschwichtigte der Arzt. »Sie hat einen Schlag auf den Kopf bekommen. Keine Schädelfraktur, nur eine Platzwunde und eine Gehirnerschütterung. Sie hat Glück gehabt. Wir bringen sie für ein paar Tage ins Krankenhaus, zur Beobachtung, aber ich denke, ein paar Stiche und etwas Ruhe, und sie ist wieder wie neu.«

»Wer sind Sie überhaupt?«, fragte einer der Polizisten, die im Raum standen.

»Schon gut«, stöhnte Sandra benommen von ihrer Trage. »Er ist ein Kollege von Ihnen. Und außerdem mein Mann.« Bei dieser etwas zwiespältigen Umschreibung ihrer momentanen Beziehung verkrampfte sich Svens Magen schmerzhaft.

»Becker, Kripo Koblenz.«

»Wie kommt's, dass ihr so schnell hier seid? Wir haben euch doch erst vor ein paar Minuten angefordert.«

»Ich wohne hier in der Nähe und ... und habe zufällig über Funk davon erfahren«, vollendete er den Satz nach kurzem Zögern. »Was genau ist eigentlich passiert?«

»Jemand ist in das Büro eingedrungen und hat sich am Computer zu schaffen gemacht. Ihre Frau muss ihn überrascht haben. Er hat ihr eins mit dem Briefbeschwerer verpasst. Eine von den beiden Schwestern draußen hat sie gefunden.«

»Na, großartig«, schnaufte Sven und drehte sich zu Sandra um, die ihn unsicher betrachtete. Eigentlich hätte er erleichtert sein müssen. Doch zu seiner Überraschung wurde er wütend. Er wusste nicht, woher diese plötzliche Wut kam, die wie Fieber in ihm aufstieg. Und er wusste auch nicht, worüber er wütender war: über den Umstand, dass etwas geschehen war, worauf er keinen Einfluss nehmen konnte, oder über die kaltherzige Routine, mit der damit umgegangen wurde.

»Herrgott, du könntest tot sein!«, schrie er. »Ich habe mir deinetwegen schreckliche Sorgen gemacht. Nennst du das etwa *auf dich aufpassen*?«

Sandra rang benommen nach Luft. »Das ist mal wieder typisch«, stöhnte sie und sah zu ihm hinauf, während der Arzt ihren Kopf fertig bandagierte. »Du tust mal wieder so, als ginge es nur um dich.«

»Was ...? Aber ...«

»Vielleicht sollten sie *dich* mitnehmen«, fuhr sie mühsam fort, »dann könntest du deine Selbstsucht auskurieren.«

Einen Moment lang war Sven wie gelähmt. Er verstand die Welt nicht mehr. Vermutlich hatte er sie noch nie verstanden.

»Ich bin so weit.« Der Arzt gab den beiden Sanitätern ein Zeichen, die daraufhin die Trage anhoben, so dass das Rollengestell ausklappte.

»Wo bringen Sie sie hin?«, fragte Sven, der sich wieder gefangen hatte.

»Nach Koblenz ins Stift-Hospital. Ich will sie röntgen und noch ein paar Untersuchungen machen lassen. Sie hat einen ziemlichen Schlag abbekommen.«

»Aber Sie haben doch gerade gesagt …«

»Ich will nur sichergehen«, beruhigte der Arzt ihn.

Sven sah den Männern nach, bis sie mit der Trage im Aufzug verschwunden waren.

Koschny trat zu ihm und klopfte ihm auf die Schulter. »Alle Achtung«, meinte er und wischte sich den Schweiß von der Stirn. »Sie können wirklich gut mit Frauen.« Dann schlich er neugierig um den Schreibtisch herum.

»Fassen Sie ja nichts an«, knurrte Sven.

Unbeeindruckt zog Koschny eine Schublade auf.

Sven hob resigniert die Arme. »Spreche ich in einer anderen Sprache oder was? Ich hab doch gerade gesagt, Sie sollen nichts anfassen!«

»Keine Bange. Ich glaube nicht, dass Sie hier Fingerabdrücke finden werden.«

»Ach, und wie kommt Ihr geschulter Verstand zu dieser Annahme?«

»Weil der Einbrecher hier anscheinend mehr Glück hatte als bei Ihnen. Sehen Sie.«

Sven trat neben ihn und betrachtete den Computer, der in einer Halterung unter dem Schreibtisch angebracht war. Die seitliche Abdeckung war entfernt worden und gab die Sicht ins Innere des Gehäuses frei.

»Er hat die Festplatte ausgebaut«, stellte Koschny fest.

»Wollte wohl keine Zeit verlieren und auf Nummer sicher gehen. Wer so vorgeht, der ist meistens clever genug, nicht überall seine Visitenkarte rumliegen zu lassen.«

»Spuren gibt es immer«, widersprach Sven.

»Ja, so wie bei Ihnen zu Hause, nicht wahr?«

Ja, dachte Sven. *Was mich immer mehr daran zweifeln lässt, dass wirklich jemand bei mir eingebrochen ist.* Er musterte Koschnys verschwitztes Gesicht, dessen Fassade er nach wie vor nicht zu durchschauen vermochte.

»Interessiert es Sie denn gar nicht, wonach er gesucht hat?«, fragte Koschny.

»Sagen Sie's mir. Sie wissen doch sonst immer alles.«

Koschny öffnete eine weitere Schublade und wühlte vorsichtig darin herum. »Nun ja«, meinte er, »wenn ich an die CD denke, von der Sie erzählt haben, dürfte es sich bei den entwendeten Dateien wohl um Daten aus diesem Projekt gehandelt haben.«

»Bravo! Einhundert Punkte, Schlaumeier.«

»Allerdings frage ich mich, weshalb Ihre Leute diesen Laden hier dann nicht längst auseinandergenommen haben.«

Weil es offensichtlich jemanden gibt, der über genügend Einfluss verfügt, um dies zu verhindern, dachte Sven, behielt es aber für sich. »Kommen Sie, Koschny«, drängte er stattdessen. »Die Kollegen werden jeden Moment hier sein, überlassen wir denen die Detektivarbeit. Ich fordere gleich morgen den Bericht an, dann sehen wir weiter.«

»Geben Sie immer so schnell auf?«, wollte Koschny wissen und durchwühlte eine dritte Schublade.

»Nur wenn ich todmüde bin«, entgegnete Sven.

»Wie ist der Kerl überhaupt hier reingekommen?«, überging Koschny diese Bemerkung. »Immerhin sind wir im fünften Stock. Das Fenster fällt somit aus.«

»Die Büros sind offen«, schaltete sich der Streifenbeamte ein. »Die beiden Schwestern sagen, die Sekretärin hat gegen vier Uhr Feierabend. Danach ist nur noch das Führungspersonal hier oben und gelegentlich die Leute vom Reinigungsdienst.«

»Mit anderen Worten, hier ist ständig Tag der offenen Tür.«

»Ja«, sagte der Polizist. »Personal, Angehörige, Patienten … jeder könnte hier rein.«

»Gibt es hier denn nicht so etwas wie eine Besucherliste?«, erkundigte sich Koschny.

»Das ist ein Altenheim und kein Gefängnis. Hier muss man sich nicht anmelden.«

»Ja, sieht ganz so aus.« Koschny blickte zu Sven hinüber, der müde an einem Stuhl lehnte. »Glauben Sie, es war Hofer?«

»Der würde ja wohl kaum in sein eigenes Büro einbrechen«, meinte Sven skeptisch.

»Von Einbrechen kann wohl kaum die Rede sein.« Koschny zog ein Adressbuch aus der Schublade und blätterte darin herum.

Augenblicklich wurde Sven auf die Broschüre aufmerksam, die unter dem Adressbuch zum Vorschein kam. Das kreisrunde Logo darauf sprang ihm sofort ins Auge. »Was zum …?«, stieß er hervor und griff energisch nach dem Heft in der Schublade. Wie versteinert starrte er auf den dunklen Umschlag.

»Was ist?«, fragte Koschny gespannt. »Ist das etwa diese …?«

»Ja«, murmelte Sven geistesabwesend.

»Hmm«, meinte Koschny. »Zwei Einbrüche, zwei Hinweise. Da will aber jemand ganz sichergehen.«

Sven starrte die Broschüre noch einige Sekunden lang an, während die verschiedensten Gedanken durch seinen übermüdeten Verstand kreisten. Legte es tatsächlich jemand darauf an, ihn in die Irre zu führen? Wenn ja, wo zum Teufel war dann die Verbindung?

Er war zu müde, um nach Antworten zu suchen. Was er jedoch mit Sicherheit sagen konnte, war, dass ihn der Anblick dieses Logos unsagbar wütend machte. Schließlich legte er die Broschüre auf den Schreibtisch. »Gehen wir«, sagte Sven.

»Moment noch.« Koschny deutete auf einen Eintrag in dem Adressbuch. »Hier steht der Name eines Arztes: Professor Dr. Manfred Staude, Secours-Klinik, Frankfurt. Sagt Ihnen das was?«

Svens Lider kämpften verzweifelt gegen die Schwerkraft an, als er aus den Tiefen seiner Gedankenwelt emportauchte und Koschny vorwurfsvoll ansah. »Klar«, meinte er spöttisch. »Mit dem war ich erst gestern zum Golfspielen verabredet. Leider ist ihm eine Gallenblase dazwischengekommen ... Zum Teufel, woher soll ich wissen, wer das ist?«

»Soviel ich weiß, ist die Secours eine angesehene Privatklinik.« Koschny notierte sich den Namen und die daneben stehende Telefonnummer. Dann schloss er die Schublade.

Koschny stöhnte, als sie wieder bei seinem Mercedes angekommen waren. »Was für ein Tag«, meinte er und entriegelte mit der Fernbedienung die Wagentüren. »Ich bin froh, dass er vorbei ist.« Dann schaute er zweifelnd zu Sven hinüber, der noch immer vor sich hin grübelte. »Er ist doch vorbei, oder?«

»So sicher wie meine Ehe«, bestätigte Sven müde.

»Wenigstens ist Ihrer Frau nichts Ernsthaftes passiert.

Das müsste diesen Tag für Sie doch ein bisschen aufwerten.« Koschny lächelte. Es war ein aufrichtiges, unvoreingenommenes Lächeln. Und diese Unvoreingenommenheit war es, die Sven an Dennis denken ließ. Genau wie er schien auch Koschny mit der beneidenswerten Gabe ausgestattet zu sein, in jeder Katastrophe etwas Positives zu entdecken. Es war schon merkwürdig, durch wen man gelegentlich an das Gute im Menschen erinnert wurde.

»Ja, Sie haben recht.«

»Das habe ich meistens, falls es Ihnen noch nicht aufgefallen ist«, erwiderte Koschny und stieg in den Wagen.

Sven verzog mürrisch das Gesicht und wollte ihm gerade folgen, als er die umgekippte weiße Pappschale auf dem Boden vor dem Beifahrersitz entdeckte. Ein zäher roter Brei quoll darunter hervor und war dabei, eine unauflösliche Verbindung mit dem grauen Teppichboden einzugehen.

»Ist das …?«, fragte Koschny wie unter Schock und deutete auf die Schale im Fußraum. »Nein, das ist doch nicht … Das *kann* nicht …!«

»Ich fürchte doch«, entgegnete Sven kleinlaut. »Das muss mir vorhin in der Aufregung passiert sein, als ich …«

»Raus«, zischte Koschny.

»Wie bitte?«

»Ich sagte, *raus.*«

»Kommen Sie, das kann doch nicht Ihr …«

»RAUS!«, brüllte Koschny.

Sven wäre beinahe mit dem Fuß umgeknickt, als er der Forderung eilig nachkam. »Und wie komme ich jetzt nach Hause?«

»Wenn Sie Glück haben«, fauchte Koschny durch die offene Tür zurück, »kommt ein städtischer Müllwagen vorbei, der Sie mitnimmt. Dann können Sie sich mal so richtig austoben. Die Jungs sind einiges gewohnt!« Der Motor heulte auf. »Ich schwöre Ihnen, ich besorge mir eine einstweilige Verfügung, dass Sie sich diesem Auto nicht mehr als dreißig Schritte nähern dürfen, bevor Sie nicht stubenrein sind.« Mit quietschenden Reifen schoss der Wagen los; die Beifahrertür wurde vom Schwung zugeschlagen.

»Hören Sie«, rief Sven verzweifelt, »ich zahle Ihnen die Reinigung, okay?«

Nach einigen Metern hielt der Mercedes abrupt an, worauf Sven wieder Hoffnung schöpfte, doch noch ohne allzu große Anstrengungen in sein Bett zu kommen. Doch es wurde nur das Fenster heruntergelassen, und die Pappschale flog in hohem Bogen heraus und klatschte auf den Asphalt des Parkplatzes. Dann rauschte der Mercedes davon.

»Wissen Sie was?«, brüllte Sven ihm nach. »Sie und Ihr Auto *KÖNNEN MICH MAL*!«

Es schien Tage zu geben, die niemals enden wollten.

Wutschnaubend drehte er sich um und erblickte den Streifenpolizisten, der immer noch vor dem Eingang des Altenheims stand wie ein Wachposten vor einer Kaserne und ihn amüsiert betrachtete. Erst jetzt erkannte Sven, dass es derselbe junge Beamte war, der ihm am Fundort von Jensens Leiche den Weg versperrt hatte.

»Könntet ihr mich nachher vielleicht mitnehmen, wenn ihr hier fertig seid?«, fragte Sven den jungen Mann resigniert.

»Klar«, erwiderte der und grinste. »Wir sind ja schließlich da, um zu helfen.«

»Na großartig«, seufzte Sven und machte es sich auf den harten Stufen bequem.

Als er eine endlose Stunde später vor seiner Wohnung abgesetzt wurde, war er so müde, dass er fast im Stehen eingeschlafen wäre. Er schleppte sich am Bad vorbei ins Schlafzimmer und warf noch einen kurzen Blick auf die dunkle Landschaft vor seinem Fenster, die wie eine friedvolle Oase auf ihn wirkte.

Nur ein Trugbild, dachte er, *eine Täuschung. Das da draußen ist nur eine Scheinwelt, in die du dich zurückziehst und in der du dich in Sicherheit glaubtest. Du flüchtest dich in diese ländliche Idylle und denkst tatsächlich, so all deinen Ängsten entkommen zu können. Aber vor der Dunkelheit kann man sich nicht verstecken, und sie macht ganz sicher nicht vor ein paar bewaldeten Hügeln und kleineren Dörfern halt. Es kommt nicht auf die Verpackung an, sondern auf den Inhalt. Und du solltest endlich akzeptieren, dass auch du ein Teil davon bist.*

Während ihm diese Gedanken durch den Kopf gingen, verlor die Illusion ländlicher Geborgenheit mehr und mehr von ihrer Magie, und er vermutete hinter jedem Baum einen Abgrund, glaubte hinter jedem Busch ein Unheil zu spüren. Krachend ließ er den Rollladen hinunter. Für heute wollte er von der Welt da draußen nichts mehr wissen, und er ließ den Gurt erst wieder zurückschnappen, nachdem sich auch die letzte Lamelle geschlossen hatte. Dann dachte er besorgt an Sandra. Daran, wie sie reglos auf der Trage gelegen hatte. An die Bandagen um ihren Kopf, unter denen ihr feines Haar hervorquoll, verkrustet von ihrem eigenen Blut.

Ob es ihr wohl gut geht?, fragte er sich mit brummendem Schädel, während er erschöpft in sein leeres Bett kroch. Nach dem, was sie ihm alles an den Kopf geworfen hatte, ging es ihr vermutlich wieder prächtig. Aber lag sie damit wirklich so falsch? War es vielleicht nicht die Angst um *sie* gewesen, die ihn dorthin geführt hatte, sondern die Angst davor, abermals jemanden zu verlieren, wieder um jemanden trauern zu müssen? Mit Bestimmtheit wusste er nur, dass er jetzt, *in diesem Moment*, an sie dachte, weil er sich um sie sorgte. Und seine Sorge war aufrichtig, denn sie allein hielt ihn noch wach.

Erschöpft griff er neben sich auf den kleinen Nachtschrank und betrachtete das kleine Informationsheft der Kirchengemeinde, das Sandra ihm nach Dennis' Tod gegeben hatte. Und je länger er es betrachtete, desto mehr wuchs seine Verwirrung. Aber auch seine Zweifel.

Nachdem er eine Weile darüber gegrübelt hatte, schlief er schließlich ein. Das Heft hielt er noch immer in den Händen.

Es war die gleiche Broschüre wie die, die er in Hofers Büro gefunden hatte.

28

Die nächsten Tage bestanden aus Warten. Auf die Ergebnisse chemischer Tests und Analysen. Auf unverständlich formulierte Berichte, auf weitere Hinweise oder Spuren. Auf Antworten und auf neue Fragen.

Sven hatte schon mehrmals mit dem Labor telefoniert und jedes Mal dieselbe Auskunft erhalten: So etwas dauere eben seine Zeit, und er wäre nicht der Einzige, der auf Ergebnisse warte. Man hätte alle Hände voll zu tun, und er müsse sich gedulden. Beim vierten Mal klang es allerdings nicht mehr so freundlich.

Um die Wartezeit zu verkürzen, begann er Erkundigungen über die Freie Christliche Gemeinde Koblenz einzuholen. Wie sich herausstellte, hatte die Glaubensgemeinschaft sogar eine eigene Internetseite, auf der sie für eine weltoffenere Form des Glaubens warb. Auch Fotos des Gebäudes, in dem sie ihren Gottesdienst abhielten, und Bilder ihrer Versammlungen und einiger Mitglieder waren dort zu finden. Darunter auch das Foto ihres Gründers, den Sven den Prediger nannte. Sein richtiger Name war Robert Brinkmann. Wie Sven seiner Vita entnehmen konnte, war er Unternehmer gewesen, bevor er sich ganz seinem Glauben gewidmet hatte. Er hatte einige Jahre in den USA gelebt und dort für verschiedene freie Glaubensgemeinschaften gearbeitet. Dies hätte ihn dazu bewogen, in seiner Heimat eine eigenständige Gemeinde zu gründen und das Wort Christi ohne die dogmatische Bindung und Hierarchie der Kirche zu verbreiten, hieß es in dem Text. Sven ließ Brinkmanns Namen durch verschiedene Datenbanken laufen, fand jedoch nicht einmal ein Verkehrsdelikt. Auch über die Gemeinde selbst konnte er nichts Auffälliges in Erfahrung bringen. Sie gehörte dem Bund freikirchlicher Gemeinden an und leistete nachweislich viel karitative Jugend- und Kinderarbeit. Sven war erstaunt, wie viele solcher freien Gemeinden in Deutschland existierten. Es gab also eigentlich nichts Verwerfliches daran. Sandra würde sich kaum mit diesen Leuten einlassen, wenn dort etwas nicht mit rechten Dingen zuging. Allerdings war sie durch ihren Glauben auch ziemlich verblendet. Immer wieder rief Sven sich die Schlagzeilen über den Kindesmissbrauch in kirchlichen Einrichtungen ins Gedächtnis, die in den letzten Monaten immer wieder in den Medien aufgetaucht waren. Er musste einfach sichergehen.

Schließlich rief er im Krankenhaus an und ließ sich die Durchwahl von Sandras Zimmer geben. Anfangs schwebten seine Finger unschlüssig über den Tasten.

Du hast die Hosen voll. Vier Jahre Ehe, und jetzt traust du dich nicht mal, sie anzurufen, aus Angst, du könntest wieder eine Abfuhr bekommen.

Ja, er hatte Angst. Angst davor, wieder auf dieses Schweigen zu stoßen, auf diese stumme Unnahbarkeit, die sich seit dem Ende ihrer Beziehung zwischen sie gedrängt hatte. Und er hatte Angst, dadurch ihre Freundschaft zu zerstören, die ihm in diesem Moment unvorstellbar wertvoll erschien.

Das Leben schien plötzlich nur noch aus Ängsten zu bestehen.

»Das ist doch lächerlich«, wies er sich selbst zurecht und wählte schließlich die Nummer. Schon nach dem zweiten Läuten meldete sie sich. Es ginge ihr den Umständen entsprechend gut, meinte sie. Man habe keinerlei Frakturen festgestellt, und sie habe nur eine Gehirnerschütterung. Die Wunde werde genäht, und in ein paar Tagen dürfe sie wieder nach Hause.

»Das hört sich gut an«, sagte Sven erleichtert, um gleich wieder ernst zu werden. »Hör zu«, sagte er und holte tief Luft, »du musst mir eine Frage beantworten.«

»Eine Frage?«, wiederholte sie skeptisch.

»Ja, aber ich will nicht, dass du gleich wieder ausflippst und tagelang sauer auf mich bist, okay? Es ist wirklich nur eine harmlose Frage.«

»Verstehe, es geht wieder um das Altenheim.«

»Eigentlich nur indirekt.« Er hörte sie seufzen.

»Also gut, schieß los.«

»Erinnerst du dich noch an diese Broschüre, die du mir bei deinem letzten Besuch gegeben hast?«

»Natürlich«, sagte sie so neutral wie möglich. »Das ist die offizielle Broschüre unserer Gemeinde.«

»Hast du die auch anderen gegeben?«

»Ja, wir verteilen sie eigentlich überall.«

»Was ist mit Hofer?«

Eine kurze Pause. »Nein, dazu bestand nie Anlass. Die alten Leute dort hätten unsere Gemeinde ohnehin nicht besuchen können. Außerdem weißt du ja, wie ich darüber denke, Privates und Geschäftliches zu trennen.«

»Und wie steht's mit den anderen Mitgliedern von eurem Verein?«

»Wir sind kein *Verein*«, wehrte sie ein wenig zu aufgebracht ab.

»Ja, ja, schon gut«, beschwichtigte Sven, »du weißt schon, was ich meine.«

»Nein, das kann ich mir nicht vorstellen. Ich bin die Einzige aus dieser Gegend. Die anderen kommen alle aus Koblenz und Umgebung.«

»Du könntest dir also nicht erklären, wie eine von diesen Broschüren in Hofers Büro gekommen ist?«

»Nein«, sagte sie nach kurzer Bedenkzeit.

Sven bedankte sich und versprach, sie bei nächster Gelegenheit zu besuchen und ihr alles zu erklären. Dann legte er auf und trat ans Fenster seines Büros. Das drückende Gefühl wurde immer stärker, legte sich wie schwere Ketten um seine Brust. Anscheinend hatte Koschny tatsächlich recht. Jemand versuchte ihn zu ködern, ihn auf eine falsche Fährte zu locken und seine Wut weiter anzustacheln, bis er einen Fehler machte und wieder einmal den Falschen verhaftete. Und so etwas tat man in der Regel nur, um von etwas anderem abzulenken. Das aber setzte voraus, dass der Betreffende einiges über ihn wusste. Das Gefühl, beobachtet zu werden, nahm plötzlich beängstigende Ausmaße an. Und während sein Blick über die Straße huschte, fragte er sich, ob er unbewusst Ausschau nach einem dunklen BMW hielt.

Am vierten Tag versuchte Sven gar nicht, noch einmal im Labor anzurufen. Wenn die Ergebnisse vorlägen, hätte er sie bereits auf dem Tisch, und sei es nur, damit die Laboranten endlich Ruhe vor ihm hatten. Stattdessen studierte er seinen Terminkalender.

Heute Vormittag standen eine Dienstbesprechung in Rößners Büro und ein Besuch auf dem Schießstand an. Er musste den jährlichen Nachweis erbringen, dass er ein paar Löcher in eine Pappscheibe schießen konnte. Zum Glück hatte die Dienstwaffe an seinem Gürtel bis jetzt nur dazu gedient, ihn beim Sitzen zu drücken. Er hatte sie nie gegen einen Menschen richten müssen (obwohl er bei einigen versucht war, genau das zu tun). Doch wenn die Situation es erforderte, wäre er dazu in der Lage. Zumindest glaubte er das.

Rasch sammelte er noch ein paar Unterlagen für die Besprechung zusammen, als er den kleinen Umschlag auf seinem Schreibtisch bemerkte, der an ihn adressiert war. Zuerst dachte er sich nichts dabei, hielt es für eine der internen Mitteilungen, die zuhauf auf seinem Schreibtisch landeten und so lebenswichtige Informationen enthielten wie die geänderten Öffnungszeiten der Kantine. Aber dieser Umschlag war anders. Er wirkte irgendwie förmlicher. Er nahm ihn in die Hand und betrachtete ihn prüfend, bevor er ihn öffnete.

Jemand wollte sich mit ihm treffen. Jemand, der sich offenbar für wichtig hielt. Ort und Zeitpunkt des Treffens waren exakt angegeben, wie bei jemandem, der es gewohnt war, einen strengen Terminplan einzuhalten. Er grübelte gerade über den Namen im Briefkopf nach, als King durch die Nebentür hereinkam.

»Der ist vorhin für dich abgegeben worden«, sagte er und deutete auf den Brief in Svens Hand, »von so einem Kerl in Anzug und Krawatte. Sah aus wie einer vom Geheimdienst. Legst du dich jetzt mit dem BND an?«

»Nein.« Sven brachte ein gezwungenes Lächeln zustande. »Nur der Anwalt von irgend so einem Typen, der mich auf Schadenersatz verklagt, weil ich ihm bei der Festnahme die Brille zerbrochen habe.« Er wusste selbst nicht, warum er log. Aber etwas sagte ihm, dass es besser war, solange er nicht genau wusste, was sich hinter diesem Treffen verbarg. Mit Dennis hätte er vielleicht darüber gesprochen, doch der war nicht mehr da. Selbst das gerahmte Foto seiner Eltern war verschwunden und damit der letzte Rest seiner Anwesenheit, die Sven noch bis vor kurzem als selbstverständlich empfunden hatte. Das Leben ging tatsächlich weiter, aber manchmal erschreckte es ihn, wie unbarmherzig schnell es voranschritt. Bald würde jemand anderes dort sitzen und versuchen, Dennis' Platz einzunehmen. Sven konnte sich nicht vorstellen, dass jemand das schaffen könnte. Doch er musste sich wohl oder übel damit auseinandersetzen, denn dies würde einer der Schwerpunkte in der anstehenden Besprechung sein.

»Liefern die ihre Schreiben jetzt schon persönlich aus?«, fragte King.

»Keine Ahnung«, entgegnete Sven. »Wahrscheinlich hatte er gerade hier zu tun.«

»Der Alte wartet auf uns. Kommst du?«

»Bleibt mir was anderes übrig?«

»Na ja, du könntest nach Irland auswandern und Schafe züchten«, meinte King ironisch.

»Bring mich nicht in Versuchung.« Sven faltete das Papier zusammen und schob es in die Hosentasche. Dann schaute er auf die Uhr. Die Besprechung war noch zu schaffen. Der Schießstand würde warten müssen.

Zwei Stunden später stellte Sven seinen Wagen auf einem der vielen Parkplätze entlang des Rheinufers ab. Die Besprechung hatte sich länger hingezogen als geplant, so dass er sie schließlich unter einem Vorwand vorzeitig hatte verlassen müssen. Der Verkehr war wie immer heftig gewesen, doch er hatte es gerade noch rechtzeitig zum angegebenen Treffpunkt geschafft. Jetzt schritt er den gepflasterten Weg hinunter auf das Wahrzeichen der Stadt zu. Ein paar Touristen standen am Rand des halbrunden Plateaus und bestaunten andächtig die Stelle, wo Rhein und Mosel ineinanderflossen, als wäre dieses unspektakuläre Ereignis ein biblisches Schauspiel. Ein Schiff trieb vorüber, und einige der Passagiere auf dem Deck winkten den Schaulustigen eifrig zu, die zurückwinkten.

Ein Stück von den Touristen entfernt entdeckte Sven einen hochgewachsenen Mann, der am Geländer lehnte und aussah wie ein Dichter, der auf eine rettende Inspiration hoffte. Sven kannte ihn aus Zeitungsberichten. Sein kurz geschorenes Haar wies am Hinterkopf eine kreisrunde kahle Stelle auf. Das dunkle Jackett blähte sich in einer Bö auf und flatterte wie ein loses Segel. Der Name des Mannes war Dr. Eberhard Kilian, und Sven fragte sich, worin er wohl seinen Doktor gemacht hatte.

Er ging auf ihn zu und trat neben ihn an die Brüstung.

»Sie sind pünktlich«, stellte Kilian fest, ohne den Blick von den winkenden Passagieren abzuwenden. »Eine Eigenschaft, die ich mehr und mehr vermisse.«

Sven lehnte sich über das Geländer. »Sagen wir eher, ich bin neugierig. Immerhin kommt es nicht jeden Tag vor, dass mir ein Mitglied des Stadtrates, das nebenbei auch Stellvertreter des Oberbürgermeisters ist, eine persönliche Nachricht zukommen lässt. Ich gehe mal davon aus, dass dieses Treffen nicht offizieller Natur ist.«

»Und was verleitet Sie zu dieser Annahme?«

»Die Tatsache, dass Sie mich nicht einfach in Ihr Büro gebeten haben.«

»Gefällt Ihnen etwa die Aussicht nicht? Ich könnte mir keinen besseren Ort für ein einigendes Gespräch vorstellen.«

Sven betrachtete ihn einen Augenblick lang unschlüssig. »Ach, und worin genau soll diese Übereinkunft bestehen?«

Kilian richtete sich auf und musterte Sven prüfend. »Gehen wir ein Stück.«

Sie schlenderten am Deutschen Eck entlang, vorbei an den Stufen des Podestes, auf dem die tonnenschwere Gestalt Kaiser Wilhelms I. stolz auf ihrem versteinerten Pferd dahintrabte.

»Was halten Sie von Politik?«, fragte Kilian, der die Hände auf dem Rücken verschränkt hatte und ebenso steif wirkte wie der überdimensionale Kaiser über ihren Köpfen.

»Ich war seit sechs Jahren nicht mehr wählen, falls Sie das meinen«, antwortete Sven.

»Darf ich fragen, weshalb?«

»Ich bin ganz einfach der Meinung, dass ein Kreuz auf einem Blatt Papier noch nie etwas Grundlegendes geändert hat.«

»Sie sind genau so, wie man Sie mir beschrieben hat.«

»Ach, und wie beschreibt man mich?«

»Man sagt, Sie haben Probleme damit, sich unterzuordnen.«

»So, sagt man das?«

»Ja. Es heißt auch, Sie handeln gern aus dem Bauch heraus und lassen sich zu oft von Ihren Gefühlen leiten.«

»Ich dachte, in Ihrem Geschäft gibt man nicht viel auf das Geschwätz anderer Leute.«

»Im Gegenteil«, erwiderte Kilian, »Leute wie ich leben von Meinungsumfragen.«

»Dann muss die Lebensspanne in Ihren Reihen ja ziemlich kurz sein.«

Er lachte. »Das mag schon sein, aber immerhin kann man in dieser Zeit auch einiges bewirken.«

»Sicher«, bemerkte Sven abfällig.

»Ihrer Antwort entnehme ich, dass Sie kein Freund politischer Interessen sind.«

»Ich bin ein Freund von Wahrheit und Gerechtigkeit«, entgegnete Sven. »Zwei Begriffe, die in der Politik nicht gerade Hochkonjunktur haben.«

»Trotzdem werden Sie mir zustimmen, dass es Leute geben muss, die diese Interessen vertreten. Letztendlich entscheidet der Wähler mit seiner Stimme. Das nennt man Demokratie.«

»Und welche Interessen verfolgen *Sie*?«, wollte Sven wissen.

»Zufriedenheit.«

»Alle Achtung. Sie müssen wirklich in Arbeit ersticken.«

Kilian zog ein Päckchen Zigarillos aus seinem Jackett und hielt sie Sven hin.

»Nein, danke«, lehnte dieser ab.

Kilian steckte sich einen Zigarillo an und steckte die Schachtel wieder ein. »Sehen Sie«, fuhr er sachlich fort, »seit Jahren versuchen wir vergeblich, neue Investoren hierherzulocken. Dafür fehlt uns aber nach wie vor das Potenzial. Koblenz ist zwar die drittgrößte Stadt dieses Bundeslandes, trotzdem hängt uns noch immer der Ruf einer Behördenstadt an. Es fehlen einfach die Fördermittel, um die Wirtschaft dieser Region auszubauen. Es wird zu viel verwaltet und zu wenig produziert. Wir sind also zu einem großen Teil auf die Hilfe von Firmen und privaten Geldgebern angewiesen, die uns in dieser Hinsicht unterstützen.«

»Und als Gegenleistung sehen Sie vermutlich nicht so genau auf Bestimmungen und Verordnungen.«

»Wie kommen Sie denn darauf?«

»Na, so läuft das doch üblicherweise, oder nicht? Eine Hand wäscht die andere.«

»Vereinbarungen beruhen nun einmal auf Gegenseitigkeit«, räumte Kilian ein. »Nur so ist ein funktionierendes System möglich. Auch Forschung und Wissenschaft haben ihre Position in den letzten Jahren gefestigt und sind heutzutage nicht mehr wegzudenken. Mit ihrer Hilfe können neue Märkte entwickelt werden. Und ich rede nicht von simplen Standortfragen oder Marketingstrategien. Was ich meine, ist die Suche nach etwas, das es noch nicht gibt, das aber jeder haben will. Ein Produkt, nach dem die Nachfrage quasi unbegrenzt ist und durch das wir das wirtschaftliche Einkommen dieser Region auf einen Schlag vervielfachen könnten. Ganz zu schweigen von der Publicity, die sie dadurch erhält.«

»Und Sie haben ein solches Produkt?«

»Ja, vielleicht«, sagte Kilian und betrachtete Sven mit hochgezogenen Augenbrauen. »Oder sagen wir besser, wir stehen in engem Kontakt mit jemandem, der in der Lage wäre, ein solches Produkt zu schaffen. Allerdings erfordert das einen hohen Zeitaufwand. Und Zeit ist in unserem Falle äußerst kostbar. Die Konkurrenz auf diesem Markt schläft nicht.«

»Und von welchem Markt genau sprechen Sie?«

Kilian setzte ein falsches Lächeln auf. »Ich habe Ihnen bereits mehr erzählt, als Sie eigentlich wissen dürften, daher sollten wir es bei dieser Information belassen.«

»Hm.« Sven senkte nachdenklich die Mundwinkel. »Und was hat das dann alles mit mir zu tun?«

»Sagen wir, ich will Ihnen helfen, die Dinge besser zu verstehen.«

Wenn das wirklich sein Anliegen war, tat er sein Möglichstes, es zu verschleiern. Doch vermutlich gehörte es zu den Eigenarten eines Politikers, in Rätseln zu sprechen.

»Wie ich hörte«, fuhr Kilian fort, »haben Sie in letzter Zeit eine Menge Pech gehabt, Herr Kommissar. Zuerst die Trennung von Ihrer Frau und dann der tragische Unfall Ihres Kollegen. So etwas kann einen schon aus der Bahn werfen.«

Sven hatte in den letzten Tagen eine Menge Umschreibungen für Dennis' Tod zu hören bekommen. Ihn als *Pech* zu bezeichnen war mit Abstand die widerlichste.

»Sie scheinen ja eine Menge über mich zu hören«, meinte er missmutig.

»Ich weiß eben gern, mit wem ich es zu tun habe. Bei Ihnen bin ich mir da allerdings nicht so sicher. Sie sind schwer einzuschätzen, Herr Kommissar. Ein Mann wie Sie könnte es in der Politik weit bringen.«

»Danke, ich habe schon einen Job.«

»Und machen Sie ihn gern, diesen Job?«

»Gelegentlich«, kam die zögernde Antwort.

»Das klingt nicht sehr überzeugend.«

»Alles hat seine Höhen und Tiefen.«

»Ich könnte da vielleicht etwas für Sie tun.«

Ihre Schritte verlangsamten sich, und schließlich blieben sie in der Nähe des Parkplatzes stehen, auf dem ein Reisebus zischend zum Stehen kam und weitere Touristen ins Freie entließ.

»Wie ich in Erfahrung bringen konnte«, sagte Kilian, »wird in Ihrem Haus demnächst eine leitende Position frei. Ich könnte meine Beziehungen spielen lassen.«

Sven sah seinem Gegenüber prüfend in die Augen. Was er dort fand, gefiel ihm nicht besonders. »Und was müsste ich dafür tun?«

»Nichts. Das ist die Bedingung. Ich will, dass Sie gar nichts tun. Lassen Sie alles, wie es ist, und hören Sie auf, die Dinge unnötig zu komplizieren. Ich weiß, es ist Ihr Job, nach den Schuldigen zu suchen. Aber soviel ich weiß, haben Sie bereits einen. Also lassen Sie es dabei bewenden, und bald müssen Sie Ihr Büro nicht mehr mit jemandem teilen.«

Nun war alles klar. Keine Zweifel mehr, keine rätselhaften Phrasen. Das Vorspiel war beendet.

»Bestechung?« Svens Wangen glühten.

»Nein, eine Vereinbarung«, entgegnete Kilian. »Eine Hand wäscht die andere, erinnern Sie sich?«

Sven sah den Mann unverwandt an, dessen Absichten jetzt unmissverständlich waren. Doch er entdeckte noch etwas anderes in diesen Augen.

»Verstehe ich Sie richtig?«, fasste er zusammen. »Sie wollen, dass ich meine Nachforschungen in einem bestimmten Mordfall einstelle, und dafür bieten Sie mir eine leitende Stelle an?«

Kilian nickte.

»Milenz ist unschuldig.«

»Na und, wen interessiert das? Die Anwälte haben etwas, worüber sie streiten können, die Pressefritzen etwas, worüber sie schreiben können, und Sie haben eine Beförderung. Alle sind zufrieden, nicht wahr? Sie sehen, das Prinzip des Gebens und Nehmens beschränkt sich nicht nur auf die Wirtschaft.«

Sven wusste nicht, was er mehr an diesem Mann verachtete. »Hier geht es nicht um irgendwelche politischen Ziele, nicht wahr?«, fragte er und wandte den Blick nicht von Kilians angespanntem Gesicht. »Was für eine Schweinerei Sie auch im Schilde führen, sie wäre bestimmt keinen Mord wert, und kein noch so edles Motiv könnte mich dazu bewegen, so etwas vertuschen zu helfen.«

»Niemand will etwas vertuschen. Der Schuldige sitzt hinter Gittern.«

»Vergessen Sie's. Da mache ich nicht mit.«

»Ich wäre an Ihrer Stelle nicht so voreilig«, meinte Kilian beschwörend. »Sie sollten sich das gut überlegen, oder …«

»Oder was? Was könnte schlimmstenfalls passieren? Dass Sie und einige Ihrer Parteifreunde zurücktreten müssten und auf Kosten der Steuerzahler in den Vorruhestand geschickt würden?«

»Hier steht ein bisschen mehr auf dem Spiel. Vielleicht reicht es, wenn ich Ihnen sage, dass vielen Menschen dadurch geholfen werden kann.«

»Ihnen geht's doch nur darum, Ihren Kopf aus der Schlinge zu ziehen. Und leider gelingt das Kerlen wie Ihnen auch meistens. Aber bestimmt nicht mit meiner Hilfe.«

»Ich hätte Sie für klüger gehalten.«

»Ich bin froh, Sie enttäuscht zu haben«, gab Sven wütend zurück.

»Jetzt hören Sie mir mal zu«, schlug nun auch Kilian einen schärferen Ton an. »Ich werde nicht zulassen, dass Sie dieses Projekt gefährden. Ich habe zu viel dafür riskiert.«

»Wollen Sie mir etwa drohen?«, fragte Sven. »So viel Macht haben Sie nicht.«

»Unterschätzen Sie mich nicht«, warnte Kilian. »Ich habe einflussreiche Freunde.«

»Ja, Typen wie Sie haben immer einflussreiche Freunde. Ohne die wäre es Ihnen wohl auch kaum gelungen, die Fahndung nach Hofer einstellen zu lassen. Trotzdem sind Sie nur ein Handlanger dieser Leute. Langsam will ich gar nicht mehr wissen, was für eine Schweinerei ihr da plant. Ich will nur, dass das aufhört, und ich will die drankriegen, die darin verwickelt sind, und sei es nur, damit ich Leuten wie Ihnen nicht mehr in die Augen sehen muss. Und jetzt nehmen Sie Ihr Angebot und Ihre Drohungen und verschwinden Sie, bevor ich Sie wegen versuchter Bestechung verhaften lasse. Das dürfte Ihrer Karriere nicht sonderlich bekommen.« Er trat einen Schritt auf Kilian zu. »Und noch etwas:

Sollte ich herausbekommen, dass Sie irgendetwas mit dem Tod meines Kollegen zu tun haben, dann dürfte Ihre Karriere das Letzte sein, worüber Sie sich Sorgen machen müssen, haben wir uns verstanden?«

Kilians Blick wurde noch finsterer. »Das werden Sie noch bereuen, Herr Kommissar.«

»Kann ich mir nicht vorstellen«, gab Sven zurück.

Wutentbrannt wandte Kilian sich ab und stampfte davon. Sven sah, wie er zwischen den Touristen verschwand. Nur langsam beruhigte er sich und erfasste allmählich, was in den letzten zehn Minuten passiert war. Er hatte dem Stellvertreter des Oberbürgermeisters von Koblenz gedroht, ihn hinter Gitter zu bringen. Sicher, das allein hätte ihm keinerlei Gewissensbisse beschert. Einen Politiker bedroht zu haben, damit konnte er leben, zumal die gesellschaftliche Stellung eines Menschen ihn nie sonderlich beeindruckt hatte. Doch da waren die Augen dieses Mannes gewesen. Er hatte eine Menge Schuld in diesen Augen gesehen. Aber auch Verzweiflung. Und ihm war klar, dass ein Mann in Kilians Position alles tun würde, um diese Schuld zu vertuschen. Auch das hatten diese Augen verraten. Doch wo war der Zusammenhang? Wo war das fehlende Bindeglied? Es gab keinerlei Beweise, nicht einmal einen begründbaren Verdacht, um die Vorgänge der letzten Wochen mit Kilian in Verbindung zu bringen. Nur die inoffizielle Aussage des zweitmächtigsten Mannes der Stadt, der über Umwege zugegeben hatte, in einen Skandal verwickelt zu sein, welcher vermutlich fünf Menschen das Leben gekostet hatte, und der durch seinen Einfluss am längeren Hebel saß. Vielleicht wäre er gut beraten gewesen, Kilians Angebot anzunehmen, und sei es nur, um ihn ruhigzustellen. Immerhin hatte er es mit Leuten zu tun, die sich Glaubwürdigkeit erkauften und einen tadellosen Lebenslauf in ein ausgedehntes Strafregister verwandeln konnten. Er würde sich beeilen müssen, bevor in seiner Wohnung ein Päckchen Kokain gefunden wurde oder Schlimmeres geschah.

Sven spürte, wie seine Pulsfrequenz jäh in die Höhe schoss, und atmete tief durch, dennoch hatte er mehr und mehr das Gefühl zu ersticken. Hastig knöpfte er sich den Kragen seines Hemdes auf, doch auch das half nicht. Die innere Unruhe wuchs, steigerte sich blitzartig zur Panik. Plötzlich war er schweißgebadet und musste sich an einem der Begrenzungspfosten abstützen. Er riss sich den Kragen noch weiter auf und schnappte nach Luft, als wäre er hundert Meter gesprintet. Sein Gesicht fühlte sich eiskalt an, und er glaubte zu spüren, wie die Farbe daraus wich. Einer der Touristen kam auf ihn zu, packte ihn an der Schulter und sah ihm besorgt in die Augen.

»Alles in Ordnung?«, fragte der ältere Mann, während er Sven stützte, der sich kaum noch auf den Beinen halten konnte. »Brauchen Sie Hilfe?«

»Nein«, keuchte Sven, »es geht gleich wieder. Ich brauche nur einen Moment.«

Der Mann betrachtete ihn skeptisch. »Sind Sie sicher?«

»Ja, wirklich … Es geht schon wieder, danke.«

»Wie Sie meinen«, brummte der ältere Herr. »Sie sollten mehr trinken, bei dieser Hitze.«

»Mach ich«, versprach Sven. Kurz darauf sah er aus dem Augenwinkel, wie der Mann sich wieder in die Touristengruppe einreihte. Langsam rappelte Sven sich auf und schleppte sich zu seinem Dienstwagen. Das Zittern hatte nachgelassen, und während die Panikattacke allmählich verebbte und er sich verzweifelt fragte, ob dieser Alptraum jemals ein Ende nehmen würde, klingelte sein Handy.

29

Koschny saß im Redaktionsbüro, in dem die übliche Betriebsamkeit herrschte. Das unaufhörliche Klappern von Tastaturen und das hektische Gemurmel Dutzender Stimmen verliehen dem riesigen Raum die Atmosphäre einer überfüllten Schulaula. Müde Gesichter starrten verbissen auf Computerbildschirme. Über allem lag der Duft von schätzungsweise hundert Tassen Kaffee, und ständig klingelte irgendwo ein Telefon. Die wichtigste Verbindung zur Welt, die zu einem Dorf geworden war und in der Dinge wie Fax, Internet und Onlinekonferenzen die Hauptinformationsquellen bildeten.

Koschny saß an seinem Schreibtisch und rieb sich die Augen. Gerade als sich sein Blick erneut auf den Monitor vor ihm richtete, entdeckte er eine duftende Tasse Kaffee zu seiner Rechten.

»Schwarz mit Zucker, richtig?«, ließ sich eine freundliche Frauenstimme vernehmen.

Koschny schaute zu der Besitzerin der Stimme auf. »Danke, Moni. Bist wirklich ein Schatz.« Er lächelte müde. Monika Fries war zwei Jahre jünger als er und nicht übermäßig hübsch, aber Koschny schätzte sie sehr. Als Kollegin, vor allem aber als liebevollen Menschen.

»Ich dachte, du könntest vielleicht eine Tasse vertragen.«

Ihr rundes Gesicht strahlte eine herzliche Wärme aus. »Du wirkst in letzter Zeit ein bisschen angespannt.«

»Ja«, seufzte Koschny, »da gibt es so einiges, was mich beschäftigt.« Er sah sie hoffnungsvoll an. »Du weißt nicht zufällig, wie man Ketchup aus einem Teppich rauskriegt, oder?«

»Nein, als Hausfrau tauge ich nicht allzu viel.«

»Ich könnte ihn umbringen, diesen ...« Hastig trank er einen Schluck Kaffee. Die Umschreibungen für Sven, die ihm durch den Kopf gingen, hätten seiner Kollegin bestimmt die Röte in die Wangen getrieben.

»Vielleicht hätte ich dir lieber einen Baldriantee bringen sollen.« Sie kicherte, als Koschny sich den Mund verbrühte.

»Verdammt«, fluchte er. »Woher kommt das Zeug, direkt aus der Hölle?«

»Ist wohl heute nicht dein Tag, was?«

»Sagen wir, es war nicht meine Woche.«

»So schlimm?«

Er sah sie bedrückt an. »Auf einer Skala von eins bis zehn, wobei zehn für das Schlimmste steht, was du dir vorstellen kannst, würde ich die letzten Tage mit einer Elf bewerten.«

»Armer Kerl«, bemitleidete sie ihn. »Was hältst du davon, wenn ich dich zur Entschädigung zum Essen einlade? Dieser neue Grieche soll hervorragend sein.«

»Das wäre wirklich schön«, erwiderte er, »aber ich habe leider noch eine Menge zu tun.«

»Schade.« Monika Fries seufzte übertrieben enttäuscht, zweifellos um Koschny glauben zu machen, dass er sie durch diese Abfuhr schwer gekränkt hatte. »Woran arbeitest du denn, wenn man fragen darf?«

»Wenn ich das nur genau wüsste«, knurrte er. »Das Rätsel um das Turiner Grabtuch dürfte jedenfalls leichter zu klären sein.«

»Also, wenn's nur halb so wichtig ist, wie es aussieht, musst du ja einem Knüller auf der Spur sein.«

»Wer hat dir denn *den* Floh ins Ohr gesetzt?«

»Na ja«, erwiderte sie, »du bist in letzter Zeit kaum noch in der Redaktion, und wenn man dich mal hier antrifft, hast du immer diesen verbissenen Gesichtsausdruck. Außerdem kriegt Köster jedes Mal diesen dringlichen Blick, wenn er dich sieht. Entweder du spielst mit dem Gedanken, deinen Job an den Nagel zu hängen, oder du steckst bis zum Hals in einer äußerst delikaten Story.«

Ralf Köster war der Chefredakteur der Zeitung, was ihre Schlussfolgerung ein wenig gestellt wirken ließ, da er immer so aussah, als würde er es nicht mehr rechtzeitig zur Toilette schaffen.

»Traust du mir das mit dem Job-an-den-Nagel-Hängen etwa nicht zu?«, fragte Koschny amüsiert.

»Nicht in diesem Leben«, antwortete sie lächelnd. »Dazu bist du viel zu versessen auf diese Arbeit – und viel zu unromantisch.«

»Wirklich bemerkenswert, Frau Kommissarin«, meinte er anerkennend. »Kaum zu glauben, dass sich so ein scharfer Verstand mit den Kulturseiten beschäftigt.«

»Tja, Genies werden meistens verkannt.« Sie hatte ein bezauberndes Lächeln. »Kann ich dir irgendwie helfen?«

»Nur wenn du gut im Puzzeln bist. Allerdings fehlen hier ein paar wichtige Teile.«

»Nein, lieber nicht«, winkte sie ab. »Das ist wohl eher dein Ressort. Ich halte mich lieber an die Kunst.«

»Interessiert dich denn gar nicht, worum es geht?«, fragte Koschny.

»Mich interessiert im Augenblick nur, wie ich meinen Hunger stillen kann.« Sie wandte sich zum Gehen. Nach ein paar Schritten blieb sie stehen. »Das Angebot gilt noch«, meinte sie, ohne sich umzudrehen. »Ich halte dir einen Platz frei, falls du's dir doch noch anders überlegst.« Sie winkte und verschwand in Richtung Tür.

Koschny sah ihr nach, dann wandte er sich wieder dem Notizblock auf seinem Tisch zu und starrte nachdenklich auf den Namen, den er aus Hofers Adressbuch kopiert hatte. Professor Dr. Staude. Der Name kam ihm bekannt vor, aber er konnte ihn nicht zuordnen. Doch zu jedem Namen gehörte ein Gesicht und dazu wiederum eine Geschichte. Und die zu ermitteln war heutzutage nicht schwer.

Eilig tippte er auf ein paar Tasten, woraufhin sich sein Computer in die hauseigene Datenbank einwählte. Koschny gab den Namen in die Suchmaske ein und wählte einen Zeitraum von zwölf Monaten. Fehlanzeige. In keinem Beitrag seiner Zeitung war dieser Name in dem vorgegebenen Zeitraum aufgetaucht. Aber er war sicher, ihn irgendwo schon einmal gelesen zu haben. Also erweiterte er die Zeitspanne um weitere sechs Monate. Wieder nichts.

Enttäuscht ließ er sich in den Stuhl zurücksinken und spielte ganz kurz mit dem Gedanken, Monikas Einladung doch noch anzunehmen. Es wäre allemal erfreulicher, weiter mit ihr zu flirten, als seine Zeit mit nutzlosen Computerrecherchen zu vergeuden. Dann versuchte er es bei zwei weiteren Datenarchiven, mit demselben Ergebnis. Erst beim dritten wurde er fündig; es existierten zwei Einträge. Der eine war ein Artikel in der *Frankfurter Allgemeinen Zeitung*, der in erster Linie die fachlichen Leistungen der Secours-Klinik hervorhob und in dem der Name Staude nur nebenbei erwähnt wurde. Der zweite Eintrag bezog sich auf einen Artikel in der Fachzeitschrift *Medicus*, der bereits einige Monate alt und dessen Inhalt wesentlich aufschlussreicher war. Darin war unter anderem ein Interview mit Staude abgedruckt, in dem er sich über Forschungsergebnisse im Bereich der Mikrobiologie äußerte und zu den neuesten Studien seiner Kollegen in der ganzen Welt Stellung nahm. Auch ein Schwarzweißfoto von ihm prangte rechts oben auf der Seite, ein ovales Gesicht mit dunklen Tränensäcken unter den Augen. Auf den ersten Blick schien sein Alter irgendwo zwischen sechzig und einhundert zu liegen. Doch Koschnys Interesse galt dem Text darunter.

Wenige Minuten später spuckte der Laserdrucker eine Seite nach der anderen aus. Koschny überflog die Informationen rasch noch einmal und markierte einige Stellen und Absätze mit Leuchtstift. Sehr schnell stellte sich heraus, dass er einen Volltreffer gelandet hatte. Zögernd wanderte sein Blick von den Papieren zu der Telefonnummer, die unter dem Namen Staude auf seinem Notizblock verzeichnet war.

Dann riss er energisch den Hörer seines Telefons an sich und begann zu wählen.

30

Eilig hastete Sven durch den Flur in Daums Büro. Dessen Anruf hatte sogar das Gespräch mit Kilian in den Hintergrund gedrängt, und Sven war sofort ins Präsidium zurückgekehrt. Außer Daum selbst, der vor einem übervollen Aktenschrank stand und ein paar Hängeordner in einer Schublade versenkte, war noch ein weiterer Mann im Zimmer. Er war etwas älter als Sven; sein braunes Haar war über den Ohren und im Nacken etwas länger, und seine Haut war für diese Jahreszeit zu hell, was darauf schließen ließ, dass er nicht viel Zeit im Freien verbrachte.

»Ah, da bist du ja.« Daum sah von seiner Schublade auf. »Na, das ging aber schnell.« Er deutete mit dem Kopf über seine rechte Schulter. »Das ist Dr. Bremer, der Leiter des kriminaltechnischen Labors in Mainz«, stellte er den Mann vor und schob die Schublade zu.

Sven nickte Bremer knapp zu. »Was genau haben Sie herausgefunden?«, kam er ohne Umschweife zur Sache. Er war viel zu aufgeregt, um sich zu fragen, weshalb ein Laborleiter sich die Mühe machte, in der Hauptverkehrszeit von Mainz nach Koblenz zu fahren, um ihnen die Ergebnisse einiger simpler Routinetests persönlich mitzuteilen. Das hätte er ebenso gut per Fax tun können.

»Vielleicht sollten wir auf Rößner warten«, schlug Daum

vor, bevor sein Gast etwas sagen konnte. »Ich habe ihn dazugebeten, weil ich der Meinung bin, er soll das auch erfahren. Er hat zwar gesagt, er hätte wenig Zeit, aber ich denke, wenn er hört, was Dr. Bremer zu berichten hat, wird er sich die Zeit schon nehmen.«

Einige endlose Minuten später stieß Rößner endlich zu ihnen. Auch er wurde Bremer vorgestellt, woraufhin Rößner den Laborchef sofort anwies, auf das übliche Drumherum zu verzichten, da er gleich wieder zu einer Besprechung müsse. Bremer öffnete seine Aktentasche und zog eine Mappe hervor. Während er sie aufschlug, fiel sein Blick erneut auf Rößner, der bereits auf die Uhr schaute, und er blätterte drei Seiten weiter. Anscheinend hatte er sich auf eine lange Eröffnung eingestellt und schien enttäuscht.

»Nun ja«, begann er verhalten, »wie Sie sich sicher denken können, hat mein Erscheinen hier etwas mit der Probe zu tun, die der Kollege Daum ans LKA geschickt hat.« Seine Stimme war kräftig und dominant. »Sicher ist«, fuhr er fort, »dass es sich beim Inhalt dieser Probe um Blut handelt, und zwar um menschliches. Wir haben also die üblichen Routineuntersuchungen durchgeführt, die aber zunächst nichts Ungewöhnliches ergeben haben. Keinerlei toxische oder anorganische Rückstände.«

Rößner räusperte sich ungeduldig. »Sie haben uns doch bestimmt nicht persönlich aufgesucht, um uns mitzuteilen, dass nichts Ungewöhnliches gefunden wurde, oder?«, fragte er mit gespielt geduldigem Lächeln.

»Das ist richtig«, antwortete Bremer, der durch diese Unterbrechung endgültig den Faden verloren hatte. »Äh, ja, also zunächst schien wie gesagt alles völlig normal zu sein. Erst bei der mikroskopischen Analyse haben wir drastische Abweichungen festgestellt.«

»Und was genau heißt das im Klartext?«, brummte Rößner.

»Die Anzahl der weißen Blutkörperchen war ungewöhnlich hoch.«

»Und das wiederum bedeutet?« Rößner wurde immer ungeduldiger. Unterredungen wie diese waren ihm zuwider. Er war ein Mann der klaren Worte.

»Um das zu erklären, muss ich etwas ausholen«, sagte Bremer verärgert. Diese Ergebnisse waren nicht alltäglich und gehörten daher in einen gewissen Rahmen. Schließlich kam es nicht alle Tage vor, dass er bei einem Mordfall mit solchen Ergebnissen aufwarten konnte. Zwar war die moderne Gerichtsmedizin in den meisten Fällen maßgeblich an der Aufklärung von Kapitalverbrechen beteiligt, doch Leute wie er arbeiteten im Schatten der Ermittler. Daher genoss er die Abhängigkeit dieser Helden, die ohne seine Hilfe auf dem Trockenen saßen. Er hatte sich gründlich mit den Fakten vertraut gemacht und war fast hundert Kilometer gefahren, um sie zu erörtern. Und jetzt würden sie ihm verdammt noch mal zuhören.

»Hierbei handelt es sich um eine ganz bestimmte Art von weißen Blutkörperchen«, erläuterte er. »Sie gehören den sogenannten T-Zellen an, die für die Regelung des menschlichen Immunsystems zuständig sind. Im Allgemeinen besteht ihre Aufgabe darin, fremde Bakterien oder Viren, die in den Blutkreislauf eingedrungen sind, zu identifizieren und zu bekämpfen.«

»Sie sagen, es handelt sich um eine ganz bestimmte Form weißer Blutkörperchen?«, fragte Sven hellhörig. »Sie meinen damit nicht zufällig sogenannte CD8-Zellen?«

Bremer sah ihn erstaunt an. »Ja, das ist richtig. Aber woher …«

»Ich habe einen guten Hausarzt«, sagte Sven lächelnd.

»Ja ... sicher.« Bremer ließ sich nicht noch einmal aus dem Konzept bringen. »Wie gesagt«, setzte er erneut an, »war die Anzahl dieser Blutkörperchen fast doppelt so hoch wie normal. Das heißt, das Abwehrsystem des Menschen, von dem die Probe stammt, muss anormal ausgeprägt und äußerst aggressiv sein. Erst nach einem weiteren Routinetest haben wir schließlich herausgefunden, weshalb das so war. Eigentlich war es mehr ein Zufall, dass wir darauf gestoßen sind, denn es war kaum noch etwas nachzuweisen, aber wir haben einen fremden Erreger entdeckt. Und zwar einen Erreger, gegen den das Immunsystem gezielt vorgegangen ist.«

»Gezielt?«, unterbrach ihn Sven. »Was soll das heißen?«

»Nun ja.« Bremer lehnte sich mit verschränkten Armen an Daums Schreibtisch und vermied es dabei, Rößner anzusehen, der schon wieder auf die Uhr schaute. »Normalerweise ist an diesem Vorgang nichts Ungewöhnliches, schließlich ist genau das unter anderem die Aufgabe dieser Zellen. Aber in diesem speziellen Fall scheint es doch ziemlich ausgeschlossen, ja nahezu unmöglich zu sein. Trotzdem hatten wir erhebliche Mühe, den Erreger einwandfrei nachzuweisen, da der Großteil des Stammes bereits abgetötet war. Was schon erstaunlich genug ist.«

»Aber ist es nicht so«, wandte Sven ein, »dass sich das Abwehrsystem auf bestimmte Erreger einstellen kann?«

Bremer nickte zustimmend. »Ja, Sie haben völlig recht. Bestimmte Abwehrzellen haben eine Art Gedächtnis, mit dem sie häufig auftretende Viren oder Bakterien frühzeitig erkennen und ausschalten können. Nichts anderes geschieht bei einer Impfung. Die Zellen werden sozusagen an einen bestimmten Erreger gewöhnt, damit sie ihn im Falle einer tatsächlichen Infektion erkennen können.«

Verwirrt runzelte Sven die Stirn. »Und was ist dann so ungewöhnlich daran?«

Bremer setzte ein triumphierendes Lächeln auf: Jetzt hatte er sie da, wo er sie haben wollte. »Eigentlich nichts«, sagte er, »wenn es sich hier nicht um einen Erreger handeln würde, den das Immunsystem normalerweise erst gar nicht erkennen *kann*. Also haben wir die Probe auf Substanzen untersucht, die in bestimmten Medikamenten vorkommen, deren Kombination diesen Effekt hervorbringen kann, sind jedoch nicht fündig geworden.«

»Und um was für einen Erreger handelt es sich?« Rößner tat sein Bestes, die Unterredung voranzutreiben.

Bremer legte die Unterlagen hin, richtete sich auf und nahm behutsam seine Brille ab. Die Augen dahinter blickten ernst und angespannt. »Derjenige, dem dieses Blut abgenommen wurde«, sagte er, »ist HIV-positiv. Und wie es scheint, hat sein Immunsystem Antikörper gegen Aids entwickelt.«

Rößner und die anderen wechselten Blicke. Einen Moment lang hatte es den Anschein, als würde sich der verblüffte Ausdruck auf ihren Gesichtern für immer dort festsetzen.

»Aids?«, fragte Sven schließlich. Er hatte so ziemlich mit allem gerechnet, doch dies übertraf selbst seine kühnsten Vorahnungen.

»Ja«, bestätigte Bremer und setzte die Brille wieder auf. »Da meine Kenntnisse auf diesem Gebiet aber nicht ausreichen, habe ich die Probe nach Rücksprache mit Herrn Daum zur weiteren Analyse zu Professor Staude an die Secours-Klinik in Frankfurt geschickt.«

»Du wusstest davon?« Vorwurfsvoll sah Sven zu Daum hinüber, der stumm an seinem Schreibtisch saß und so tat, als ginge ihn das alles nichts an. Das machte Sven nur noch wütender. »Warum hast du mir nichts gesagt? Du wusstest doch, wie dringend das war.«

»Ja, aber ich – wir – wollten erst die Reaktion aus Frankfurt abwarten«, verteidigte sich Daum und strich sich über das kurze Nackenhaar.

»Sie sagten, der Mann heißt Staude?«, wandte Sven sich wieder an Bremer.

»Ja«, antwortete dieser. »Professor Dr. Manfred Staude, seit Jahren der führende Aids-Experte in Deutschland. Ist unter anderem an der Entwicklung und Erprobung eines möglichen Impfstoffes beteiligt. Deshalb haben wir ihn um seine Meinung gebeten.«

Staude, wiederholte Sven im Stillen. Woher kannte er diesen Namen? »Und der Professor war auch Ihrer Ansicht?«

»Nun, nicht direkt«, sagte Bremer. »Er hat uns von Studien an sogenannten Langzeitüberlebenden erzählt, die das Virus zum Teil seit zwanzig Jahren im Blut haben, bei denen die eigentliche Krankheit aber nie ausgebrochen ist. Bei manchen davon konnte man den Erreger gar nicht mehr nachweisen. Die Wissenschaftler haben diese Phänomene lange Zeit unbeachtet gelassen, weil sie sie für seltene Einzelfälle hielten. Mittlerweile gehen einige Forscher sogar davon aus, dass dieser Effekt der Grundstein zur Bekämpfung des Erregers sein könnte. Staude ist da etwas pessimistischer. Er hat uns auf einen Artikel verwiesen, den er vor ein paar Monaten veröffentlicht hat. Darin beschreibt er die neuesten Forschungsergebnisse auf diesem Gebiet. Ich habe hier eine Kopie des Artikels. Die wichtigen Stellen sind markiert.«

Er reichte ihnen jeweils einen Ausdruck, auf dem das Foto von Staude nur sehr undeutlich am oberen rechten Bildrand zu erkennen war. Der Text darunter war jedoch gestochen scharf. Einige Stellen waren mit Kugelschreiber eingekreist, darunter immer wieder die Bezeichnung »CD8-Zellen«. Sven überflog diese Stellen nur flüchtig. Der Text war ohnehin sehr fachspezifisch, so dass es einem Laien nicht leichtfiel, ihn zu verstehen. Im Groben gab er aber nur das wieder, was Sven bereits wusste. Einfach ausgedrückt, waren diese Teilzellen für die Identifizierung von Fremdkörpern im Blutkreislauf verantwortlich. Sobald dies geschehen war, bekämpften sie die Eindringlinge mit einem eigens hierfür produzierten chemischen Cocktail, der den Erreger im Normalfall unschädlich machte. Der Aids-Erreger jedoch entging aufgrund eines geschickten Täuschungsmanövers der Vernichtung. Er nistete sich genau in diesen Zellen ein, begann sie von innen heraus zu zerstören und legte auf diese Weise das gesamte Immunsystem lahm. Ein einfacher Schnupfen konnte das Todesurteil sein.

Im weiteren Verlauf des Artikels ging Staude näher auf die Patienten ein, die gegen den Aids-Erreger immun zu sein schienen, die von Bremer erwähnten Langzeitüberlebenden. Wie dort zu lesen war, wurden in ihrem Blut vermehrt bestimmte chemische Substanzen festgestellt, die von den CD8-Killerzellen produziert wurden. Diese Substanzen waren zwar nach wie vor nicht in der Lage, den Erreger abzutöten, aber immerhin verhinderten sie dessen Eindringen in die Zelle, wodurch die eigentliche Krankheit nicht ausbrechen konnte. Und dann stieß Sven auf eine Stelle, die ihn innehalten ließ. Eigentlich war es nur ein Begriff, der dieses seltene Phänomen als den »Levy-Faktor« beschrieb, benannt nach dem amerikanischen Virologen Jay Levy, der schon Mitte der Achtzigerjahre ähnliche Vorgänge bei zentralafrikanischen Affen festgestellt hatte. Seit damals suchten Wissenschaftler auf der ganzen Welt nach ebendiesem

Faktor im menschlichen Immunsystem, den sie jetzt bei den Langzeitüberlebenden gefunden zu haben glaubten. Wie gebannt starrte Sven auf diesen Namen, der ebenfalls eingekreist war. Und plötzlich stellte seine Erinnerung die Verbindung her, und er sah zwei Worte deutlich in Erik Jensens kindlicher Handschrift vor seinem geistigen Auge aufblitzen: *»Passwort: ›Levy‹«*.

31

Koschny saß in der geräumigen Cafeteria der Secours-Klinik und trank einen Schluck von seinem mittlerweile abgekühlten Kaffee. Seit gut zehn Minuten beobachtete er die junge Verkäuferin, die verdrossen Tortenstücke und Puddingteilchen über den Tresen reichte. Ihre Kundschaft ließ sich in drei Kategorien einordnen: die Zivilisten, die genau wie er nur zu Besuch waren und den gesündesten Appetit an den Tag legten. Die zweite Gruppe bestand aus Ärzten, oder aus solchen, die es einmal werden wollten. Und dann die Patienten, von denen sich die meisten bestimmt wünschten, einer der beiden anderen Gruppen anzugehören. Ihr Anblick ließ die unterkühlte Klinikatmosphäre noch ein wenig kälter wirken.

Erst jetzt fiel Koschny der Mann an der Kuchentheke auf, der gerade ein großes Stück Schwarzwälder Kirschtorte neben einer Kanne mit Kaffee auf seinem Tablett deponierte. Er wirkte jünger als auf dem Foto. Mittelgroß, kurze, grau melierte Haare, die sich über der Stirn lichteten. Ein glatt rasiertes, ausgeprägtes Kinn und ein Gesicht, dessen klare Züge sowohl Gewissenhaftigkeit als auch menschliche Wärme verrieten. Große, helle Augen, die suchend durch den Raum wanderten.

»Professor Staude!« Koschny stand von seinem Stuhl auf.

Der Arzt musterte ihn kurz, bevor er zu ihm herüberkam. »Sind Sie dieser Reporter, der mir am Telefon gesagt hat, er müsse mir dringend einige Fragen stellen, und mir dann gedroht hat, ich würde es bitter bereuen, wenn ich mich nicht sofort mit ihm treffe?« Seine Stimme klang gebieterisch.

»Ja«, bestätigte Koschny, fast ein wenig beschämt, »genau der bin ich.«

Staude stellte das Tablett auf dem Tisch ab, begutachtete Koschny ausgiebig und nahm dann Platz. »Setzen Sie sich«, wies er den Reporter an.

Koschny stand einen Moment unsicher da, bevor er gehorchte. *Aids-Forschung*, schoss es ihm durch den Kopf. Es gab nicht viel, wovor er Respekt hatte, aber wenn man einem Mann gegenübersaß, der hierzulande auf diesem Gebiet eine absolute Koryphäe war, kam man sich wieder vor wie ein Schuljunge.

»Entschuldigen Sie meine etwas schroffe Ausdrucksweise am Telefon«, sagte Koschny. »Ich weiß natürlich, dass Sie sehr beschäftigt sind ...«

»Das stimmt«, unterbrach ihn Staude.

»Ja, und deshalb musste ich so vorgehen. Sonst hätten Sie sich wohl kaum mit mir getroffen, um mir ein paar Fragen zu beantworten.«

»Nun ja«, entgegnete Staude, nachdem er einen Bissen Kuchen mit Kaffee hinuntergespült hatte, »ich will Sie keineswegs enttäuschen, junger Mann, aber wenn ich nicht das dringende Bedürfnis nach ein paar Kalorien verspürt hätte, wäre ich jetzt nicht hier. Es mag ja sein, dass solche Methoden in Ihrem Metier üblich sind, aber bei mir stoßen Sie da auf wenig Gegenliebe. Ich mag es nicht, wenn man mich unter Druck setzt, das haben schon andere versucht. Und denen habe ich genau dasselbe gesagt.«

»Wären Sie denn gekommen, wenn ich Sie höflich darum gebeten hätte?«

Staudes Lächeln wurde breiter. »Ich will Ihnen die Wahrheit sagen«, meinte er und lehnte sich entspannt zurück. »Ich habe mich in erster Linie auf dieses Spielchen eingelassen, weil ich neugierig war. Neugierig auf einen Mann, der mir mit so viel Frechheit begegnet. Wissen Sie, normalerweise schmieren mir die Leute Honig ums Maul und bestreuen ihn anschließend mit Zucker, jedenfalls, solange ich ihnen brauchbare Ergebnisse liefere. Sie sind da eine willkommene Abwechslung.«

Koschny grinste geschmeichelt.

»Tja«, meinte Staude, »was sind das denn nun für wichtige Fragen, die Sie mir stellen wollen, junger Mann?«

»Na ja, im Großen und Ganzen geht es um einen Artikel, der vor einiger Zeit über Ihre Arbeit erschienen ist und in dem unter anderem steht, dass Sie mit Ihren amerikanischen Kollegen Streit über die Entwicklung der Aids-Forschung hatten.«

»Ja«, meinte Staude, »ich erinnere mich. Allerdings muss ich Sie enttäuschen. Das ist nämlich keineswegs so dramatisch, wie ihr Journalisten es gerne hättet. Es ist zwar richtig, dass ich mit den amerikanischen Forschern gelegentlich aneinandergerate, aber nur, weil sie jede neue Entdeckung sofort zu einer Sensation aufbauschen, ohne sie vorher wissenschaftlich überprüft zu haben. Und damit wecken sie bei den Infizierten ganz bewusst unbegründete Hoffnungen auf ein Wundermittel.«

»Aber ist es nicht so«, wandte Koschny ein, »dass bereits kurz nach der Entdeckung des Aids-Erregers weltweit ein regelrechter Wettstreit um einen Impfstoff entbrannt ist?«

»Ich würde es nicht als Wettstreit bezeichnen«, meinte Staude. »Eher als gesunde Konkurrenz.«

»Und der Gewinner bekommt den Jackpot.«

»Sie sollten das aus einer anderen Perspektive betrachten.«

»Wirklich?«, fragte Koschny skeptisch. »Sind wir doch mal ehrlich: Es geht hier schließlich nicht um irgendwelche Computerhardware oder ein neues Handy. Wir reden von der Entdeckung des Heiligen Grals. Ein Impfstoff, der vermutlich in jedem Land dieser Erde rund um die Uhr produziert werden müsste, um die Nachfrage zu decken. Und derjenige, der die Patentrechte dafür besitzt, könnte sämtliche Schweizer Banken sanieren.«

»Natürlich kann man so denken«, meinte Staude, »wenn man nur den wirtschaftlichen Aspekt eines solchen Mittels sieht. Bitte bedenken Sie aber, dass mit einem solchen Impfstoff eine grausame und tödlich verlaufende Seuche ausgerottet würde.«

»Es wird immer eine Krankheit geben, gegen die Sie machtlos sind, Herr Professor«, gab sich Koschny unbeeindruckt. »Ebola, BSE, Aids ... es ist, als würde die Natur mit allen Mitteln versuchen, unsere Rasse auf ein erträgliches Maß zu reduzieren. Aber den Pharmaunternehmen bietet jede dieser Krankheiten die Möglichkeit, Kapital daraus zu schlagen. Forschung ist eben auch nur ein Geschäft.«

»Nun«, meinte Staude gelassen, »wer dieser Ansicht ist, hat vermutlich noch nie jemanden an einer tödlichen Krankheit sterben sehen.«

Koschny senkte den Blick. »Meine Mutter ist vor neun Jahren an Krebs gestorben.«

»Also, junger Mann, gerade dann müssten Sie meine Arbeit doch unterstützen.«

»Nein«, widersprach Koschny heftig. »Genau deshalb tue ich es nicht. Die Ärzte haben meine Mutter mit Medikamenten vollgepumpt, von denen manche gar nicht offiziell zugelassen waren. Sie haben aus ihr eine Laborratte gemacht, an der sie ihre neuesten Erfindungen getestet haben. Obwohl sie wussten, dass es sinnlos war. Warum hat man sie nicht einfach in Frieden sterben lassen?«

»Weil Hoffnung so ziemlich das Einzige ist, was für diese Menschen noch zählt.« Staude zeigte auf eine Patientengruppe, die fünf Tische entfernt an einem Ecktisch saß. Beinahe schien es, als wären sie durch eine unsichtbare Mauer von den übrigen Gästen getrennt. »Sehen Sie diese Menschen dort?«

Koschny nickte verhalten. Es war ihm peinlich, sie direkt anzusehen.

»Ein paar davon sind Patienten von mir.«

»Sie meinen, Aids-Patienten?«

»Ja. Sehen Sie sie an«, sagte Staude. »Sehen Sie genau hin. Sie sehen aus wie Ihre Mutter damals, nicht wahr? Bleich, abgemagert und kraftlos.«

Koschny schluckte. Die Ähnlichkeit war tatsächlich erschreckend.

»Aber bei diesen Menschen ist nicht irgendeine Therapie daran schuld. Es ist der natürliche Verlauf dieser Krankheit, der sie so schwächt. Irgendwann bricht ihr Immunsystem zusammen, und sie sterben an einer harmlosen Infektion. Es ist vor allem die Ausgrenzung durch die Gesellschaft, die diese Krankheit so grausam macht, junger Mann.«

Koschny war versucht, Staude zu sagen, er solle ihn gefälligst nicht ständig *junger Mann* nennen. Diese Umschreibung hatte etwas von einem Lehrer, der einen aufsässigen Schüler zurechtwies. »Ja«, erwiderte er stattdessen, »bei meiner Mutter war das ähnlich.«

»Dann wissen Sie ja, wovon ich rede. Trotz aller Aufklärung in den letzten zwanzig Jahren werden Aids-Kranke oft immer noch wie Aussätzige behandelt. Das liegt wahrscheinlich auch daran, dass die Krankheit nicht mehr bis in die Köpfe der nachwachsenden Generation vordringt. Seit es Mitte der Neunzigerjahre gelungen ist, die Krankheit durch antivirale Therapie einzudämmen, glauben viele jüngere Leute, Aids sei kein Thema mehr. Dabei gibt es zurzeit weltweit etwa fünfunddreißig Millionen Infizierte, vermutlich liegt die Dunkelziffer wesentlich höher.« Wieder deutete er zu der Gruppe hinüber. »Ein HIV-Patient muss jeden Tag fünfunddreißig verschiedene Medikamente einnehmen, zum Teil mit hohen Nebenwirkungen. Und die bewirken nur einen Aufschub, keine Heilung. Es gibt nach wie vor keine Garantie, dass die Krankheit nicht doch ausbricht oder dass der Körper diese Belastung lange genug aushält. Und trotzdem schwöre ich Ihnen, Sie könnten jetzt dort rübergehen und eine geladene Pistole auf den Tisch legen. Und obwohl jeden einzelnen dieser Menschen dort das gleiche Schicksal erwartet, würde niemand davon Gebrauch machen. Denn da ist noch immer diese Hoffnung, eines Tages aufzuwachen und festzustellen, dass es besser geworden ist und dass sich ihre Blutwerte wieder normalisieren. Diese Hoffnung ist es, die sie hierhergetrieben hat. Ich teile diese Hoffnung zwar nicht, da sie in über neunundneunzig Prozent aller Fälle unbegründet ist, aber ich werde den Teufel tun und sie ihnen nehmen, indem ich sie für tot erkläre. Und wenn Sie das für unwürdig halten, junger Mann, dann ist das Ihre Sache. Ich für meinen Teil kann jedenfalls gut damit leben.«

»Aber dann tun die amerikanischen Forscher Ihnen doch eigentlich einen Gefallen, wenn sie diese Hoffnung durch ihre Sensationsmeldungen am Leben erhalten.«

»Nein. Diese Leute *spielen* mit den Hoffnungen ihrer Patienten. Das ist etwas ganz anderes.«

Koschny sah Staude aufmerksam in die Augen, unter deren festem Blick er sich mehr denn je wie ein dummer Schuljunge fühlte. »Mag sein«, entgegnete er, »aber Sie müssen mir zustimmen, dass das Geschäft mit Krankheiten sehr profitabel ist.«

»Profitabel ist das Geschäft mit Meeresfrüchten auch«, erwiderte Staude. »Trotzdem scheint es niemanden zu interessieren, dass die Weltmeere bald leergefischt sind. Warum also haben Sie es ausgerechnet auf uns Mediziner abgesehen? Wir versuchen lediglich, den Menschen zu helfen. Natürlich sind die Leute, die meine Forschungen finanzieren, daran interessiert, die Ergebnisse gewinnbringend zu vermarkten ...«

»Natürlich«, warf Koschny ein.

»... aber bitte bedenken Sie, junger Mann, dass sie erst einmal eine Menge investieren müssen. Haben Sie eigentlich eine Vorstellung davon, was zehn bis fünfzehn Jahre Forschung an Geldern verschlingen? So lange dauert es nämlich in der Regel, bis ein neues Medikament zugelassen ist. Da müssen Millionen an Kapital aufgebracht werden, ohne die geringste Garantie, dass am Ende etwas Einträgliches dabei herauskommt. Es passiert nämlich nicht selten, dass ein Forschungsprojekt einfach eingestellt wird, weil die Kosten den Nutzfaktor übersteigen.« Staude schenkte sich Kaffee nach und trank einen Schluck. »Sie sehen«, fuhr er dann fort, »wie in jedem anderen Geschäft ist auch dieses mit einem Risiko verbunden, zumal es ein ziemlich kostspieliges Geschäft ist. Dementsprechend hoch sind natürlich die Erträge, wenn man Erfolg hat. Aber dagegen ist doch absolut nichts einzuwenden. Rechtsanwälte und Richter arbeiten schließlich auch nicht nur aus Liebe zu den Menschen, nicht wahr?«

»Ich sage ja auch nicht, dass das, was Sie tun, grundsätzlich falsch ist«, verteidigte Koschny seinen Standpunkt. »Ich finde eben nur, man sollte den Dingen gelegentlich ihren natürlichen Lauf lassen und nicht ständig an irgendetwas herummanipulieren.«

Staude seufzte leise und lehnte sich zurück. »Und ich denke, wir Menschen sind nicht mit einem Verstand ausgestattet worden, um den Dingen ihren Lauf zu lassen. Wenn man die Fähigkeit besitzt, etwas zu verändern, sollte man es tun, finden Sie nicht?«

Koschny schwieg.

»Sehen Sie, junger Mann, wenn es damals ein Mittel gegen die Krankheit Ihrer Mutter gegeben hätte, dann hätten Sie sich darauf gestürzt, ohne lange darüber nachzudenken, woher es kommt, was es gekostet oder wie viel irgendwer daran verdient hat, weil es Ihrer Mutter das Leben gerettet hätte. Und genau das versucht die moderne Medizin den Menschen zu geben: Sicherheit. Daran sollten Sie denken, wenn Sie das nächste Mal Ihren Impfpass aufschlagen, denn irgendwann wird dort auch eine Vorsorgeimpfung gegen Aids eingetragen sein. Aber bis dahin ist es noch ein weiter Weg. Und genau das ist der Streitpunkt zwischen mir und meinen amerikanischen Kollegen, die bei jedem erfolgreichen Schritt in diese Richtung die Illusion verbreiten, dass es schon übermorgen so weit sei, nur um mehr Gelder für ihre Forschungen bewilligt zu bekommen.« Er rückte sich auf seinem Stuhl zurecht. »Erst vor ein paar Tagen hat man mir eine Probe geschickt, die anscheinend genau diese Illusion erzeugen soll. Ich bin allerdings sicher, dass das wieder nur Schönfärberei ist.«

Koschnys Augen wurden groß. »*Wer* hat Ihnen diese Probe geschickt?«

Es dauerte einige Minuten, bis Staude erklärt hatte, dass das LKA in Mainz ihn um seine Meinung zu dieser Probe gebeten hatte. Auf konkrete Einzelheiten ging er jedoch nicht ein.

»Die Probe stammt von der Kripo in Koblenz, nicht wahr?«, schloss Koschny. »Und ich wette, sie enthält ziemlich brisante Ergebnisse, sonst hätte man sich wohl kaum an Sie gewandt.«

Staude räusperte sich unbehaglich, als bereue er es, dieses Thema angesprochen zu haben. »Sehen Sie, junger Mann«, wiegelte er ab, »die Leute vom LKA haben sich lediglich an mich gewandt, weil sie im Laufe ihrer Untersuchungen auf etwas gestoßen sind, das sie nicht richtig zu deuten wussten. Da es sich aber um ein laufendes Ermittlungsverfahren handelt, bin ich wohl kaum befugt, einem Reporter Auskunft darüber zu erteilen. Wahrscheinlich habe ich schon zu viel gesagt.«

»Das mit den Ermittlungen stimmt«, räumte Koschny ein. »Aber ich habe bis vor einigen Tagen eng mit den dortigen Behörden zusammengearbeitet und bin mit den Fakten vertraut.«

»Sie können mir viel erzählen, junger Mann.« Staude wirkte plötzlich um einiges zugeknöpfter.

Koschny schnaufte ungeduldig. Es war Zeit, seine Taktik zu ändern und zum Angriff überzugehen. »Na schön, wie Sie meinen, Herr Professor. Aber was würden Sie sagen, wenn ich Ihnen erzähle, dass diese Probe vermutlich von einer dreiundsiebzigjährigen Alzheimerpatientin stammt?«

Nun war es der Professor, der Koschnys Ausführungen lauschte. Je länger er ihm zuhörte, desto mehr verdüsterte sich sein Gesicht.

»Ein Altenheim?« Staude sah den Reporter verwirrt an.

»Ja«, bestätigte Koschny.

»Aber das ist doch völliger Blödsinn«, wehrte der Arzt wenig überzeugend ab.

»Und wie erklären Sie sich dann die Ereignisse dort?«

Staude rückte unruhig auf seinem Stuhl herum. »Das können nur Zufälle sein.«

»Zufälle?«, wiederholte Koschny aufgebracht. »Sie halten es tatsächlich für einen Zufall, dass ein Zivildienstleistender, der in diesem Heim beschäftigt war, durch ungeklärte Umstände ums Leben kommt und in seinen Notizen der Name des Wissenschaftlers auftaucht, den Sie in Ihrem Artikel erwähnen? Und der meiner Meinung nach das Passwort für mehrere Computerdateien ist, für deren Inhalt einige Leute offensichtlich bereit sind, weitere Morde in Kauf zu nehmen?«

Staudes Blick wirkte wie versteinert. »Sie sind doch hoffentlich nicht hier, um mir irgendetwas zu unterstellen?«

»Nein«, beteuerte Koschny, »mich interessiert Ihre Verbindung zu dem Heimleiter, der seit fast zwei Wochen spurlos verschwunden ist und in dessen Adressbuch Ihr Name auftaucht, Herr Professor.«

Nicht zum ersten Mal zeigte sich ein Anflug von Unsicherheit in Staudes hellgrauen Augen. »Nun ja«, erwiderte er, »mein Name steht bestimmt in vielen Adressbüchern. Wie Sie sich denken können, habe ich in meinem Beruf mit vielen Leuten zu tun. Und nicht jeder möchte, dass seine Verbindung zu mir öffentlich gemacht wird. Ich hoffe, wir haben uns verstanden«, fügte er mit fester Stimme hinzu und schickte sich an aufzustehen.

»Ja, aber …«

»Dieses Gespräch ist beendet«, schnitt Staude ihm das

Wort ab. »Ich kann Ihnen keine weiteren Informationen geben, und ich hoffe diesbezüglich auf Ihr Verständnis.«

Koschny hielt Staudes eisigem Blick einen Moment lang stand. »Also gut«, meinte er schließlich und erhob sich ebenfalls.

Staude reichte ihm die Hand. »Es hat mich gefreut, Sie kennenzulernen, junger Mann.«

»Verzeihung«, sagte Koschny, ohne zu lächeln, »aber mein Name ist Walter Koschny.«

32

Quietschend öffnete sich die Tür des Besucherraumes, und auf Svens Geste hin ließ der Vollzugsbeamte die Tür hinter ihm zufallen. Die Besprechung war seit gut einer halben Stunde beendet, und Sven hatte sich sofort auf den Weg ins Untersuchungsgefängnis gemacht, um einige offene Fragen zu klären.

Der Raum war nur unwesentlich größer als eine Zelle und ebenso karg eingerichtet. Milenz stand am einzigen Fenster und starrte durch das vergitterte Glas.

»Ich dachte, die Besuchszeit ist längst vorbei«, bemerkte er sarkastisch, ohne sich vom Fenster abzuwenden. »Womit kann ich Ihnen diesmal dienen, Herr Kommissar? Suchen Sie mal wieder einen Sündenbock?« Langsam drehte er sich zu Sven um. »Also, in diesem Fall habe ich dank Ihnen ein felsenfestes Alibi.«

»Ich kann Ihren Unmut durchaus verstehen«, meinte Sven, »aber …«

»Sie verstehen gar nichts«, fauchte Milenz. »Wissen Sie, wie die mich hier nennen? *Den Neuen.* Kein Name, keine Nummer, einfach nur *der Neue*. Und glauben Sie mir, manchmal ist es nicht besonders angenehm, *der Neue* zu sein!«

»Ich bin hier, um Ihnen zu helfen.« Es klang beinahe verlegen.

Milenz sah ihn erstaunt an. »*Sie* wollen mir helfen?« Er lachte laut auf. »Ihnen habe ich es doch zu verdanken, dass ich rund um die Uhr in einem Käfig hocke und darauf warte, gefüttert zu werden. Nein danke, Mann, auf Ihre Hilfe kann ich verzichten.«

»Reden Sie doch keinen Blödsinn«, fuhr Sven ihn an. »Wenn es jemanden gibt, der Ihnen helfen kann, dann bin ich es.«

»Ach ja? Dann sollte ich mich wohl lieber auf einen längeren Aufenthalt hier einrichten!«, schrie Milenz zurück.

Der Wärter draußen warf einen strengen Blick durch das kleine Fenster in der Tür. Nach einigen Sekunden wandte er sich widerwillig ab.

»Wenn Sie mir wirklich helfen wollen«, fuhr Milenz ruhiger fort, »dann holen Sie mich hier raus. Ich bin unschuldig, ich habe niemanden umgebracht.« Er drehte Sven abermals den Rücken zu, diesmal allerdings, damit dieser nicht sehen sollte, wie er gegen die Tränen ankämpfte.

»Ich weiß, dass Sie unschuldig sind«, sagte Sven schließlich.

Milenz fuhr herum. Hoffnung leuchtete in seinen Augen auf. »Und … und warum bin ich dann noch hier?«, fragte er ebenso verdutzt wie vorwurfsvoll.

»Weil es Leute gibt, die am längeren Hebel sitzen. Und wenn ich mich nicht sehr beeile, Ihre Unschuld zu beweisen, werden genau diese Leute wahrscheinlich dafür sorgen, dass ich bald genauso unschuldig neben Ihnen sitze. Und das«, stellte er auf Milenz' schadenfrohen Blick hin fest, »wäre bestimmt nicht von Vorteil für Sie, dann ist nämlich niemand mehr da, der Ihnen glaubt. Verstanden?«

Milenz nickte.

»Gut, dann setzen Sie sich. Ich habe noch ein paar Fragen.«

33

Es war spät geworden, und die Straßen lagen bereits im Dunkeln. Nachdem er Milenz über den Gesundheitszustand der Patienten und den Hygienestandard des Heimes ausgefragt hatte, war Sven in sein Büro zurückgekehrt. Erst gegen halb zehn hatte er das Präsidium verlassen und fuhr nun mit seinem Dienstwagen auf die Autobahn. Die Gedanken wimmelten noch immer in seinem Kopf herum wie aufgescheuchte Ameisen, und während die Scheinwerfer des Wagens Löcher in die Dunkelheit frästen, bemühte er sich, sie zu ordnen.

Aids. Was wusste er darüber? Vermutlich nicht mehr als die meisten anderen. Eine Viruserkrankung, zumindest das passte ins Bild. Sie wurde durch direkten Intim- oder Blutkontakt übertragen. Eine Bluttransfusion? Neben ungeschütztem Geschlechtsverkehr war dies zweifelsfrei die wahrscheinlichste Art der Infektion. Doch für Sven stand es mittlerweile außer Frage, dass die Blutprobe von einem Patienten aus dem Altenheim stammte. Die Zahl 17 auf dem Etikett hatte ihn darauf gebracht. Laut Milenz war das die Zimmernummer von Frau Marek gewesen. Allerdings warf diese Annahme Widersprüche auf. In einem Altenheim wurden seinem Wissen nach keine Bluttransfusionen durchgeführt, und auch dort wurde wie allgemein üblich mit sterilen Einwegspritzen gearbeitet, was ihm Milenz ebenfalls bestätigt hatte. Und da es sich um eine verwitwete Alzheimerpatientin von 73 Jahren gehandelt hatte, war eine Infektion durch sexuellen Kontakt unwahrscheinlich.

Langzeitüberlebende. Das war der zweite Gedanke, der ihn nicht losließ. Wenn diese Frau nun eine davon gewesen war? Doch wie groß war die Wahrscheinlichkeit, in einem Pflegeheim einen HIV-infizierten Langzeitüberlebenden zu finden? Eins zu einer Million? Und wie wahrscheinlich war es, dass ein durch Alter geschwächtes Immunsystem mit einer tödlichen Krankheit wie Aids fertig wurde, vor einer anderen jedoch kapitulierte? Auch Milenz hatte dazu nicht viel sagen können; er schien überrascht gewesen zu sein, als Sven ihn damit konfrontiert hatte.

Ein Wort schwirrte Sven immer wieder durch den Kopf und versprach Gewissheit: *Exhumierung!* Doch angesichts der dünnen Beweislage war es unwahrscheinlich, dass so etwas genehmigt werden würde.

Als Sven die Autobahn verließ und durch die dunklen Straßen der kleinen Kannenbäcker-Stadt fuhr, ertappte er sich gelegentlich dabei, wie er im Rückspiegel nach möglichen Verfolgern Ausschau hielt. Obwohl er völlig erschöpft war, waren seine Sinne zum Zerreißen gespannt. Doch die Straßen schienen ihm allein zu gehören.

Sven war es nicht leichtgefallen, Milenz in dem kleinen Besucherraum des Gefängnisses zurücklassen zu müssen. Der Gedanke daran ließ ihm keine Ruhe. Für ihn bestand nicht der geringste Zweifel an Milenz' Unschuld, doch er konnte nichts für ihn tun. Und allem Anschein nach war er der Einzige, der so dachte. Ganz zu schweigen davon, dass sein Name nach der Auseinandersetzung mit Kilian mit Sicherheit ebenfalls auf der Abschussliste stand.

Das werden Sie noch bereuen, Herr Kommissar.

Wieder huschte sein Blick zum Rückspiegel, und er wischte sich den Schweiß von der Stirn. Angst kroch von neuem eisig an seiner Wirbelsäule empor und verdichtete sich in seiner Brust zu diesem drückenden Gefühl. Er atmete ein paarmal tief durch, ohne den Blick vom Rückspiegel abzuwenden. Und einen winzigen Moment lang glaubte er, Dennis' tote Augen darin zu erblicken, die ihn aus ihren verkohlten Höhlen düster anstarrten. Erschrocken drehte er sich um, doch der Rücksitz war leer. Und durch die Heckscheibe sah er nach wie vor nur die dunkle Straße hinter ihm. Erleichtert drehte er sich wieder nach vorn, um vor Schreck zu erstarren. Er befand sich auf der Gegenfahrbahn und hielt geradewegs auf die Leitplanke zu, die die Straße auf beiden Seiten begrenzte. Instinktiv trat er auf die Bremse und riss das Steuer nach rechts. Ein fürchterliches schabendes Geräusch war zu vernehmen, und er dachte, er hätte die Leitplanke gestreift. Dann jedoch begriff er, dass es nur das elektronische Kreischen des Antiblockiersystems war. Etwa hundert Meter weiter hielt er in einer Parknische und lehnte sich erschöpft auf das Lenkrad.

Verdammt, dachte er, während der Schock langsam aus seinen Gliedern wich. *Ich werde verrückt, ich drehe vollkommen durch!*

Nein, er war nur übermüdet, er brauchte Schlaf, nichts weiter. *Nur eine Nacht*, flehte er den Dämon in seinem Inneren an. *Lass mich nur eine Nacht durchschlafen, bitte!*

Sein Magen gab seltsam hohle Geräusche von sich, und ihm fiel wieder ein, dass er seit dem Mittag nichts mehr gegessen hatte. Und doch war er sich sicher, dass es nicht allein Hunger war, der seinen Magen rumoren ließ. Vielleicht hatte er vor zwei Jahren doch einen schweren Fehler gemacht.

Und er hatte ganz bestimmt nicht vor, diesen Fehler zu wiederholen und einen weiteren Unschuldigen zu opfern.

Er atmete tief und gleichmäßig, bis er seinen Puls nicht mehr in den Ohren rauschen hörte. Dann legte er mit zitternder Hand den Gang ein und fuhr weiter.

Gut fünf Minuten später kam er in der Auffahrt vor seiner Wohnung zum Stehen. Vor der Haustür kramte er, noch immer tief in Gedanken, in der Hosentasche nach dem Schlüssel, als er plötzlich unmittelbar neben sich ein Rascheln hörte.

Wieder durchzuckte ihn die Panik. Der Schlüssel glitt ihm aus der Hand und fiel klirrend zu Boden, während Sven aus einem der Büsche, die die Einfahrt säumten, einen Schatten auf sich zuschießen sah. Unwillkürlich riss er abwehrend die Hände hoch. Doch dann erkannte er, dass es eine Katze war, die an ihm vorbeischoss und etwas Kleines, Wendiges ins Unterholz verfolgte.

»Zorro, du Mistvieh!«, fluchte Sven erleichtert. »Ich hoffe, was immer du da gerade jagst, entwischt dir!« Dann griff er nach dem Schlüssel am Boden und lachte, als er sich erhob. *Jetzt habe ich schon Todesangst vor meiner eigenen Katze*, dachte er amüsiert. Es war höchste Zeit, diesen Fall abzuschließen, bevor er endgültig den Verstand verlor.

Seine Hände zitterten noch immer, als er die Haustür öffnete und den gefliesten Flur betrat. Das Haus gehörte einem Rentnerehepaar, das im oberen Geschoss wohnte. Nette, ruhige Leute, die die Sommermonate in ihrem Ferienhaus auf Sylt verbrachten. Sven lebte gern hier. Die Wohnung war geräumig und die Miete niedrig. Eigentlich war es mehr ein Kompromiss zwischen ihm und den Vermietern. Es beruhigte die alten Leute, einen Polizisten im Haus zu haben, besonders in der Zeit, die sie auf der Insel verbrachten.

Vor seiner Wohnungstür angekommen, hörte er sein Telefon läuten. Noch bevor er die Tür geöffnet hatte, schaltete sich sein Anrufbeantworter ein. Ohne Licht zu machen, eilte er durch den schmalen Flur. Doch als er das Telefon erreichte, hatte der Anrufer bereits aufgelegt. Das rote Blinklicht verkündete vier Nachrichten. Die erste war von Ivonne, die wissen wollte, wie es ihm ging. Sie versicherte ihm, dass mit ihr und Torsten alles in Ordnung sei und dass sie ihn für das kommende Wochenende zum Essen einladen wollte. Sie betonte ausdrücklich, dass sein Schwager an diesem Abend Wachdienst hätte und somit aus ihrer Sicht kein Grund bestand, diese Einladung nicht anzunehmen. Torsten könne es jedenfalls kaum erwarten, wieder mit ihm herumzutollen. Während Sven schmunzelnd ihrer Stimme lauschte und beschloss, die Einladung anzunehmen, zog er die gläserne Schiebetür auf, die zu der kleinen Terrasse hinter dem Haus führte. Dabei fiel ihm ein, dass er den defekten Riegel reparieren lassen musste. Er trat nach draußen, wo der Mond fast voll am klaren Nachthimmel stand und unheimliche Schatten warf, und ließ die Ruhe auf sich wirken.

Die drei darauf folgenden Nachrichten machten diese Ruhe augenblicklich zunichte. Sie waren alle von Koschny, der mit der üblichen Dringlichkeit verkündete, dass er Sven sofort sprechen müsse. Es ginge um den Inhalt der Probe, und er solle ihn auf jeden Fall zurückrufen. Nach jeder Nachricht hinterließ er seine Handynummer. Seufzend ging Sven zum Telefon zurück. Das würde er wohl gleich erledigen müssen, wenn er nicht wollte, dass Koschny ihn mitten in der Nacht aus dem Bett klingelte. Ein seltsames Knacken war in der Leitung zu hören, als die Verbindung zustande kam, wie bei einer Funkstörung. Nach einigen Sekunden meldete sich die Mailbox, was Sven sehr gelegen kam. So konnte er Koschnys Aufforderung nachkommen, ohne sich persönlich mit ihm herumärgern zu müssen. »Hier Becker«, sagte er nach dem Piepton. »Ich bin zu Hause und habe Ihre Nachricht erhalten. Es ist ziemlich spät, und ich bin müde, es muss also bis morgen warten. Rufen Sie mich im Büro an, ich bin so gegen neun Uhr dort.« Er machte eine kleine Pause. Wieder vernahm er das leise Knacken. Dann fügte er mit Nachdruck hinzu: »Und kommen Sie ja nicht auf die Idee, mich zu wecken, sonst …«

Die Scheinwerfer eines vorbeifahrenden Autos erhellten das Halbdunkel des Wohnzimmers – und in diesem kurzen Moment erblickte Sven die schattenhaften Umrisse einer menschlichen Gestalt auf seinem Sofa.

Seine Hand verkrampfte sich schmerzhaft um den Hörer. Zunächst hielt er die Erscheinung für eine weitere Täuschung. Doch dann vernahm er ein leises Geräusch aus der Dunkelheit. »Wer … wer ist da?«, fragte er ins Halbdunkel. Er war so verstört, dass er nicht einmal daran dachte, nach seiner Dienstpistole zu greifen.

»Legen Sie auf«, befahl der Schatten mit schriller Stimme.

Es dauerte zwei Sekunden, bis Sven sie einordnen konnte. »Hofer, sind Sie das?«

»Sie sollen auflegen, *sofort*!«

»Machen Sie kein Licht«, wies der Schatten ihn ruhig an. »Es ist sehr wahrscheinlich, dass Ihre Wohnung beobachtet wird.«

Svens Hand glitt zögernd von dem Lichtschalter an der Wand. »Wie sind Sie hier reingekommen?«

»Sie sollten Ihre Terrassentür abschließen«, kam es zurück. »Für jemand, dessen Kollege gerade erst ermordet worden ist, sind Sie ziemlich leichtsinnig.«

Sven atmete tief durch. Einen entsetzlichen Augenblick lang hatte er genau dasselbe gedacht. »Mein Gott, was soll dieser Auftritt?«, fragte er wütend. »Sie haben mich zu Tode erschreckt!«

»Seien Sie lieber froh, dass ich es bin, sonst *wären* Sie jetzt tot«, erwiderte Hofer ungewohnt überlegen.

Sven stieß sich das Knie schmerzhaft an der Kante des Glastisches. Fluchend schloss er die Terrassentür und ließ die Rollläden herunter. Dann schaltete er die Stehlampe neben der Couch ein. Er betrachtete seinen Gast, dessen hagere Gestalt auf seiner Couch wie eine Dekoration wirkte. »Sie sind es also wirklich«, stellte er fest, als könne er es noch immer nicht glauben. »Ehrlich gesagt wundert es mich, dass Sie noch leben. Ich hatte schon fest damit gerechnet, Ihre Leiche irgendwo im Wald zu finden.«

Hofer sah ihn ausdruckslos an. »Nun, wie Sie sehen, bin ich äußerst lebendig. Und damit das so bleibt, brauche ich Ihre Hilfe.«

»Was Sie nicht sagen«, bemerkte Sven. »Sie machen fast zwei Wochen lang auf unsichtbar, dann brechen Sie in meine Wohnung ein und verlangen, dass ich Ihren Schutzengel spiele. Ihnen ist in den Tagen Ihrer Abwesenheit doch hoffentlich nicht entgangen, dass Sie mittlerweile die Schlüsselfigur in einer Mordserie sind.«

»Sie ahnen ja nicht, wie sehr mir das bewusst ist«, erwiderte Hofer todernst. »Und natürlich will ich Ihre Dienste nicht umsonst in Anspruch nehmen.«

»Verstehe«, knurrte Sven. »Ihre Aussage gegen Straffreiheit und Polizeischutz. Glauben Sie ja nicht, dass Sie so einfach da rauskommen.«

»Es geht nicht um meine Sicherheit«, entgegnete Hofer. »Ich denke dabei an meine Familie. Meine Frau und mein

Sohn wussten nichts von alldem. Entsprechend groß war ihre Enttäuschung, als ich versucht habe, es ihnen zu erklären.«

»Sie täten gut daran, mir das Ganze auch zu erklären.«

Die Traurigkeit in Hofers Gesicht wich augenblicklicher Härte. »Alles zu seiner Zeit, Herr Kommissar. Zuerst will ich Ihre Zusage. Ich glaube zwar, dass meine Familie im Augenblick an einem sicheren Ort ist, trotzdem will ich, dass Sie im Falle meiner Aussage für ihre Sicherheit garantieren.«

»Warum haben Sie sich nicht gleich an uns gewandt? Das hätte Ihnen und uns eine Menge Ärger erspart.«

»Ich konnte niemandem trauen.«

»Und jetzt können Sie's?«

»Glauben Sie, ich säße sonst hier? Es war ein ziemliches Risiko für mich hierherzukommen. Aber Sie sind im Moment einer der wenigen, zu denen ich noch so etwas wie Vertrauen habe. Obwohl ich zugeben muss, dass ich bei Ihrem Treffen mit Kilian meine Zweifel hatte.«

»Woher wissen Sie davon?«, fragte Sven erstaunt.

»Ich beobachte Sie schon seit ein paar Tagen.«

»Mich? Warum denn das?«

»Ich musste schließlich sichergehen.« Hofer schaute einige Sekunden lang zu Boden, bevor er Sven abermals ansah. »Die Integrität eines Menschen«, fuhr er fort, »kann man am besten auf die Probe stellen, indem man dem Betreffenden einen Köder hinwirft und abwartet, wie er darauf reagiert. Was ich in Ihrem Falle gesehen habe, hat mich überzeugt.«

Wieder trat Stille ein. Endlich erkannte Sven die entscheidende Verbindung. »Sie sind der anonyme Anrufer, nicht wahr?«, stellte er fest. »Sie haben mir die Probe zukommen lassen.«

Hofer nickte, ohne ihn anzusehen. »Ich muss gestehen,

dass ich mir bei Ihnen eine Zeitlang nicht sicher war. Sie schienen mir für so eine Aufgabe ein bisschen, na ja, *zu weich* zu sein. Glücklicherweise habe ich mich geirrt.«

Dem konnte Sven nichts entgegensetzen. Immerhin kam diese Aussage von einem Mann, der vermutlich immer noch seinen Ausweis an der Kinokasse vorzeigen musste und daher leicht zu unterschätzen war. »Tja, das ehrt mich zwar«, meinte er, »aber was genau verlangen Sie denn nun von mir?«

»Für die Sicherheit meiner Familie zu sorgen, nichts weiter. Machen Sie mit mir meinetwegen, was Sie wollen, aber meine Frau und mein Sohn haben nichts mit dem Ganzen zu tun. Ich will nur, dass Sie sie beschützen. Wenn ihnen auch etwas passiert …« Er beugte sich vor. »Sie müssen mir eines versprechen«, sagte er. »Falls mir etwas zustoßen sollte, sagen Sie meiner Familie bitte, dass es mir schrecklich leidtut.«

»Ihnen wird schon nichts zustoßen.«

»Bitte«, flehte Hofer, »versprechen Sie es mir.«

Sven betrachtete ihn unschlüssig. Dann nickte er. »Wo sind sie jetzt?« Eigentlich erwartete er keine Antwort auf diese Frage, doch Hofer schien ihm wirklich zu trauen.

»Sie sind bei Freunden in der Schweiz.«

Svens Stirn legte sich in Falten. »Weshalb denn ausgerechnet in der Schweiz?«

»Wie gesagt, ich habe Freunde dort. Außerdem würde niemand sie dort vermuten.«

»Trotzdem scheinen Sie sich bei dem Gedanken, sie dort allein zu lassen, nicht wohl zu fühlen.«

»Sie haben doch selbst gesehen, wozu diese Leute fähig sind. Und ich besitze genügend Material, um einige von denen für lange Zeit aus dem Verkehr zu ziehen. Meine Familie wäre ein willkommenes Druckmittel für sie.«

»Na schön«, meinte Sven, »ich rede gleich morgen früh

mit meinem Chef und setze mich anschließend mit den Schweizer Kollegen in Verbindung. Die sollen zwei Streifenwagen zu dem Haus schicken.«

»Es ist eine Pension.«

Sven setzte sich in einen Sessel. »Gut, meinetwegen, eine Pension.« In seinem Kopf kreisten Dutzende von Fragen wie ein Schwarm hungriger Vögel, die er am liebsten über Hofer hätte herfallen lassen. Doch er hatte den Eindruck, dass dieser die Fragen von selbst beantworten wollte. Nur eine würde offenbleiben: Konnte er *ihm* vertrauen?

»Ich kann Ihnen aber keine Straffreiheit garantieren«, sagte er unmissverständlich.

»Das müssen Sie auch nicht. Ich habe meine Strafe längst. Fünf Menschen sind tot, und ich bin mehr oder weniger mitschuldig daran. Für mein Gewissen bedeutet das lebenslänglich.«

»Wenigstens haben Sie noch so etwas wie ein Gewissen.«

»Ja, genau wie Doktor Krämer.« Hofer lachte gequält und griff nach dem silbernen Etui in seiner Jackentasche.

»Bitte nicht!«, sagte Sven energisch. »Seit dem Tod meines Kollegen bin ich Zigaretten gegenüber nicht sehr aufgeschlossen.«

Hofer hielt inne und nickte wortlos. »Ich rauche in letzter Zeit ohnehin zu viel.« Er ließ das Etui wieder in die Tasche gleiten.

»Nur um der Klarheit willen: Waren Sie mitverantwortlich für Dennis' Tod?«

»Nur in der Hinsicht, dass ich ihn nicht gewarnt habe.«

»Wussten Sie davon?«

»Ich habe es geahnt. An dem Tag, bevor er umgekommen ist, hat er mir vor dem Altenheim aufgelauert und mich bedrängt. Ist nicht gerade zimperlich mit mir umgegangen.«

»Tatsächlich?«, fragte Sven erstaunt. »Was wollte er denn von Ihnen?«

»Mich unter Druck setzen, nehme ich an. Was ihm auch gelungen ist.« Wieder griff Hofer nach seinen Zigaretten, ließ das Etui aber sogleich wieder seufzend in der Jackentasche verschwinden. »Kurz davor hatte ich Sie das erste Mal angerufen. Ich war an diesem Abend ziemlich fertig. Die Geschichte mit der alten Frau hatte mir den Rest gegeben. Irgendwie hatte ich bis dahin wohl immer noch versucht mir einzureden, dass alles gutgehen würde. Stattdessen wurden es immer mehr Tote. Zuerst Jensen, dann die alte Dame, und dann auch noch Krämer. Daran bin ich wohl auch nicht ganz unschuldig. Ich hätte auf ihn hören sollen.« Unruhig rieb Hofer seine zitternden Finger. »Ich hatte schon seit ein paar Tagen das Gefühl, beobachtet zu werden, und ich hatte Angst, der Nächste auf deren Liste zu sein. Also habe ich angefangen, Vorkehrungen zu treffen. Ich habe wichtige Unterlagen und Dateien kopiert und habe angefangen, Telefongespräche aufzuzeichnen, quasi als Lebensversicherung. Als Ihr Kollege mich an diesem Abend abgepasst hat, stand mein Entschluss, meine Familie außer Landes zu bringen, bereits fest. Und dann ist plötzlich wieder dieser Kerl in seinem Wagen aufgetaucht.«

»Welcher Kerl?«

»Vermutlich derselbe, der auch Ihren Kollegen auf dem Gewissen hat. Ich hätte ihn warnen sollen, aber er war so aufgebracht, dass er mich bestimmt nicht ernst genommen hätte.« Hofer lehnte sich zurück. »Der Mann war mir schon ein paar Tage vorher aufgefallen. Auf dem Heimweg und bei kleineren Besorgungen. Meistens war er allein, aber hin und wieder hat auch ein zweiter Mann bei ihm im Wagen gesessen. Plötzlich hatte ich den Eindruck, jeder meiner Schritte würde beobachtet. Und mit einem Polizisten auf einem Parkplatz gesehen zu werden wäre in dieser Situation sicher nicht vorteilhaft für mich gewesen. Ich habe noch gesehen, wie der Wagen Ihrem Kollegen gefolgt ist. Da war mir klar, dass die Ernst machen.«

»Wer zum Teufel sind *die*?«

Hofer zögerte. »Erst will ich das Okay aus der Schweiz, dass meine Familie beschützt wird.«

»Aber das kann ich nicht vor morgen früh veranlassen«, entgegnete Sven.

»Dann warten wir so lange.«

Sven seufzte gereizt. »Was ist mit den Kopien und den Aufzeichnungen, von denen Sie gesprochen haben?«

»Die sind an einem sicheren Ort.«

»Sie meinen, bei Ihrem Helfer?«

Entrüstet starrte Hofer ihn an.

Für Sven war das ein eindeutiges Ja. Er stand auf und ging in die Küche. »Möchten Sie ein Bier?«

Hofer nickte. »Ja, danke.«

Sven kam mit zwei Flaschen zurück und stellte eine vor Hofer auf dem Tisch ab.

»Hätten Sie vielleicht ein Glas?«, fragte der Heimleiter. Sven blickte skeptisch zu dem Geschirrstapel in seiner Küche hinüber. »Schon gut«, gab Hofer auf. »Es geht auch ohne.«

Sven setzte sich wieder und trank einen Schluck. »Also«, begann er, »sagen Sie mir nun den Namen Ihres Helfers, damit uns bis morgen früh der Gesprächsstoff nicht ausgeht?«

Jetzt trank auch Hofer einen ausgiebigen Schluck. »Ich hätte mich am Telefon nicht versprechen dürfen«, meinte er. Die Kohlensäure ließ seine Augen tränen.

»Es war nicht nur Ihr Versprecher«, entgegnete Sven. »Bei

Ihrem letzten Anruf waren Sie mir ein bisschen zu gut informiert. Milenz' Verhaftung war erst ein paar Stunden her, und trotzdem wussten Sie davon.«

»Na ja, ich hätte ihn auch beobachten können«, sagte Hofer.

»Warum hätten Sie das tun sollen?«

»Vielleicht, um ihn zu warnen. Und vielleicht, weil ich wusste, dass die einen Sündenbock gesucht haben.«

»Nein.« Sven schüttelte energisch den Kopf. »Ich halte Sie zwar für einen intelligenten Mann, aber um das vorauszuahnen, hätte man schon übersinnliche Kräfte gebraucht. Nein, Sie haben so schnell wie möglich das Weite gesucht, weil Sie wussten, dass die hinter Ihnen her sind. Also mussten Sie untertauchen. Das war ja wohl auch der Grund, weshalb Sie Ihre Familie ins Ausland gebracht haben. Und ich könnte wetten, dass Sie bis heute Morgen noch in der Schweiz waren, bei Ihrer Frau und Ihrem Sohn. Da die Blutprobe aber nicht mit der Post verschickt wurde, liegt der Verdacht nahe, dass jemand in Ihrem Auftrag handelt.«

Hofer beugte sich vor und stellte die Flasche auf den Tisch. »Tja«, meinte er anerkennend, »anscheinend besitzen Sie mehr Weitblick als ich.« Er stand auf und ging ein paar Schritte im Zimmer auf und ab. Dabei vermied er es sorgfältig, sich einem der Fenster zu nähern. »Der Mann, der mir geholfen hat, heißt Peter Sattler und ist Journalist.«

Sven verschluckte sich bei dem Versuch, an seiner Flasche zu nippen. Noch ein Reporter. Wie viele von der Sorte konnte ein Mensch ertragen?

»Ich bin durch einen Artikel auf ihn aufmerksam geworden, in dem es um nicht genehmigte Tierversuche ging. Der Bericht hat ziemlichen Wirbel ausgelöst, sogar in den Abendnachrichten kam etwas darüber.«

Sven erinnerte sich. »Ja, das habe ich gesehen. Kurz darauf habe ich Ihren ersten Anruf bekommen.«

»Ja, richtig. Und gleich danach habe ich Sattler in der Redaktion angerufen. Es war schon spät, aber er war noch da. Wahrscheinlich hat er mit seinen Kollegen seinen Erfolg gefeiert, im Hintergrund waren laute Stimmen, wie bei einer Party. Wir haben uns noch für denselben Abend verabredet. Ich habe alle Kopien, Dateien und Unterlagen zusammengesucht, die ich für wichtig hielt – unter anderem auch die Kapsel, die ich Ihnen geschickt habe –, und bin zu meinem Wagen gegangen. Da hat Ihr Kollege auf mich gewartet. Wenn er gewusst hätte, was ich in meinem Aktenkoffer hatte … Ich hätte ihm das verdammte Ding geben sollen. Aber zu diesem Zeitpunkt hatte ich einfach zu viel Angst. Und als ich dann schon wieder dieses Auto auf dem Parkplatz stehen sah, konnte ich an nichts anderes mehr denken als an meine Frau und meinen Sohn. Ich hatte schon alles verloren, ich wollte sie nicht auch noch verlieren.«

Sven seufzte. Diese Art von emotionalem Handeln konnte er gut nachempfinden. Niemand hätte anders reagiert.

»Also habe ich die Sachen im Kofferraum verstaut und mich auf den Weg in die Redaktion gemacht. Im Nachhinein denke ich, das war das einzig Richtige. Hätte der Kerl beobachtet, wie ich einen Aktenkoffer an einen Kriminalbeamten übergebe, hätte er uns vermutlich beide auf der Stelle über den Haufen geschossen. Da der Wagen Ihrem Kollegen gefolgt ist, konnte ich einigermaßen sicher sein, dass niemand hinter mir her war. Trotzdem habe ich den einen oder anderen Umweg gemacht, um sicher zu sein. Ich habe Sattler nur das Nötigste erzählt, aber das hat genügt. Schon nach wenigen Sätzen hatte er Blut geleckt und hat versprochen, mir zu helfen.«

»Das wundert mich nicht«, bemerkte Sven abfällig. »Für so eine Story würden einige von denen selbst zum Mörder werden.«

»Ich habe ihm erklärt, was ich vorhatte, und ihn gebeten, die Ereignisse weiterzuverfolgen und mich sofort per Handy zu informieren, wenn es etwas Neues gibt. So habe ich von Milenz' Verhaftung erfahren.«

»Dann hat *er* mir also die Probe zukommen lassen?«

Hofer nickte. »Vor meiner Abreise habe ich Sattler den Aktenkoffer gegeben, mit der Anweisung, den Inhalt unverzüglich an Sie weiterzuleiten, wenn ich mich nicht jeden Tag bis 18 Uhr telefonisch bei ihm melde. Nach der Sache mit Milenz musste ich handeln und habe Sattler gebeten, Ihnen eine der Kapseln zu schicken, damit Sie weiter an dem Fall dranbleiben.«

»Es gibt noch mehr davon?«

»Ja. Die restlichen Proben sind in dem Aktenkoffer.«

»Und die stammen alle von Bewohnern des Altenheims, nicht wahr?«

Hofer schwieg und sah zu Boden.

Sven schüttelte den Kopf. »Sie müssen noch naiver sein als ich, wenn Sie eine Zeitungsredaktion tatsächlich für einen sicheren Ort für so brisantes Material halten.«

»Ich musste mich doch absichern.« Hofers Stimme klang, als wäre er kurz vorm Ersticken.

»Ihnen ist doch klar, dass ich diesen Sattler augenblicklich wegen Zurückhaltung wichtiger Beweise verhaften lassen und ihn dazu zwingen könnte, mir den Koffer auszuhändigen?«, erkundigte sich Sven.

»Und welche Begründung hätten Sie ohne meine Aussage?«

»Das wäre nicht die erste Verhaftung ohne triftigen Grund.«

»Aber vor morgen früh bekommen Sie keinen Durchsuchungsbefehl für die Redaktion. Was also hätten Sie dadurch gewonnen?«

Sven seufzte resigniert.

»Seien Sie unbesorgt«, tröstete Hofer, »ich bin sicher, dass er nichts unternehmen wird, bis er meine Zustimmung bekommt.«

»Was haben Sie getan, ihn betäubt und angekettet?«

»Ich habe einen Vertrag mit ihm. Er bekommt die Erstrechte an der Geschichte, sobald meine Familie in Sicherheit ist und ich meine Aussage gemacht habe.«

»Ach, und Sie glauben, er wartet so lange? Großes Pfadfinderehrenwort, oder was?«

»Ohne meine Aussage kommt er nicht an die Hintermänner ran. Außerdem hat er sich bis jetzt an die Abmachung gehalten. Warum sollte er sie so kurz vor dem Ende brechen?«

»Und was für ein Ende haben Sie vorgesehen?«

Hofer sah auf die Uhr. »Wir warten«, sagte er knapp.

Sven wurde ungeduldig. »Jetzt kommen Sie schon«, drängte er. »Ich dachte, Sie vertrauen mir. Bis morgen früh dauert es noch Stunden, und wir könnten die Zeit wirklich sinnvoller nutzen. Ich verspreche Ihnen, wir werden Sie und Ihre Familie nach besten Kräften beschützen.«

»Ich will lieber ganz sichergehen«, beharrte Hofer nervös. »Wer war das vorhin am Telefon?«

»Jemand, der bestimmt nicht begeistert sein wird, dass seine Story von einem anderen geschrieben wird.«

Hofer musterte ihn unsicher. Dann ging er zum Telefon und zog den Stecker heraus.

»Was machen Sie denn da?«

»Keine Anrufe mehr.«

»Verflucht, wer, glauben Sie, ist hinter Ihnen her, die Mafia?«

Hofer betrachtete ihn wie ein Vater, der sein ungezogenes Kind zurechtwies. »Sie haben ja keine Ahnung«, sagte er beinahe herablassend.

»Jetzt beruhigen Sie sich mal wieder«, meinte Sven gereizt und ging wieder in die Küche. »Wollen Sie auch noch ein Bier?«

»Ich finde, wir sollten lieber einen klaren Kopf bewahren.«

»Wie Sie meinen«, knurrte Sven und öffnete eine neue Flasche. Auf viele Menschen hätte Alkohol zu dieser Stunde eher einschläfernd gewirkt. Für ihn jedoch war es nach einem solchen Tag das einzig wirkungsvolle Mittel, einen klaren Kopf zu behalten. »Erzählen Sie mir etwas über die Soheim GmbH. Oder ist das auch eins von Ihren Geheimnissen, das Sie nicht vor Sonnenaufgang preisgeben?«

Hofer war ihm in die Küche gefolgt. Jetzt zögerte er einen Moment. »Offiziell ist die Soheim GmbH eine Gesellschaft für Sozialimmobilien und Heimbau«, gab er schließlich nach. »Inoffiziell ist es eine Scheinfirma und dient nur zum Vertuschen. Aber das wissen Sie sicher schon.«

»Das war nicht schwer zu erraten«, erwiderte Sven. Wenigstens konnte er jetzt davon ausgehen, dass Hofer die Wahrheit sagte. »Die haben sich nicht gerade Mühe gegeben, es zu verbergen.«

»Der einzige Fehler, den die bis jetzt gemacht haben.«

»Nein, deren größter Fehler war es, Erik Jensen aus dem Weg zu räumen. Sein Tod hat diese Lawine erst ins Rollen gebracht. Was ich nicht begreifen kann, ist, wie *Sie* da hineingeraten sind. Ein wohlhabender Familienvater mit Verantwortung. Was hat Sie dazu bewogen, sich auf einen Mord einzulassen?«

Hofer stellte seine halbvolle Flasche auf der Küchentheke ab. »Tja«, seufzte er, »ich wünschte, ich könnte jetzt sagen, dass ich es für einen guten Zweck getan habe oder zum Wohle der Menschheit. Aber mir ging es schlicht und einfach ums Geld.«

»Geld? Wofür? Noch ein Haus, noch ein Auto? Wie viel Geld kann ein Mensch ausgeben?«

»Können Sie sich vorstellen, was es kostet, so ein Altenheim zu bauen und zu betreiben, Herr Kommissar? Und dann noch die vielen Genehmigungen und Verordnungen. Ich sage Ihnen, in diesem Land kann man nicht mal einen Flohmarktstand aufbauen, ohne vorher einen Antrag zu stellen. Und alle wollen Geld! Behörden, Ämter, Kommunen … Ich dachte immer, als Unternehmer wird man gefördert, aber das können Sie vergessen. Was man an Förderungen bekommt, muss man für Baugenehmigungen und hirnrissige Sicherheits- und Brandschutzauflagen hinblättern. Wussten Sie eigentlich, dass es vorgeschrieben ist, Gasflaschen in einem Stahlkäfig zu lagern? Es reicht nicht aus, sie in einem eigens dafür errichteten Unterstand abseits des Gebäudes unterzubringen, nein, man muss auch noch einen verdammten Käfig um die Dinger ziehen!« Sein Gesicht lief vor Zorn rot an. »Irgendwann geht dieses Land noch an seinen Vorschriften zugrunde. Ich bin wirklich ein gewissenhafter Mensch, aber auch bei mir ist einmal die Grenze erreicht.« Erregt strich er sich über das hagere Kinn. Sven sah, dass seine Finger zitterten. »Irgendwann musste ich mir dann eingestehen, dass ich mir selbst etwas vormachte«, erzählte Hofer weiter. »Das Projekt war von Anfang an eine einzige Katastrophe! Schon bei den Ausschachtungsarbeiten wurden giftige Industrieabfälle gefunden, die vor Jahren von einer Reifenfirma mit Genehmigung dort entsorgt worden waren. Die Stadt wusste davon, hielt es aber nicht für nötig, uns rechtzeitig zu unterrichten. Was ursprünglich als Bauland galt, entpuppte sich als Giftmülldeponie. Das verseuchte Erdreich musste komplett abgetragen und erneuert werden. Die Stadt hat natürlich nur einen Teil der Kosten übernommen. Angeblich gab es *rechtliche Unklarheiten.* Die juristische Umschreibung für ›Pech gehabt‹. Und Pech hatten wir reichlich. In dem Jahr, als die Bauarbeiten endlich beginnen konnten, hatten wir den härtesten Winter seit fünfzehn Jahren. Wochenlang Minusgrade, und viele Arbeiten mussten buchstäblich auf Eis gelegt werden. Mitte Februar hat dann auch noch das Bauunternehmen Konkurs angemeldet, was das Ganze weiter verzögert hat. Die Kosten sind explodiert, lagen bereits ein Drittel über dem, was ursprünglich veranschlagt worden war. Einige Investoren sind abgesprungen, und mir war klar, dass es in diesem Stadium nicht leicht sein würde, neue aufzutreiben. Bald hatte ich fast mein gesamtes Vermögen in dieses Heim investiert. Aber auch das hat nicht gereicht.«

Er machte eine Pause und stieß einen tiefen Seufzer aus.

»Und dann sind plötzlich Leute von dieser Firma bei mir aufgetaucht. Sie haben mir angeboten, den Großteil der Schulden zu übernehmen und das Heim fertigzustellen. Außerdem haben sie vorgeschlagen, mir die Leitung zu übertragen, und haben mir Mitspracherecht zugesichert. Allerdings müsste ich mich auf einen kleinen Deal einlassen. Nichts Tiefgreifendes. Nur so eine Art stumme Übereinkunft. Zu diesem Zeitpunkt hätte ich mich auf alles eingelassen, wenn es mir geholfen hätte! Wenn der Lebenstraum den Bach runtergeht, greift man nach jedem Strohhalm. Also habe ich zugestimmt. Und plötzlich hat alles geklappt wie am Schnürchen. Sämtliche fehlenden Genehmigungen wurden umgehend erteilt oder durch juristische Tricks umgangen. Es war beinahe, als würden bürokratische Hürden für diese Leute nicht existieren. Die restlichen Bauarbeiten wurden in Rekordzeit erledigt. Es hat nicht mal ein Jahr gedauert, bis das Heim in Betrieb genommen werden konnte. Ich konnte es kaum fassen, war überglücklich. Bis es darum ging, meinen Teil der Abmachung einzuhalten.« Niedergeschlagen ging er zurück zum Sofa, setzte sich und betrachtete seine Füße. »Angefangen hat alles ganz harmlos. Ein paar Pillen hier, ein paar Spritzen dort … Medikamente, die nicht zugelassen oder noch in der Erprobungsphase waren. Meist harmlose Grippe- und Schnupfenmittel. Hin und wieder Antirheumatika. Nichts Bedenkliches. Zumindest habe ich mir das immer wieder eingeredet. Wir haben die Patienten unter ständiger Beobachtung gehalten, haben ihnen regelmäßig Blut abgenommen. Niemand schien zu Schaden zu kommen.« Er wagte es nicht, den Blick zu heben. »Aber dann wurden diese Kerle immer gieriger, ihre Versuche immer riskanter und aufwendiger. Bis zu diesem Projekt. *Columbus.*« Er schüttelte den Kopf. »Anscheinend halten die sich für so was wie Entdecker, für Pioniere auf ihrem Gebiet. Ich habe versucht, mit ihnen zu reden, sie zur Vernunft zu bringen. Ich habe gesagt, es gebe Grenzen und dass ich niemanden gefährden wolle. Aber denen war das egal. Sie haben mir gedroht und mir unmissverständlich klargemacht, dass es mein Kopf wäre, der auf dem Schafott endet, wenn ich auf die Idee käme, zur Polizei zu gehen. Und tatsächlich hatten sie alle Spuren sauber verwischt. Es gab nur mich und die Soheim GmbH, und die existiert nur auf dem Papier, wie ich erst später herausgefunden habe. Die armen Trottel, die dort zum Schein bezahlt werden, wissen vermutlich gar nicht, dass sie auf einem Pulverfass sitzen.

Umso bewusster wurde *mir*, auf was ich mich da eingelassen hatte. Das ganze Projekt ist zusehends außer Kontrolle geraten, und wer da eigentlich im Hintergrund agierte, wurde immer undurchsichtiger.«

»Und dann kam Jensen, nicht wahr?«, warf Sven ein. Er stand noch immer in der Küche und sah Hofer an, der nun doch beschlossen hatte, sein Schweigen zu brechen. Wahrscheinlich war er heilfroh, endlich mit jemandem über all das reden zu können. Zumindest hatte Sven diesen Eindruck, aber der Mann wirkte auch schwerfällig und schuldbewusst. Nervös rieb er die Handflächen aneinander, und jeder Atemzug glich mehr einem Stoßseufzer.

»Ja«, sagte er kaum hörbar. »Jensen mochte die alten Leute. Ich habe sofort gemerkt, dass er einen Draht zu ihnen hatte. Aus irgendeinem Grund waren sie die Einzigen, vor denen er Respekt hatte.«

»Wusste er von den Experimenten?«

»Anfangs nicht«, seufzte Hofer. »Aber dann muss die alte Marek irgendetwas zu ihm gesagt haben. Wahrscheinlich einer der letzten lichten Momente, die die arme Frau gehabt hat. Jedenfalls fing Jensen plötzlich an, Fragen zu stellen, und schien sich für die Laborarbeit zu interessieren. Und als er schließlich dahintergekommen ist …« Hofer fuhr sich mit beiden Händen verzweifelt über die Halbglatze. »Gott ist mein Zeuge, ich habe Jensen mehrmals gewarnt, sich nicht mit diesen Leuten anzulegen. Aber er wollte nicht auf mich hören.«

»Gott kann Ihnen nicht helfen«, sagte Sven. »Sie allein haben es in der Hand, diesen Spuk zu beenden.«

Die Türglocke läutete.

Erschrocken fuhr Hofer herum und hätte um ein Haar seine Bierflasche umgestoßen.

»Nur die Ruhe«, beschwichtigte Sven ihn. »Ich kann mir schon vorstellen, wer das ist.« *Und wie immer kommt er im falschen Moment*, vervollständigte er den Satz in Gedanken, während er zur Tür ging. Er drückte die Taste der Sprechanlage. »Ja.«

Ein Knacken. »Ja, hallo, Becker, hier ist Koschny«, ertönte es knisternd.

Der könnte sich auch mal was Neues ausdenken, dachte Sven, während er den elektronischen Türöffner betätigte. Genau dieselben Worte hatte er auch auf dem Anrufbeantworter hinterlassen. Ohne weiter darüber nachzudenken, öffnete Sven die Wohnungstür. Doch kaum hatte er auf die Klinke gedrückt, wurde die Tür gewaltsam aufgestoßen und schleuderte ihn an die Wand. Fast gleichzeitig packte ihn eine kräftige Hand an der Kehle. Sein Kopf schlug hart hinten auf, und alles verschwamm vor seinen Augen. Noch ehe er die Situation ganz erfassen konnte, begann er, sich zu wehren und um sich zu schlagen. Er traf den Angreifer im Gesicht, am Hals und an der Brust. Seine Arme waren schwer und fast taub vor Panik, doch er mobilisierte alle seine Kräfte, um sich zu befreien. Doch die Finger des Mannes gaben keinen Millimeter nach, griffen fester zu, bis kleine schwarze Punkte vor Svens Augen explodierten. Eine weitere Gestalt huschte beinahe lautlos an ihnen vorbei. Sven nahm sie nur als vagen Schatten wahr. Im Hintergrund war ein Poltern zu hören, und das hohle Klirren von zerberstendem Glas. Dann das Ploppen eines Schalldämpfers, dem ein erstickter Aufschrei folgte.

»Nein!«, keuchte Sven und machte einen letzten aussichtslosen Versuch, sich loszureißen. Er trat mit aller Kraft gegen das Schienbein des Mannes, doch dessen Hand schloss sich nur noch enger um Svens Hals. Sie war rau wie die eines

Arbeiters, und der Atem des Mannes roch abstoßend nach Zigaretten. Sven spürte, wie die Pistole aus seinem Halfter gezogen wurde. Der Druck in seiner Brust nahm zu, steigerte sich zur Todesangst.

Das war's! Hier würde alles enden. Seine Augen waren starr auf die Waffe gerichtet. Er wartete auf das Klacken des Abzugsbolzens, das letzte Geräusch, den letzten Eindruck.

Die Hand des Angreifers hob sich. Eine Sekunde später fuhr die Pistole auf ihn nieder, und alles wurde schwarz.

34

Gleich nach dem Gespräch mit Staude war Koschny in die Redaktion zurückgefahren und hatte dort ein langes Gespräch mit seinem Chefredakteur geführt. Köster verlangte schon seit Tagen »brauchbare Fakten«. Als Koschny sie ihm präsentierte, hatte Köster umgehend die Geschäftsleitung und die Rechtsabteilung konsultiert. Doch nach eingehender Beratung entschied man sich gegen eine Veröffentlichung zum jetzigen Zeitpunkt. Die Beweislage wäre zu dünn, die rechtliche Absicherung zu unsicher. Dies sei schließlich der *Rhein-Mosel-Kurier* und nicht irgendein Revolverblatt. Eine millionenschwere Verleumdungsklage könnte man im Falle eines Irrtums nicht ohne weiteres schultern. Ausnahmsweise war Koschny auch dieser Meinung. Er hatte keinen gesicherten Beweis dafür, dass es sich auch nur bei einem der Todesfälle um Mord handelte, außerdem fehlten ihm die Hintergründe. Das Altenheim war nur Mittel zum Zweck, war nur die Strecke, auf der das Rennen ausgetragen wurde. Er brauchte Namen und Motive. Er brauchte verdammt noch mal einen Schuldigen!

Vielleicht wusste die Polizei inzwischen mehr. Zweimal hatte er versucht, Becker im Präsidium zu erreichen, und ihm schließlich zu Hause eine Nachricht auf seinem Anrufbeantworter hinterlassen. Er meldete sich nicht. Doch das musste bei Sven nichts heißen. Man musste ihm nur lange genug auf die Nerven gehen.

Koschny verließ die Redaktion kurz nach 22:00 Uhr. Auf dem Weg zu seinem Auto griff er nach seinem Handy. Doch das Display blieb schwarz. *Verdammt!* Wütend kramte er das Ladekabel aus seinem Handschuhfach und schloss es an den Zigarettenanzünder an. Anschließend startete er den Motor des Wagens.

Er bog auf die zweispurige Hauptstraße ein, die durch das große Industriegebiet verlief. Um diese Zeit verirrte sich keine Menschenseele hierher. Koschny war froh, das alles hinter sich lassen zu können, und überlegte, ob er nicht noch auf ein Glas Wein beim Italiener vorbeischauen sollte. Das wäre immerhin ein versöhnlicher Abschluss dieses misslungenen Tages. Mit etwas Überredungskunst bekam er vielleicht sogar noch etwas Brauchbares zu essen. Schließlich war er Stammgast, was die Pfunde an seinen Hüften immer deutlicher bewiesen.

Nach der Unterführung musste er an einer roten Ampel halten. Während er wartete, ertönte vom Beifahrersitz ein Piepton, der meldete, dass sein Handy ein Netz gefunden hatte. Er griff danach. Das Display zeigte eine hinterlassene Nachricht an.

Lass es, dachte er. *Es ist genug für heute.* Aber Neuigkeiten waren nun mal sein Beruf, und die konnten morgen schon veraltet sein. Er wählte die Mailbox an. Ein Entschluss, den er an diesem Abend noch oft bereuen sollte.

Mit viel zu hoher Geschwindigkeit bog Koschny in die Straße zu Svens Wohnung ein. Der Appetit war ihm nach dem Abhören der Mailbox blitzartig vergangen. *»Wer ist da?«*, hörte er noch immer Beckers Stimme. *»Hofer, sind Sie das?«* Dann war die Verbindung unterbrochen worden.

Während der Fahrt hatte er sich immer wieder dieselbe Frage gestellt: Wenn es nun tatsächlich Hofer gewesen war, dessen Stimme er im Hintergrund gehört hatte? Wenn er noch am Leben war, dann schien es nur logisch, dass er sich jemandem anvertrauen wollte. Vermutlich wollte er den Kopf aus der Schlinge ziehen, bevor der Stuhl unter ihm wegbrach. Und sicher hatte er eine Menge anzubieten, was die Staatsanwaltschaft interessieren würde. Sein Wissen könnte endlich Klarheit in diesen Fall bringen – und wäre die Zündschnur für Koschnys Story.

Zur Sicherheit parkte er den Mercedes ein ganzes Stück von Svens Auffahrt entfernt. Ein Schwarm winziger Mücken summte um seine Ohren, während er durch Licht und Schatten unter den Straßenlaternen entlangeilte. »Mistviecher«, fluchte er leise vor sich hin und schlug Löcher in die Luft, was die kleinen Biester jedoch nicht weiter störte – bis er beinahe gegen das Heck des Autos gelaufen wäre, das die Auffahrt blockierte.

Behutsam ging Koschny auf den Wagen zu. Der Motor war abgestellt, doch der Schlüssel steckte im Zündschloss. Beide Türen standen offen, und die vorderen Sitze waren umgeklappt, als habe jemand vor, etwas Sperriges einzuladen.

Wie sperrig ist ein menschlicher Körper?, fragte Koschny sich in Gedanken und versuchte die Frage sofort wieder zu verdrängen. Es gab sicher viele dunkle BMWs gleicher Bauart hier in der Gegend. Aber würde einer davon um diese Zeit in der Auffahrt eines Kriminalpolizisten stehen, der in einer Mordserie ermittelte, in der ein solcher Wagen eine entscheidende Rolle spielte? Das konnte kein Zufall sein, und sein Instinkt riet ihm, unverzüglich das Weite zu suchen und die Polizei zu verständigen. Doch der Reporter in ihm ignorierte wie immer diese Warnung und beschloss stattdessen, der Sache auf den Grund zu gehen.

Er kniete sich neben die Tür und öffnete das Handschuhfach. Ein paar Musik-CDs ohne Hülle lagen darin. Er durchwühlte sie und stieß dabei auf eine schwarze Ledermappe. Hastig öffnete er die Lasche, die sie verschlossen hielt. Neben der Betriebsanleitung und einem Serviceheft steckte auch der Fahrzeugschein darin. Er hielt das Papier in das trübe Licht, das von der Straße in die Auffahrt fiel. Der Wagen war mit einem Mayener Kennzeichen auf einen gewissen Sascha Hendrich zugelassen. Das Nummernschild am Heck begann jedoch mit WW für Westerwald. Er konnte also davon ausgehen, dass sowohl der Wagen als auch die Kennzeichen gestohlen waren.

Kein Höflichkeitsbesuch, so viel stand fest.

Sorgfältig verstaute er die Mappe wieder und schloss das Handschuhfach. Die Innenbeleuchtung war aus, trotz offener Türen, und die hinteren Fenster waren mit Klebefolie verdunkelt worden, so dass er nicht viel erkennen konnte. Doch er glaubte, einen Laptop auf der Rückbank liegen zu sehen. Es roch nach kaltem Rauch, und der Aschenbecher quoll über. In der kleinen Ablage zwischen den Sitzen lagen eine Schachtel Marlboro und ein Feuerzeug. Koschny nahm es in die Hand und betrachtete den Aufdruck. Das Logo einer Firma.

In diesem Moment ging das Licht im Hausflur an, und die Tür wurde geöffnet. Augenblicklich hastete Koschny nach rechts auf die kleine Grünfläche des Grundstücks und in den schützenden Schatten eines Pflaumenbaums, dessen Stamm neben einigen dunklen Sträuchern in den Nachthimmel ragte. Sein Puls fauchte in seinen Ohren, und erst jetzt wurde ihm klar, in welcher Gefahr er sich befand. Durch die dichten Blätter der Sträucher konnte er nicht viel erkennen, aber er sah die Schatten dreier Männer die Auffahrt herunterkommen. Einschließlich des Mannes, der über der Schulter des einen hing, waren es vier. In der Dunkelheit sah es beinahe so aus, als trage der Mann einen Teppich. Doch Koschny konnte eindeutig Beine erkennen, die auf und ab wippten. Ziemlich grob wurde der reglose Körper auf den Rücksitz des Wagens verfrachtet. Die beiden anderen gingen sehr langsam und eng umschlungen, wie zwei Betrunkene, die sich gegenseitig stützten. Es war unmöglich, zu erkennen, wer die Männer waren, aber offensichtlich war einer der beiden verletzt. Koschny hörte ein schmerzhaftes Stöhnen und das Schleifen von Schuhen auf Beton. Genau wie der Reglose wurde auch der Verletzte auf die Rückbank befördert. Dann hörte Koschny Stimmen. Er sah, wie die beiden Männer sich über das Wagendach hinweg aufgeregt unterhielten. Es mussten Ausländer sein, denn er verstand kein Wort. Kurze, hektische Sätze, möglicherweise türkisch. Sie schienen zu streiten.

Koschny beugte sich ein wenig vor, um besser hören zu können. Dabei verlor er das Gleichgewicht und drohte vornüber in das dornige Gestrüpp zu stürzen. Instinktiv krallten sich seine Hände an den fingerdicken Ästen des Strauches fest. Ein brennender Schmerz durchzuckte seine linke Gesichtshälfte, als einer der Zweige zurückschnellte, und er musste sich auf die Lippe beißen, um nicht aufzuschreien. Ein Zweig brach, und die Blätter des Strauches raschelten so laut, dass er glaubte, man könne es bis zum Ortseingang hören. Gespannt lauschte er, doch die Stimmen waren verstummt. Entsetzt bemerkte Koschny, dass einer der Männer auf ihn zukam. Suchend spähte er in die Dunkelheit und spannte dabei den Schlitten seiner Pistole.

Koschny kauerte regungslos auf dem Rasen des kleinen

Vorgartens. Sein Herz hämmerte so laut, dass er fürchtete, es könnte ihn verraten.

Der Mann war jetzt zum Greifen nahe. Seine Lederschuhe knarrten bei jeder Bewegung, und Koschny bildete sich ein, die Schuhcreme darauf riechen zu können. Er verspürte einen beinahe unbändigen Harndrang und bemühte sich, nicht einmal zu blinzeln. Wie zu Stein erstarrt, atmete er den Geruch von Lehm und Grashalmen ein, und am liebsten wäre er zwischen ihnen versunken wie ein Korn in einer Sanduhr. Die Pistole war genau auf den Strauch gerichtet, hinter dem er hockte. Seine Muskeln begannen unbeherrscht zu zittern.

Dann hörte er ein Rascheln, nur Zentimeter entfernt. *Wehr dich*, schrie eine Stimme in seinem Kopf. *Spring auf und wehr dich! Lass dich nicht einfach so abknallen!*

Doch dann geschah etwas, das er zunächst für ein Trugbild seiner haltlosen Panik hielt. Zwei leuchtend grüne Augen, so groß wie die einer Eule, betrachteten ihn lauernd aus dem dunklen Gestrüpp heraus wie einen unwillkommenen Konkurrenten. Langsam kamen sie näher, glitten durch einen schwachen Lichtstrahl, der zwischen den Blättern hindurch den Schatten zerschnitt.

Zorro!

Das Fell des Katers war so schwarz wie der Ruß eines Ölofens, und im Maul hielt er eine tote Maus, deren angenagter Kopf nur noch an einigen Sehnen hing. Einen Moment lang verharrte der Kater. Dann wandte er sich ab, verschwand raschelnd in einem Gewirr aus Zweigen und trabte über die Auffahrt zur Straße.

Der Mann am Auto rief etwas, dann lachte er. Der andere fluchte unverständlich vor sich hin und wandte sich von dem Strauch ab. Dann brach auch er in Gelächter aus.

Diese Dreckskerle standen tatsächlich da und lachten.

Koschny entspannte sich, als der Mann die Pistole wegsteckte und zum Wagen zurückging. Doch er wagte erst wieder richtig zu atmen, als der Wagen rückwärts aus der Auffahrt gerollt war. Langsam richtete er sich auf. Er wartete noch eine Weile – vielleicht fünf Minuten, vielleicht auch fünfzehn –, dann kam er aus seinem Versteck und ging zurück zur Straße. Zögernd schaute er sich um. Im Hausflur brannte noch immer Licht, aber er war sicher, dass niemand mehr im Haus war.

Jedenfalls niemand, der noch lebt.

Hastig fummelte er den Autoschlüssel aus der Tasche seiner zu engen Jeans, lief zu seinem Wagen und stieg ein. Dann atmete er ein paarmal tief durch, um sich zu beruhigen. Den anderen Wagen jetzt noch zu verfolgen war sinnlos. Zu viel Zeit war verstrichen, der Vorsprung war zu groß. Aber er glaubte, das Ziel des BMW zu kennen.

Entschlossen starrte er auf das Feuerzeug, das seine linke Hand die ganze Zeit fest umklammert hatte, so dass sein Umriss sich rot auf seiner Handfläche abzeichnete. Das Logo darauf hatte die Form einer Tablette, mit einer Einkerbung an der oberen Rundung, die den Mittelteil eines großen M darstellte. Es war Koschny vertraut; vertraut genug, um seine Unruhe zu verstärken.

Er startete den Motor, und ein mulmiger Druck machte sich in seinem Magen bemerkbar. Noch immer stand sein Körper unter Strom, und seine Muskeln bebten. *Du könntest tot sein*, dachte er und zögerte. Wenn er mit seinem Verdacht richtiglag, würde er Hilfe brauchen, bei dem, was er nun vor sich hatte. Und er würde sich verdammt noch mal eine Katze anschaffen, wenn das alles überstanden war.

Erst als er den Ortsausgang passierte, fiel ihm auf, dass er ohne Licht fuhr. Er schaltete die Scheinwerfer ein, und sie erschienen ihm viel zu hell, viel zu auffällig. Und je mehr er sich Koblenz näherte, desto stärker wurde der Druck in seinem Magen.

35

Nur langsam erwachte Sven aus seiner Bewusstlosigkeit und versuchte sich zu orientieren. Doch er war zu benommen. Außerdem war es stockfinster. Verschwommen konnte er grüne Dioden aufblinken sehen, die einen schwachen Eindruck von Räumlichkeit vermittelten. Hin und wieder war ein leises elektronisches Piepen zu hören. Sonst war es still um ihn herum. Er versuchte sich aufzurichten und bemerkte, dass er an Händen und Füßen gefesselt war.

Wo war er? Träumte er das alles?

Dafür waren die Schmerzen in seinem Kopf zu real. Er spürte, wie die Haut sich links oberhalb der Stirn spannte. Außerdem fühlte er eine geronnene klebrige Masse an der Stelle. Er ging davon aus, dass es Blut war. Allmählich kehrte wieder Energie in seinen Körper zurück, und er versuchte, sich aufzusetzen, was mit einem Schwindelanfall endete. Unwillkürlich stöhnte er auf, als das Pochen in seinem Kopf zu einem gewaltigen Hämmern anschwoll. Seine Beine waren taub. Tausend heiße Nadeln schienen auf sie einzustechen, als das Blut in die Muskeln zurückströmte. Sven wartete geduldig, bis die grellen Punkte vor seinen Augen verschwunden waren. Wieder vernahm er das elektronische Piepen. Er strengte seine Augen an, konnte jedoch nichts erkennen, bis auf ein stetig blinkendes grünes Licht. Sein Verstand war ungewöhnlich klar und schaltete blitzartig von Dämmer- auf Wachzustand, als die zerrissenen Fäden seiner Erinnerung schließlich wieder zusammengeknüpft waren. Und plötzlich wünschte er sich, dass dies alles nur ein Traum sei und er gleich erwachen würde. Doch nichts dergleichen geschah. Nur das immer wiederkehrende Piepen durchbrach die Stille.

Der Boden, auf dem er saß, war hart und rau. Die Luft roch sauer und irgendwie chemisch. Selbst die Dunkelheit hatte etwas Befremdliches. Sven zerrte mit aller Kraft an seinen Fesseln, doch sie gaben nicht nach, schnitten sich nur tiefer in seine Handgelenke, bis er es schließlich aufgab.

»Hofer?«, flüsterte er hoffnungsvoll in die Dunkelheit. Doch es blieb still. Er versuchte es noch einmal, dieses Mal etwas lauter. Das Ergebnis war dasselbe.

Was immer du tun musst, um hier rauszukommen, du wirst es allein tun müssen, dachte er. Als Erstes galt es, sich der Fesseln zu entledigen. Behutsam stemmte er sich rücklings auf die zusammengeschnürten Hände. Gleichzeitig zog er die Beine an und rutschte wie eine Raupe über den kalten Boden. Jedes Mal, wenn er die Muskeln anspannte, spürte er einen dumpfen Druck in der linken Armbeuge; ein leichter Schmerz auf der Innenseite des Ellenbogens.

Er ächzte vor Anstrengung und begann zu schwitzen. Seine Beine waren noch immer fast taub und fühlten sich ungewohnt schwer an, als wäre er mit ihnen in ein starkes Gravitationsfeld geraten. Bereits nach drei oder vier Metern stießen seine Füße gegen ein Hindernis, das nicht nachgab.

Eine Wand?

Demnach musste es sich um einen sehr schmalen Raum handeln, vielleicht eine Abstellkammer. Aber das war unmöglich. Wenn ihn sein Orientierungssinn nicht gänzlich verlassen hatte, blinkte das kleine grüne Licht etliche Meter entfernt schräg links von ihm. Es verlieh der Dunkelheit eine gewisse Tiefe, wie ein Stern am nächtlichen Himmel. Er musste sich also in einer Art Nische oder einem Alkoven befinden. Außerdem spürte er eine trockene Kühle. Ein gewöhnlicher Keller schied somit aus. Stöhnend kroch er ein Stück zurück, was wesentlich anstrengender war, da seine Beine nun die Hauptarbeit verrichten mussten und sich nach wie vor seinem Willen widersetzten. Der Boden unter ihm war gefliest. Seine Finger konnten breite Fugen fühlen. Die Absätze seiner Schuhe schabten über die Vertiefungen und bestätigten seine Annahme, dass der Raum groß war, denn das Geräusch hallte wie ein schwaches Echo von den Wänden zurück und verlor sich dann. Salziger Schweiß brannte in der Wunde auf seiner Stirn, und die Anstrengung verstärkte das Hämmern in seinem Schädel. Er schwang sich herum und strebte auf das blinkende Licht zu, als sein Ellenbogen erneut gegen etwas stieß. Dieses Mal gab das Hindernis nach und kippte scheppernd auf die Fliesen.

Ein Blecheimer.

Kaum hatte er diesen Gedanke gefasst, ging draußen das Licht an. Dort schien ein Flur oder Korridor zu sein. Schritte ertönten vor der Tür, unter der sich ein schmaler Lichtschlitz gebildet hatte, der sich nun mit Schatten füllte. Svens Herz schlug schneller. Einen Moment lang überlegte er, ob er sich wieder bewusstlos stellen sollte, aber wer auch immer ihm da einen Besuch abstatten wollte, hatte durch seine Ungeschicklichkeit längst gemerkt, dass er wach war. Also verharrte er regungslos und starrte auf das Licht. Seine Kopfschmerzen waren unerträglich geworden.

Ein Schloss knackte. Dann öffnete sich die Tür.

Helligkeit durchflutete den Raum. Erst nach und nach konnte Sven Farben und Formen ausmachen. Er sah elektronische Geräte mit unzähligen Knöpfen, die an Monitore angeschlossen waren. Regale, in denen sich Unmengen von gläsernen Gefäßen befanden. Flaschen, Messgläser, Petrischalen, Reagenzgläser, Pipetten. Er selbst fand sich zwischen der grauen, fensterlosen Wand und dem massiven Seitenteil eines Steintisches wieder, gegen den er vorhin gestoßen war. Es war einer von insgesamt vier solchen Tischen, die nebeneinander aufgereiht aus dem Boden ragten wie steinerne Opferschreine und in demselben dunkelroten Ton gefliest waren. Auf einigen waren merkwürdige Apparaturen angebracht, die aussahen wie Folterinstrumente. Eine Szene wie aus einem David-Cronenberg-Film.

Sven schaffte es nur mit Mühe, aufrecht sitzen zu bleiben. Sein Blick schwenkte zu der offenen Tür hinüber, in der zwei Männer standen, die ihn prüfend betrachteten.

»Ah, Herr Kommissar«, sagte einer der beiden, »wie ich sehe, haben Sie sich bereits mit den Räumlichkeiten vertraut gemacht.« Die Stimme des Mannes war ebenso voluminös wie sein Körperbau, und dazu rau wie ein Reibeisen.

»Wo bin ich?«, fragte Sven, noch immer vom Licht geblendet.

»An einem Ort, wo Sie keinerlei Gefahr mehr für mich darstellen«, krächzte die Stimme. »Und Sie sind mir, gelinde gesagt, ganz schön auf die Nerven gegangen.«

Sven blinzelte zu der massigen Gestalt hinauf. »Ich kenne Sie«, stellte er fest, nachdem sich seine Augen endlich an das Licht gewöhnt hatten. »Sie sind doch dieser Kerl aus den Nachrichten, der mit diesem Pharmaladen, nicht wahr?«

»Hees«, erwiderte der Mann und lächelte. »Dietmar Hees, Gründer und Geschäftsführer der Medical Technology Group, mit weiteren Niederlassungen in England und Frankreich, falls Sie das mit *Pharmaladen* meinen. Es freut mich, dass Ihr Gedächtnis keinen Schaden genommen hat. Wir werden es heute Abend nämlich noch brauchen.«

»Sie sind also derjenige, der hier die Fäden zieht.« Sven schielte zu dem zweiten Mann hinüber, der reglos neben der Tür stand, die Hände auf dem Rücken verschränkt wie ein Soldat. Er war unverkennbar Südländer. Groß, sportlich, dunkler Teint, und Augen, die ebenso tiefschwarz waren wie seine Haare. Seinen Namen kannte Sven nicht, doch er war sich ziemlich sicher, wen er vor sich hatte. »Dann dürfte das andere Arschloch da wohl für meine Kopfschmerzen verantwortlich sein«, stellte er angewidert fest.

Hees musterte ihn eingehend. »Sie nehmen den Mund ziemlich voll für jemanden, der nicht mehr viel vom Leben zu erwarten hat. Aber man hat mir bereits gesagt, dass Sie ziemlich respektlos sind.«

»Tja, wissen Sie, mir ist bis jetzt noch niemand begegnet, vor dem ich Respekt haben müsste. Und ich glaube kaum, dass Sie und dieser Drecksack da eine Ausnahme bilden.«

»Unterschätzen Sie Mohamed nicht«, riet Hees gönnerhaft. »Zugegeben, das mit Jensen wäre beinahe schiefgegangen, aber der Abflug Ihres übereifrigen Kollegen war doch nun wirklich kreativ.« Er lachte heiser.

Unwillkürlich ballten sich Svens Hände zu Fäusten, und er zerrte fester an seinen Fesseln. »Mohamed?«, wiederholte er und versuchte seinen Zorn durch Ironie zu überspielen. »Ziemlich prophetischer Name für einen Killer, finden Sie nicht?« Mohameds Gesicht blieb ausdruckslos, beinahe unbeteiligt. Es kam Sven flüchtig bekannt vor. Dennoch konzentrierte er sich wieder auf Hees. »Was haben Sie mit Hofer gemacht?«

»Tja«, entgegnete Hees mit übertriebener Unbekümmertheit, »das ist zugegebenermaßen ein Problem. Einer meiner weniger begabten Mitarbeiter war da ein bisschen voreilig. Er hat seine Unfähigkeit bereits bei der Durchsuchung von Hofers Büro unter Beweis gestellt, als er sich von Ihrer Frau hat überraschen lassen. Und ich hasse Leute, die Fehler machen. Deswegen haben wir kurzfristig beschlossen, uns von ihm zu trennen.« Ein höhnisches Grinsen spielte um seine Lippen. »Aber wie dem auch sei, Herr Hofer kann leider nicht an unserer kleinen Plauderrunde teilnehmen, denn er ist im Moment ...« Er sog geräuschvoll die Luft zwischen den Zähnen hindurch. »Nun ja, ich will es mal in Ihrem Berufsjargon ausdrücken: nicht vernehmungsfähig. Er steht zwar unter ärztlicher Aufsicht, aber ich bezweifle, dass er durchkommt. Also müssen wir notgedrungen mit Ihnen vorliebnehmen.«

»Und was wollen Sie von mir?«, fragte Sven.

Gemächlich schritt Hees zur Tür und zog einen kleinen Stuhl von der Wand weg. Er öffnete den Knopf seines Jacketts und machte es sich vor Svens Füßen bequem. Der Stuhl ächzte unter seinem Gewicht. »Wir vermissen diverse Akten und CDs, die Hofer uns schuldig geblieben ist. Sie wissen nicht zufällig etwas darüber, Herr Kommissar?«

»Nein«, log Sven.

»Das hab ich mir gedacht. Nur glaube ich Ihnen leider nicht, da ich mit Sicherheit weiß, dass eine der Proben, die wir ebenfalls vermissen, auf Ihrer Dienststelle aufgetaucht ist.« Er deutete mit dem Kopf auf eines der Regale hinter ihm. »Sehen Sie, dieser Raum ist voller Chemikalien, die in der richtigen Konzentration dem menschlichen Körper ziemlichen Schaden zufügen können. Ein Zeichen von mir, und Mohamed benutzt den Inhalt einer dieser Flaschen dazu, Ihnen – bitte verzeihen Sie mir dieses makabre Wortspiel – die Augen zu öffnen. Sie sollten sich also Ihre Antwort lieber noch einmal überlegen.«

Da gab es nicht viel zu überlegen. Hofer war vermutlich tot. Und wenn nicht, würde er die nächsten Stunden kaum überleben. Diese Unterlagen, deren Inhalt Sven nicht einmal kannte, waren jetzt alles, was er noch hatte. Sie waren sein Trumpf, seine Versicherung, dass *er* die nächsten Stunden überleben konnte. Wenn er verriet, wo sie waren, würde das seine Situation kaum verbessern. Er musste Zeit gewinnen und auf Koschnys Hartnäckigkeit vertrauen. Darauf hoffen, dass der Reporter seine Mailbox abgerufen und Hofers Stimme erkannt hatte. Auf Blutspuren oder andere Hinweise auf einen Kampf in seiner Wohnung. Auf Kollegen, die nach ihm suchten. Aber wie groß war die Wahrscheinlichkeit, ihn hier zu finden? Verschwindend gering, wie er sich eingestehen musste. Dennoch war es ein Lichtblick, und wenn es um das eigene Leben ging, reichte das allemal aus. Alles, was er brauchte, war Zeit. Doch als Hees sich auf sein Schweigen hin langsam von seinem Stuhl erhob und bedächtig zu einem der Regale schritt, wurde ihm klar, dass er nicht mehr viel Zeit hatte.

Er hoffte auf ein Wunder.

36

Koschny saß in seinem Wagen und beobachtete das große Gebäude auf der anderen Straßenseite, das von zahlreichen Scheinwerfern angestrahlt wurde wie ein überdimensionales Denkmal. Argwöhnisch folgte sein Blick der breiten Zufahrt, die an einem Wachhäuschen endete. Eine Vielzahl von Nebenwegen zweigte davon ab und führte über das weitläufige Gelände zu kleineren Gebäuden. Das riesige Areal war von einem engmaschigen, etwa vier Meter hohen Gitterzaun umgeben, auf dem drei Reihen Stacheldraht gespannt waren. Bisher hatte er drei Wachen entdeckt. Zwei hatten vor wenigen Minuten das Wachhaus verlassen, vermutlich um einen Kontrollgang anzutreten. Hätte Koschny nicht gewusst, dass dies hier ein bekanntes Unternehmen war, er hätte es für eine neuzeitliche Kaserne gehalten.

Angestrengt hielt er Ausschau nach abgestellten Fahrzeugen. Doch die Parkplätze befanden sich wohl hinter dem Hauptgebäude, außer Sicht von der Straße aus. Hinter den zahlreichen Fenstern war nirgends Licht zu sehen. *Wahrscheinlich, weil da niemand drin ist*, meldeten sich erste Zweifel. Bestimmt hatten die letzten Angestellten das Gelände schon vor Stunden verlassen.

Doch je länger er das Gebäude betrachtete, desto mehr schwanden seine Zweifel. Er betrachtete das riesige Logo auf dem Dach. Es war identisch mit dem auf dem Feuerzeug. »MediTech« stand in Leuchtbuchstaben darunter. Alles passte zusammen, ja, es fügte sich so perfekt ineinander, dass er sich fragte, weshalb er nicht schon früher darauf gekommen war. Er fuhr jeden Tag auf dem Weg in die Redaktion hier vorbei. Offenbar hatte er sich so sehr auf das Unwahrscheinliche versteift, dass er das Naheliegende, das Offensichtliche, nicht mehr erkannt hatte. Dabei war es noch nicht einmal zwei Wochen her, dass sich die Medien sehr für diese Firma interessiert hatten. Er hatte sogar selbst einen Artikel darüber geschrieben, gut eine halbe Zeitungsseite. Doch Köster hatte ihn zu einem einspaltigen Zehnzeiler zusammengekürzt, weil er ungesetzliche Tierversuche für eher belanglos hielt. Es war zu einem lautstarken Streit gekommen, bei dem Koschny zähneknirschend den Kürzeren gezogen hatte. Doch schon am nächsten Tag hatte aufgrund dieses »belanglosen« Artikels das Telefon der Redaktion nicht mehr stillgestanden. Entrüstete Bürger und Tierschutzorganisationen wollten wissen, worauf diese Behauptungen basierten und ob sie glaubwürdig seien. Natürlich musste Koschny verschweigen, dass die Informationen von Ulrich Seifert stammten, einem ehemaligen Mitarbeiter der Firma, und von zwei weiteren Kollegen indirekt bestätigt worden waren. Zu diesem Zeitpunkt konnte er jedoch nicht ahnen, dass die Firma bereits eine Verleumdungsklage gegen Seifert eingereicht hatte. Die Geschäftsleitung behauptete, er sei wegen Unzuverlässigkeit entlassen worden, wohingegen Seifert hartnäckig darauf bestand, dass er von sich aus gekündigt habe, nachdem er mit eigenen Augen gesehen habe, was für Grausamkeiten den Versuchstieren dort angetan wurden. Die Firma hatte sämtliche Vorwürfe aufs Schärfste dementiert und versuchte mit allen Mitteln, Seifert den schwarzen Peter zuzuschieben. Und der hatte schnell begriffen, dass sein Gegner ohne Zweifel die besseren Anwälte hatte. Also hatte er beschlossen, sich zu wehren. Übers Internet hatte er Kontakt mit mehreren Tierschutzorganisationen aufgenommen und um Unterstützung gebeten. Bald darauf tauchten erste Pressemitteilungen auf, in denen Demonstrationen vor dem Werksgelände angekündigt wurden. Die Firma berichtete später sogar von Drohbriefen, in denen von geplanten Anschlägen die Rede war, deren Echtheit aber nie bestätigt wurde. Daraufhin hatte Koschny weiter recherchiert und erneut Kontakt zu Seifert aufgenommen. Ein Folgeartikel war bereits in Arbeit, der dieses Mal in vollem Umfang in Druck gehen sollte. Zu spät, wie sich herausstellte. Denn mittlerweile hatte auch die Konkurrenz Nachforschungen angestellt und eine brauchbare Story gewittert. Schließlich war es der *Westerwald-Express* gewesen, der einen Tag früher einen detaillierten Artikel veröffentlichte, welcher weitere drei Tage später – als einige der angekündigten Demonstrationen tatsächlich stattfanden – den Fernsehredaktionen als Grundlage für ihre Berichterstattung diente. So wurde aus einer vermeintlich belanglosen Geschichte plötzlich ein Medienereignis, an dem Koschny keinen Anteil mehr hatte. Das angespannte Verhältnis zwischen ihm und seinem Chefredakteur war dadurch keineswegs besser geworden. Er hatte sich geschworen, dass ihm so etwas nie wieder passieren würde.

Nervös sah er auf die Uhr. Sein Anruf bei Seifert lag jetzt schon über eine Stunde zurück. Er hatte am Telefon ziemlich verschlafen geklungen, womöglich hatte er seine Bitte nicht ernst genommen. Andererseits glaubte Koschny ihn mittlerweile gut einschätzen zu können. Er wusste, dass Seifert inzwischen gute Verbindungen zur Global Nature

Foundation hatte, einer Organisation, die es sich zur Aufgabe gemacht hatte, Verstöße gegen geltendes Umweltrecht zu ahnden. Vor etlichen Jahren war die GNF durch einige umstrittene Aktionen bekannt geworden, und auf den Spendenkonten der Organisation hatte reger Zufluss geherrscht. Doch seitdem war es still um die Organisation geworden, und genau darauf baute Koschny. Organisationen wie die GNF lebten von den Medien und umgaben sich gerne mit medienrelevanten Personen, die sich für ihre Sache starkmachten. Und Seifert war im Augenblick so eine Person. Wenn er sich zu einer Aktion überreden ließ, die zur Stilllegung eines kriminellen Pharmaunternehmens führen konnte, würde die GNF sicher mitmischen wollen, um wieder in die Schlagzeilen zu kommen. Fraglich war nur, ob sich das in einem so engen Zeitrahmen organisieren ließ.

»Kein Problem«, hatte Seifert gesagt. Er würde auf die Schnelle ein paar Leute zusammentrommeln, die würden schon was auf die Beine stellen. Koschny beschloss, ihnen noch zehn Minuten zu geben. Dann würde er es notfalls allein versuchen. Obwohl er die Chance, ohne fremde Hilfe an dem Wachmann vorbeizukommen, als äußerst gering einschätzte. Er musste warten. Auf jemanden, der vielleicht nicht kommen würde. Und er hasste es zu warten.

Ein alter Ford Taunus kam langsam die Straße heruntergerollt. Koschny konnte vier Insassen ausmachen. Als der Wagen ihn erreicht hatte, nickte der Fahrer ihm zu. Koschny erkannte Seifert und nickte erleichtert zurück. Er sah zu, wie der Ford noch ein Stück weiterfuhr und dann unter einer defekten Straßenlaterne zum Stehen kam. Seifert stieg als Erster aus; die drei, die ihm folgten, kannte Koschny nicht. Alle trugen T-Shirts mit dem kreisrunden Emblem der GNF auf der Brust. Seiferts drei Begleiter gingen zum Kofferraum des Wagens und kramten darin herum.

Koschny stieg aus und eilte auf sie zu. Dabei behielt er das Wachhäuschen im Auge, bis er die andere Straßenseite erreicht hatte.

»Tut mir leid«, sagte Seifert, »aber schneller ging's nicht.« Er war mittelgroß, mit rötlichem Haar und einem auffallend schmalen Mund.

»Schon okay«, keuchte Koschny. »Ich bin froh, dass ihr überhaupt da seid. Hatte schon langsam Zweifel.« Er begrüßte die drei anderen, die sich ihm als Ralf, Jo und Christian vorstellten und allesamt Studenten der Fachhochschule Koblenz waren.

Jo öffnete den Kofferraum und präsentierte Koschny stolz dessen Inhalt. »Ich hab auf die Schnelle ein paar Sachen organisiert. Nichts Besonderes«, meinte er, »aber für uns wird's reichen.« Er wühlte in einer Kiste herum und zog nacheinander eine schwere Eisenkette, mehrere Vorhängeschlösser, eine zusammengerollte Stoffplane – wohl eine Art Spruchband –, ein langes Küchenmesser, eine Rolle Draht und eine Farbspraydose daraus hervor. Auch technisches Equipment war vorhanden. Koschny konnte ein Knäuel aus Kabeln erkennen, die in Steckadaptern endeten. Als Letztes kam ein großer Plüschaffe zum Vorschein. Jo rammte das Küchenmesser in den Bauch des Stofftieres und sprühte rote Farbe um die künstliche Wunde. »Für die Dramatik«, meinte er trocken. »Macht sich immer gut bei denen von der Presse.« Er grinste Koschny an. »Die Kette ist aus zwölf Millimeter dickem Edelstahl. Das wird die Jungs 'ne Weile beschäftigen.«

»Das dürfte genügen«, sagte Koschny. »Ihr müsst sie nur lange genug ablenken, dass ich mich da drin frei bewegen kann.«

»Sie wollen auf das Gelände?«, fragte Seifert überrascht.

»Ja. Das ist die einzige Möglichkeit rauszufinden, was da drinnen wirklich vorgeht.«

»Was da vorgeht?« Verunsichert trat Jo näher. Erst jetzt sah er die blutigen Kratzer auf Koschnys Gesicht. »Moment mal«, fragte er, »wovon zum Teufel reden wir hier eigentlich?«

Koschny erklärte in kurzen Sätzen die Situation, vermied es jedoch, ins Detail zu gehen. Es war ohnehin schon zu viel wertvolle Zeit verstrichen.

»Was?«, fragte Christian schockiert, nachdem Koschny geendet hatte. Nervös zupfte er an etwas herum, das wohl ein Kinnbart sein sollte. »Sie meinen, da drin werden zwei Menschen festgehalten?«

Koschny nickte ernst.

»Davon hat er mir am Telefon nichts gesagt«, beteuerte Seifert an die drei anderen gewandt.

»Dazu war keine Zeit.«

Wieder sahen sich die vier unschlüssig an. Dieses Mal meldete sich Ralf zu Wort. Er trug einen breiten silbernen Ring im linken Ohr. »Ich dachte, es geht hier um Tierversuche.« Er fuhr sich mit der Hand über den Mund. »Ich meine, wir sind 'ne Umweltschutzorganisation. Sollte man bei so was nicht lieber die Polizei rufen?«

»Die kann im Moment nicht viel machen«, entgegnete Koschny. »Ich habe nicht mal gesehen, wie die beiden auf das Gelände gebracht wurden, aber ich bin mir absolut sicher, dass sie dort sind. Die Polizei würde sich hüten, ohne handfeste Beweise das Gebäude einer renommierten Firma zu durchsuchen und dann am Ende nichts zu finden. Damit würden sie sich garantiert eine ziemlich miese Presse einhandeln. Glaubt mir, ich weiß, wovon ich rede.«

»Aber weshalb werden die beiden dort festgehalten?«, wollte Jo wissen. Er war der kleinste der vier und roch durchdringend nach Knoblauch.

»Das zu erklären würde zu lange dauern«, drängte Koschny. »Ich kann euch nur so viel sagen: Es geht um wesentlich mehr als um ein paar Versuchsaffen.«

»Und was springt für uns dabei raus?« Christian malträtierte noch immer die Fusseln an seinem Kinn.

»Wie meinst du das?«, fragte Koschny ein wenig verärgert.

»Ich riskiere meinen Arsch nicht gerne für nichts. Diese Aktion ist nicht mit unseren Leuten abgesprochen, und wir sind kein kleiner Stammtischverein. Wir könnten uns ganz schön Ärger einhandeln, wenn wir im Namen unserer Organisation etwas anzetteln, das nicht genehmigt ist. Außerdem bekommen wir mit ziemlicher Sicherheit Stress mit den Behörden, und die von der FH werden auch nicht gerade begeistert sein.«

Fehlt nur noch dein jähzorniger Daddy, der dir 'ne ordentliche Tracht Prügel verpassen würde, die du auch verdient hättest, dachte Koschny wütend. Er hatte keine Zeit, sich weiter sinnlos herumzustreiten.

»Na schön«, seufzte er, »hört zu: Ich verspreche euch, dass ich in meinem Artikel die GNF, und vor allem euch drei …« Sein Blick fiel auf Seifert. »… euch vier«, verbesserte er sich rasch, »namentlich erwähne. Außerdem kriegt ihr eine halbseitige Anzeige für eure Organisation, kostenlos. Einmal wöchentlich, drei Monate lang. Das dürfte eure Bosse besänftigen. Und außerdem wird diese Firma morgen dichtmachen, wenn das hier reibungslos abläuft. Das kommt den Versuchstieren und damit eurer Sache doch zugute. Und wegen der Behörden braucht ihr euch keine Sorgen zu machen. Wenn das alles vorbei ist, interessiert sich niemand mehr für vier Jungs, die sich an einen Zaun gekettet haben, das versichere ich euch.« Fragend blickte er in die Runde. »Also, was ist? Ihr könnt euch selbst und der Welt etwas Gutes tun, oder ihr schwingt eure Ärsche zurück ins Auto und verschwindet wieder in der Bedeutungslosigkeit. Ihr habt die Wahl.«

Wie auf Befehl richteten sich alle Blicke auf Christian. Als der merkte, dass von ihm eine Entscheidung erwartet wurde, ließ er bedächtig von seinem Kinn ab und holte tief Luft. »Na schön«, sagte er, »wie soll das Ganze denn ablaufen?«

»Ihr müsst bloß die Wachleute ablenken«, antwortete Koschny. »Wie ihr das anstellt, bleibt allein euch überlassen. Ich muss nur ungesehen an denen vorbeikommen.«

»Ich komme mit«, verkündete Seifert entschlossen.

Koschny dachte einen Augenblick lang über das Angebot nach, bevor er es ablehnte.

»Aber warum nicht? Ich kenne mich aus und könnte Ihnen da drin von Nutzen sein.«

»Es ist zu gefährlich. Zu zweit ist das Risiko größer, dass einer von uns beiden erwischt wird. Und wenn das passiert, setzen die euch dieses Mal nicht einfach mit einem Bußgeldverfahren wieder vor die Tür. Diese Typen haben wahrscheinlich mehrere Menschen auf dem Gewissen, und wenn wir uns nicht beeilen, werden es mindestens noch zwei mehr.«

Seifert nickte enttäuscht.

»Hören Sie zu«, sagte Koschny und legte ihm die Hand auf die Schulter. »Ich will nicht, dass noch mehr Menschen in Gefahr geraten. Sie bekommen Ihre Revanche, okay?«

»Okay«, gab Seifert sich zufrieden. »Aber Sie müssen ins Hauptgebäude.«

»Wieso sind Sie so sicher, dass die beiden da drin sind?«

Seifert deutete durch die engen Maschen des Zaunes. »Sehen Sie die kleineren Gebäude links daneben, mit den großen Fenstern?«, fragte er, und Koschny nickte. »Das sind die Verwaltungsbüros. Die liegen alle zur Straße hin. Wenn da irgendwas im Gange wäre, könnte man Licht in den Fenstern sehen.«

»Und beim Hauptgebäude nicht?«, fragte Koschny skeptisch.

»Doch. Aber das hat einen ausgebauten Keller. Da unten sind die Labors mit den Analysegeräten, wo auch die Tierversuche stattfinden, und ein großer Lagerraum für Chemikalien und Proben. Die meisten Räume da unten haben keine Fenster, das ganze Gebäude hat nämlich ein modernes Abluftsystem. Ideal, um jemanden festzuhalten, der nicht gesehen werden soll, schon wegen der Wachen.«

»Gut mitgedacht«, lobte Koschny. »Schon mal daran gedacht, Reporter zu werden?«

Seifert grinste stolz.

»Na schön«, sagte Koschny, »erklären Sie mir, wie ich am schnellsten da reinkomme, ohne dass mich jemand sieht?«

»Ich habe eine bessere Idee«, meldete sich Jo. »Es gibt eine ungefährliche Methode, wie er Sie trotzdem begleiten kann.«

»Ach ja, und was für eine?«

»Haben Sie ein Handy?«

37

Auf dem grauen Namensschild an seinem Hemd stand A. Meier. Entspannt saß er hinter seinem Schreibtisch und war in ein Buch vertieft. Einer der Vorteile des Nachtdienstes war, dass man zum Lesen kam und am Tage den Kopf für andere Dinge frei hatte. Keine Fremden, auf die man achten musste, keine ständigen Einlasskontrollen. Ja, Nachtarbeit hatte ihre Vorzüge. An diesem Abend jedoch war auf dem Gelände ungewöhnlich viel los. Sein Dienst hatte um 22 Uhr begonnen, und um diese Zeit war meistens niemand mehr in den Gebäuden, bis auf ein paar Labortechniker, die über ihren Versuchen gelegentlich die Zeit vergaßen und dann spätabends völlig übermüdet nach Hause fuhren. Aber normalerweise *kam* um diese Uhrzeit niemand mehr. Heute schien das anders zu sein. Zwei Eintragungen hatte er in seinem Wachbuch vermerkt. Die erste bereits um 22:23 Uhr. Ein Saab Cabriolet; er erinnerte sich noch genau an die teure Lederausstattung. Der Fahrer, ein ziemlich gestresster Mann um die fünfzig, hatte einen Sonderausweis, der ihn berechtigte, das Gelände jederzeit zu betreten. Mehr brauchte Meier nicht zu wissen. Er vermutete, dass es sich um einen Partner der Firma handelte. *Bestimmt eine Geschäftsbesprechung*, hatte er gedacht, schließlich war Dietmar Hees selbst auch noch im Haus, was sonst um diese

Uhrzeit nur selten der Fall war. Eigentlich hätte es Meier egal sein können, letztendlich wurde er nur dafür bezahlt, Ausweise zu kontrollieren.

Einen solchen hatte der nächste Besucher zwar nicht gehabt, dafür aber ein Okay von höchster Stelle. Hees selbst hatte per Telefon exakt um 22:40 Uhr die Ankunft eines dunklen BMW angekündigt und angeordnet, ihn ohne Kontrolle passieren zu lassen. Durchaus nichts Ungewöhnliches. Hin und wieder sahen Bekannte oder Vertreter von Partnerfirmen vorbei, die natürlich nicht alle eine offizielle Berechtigung oder einen Firmenausweis besaßen und deren Ankunft im Voraus bekannt gegeben wurde, um unnötige Kontrollen oder Missverständnisse zu vermeiden. Allerdings normalerweise nicht am späten Abend. Aber Hees war nun mal der Chef. Er konnte mitten in der Nacht Einlass für eine ganze Horde Nutten verlangen, wenn ihm danach war. Trotzdem erschienen ihm die beiden Insassen des Wagens … nun ja … *merkwürdig* war der Begriff, der ihm dazu einfiel. Vielleicht, weil sie Ausländer waren. Er hatte keineswegs Vorurteile, aber aus irgendeinem Grund waren sie ihm verdächtig vorgekommen. Es waren keine Mitarbeiter, dann hätte er sie vom Sehen gekannt. Außerdem hätte Hees sie dann nicht ankündigen müssen. Zudem schienen sie großen Wert darauf zu legen, nicht erkannt zu werden. Dank der Außenbeleuchtung hatte man vom Wachhaus aus einen guten Blick auf die Fahrerseite eines ankommenden Wagens; trotzdem hätte er nur eine äußerst vage Beschreibung des Fahrers geben können, da dieser sein Profil mit der Hand verdeckt hatte. Er schien groß zu sein, jedenfalls war sein Sitz weit nach hinten gestellt. Dichtes schwarzes Haar, schätzungsweise dreißig bis fünfunddreißig Jahre alt. Von dem Beifahrer konnte er noch weniger erkennen. Die hinteren Scheiben waren verdunkelt, aber seine Intuition sagte ihm, dass sich noch mehr Personen im Wagen befanden. Fast hätte er nachgesehen. Doch dann hielt er sich an die Anweisung und ließ den Wagen passieren. Einige Minuten lang ging ihm das Ganze noch im Kopf herum. Dann machte er einen Vermerk im Wachbuch und widmete sich wieder seinem Roman.

Nachdem er das Kapitel zu Ende gelesen hatte, knickte er die untere Ecke der Seite als Lesezeichen um und tauschte das Buch gegen seine Brotbüchse aus. Sein Blick fiel auf die Kaffeemaschine auf dem klapprigen Holzregal. Seine beiden Kollegen hatten ihm doch tatsächlich eine Tasse übrig gelassen, bevor sie ihren ersten Rundgang angetreten hatten. Gerade war Meier im Begriff, zwei Stück Zucker in seinem Kaffee zu versenken, als plötzlich das starre Gesicht von Ulrich Seifert vor ihm auftauchte. Seifert stand auf der anderen Seite der schusssicheren Glasscheibe und lächelte ihn an.

Meier fuhr zusammen und verschüttete einen Großteil des Kaffees auf dem Schreibtisch. Hastig griff er nach ein paar Papierservietten, um zu verhindern, dass sämtliche Unterlagen auf dem Tisch braune Flecken bekamen. Dann wandte er sich an Seifert.

»Mein Gott, haben Sie mich erschreckt«, keuchte er. Sein Gesicht war rot angelaufen, und sein Herz hämmerte.

Seifert reagierte nicht. Noch immer starrte er durch das Glas, den Mund zu einem hintersinnigen Lächeln verzogen. Meier kannte Seifert flüchtig. Es war noch gar nicht lange her, dass er ihm und seinem klapprigen Taunus jeden Morgen die Schranke geöffnet hatte. Erst aus den Zeitungsartikeln, die in letzter Zeit erschienen waren, hatte er mehr über ihn erfahren. Und diese neuen Informationen machten ihn ein wenig nervös.

»Was wollen Sie hier?«, fragte er vorsichtig. »Sie wissen doch, dass Sie hier nicht reindürfen.« Erst jetzt bemerkte er die Spraydose, die Seifert in der Hand hielt, und seine Nervosität wuchs. »Überleg dir gut, was du tust, Junge«, setzte er an. Doch kaum hatte er die Worte ausgesprochen, wurde ihm klar, dass es mit den Vorzügen der Nachtschicht nun vorbei war. Schockiert starrte Meier den roten Sprühnebel an, der sich auf dem Glas langsam zu Buchstaben formte, die sich schließlich zu einem Wort zusammenfügten. Ein Wort, das auch spiegelverkehrt leicht zu lesen war:

MÖRDER!

Von einem der beiden Punkte über dem O rann ein dicker roter Tropfen langsam durch die Schrift hindurch die Scheibe hinunter.

»Nimm's nicht persönlich, Alter«, rief Seifert durch den Sprechschlitz und rannte in Richtung Straße davon.

Endlich gelang es Meier, die Schockstarre abzuschütteln. Er drückte auf den Knopf des kleinen Funksenders, der die Pieper seiner beiden Kollegen aktivierte, während er sich im Geiste bereits die Folgen dieses Anschlags ausmalte. Wahrscheinlich würden die Wachen in Zukunft wieder verdoppelt werden, was bedeutete, dass es mit der nächtlichen Ruhe erst einmal vorbei war. Außerdem war Hees sicher nicht sonderlich erfreut über das Ganze, was wiederum hieß, dass Meiers Vorgesetzter ihm wahrscheinlich die Hölle heißmachen würde. Und nicht zuletzt würde er derjenige sein, der diese Schmiererei entfernen durfte. Alles in allem brachte ihm das Ganze vermutlich nichts als Ärger ein. So gesehen hatte er wohl das Recht, es persönlich zu nehmen.

Junge, ich kann nur hoffen, dass du ein guter Läufer bist, sonst zeige ich dir, wer hier alt ist, dachte er wütend, während er die Tür entriegelte und hinausstürzte.

Koschny kauerte an der Vorderseite des Wachhauses. Seit gut zehn Minuten harrte er nun in dieser Stellung aus. Von der Straße aus hätte man ihn vermutlich sehen können, doch in dem Industriegebiet waren um kurz nach Mitternacht keine Menschen mehr unterwegs. Schweiß brannte ihm in den Augen, die Erregung ließ die Nacht noch schwüler erscheinen. Seine Beine schmerzten, und der Kopfhörer, der drahtlos mit seinem Handy verbunden war, drückte schmerzhaft in seinem Ohr. Seifert war mit einer ähnlichen Freisprecheinrichtung ausgestattet, nur dass er ein kleines Aufnahmegerät zugeschaltet hatte. »Man kann nie wissen, wozu so was gut ist«, hatte Jo gesagt. »So machen wir's bei allen Einsätzen, wegen möglicher Rechtsstreitigkeiten, und damit wir hinterher die Aktion rekonstruieren und eventuell die Koordination verbessern können.«

Koschny hoffte, dass sie genügend Gelegenheiten zum Üben gehabt hatten, denn wenn bei diesem Vorhaben etwas schiefging, würde er vermutlich keine Gelegenheit mehr haben, seine Koordination zu verbessern.

Er konnte Seiferts angestrengten Atem hören. »Wir sind so weit«, meldete er, und Koschny sah, wie er langsam auf das Wachhäuschen zuging und dann aus seinem Blickfeld verschwand. Er konzentrierte sich auf jedes Geräusch. Zuerst die dumpfe Stimme des Wachmanns, die er kaum verstehen konnte. Dann das Zischen der Sprühdose, etwa zehn Sekunden lang. Kurz darauf erneut Seiferts Stimme und anschließend sein Keuchen, als er um die Ecke rannte und wieder zu den anderen stieß, die sich bereits an den Zaun gekettet hatten. Im Laufen drehte er sich kurz um. »Okay, er ist hinter mir«, meldete er Koschny, der sich daraufhin sprungbereit duckte. Seine Handflächen wurden kalt und feucht. Dann sah er den Wachmann die Einfahrt hinabeilen, bis er Seifert erreicht hatte, der sich neben den anderen mit einem Sicherheitsschloss an den Zaun gekettet hatte. Der Wachmann blieb abrupt stehen, als er die vier entdeckte, die daraufhin einen lauten Sprechchor anstimmten: »Mör-der! Mör-der! Mör-der! …«

Ebenso gut könnten sie mitten in einer Wüste nach Wasser brüllen, dachte Koschny angesichts der menschenleeren Straßen. Er sah, wie der Wachmann sein Funkgerät an den Mund hob. Offensichtlich benachrichtigte er seine Kollegen – »Mindestens zwei«, hatte Seifert ihm versichert, »und wahrscheinlich ein Wachhund« –, von denen er nur hoffen konnte, dass sie noch weit genug weg waren. *Jetzt oder nie*, sagte er sich, wobei ihm insgeheim das *nie* lieber gewesen wäre.

Seine steifen Beine protestierten, als er aufsprang und geduckt um die Ecke des Wachhauses rannte, vorbei an der Schranke. Dies war der heikelste Moment. Der ganze Bereich um die Einfahrt war hell erleuchtet. Wenn die anderen Wachleute bereits in Sichtweite waren, würden sie sofort Alarm schlagen. Doch so fest er auch damit gerechnet hatte, es geschah nichts. Er huschte durch das Licht der Scheinwerfer, das er wie Sonnenstrahlen auf der Haut zu spüren glaubte, und tauchte hinter der Schranke wieder nach rechts in die Dunkelheit. Fast kam ihm das alles ein wenig zu leicht vor.

Plötzlich stolperte er, und ein jäher Schmerz durchzuckte sein Fußgelenk. Er zwang sich, noch bis zu dem Zaun weiterzulaufen, der das Grundstück umgab. Keuchend lehnte er sich gegen einen Betonpfosten. Er war völlig außer Atem, obwohl er nicht einmal fünfzig Meter zurückgelegt hatte.

Vorsichtig bückte er sich und tastete seinen Knöchel ab. Dann verlagerte er behutsam sein Gewicht auf den rechten Fuß. Augenblicklich nahm der Schmerz wieder zu, nicht mehr so heftig, aber noch immer stark genug, um ihn zu behindern. Mehr als ein Humpeln würde er damit nicht zustande bringen. »Das nenn ich doch mal einen gelungenen Abend«, zischte er wütend.

»Was ist los?«, flüsterte eine Stimme in seinem Ohr.

»Nichts«, hauchte er zurück. »Alles in Ordnung, ich bin drin. Was ist mit den übrigen Wachen, sind die schon bei euch aufgetaucht?«

»Negativ«, antwortete Seifert so leise, dass Koschny ihn durch das Geschrei der anderen kaum verstehen konnte. »Wo genau sind Sie jetzt?«

Er wischte sich den Schweiß aus dem Gesicht und sah sich um. Soweit er es erkennen konnte, stand er auf einem breiten Rasenstreifen, der sich am Zaun entlangzog. Schräg links von ihm befand sich das Wachhaus. Die hintere Tür stand offen, Licht fiel durch die Öffnung. Es ließ einen Teil des grauen Asphalts matt schimmern, bis auf einen etwa handgroßen Fleck, der sich dunkel davon abhob. Kleine Splittkiesel lagen verstreut um die Stelle herum wie Brotkrumen um einen Teller.

Na toll, dachte er. Wahrscheinlich das einzige Schlagloch auf diesem ganzen Gelände, und er musste hineintrampeln. »Ich bin am Zaun, direkt hinter dem Wachhaus.«

»Das ist gut«, stellte Seifert fest. »Gehen Sie weiter. Nach etwa hundert Metern kommen Sie an ein kleines flaches Gebäude. Das ist nur ein Gerätehaus, aber von dort haben Sie einen guten Blick über das Gelände. Seien Sie aber vorsichtig. Das Haus wird von den Wachen kontrolliert.«

Wie beruhigend, dachte Koschny. Er humpelte weiter. Der Rasen war weich, seinem Fuß war das nur recht. Bald konnte er die Umrisse des Gerätehauses ausmachen. Er blieb stehen und sah sich erneut um. Nichts. Nur das Rascheln einer Birke im Wind. »Was ist mit den Wachen?«

»Immer noch nichts«, kam es zurück.

Verdammt, halten die irgendwo ein Nickerchen, oder was? Er erwartete jeden Moment, eine Hand im Nacken zu spüren, die ihn herumriss und zu Boden warf, oder die Pfoten eines Hundes, der ihn ansprang. Langsam schleppte er sich weiter, ein Rückzug war jetzt ohnehin unmöglich. An der Rückseite des kleinen Gebäudes ließ er sich erschöpft auf den Rasen sinken. Sein rechtes Fußgelenk fühlte sich an wie ein überhitzter Kochtopf, der jeden Moment zu bersten drohte. Doch sein Körper schien irgendwann beschlossen zu haben, den Schmerz zu ignorieren und sich nur auf seine Anspannung zu konzentrieren.

Hinter dem Gerätehaus fiel der Boden ein Stück ab. Er konnte den hell erleuchteten Parkplatz sehen, der sich hinter dem Hauptgebäude erstreckte. Drei Wagen: ein grauer Mercedes SLK, ein Saab Cabrio mit offenem Verdeck und ein dunkler BMW. Rechts davon standen etwas abseits drei weitere Fahrzeuge, die deutlich unter der Preisklasse der anderen lagen. Auf einem kleinen Schild dahinter stand: NUR FÜR WACHPERSONAL. Er hatte es also tatsächlich nur mit zwei weiteren Wachleuten zu tun. Wenn er nur wüsste, wo sie steckten!

Plötzlich hörte er in einiger Entfernung das Rasseln eines Hundehalsbands, gefolgt von schnellen Schritten. Er hielt den Atem an und lauschte. Doch das unaufhörliche Geschrei seiner vier Mitstreiter machte es unmöglich, sich auf seine Umgebung zu konzentrieren. Nervös zog er sich den kleinen Empfänger aus dem Ohr. Ein Hecheln, ganz in der Nähe. *Näher als vorher?*

Und wenn der Hund ihn gewittert hatte? Aber anscheinend war das Tier nicht auf schwitzende Reporter abgerichtet, denn die Geräusche entfernten sich in die Richtung, aus der er gekommen war.

»Können Sie mich hören?«, kratzte es leise aus dem Ohrhörer.

»Ja.« Erschrocken fingerte Koschny sich den Stöpsel wieder ins Ohr. »Ich bin jetzt an dem Gerätehaus. Die Wachen sind auf dem Weg zu euch.«

»Gut«, meinte Seifert, »dann erkläre ich Ihnen jetzt, wie Sie ins Hauptgebäude kommen.«

38

Was hat Hofer Ihnen erzählt?« Hees stand an einem der gekachelten Tische und öffnete einen der Schränke darunter.

»Nichts«, beteuerte Sven abermals. Nervös verfolgten seine Augen, wie Hees einen grauen Kasten aus dem Schrank nahm und ihn öffnete. Sven konnte zwei Spritzen darin erkennen. Der Schweiß lief ihm in dicken Tropfen über Stirn und Wangen, und sein Magen war schwer und hart wie Granit. »Er hat mir gar nichts erzählt.«

»Sie waren über eine halbe Stunde mit ihm allein«, sagte Hees. »In dieser Zeit müssen Sie doch über irgendetwas geredet haben.« Er nahm eine der Spritzen und drückte etwas von der klaren Flüssigkeit darin aus der dünnen, etwa fünf Zentimeter langen Nadel.

»Nur Belanglosigkeiten.« Sven keuchte vor Anspannung. Wieder hatte er das Gefühl, dass sich kalte Ketten um seine Brust schnürten, als er die Spritze betrachtete. *Eine Wahrheitsdroge*, schoss es ihm durch den Kopf. Gab es so etwas überhaupt? »Er … er hat gesagt, er hätte vor irgendetwas Angst, aber er ist nicht konkret darauf eingegangen.«

Hees kam langsam auf ihn zu. Die Spritze schimmerte matt im Licht der Deckenstrahler.

»Was … was ist das?«, fragte Sven entsetzt. »Was haben Sie vor?«

»Keine Angst, Herr Kommissar. Das mit der Säure heben wir uns bis zum Schluss auf, falls Sie dann immer noch nicht kooperieren wollen, was ich nicht annehme. Mohamed hätte zwar sicher seine Freude daran, aber ich kann nicht riskieren, dass Sie mir auch noch wegsterben. Zumindest nicht, bis ich weiß, was ich wissen muss.« Er ging vor Sven in die Knie und hielt ihm die Spritze demonstrativ vors Gesicht.

»Also gut, hören Sie!« Alles Standhafte war aus Svens Stimme gewichen. Hilflos kauerte er an der Wand. »Ich weiß nicht, wo die Dokumente sind«, stammelte er, den Blick starr auf die Spritze gerichtet. »Hofer hat mir nur von der Scheinfirma erzählt, über die Sie sein Altenheim erworben haben, und dass er aussteigen wollte. Außerdem hat er mir eine von Ihren Proben zukommen lassen, die wir untersucht haben. Das ist alles, ich schwöre es. *Mehr weiß ich nicht!*«

Zehn Sekunden lähmender Stille folgten. Hees starrte seinen Gefangenen unverwandt an. Seine dunklen Augen weideten sich lustvoll an Svens Panik. Ganz kurz blitzte etwas darin auf; Sven war sich nicht sicher, ob es Kaltblütigkeit oder Besessenheit war. Auf jeden Fall war es etwas abgrundtief Böses. Dann grinste Hees genüsslich und erhob sich.

Sven atmete auf.

»Habe ich Ihnen Angst gemacht?«, fragte Hees hämisch und drehte die Spritze zwischen den Fingern. »Sie haben doch nicht etwa gedacht, ich wollte Ihnen etwas antun, oder?« Er lachte. »Glauben Sie mir, das wird gar nicht nötig sein«, fügte er beinahe höflich hinzu.

Du kannst mich mal, du krankes Arschloch! »Woher wussten Sie überhaupt, dass Hofer bei mir war?«, fragte Sven.

Hees drehte sich zu Mohamed um und nickte ihm zu. Der Mann griff in die Tasche seines dunkelblauen Jacketts, und Sven zuckte in der Erwartung, gleich eine Waffe auf seine

Stirn gerichtet zu sehen, ein wenig zurück. Doch Mohamed zog nur ein kleines Diktiergerät hervor und hielt es ihm hin: *»Ich bin zu Hause und habe Ihre Nachricht erhalten«*, war Svens Stimme aus dem winzigen Lautsprecher zu vernehmen. Sie hörte sich ebenso unwirklich an wie auf seinem Anrufbeantworter. *»Es ist ziemlich spät, und ich bin müde, es muss also bis morgen warten. Rufen Sie mich im Büro an, ich bin so gegen neun Uhr dort ... Und kommen Sie ja nicht auf die Idee, mich zu wecken, sonst ... Wer ... wer ist da?« ... »Legen Sie auf« ... »Hofer, sind Sie das?« ... »Sie sollen auflegen, sofort!«* ... Dann war nur noch ein Rumpeln zu hören. Mohamed schaltete das Diktiergerät aus.

»Sie hören also mein Telefon ab.« Sven ließ diese Feststellung wie einen Vorwurf klingen. »Deshalb also der Einbruch in meine Wohnung.«

»Ja. Das hat sich bereits bei Ihrem Kollegen bezahlt gemacht«, antwortete Hees. »Mohamed ist wirklich vielseitig. Aber was Einbrüche betrifft, macht ihm so schnell niemand etwas vor.« Ein fast diabolisches Grinsen spielte um Hees' volle Lippen. »Es war auch seine Idee, diese lächerliche Kirchengemeinde ins Spiel zu bringen, um Sie auf die falsche Fährte zu locken.«

»Wie lange beobachten Sie mich schon?«, fragte Sven.

»Lange genug, um Ihren Streit mit Ihrer Frau mitzubekommen.«

Schlagartig begriff Sven, woher ihm Mohamed bekannt vorkam. Er war der Mann, der im Restaurant neben Sandra und ihm am Nachbartisch gesessen hatte. Allerdings hatte er damals einen Oberlippenbart gehabt. Sven erinnerte sich noch gut an das Gefühl, belauscht zu werden. »Sie haben uns schon damals im Restaurant beschattet?«

Hees nickte. »Die Auseinandersetzung mit Ihrer Frau hat

uns sehr dienliche Hinweise gegeben. Nur leider sind Sie nicht in dem Maße auf die Geschichte mit der Gemeinde angesprungen, wie wir gehofft hatten.«

»Alle Achtung«, räumte Sven ein, »Sie verlieren wirklich keine Zeit. Damals war es doch gerade erst ein paar Stunden her, dass wir Hofer in dem Heim befragt hatten.«

»Sagen wir mal, Mohamed ist sehr vorausschauend, was solche Dinge betrifft.«

Seufzend ließ Sven sich gegen die graue Betonwand sinken. »Dann hat er also Milenz das Kokain und die Waffe untergeschoben, nicht wahr?«

»So funktioniert das Spiel nun mal«, meinte Hees nüchtern. »Bauern werden geopfert, damit Könige überleben können.«

»Sie halten sich also für einen König?«

»Nun, das hier macht mich zu einem.« Er deutete auf die Spritze in seiner Hand.

»Was ist das, ein Wundermittel?«

»So könnte man es ausdrücken. Es wird mich unsterblich machen.«

Weiter, dachte Sven. *Du musst weiterreden, ihn beschäftigen, Zeit gewinnen. Der Kerl ist verrückt, er will unbedingt ein Held werden. Und Helden sind in der Regel sehr mitteilungsbedürftig. Also gib ihm die Möglichkeit, sich vor dir zu brüsten.* »Woher stammen die Drogen in Milenz' Wohnung? Aus einem von Ihren Vorratslagern?«

Hees lachte überlegen. »Nein. Selbst in meiner Position braucht man gute Beziehungen, um an eine solche Menge Kokain heranzukommen, das können Sie mir glauben.«

»Und eine von diesen Beziehungen ist Kilian, hab ich recht?« *Gut so, mach weiter, wie du es gelernt hast! Stell dir einfach vor, er wäre ein Verdächtiger und das hier wäre ein ganz normales Verhör. Mach ihm Druck, lock ihn aus der Reserve.*

»Kilian verfolgt nur seine eigenen Pläne«, erwiderte Hees. »Er hat sich vorgenommen, aus dieser Region eine Art Eldorado der Chemieindustrie zu machen, und hofft, dass ich ihm dabei helfe. Ehrlich gesagt ist es mir ziemlich egal, ob oder wie ihm das gelingt. Aber einen Mann wie ihn auf meiner Seite zu haben kann sich gelegentlich als Vorteil erweisen. Er hält uns in Sachen Bürokratie den Rücken frei, so gut es geht. Im Gegenzug unterstützen wir ihn und die Stadt mit großzügigen Spenden. Und wer weiß, vielleicht gehen seine Pläne ja auf. Diese Firma wird nämlich schon sehr bald gewaltige Medienaufmerksamkeit erregen, das garantiere ich Ihnen.«

Verlass dich drauf! Sven musste an Hofers Aktenkoffer denken, der im Schreibtisch eines Redakteurs eingeschlossen war. *Du hättest lieber meine ganze Wohnung verwanzen sollen, nicht nur mein Telefon!* »Tut sie doch schon«, erwiderte er. »Sonst würden die Leute wohl kaum gegen Ihr Unternehmen und Ihre Methoden demonstrieren. Anscheinend missfällt den Menschen Ihre Art von Moral.«

»Moral?« Hees lachte laut auf. »Das ist ein sehr dehnbarer Begriff, Herr Kommissar, oft genug dient er den Leuten nur als Vorwand. Was tun wir denn schon? Wir mischen ein paar Substanzen zu einer neuen zusammen. Und anschließend testen wir sie. Eigentlich ein recht simpler Prozess, der aber bisweilen Jahre dauert, und wir würden uns wohl kaum solche Mühe machen, wenn niemand Interesse daran hätte.« Er zog ein Taschentuch hervor und wischte sich den Schweiß von seinem fast kahlen Schädel, wobei er sorgfältig darauf achtete, die wenigen Haarsträhnen, die sich über seinen Kopf wanden, nicht zu verschieben. »Die Menschen sind bequem

geworden, Herr Kommissar«, fuhr er fort, während er das Taschentuch wieder in seinem Jackett verschwinden ließ. »Heutzutage werden nicht mehr die Ursachen einer Krankheit bekämpft, sondern die Symptome, und Gesundheit gibt es auf Rezept. Aber niemand will den Preis dafür bezahlen. Und was sind schon ein paar Versuchstiere, wenn es um gestiegene Lebenserwartung geht, nicht wahr? Aber anstatt das zu begreifen, stellen sich diese Krawallmacher mit ihren Schmierenparolen lieber vor meine Werkstore und nennen mich einen gottverdammten Mörder, obwohl ich mit meiner Arbeit auch ihr Leben rette. Hätte einer von denen eine Ratte im Keller, würde er keinen Moment zögern, eine Falle aufzustellen. Aber stirbt eine davon in meinem Labor, gehen sie auf die Barrikaden. Dabei haben diese Viecher noch vor hundert Jahren die Pest übertragen, die nicht zuletzt durch die Wissenschaft besiegt wurde, wie ich hinzufügen möchte. Ziemlich ironisch, wenn man es genauer betrachtet.« Er hob die Spritze, als wollte er sie genau studieren. »Sehen Sie, Herr Kommissar, Aids ist die Pest des 21. Jahrhunderts. Und dieses Wundermittel hier könnte mich zu dem Mann machen, der sie besiegt. Zugegeben, es ist noch nicht ganz ausgereift, aber wir arbeiten daran. Eigentlich müssten die Leute einem Menschen wie mir dankbar sein, der sich darum bemüht, dass sie wieder hemmungslos und ohne Reue fremdgehen können. Aber stattdessen demonstrieren diese Wichtigtuer lieber bei Wind und Wetter da draußen gegen mich. Dabei kümmert es die meisten wahrscheinlich einen Dreck, was hier eigentlich passiert. Die brauchen nur etwas, worüber sie sich aufregen können, um ihre eigenen Probleme zu kompensieren. Und danach gehen sie dann guten Gewissens nach Hause und schlucken zwei Aspirin gegen ihre Kopfschmerzen. Vermutlich in dem Glauben, das

Zeug würde auf Bäumen wachsen. Moral, Herr Kommissar, kann ziemlich doppelbödig sein.« Er ging um Sven herum und blieb vor einem kleinen Monitor stehen, der durch ein dickes Kabel mit einem grauen, etwa schuhkartongroßen Kasten verbunden war. »Sehen Sie, ich habe dieses Unternehmen aufgebaut, aber ich verstehe nicht viel von diesen ganzen technischen Geräten, und das Periodensystem der Elemente ist für mich ein Buch mit sieben Siegeln. Ich bin kein Chemiker, ich bin Geschäftsmann, und als solchem ist es mir egal, wie ein neues Medikament zustande kommt. Ich finanziere lediglich seine Entstehung, daher bin ich nur an Resultaten interessiert. An ertragreichen Resultaten. Und mein Geschäft, Herr Kommissar, ist die Angst. Die Angst der Menschen vor Krankheit und Tod. Und das ist mitunter ein ziemlich lukratives Geschäft, wie Sie sich bestimmt denken können. Und solange es volle Krankenhäuser gibt, werde ich weitermachen, selbst wenn da draußen ganze Heerscharen Weltverbesserer herumlungern. Ich passe mich doch lediglich ihren Forderungen an. Diese Leute wollen keine Tierversuche? Bitte, mir soll's recht sein. Ich gewinne eine Menge Zeit und Geld, wenn ich meine Produkte direkt am Endverbraucher testen kann. Die Ergebnisse sind wesentlich effizienter als bei tierischen Organismen. Keine zeitraubenden Versuche mehr, die nichts einbringen, weil die Resultate ohnehin nicht direkt auf den Menschen übertragbar sind. Dadurch könnten wir Jahre gewinnen und wären anderen Pharmaunternehmen weit voraus. Ein faszinierender Gedanke, finde ich. Zugegeben, die juristische Seite macht noch Probleme, sonst würden wir wohl kaum hier zusammensitzen und plaudern, nicht wahr?« Er lächelte Sven verschmitzt zu. »Aber auch dieses Hindernis werden wir nehmen.«

Sven war von Hees' abartigem Humor nicht sonderlich angetan. »Sie führen also tatsächlich nicht genehmigte Versuche an Aidskranken durch«, stellte er fest.

»Nein«, widersprach Hees gelassen, »ich führe nicht genehmigte Versuche an Menschen durch, die den Erreger in sich tragen.«

»In meinen Augen ist das ziemlich makabre Haarspalterei.«

»In Ihren Augen vielleicht, aber wissenschaftlich betrachtet ist das ein großer Unterschied. Sehen Sie, jemand, der den Erreger in sich hat, ist lediglich HIV-positiv und kann ein ziemlich normales Leben führen. Als aidskrank bezeichnet man einen Menschen erst, wenn er Symptome aufweist, zum Beispiel starken Ausschlag oder Hautläsionen. Aber so weit lassen wir es gar nicht erst kommen.«

Sven sah verwirrt zu ihm auf. »Wie meinen Sie das, Sie lassen es nicht so weit kommen?«

»Nun ja, wir wählen unsere Versuchspersonen sehr sorgfältig aus, wissen Sie. Schließlich wollen wir nicht, dass bei jemandem, der gar nicht weiß, dass er den Erreger im Körper hat, eine Krankheit ausbricht.«

Svens Augen weiteten sich. »Sie *infizieren* diese Menschen ohne ihr Wissen mit dem Erreger?«

»Nur diejenigen, deren Lebenserwartung unter einem Jahr liegt«, bestätigte Hees unverfroren. »Und wer wäre da prädestinierter als alte, kranke Menschen? Alzheimer, Creutzfeldt-Jakob, Krebs im Endstadium ... Das garantiert uns, dass die Krankheit nie zum Ausbruch kommt, weil die Inkubationszeit von Aids die Lebenserwartung der Betreffenden bei Weitem übertrifft. Um die Wirksamkeit unserer Medikamente gegenüber dem Virus zu überprüfen, ist allerdings eine ständige Kontrolle der Versuchspersonen nötig. Und wo lässt sich das besser durchführen als in einem Pflegeheim?«

»Also haben Sie eine Scheinfirma gegründet, über die Sie mehrere solcher Heime erworben haben.«

Hees nickte. »Das Personal tauschen wir weitestgehend durch unser eigenes aus, zumindest was die versuchsrelevanten Stellen betrifft. Am Anfang haben wir nur harmlose Medikamente erprobt, die wir den Leuten ins Essen gemischt haben. Später, als wir aktiv in die Aids-Forschung eingestiegen sind und erste brauchbare Laborergebnisse vorlagen, haben wir unsere Tests auch auf dieses Gebiet ausgedehnt. Nur haben uns die nötigen Patienten dazu gefehlt. Also haben wir einfach welche geschaffen.«

Sven suchte vergeblich nach Worten. Er schien von einer seltsamen Leere umgeben zu sein. Eine Leere, wie man sie kurz vor dem Einschlafen verspürte, wenn sämtliche Gedanken davontreiben und die Muskeln ihre Funktion aufgeben. Und er kannte auch den Ursprung dieses Gefühls. Es war sein Unvermögen zu akzeptieren, dass auch Menschen wie Dietmar Hees ein Existenzrecht hatten.

»Sie ... Sie sind ja vollkommen krank«, fand er schließlich seine Stimme wieder.

»Ich kann verstehen, dass Sie dieser Meinung sind«, meinte Hees. »In Ihren Augen muss das alles wie tiefste Perversion aussehen. Aber denken Sie doch einmal ganzheitlich. Mutter Natur gibt nun mal den Jungen und Starken den Vorzug. Alte und kranke Tiere werden von der Herde ausgesondert. Für sie ist kein Platz im System. Die meisten unserer Testpersonen sind nicht einmal mehr bei klarem Verstand oder gar bei Bewusstsein. Sie haben keinerlei Nutzen mehr für die Gesellschaft. Warum sollten sie dann nicht der Wissenschaft einen letzten Dienst erweisen? Diese Methode ist keineswegs neu, Herr Kommissar, und wir sind nicht die Ersten, die auf diese Weise Wissenschaft betreiben. Schon zu Zeiten des Kalten Krieges wurden ähnliche Verfahren angewendet. Damals waren es schwerkranke Menschen oder Sträflinge, sogenannte *entbehrliche* Mitglieder der Gesellschaft, an denen ohne ihr Wissen im Auftrag der Regierung Versuche durchgeführt wurden. Man hat ihnen Plutonium gespritzt oder sie Unmengen von Strahlung ausgesetzt. Viele sind erst Jahre später an den Folgen gestorben.« Wieder wischte er sich den Schweiß von der Stirn, bevor er fortfuhr. »Noch bis zur Wende haben westliche Pharmakonzerne Medikamente an nichtsahnenden DDR-Bürgern getestet, und deren Regierung hat von den Unternehmen Prämien dafür kassiert. Kinder wurden in der Schule gegen Masern und Röteln geimpft, allerdings hat man den Eltern verschwiegen, dass dabei auch Stoffe erprobt wurden, die noch nicht zugelassen waren. Das, Herr Kommissar, ist wahre Barbarei. Was wir tun, schadet dagegen letztendlich niemandem. Es ist nur die konsequente Weiterentwicklung dieser Methode. Und soll ich Ihnen sagen, was das Beste daran ist?«, fragte er mit selbstgefälligem Grinsen. »Sowohl die Wissenschaft als auch die Altenpflege werden staatlich gefördert. Da bietet es sich doch geradezu an, beides miteinander zu verbinden, finden Sie nicht?«

Ein Wirtschaftskreislauf, an dem Kilian sicher Gefallen finden würde, dachte Sven. »Aber warum das alles?«, fragte er fassungslos. »Wieso testen Sie Ihre Produkte nicht an Freiwilligen?«

»Weil das nicht ganz so einfach ist, wie es sich anhört«, antwortete Hees. »Für solche Tests braucht man nicht nur die Zustimmung der Testpersonen, sie müssen auch bei der zuständigen Gesundheitsbehörde beantragt und zugelassen werden. Und Bürokratie war noch nie ein Garant für schnelle Resultate. Außerdem muss das betreffende Medikament vorher ausreichend im Tierversuch getestet worden sein. Und da das ja anscheinend niemand verantworten will, spare ich mir diesen Umweg einfach.« Er lachte zynisch. »Klinische Forschung ist nicht billig, Herr Kommissar. Und die Förderung auf diesem Gebiet ist sehr begrenzt. Außerdem müssen bestimmte Voraussetzungen und Richtlinien erfüllt sein, und die kosten vor allem Zeit. Da wir aber nicht das einzige Pharmaunternehmen in der Aids-Forschung sind, haben wir diese Zeit nicht. Die Konkurrenz ist groß, und wir haben eine Menge aufzuholen. In immer kürzeren Abständen kommen neue Medikamentenkombinationen auf den Markt, die helfen, die Krankheit einzudämmen. Also muss man sich beeilen, wenn man nicht abgehängt werden will. Wenn man aber erst einmal das Patent in der Tasche hat, bleibt noch genügend Zeit, den regulären Weg zu gehen.«

»Sie haben wirklich an alles gedacht«, gab Sven missmutig zu. »Und trotzdem wird es immer jemand geben, der schlauer ist als Sie und der diese ganze Schweinerei irgendwann aufdeckt.«

»Ich nehme an, Sie meinen damit diesen Reporter, mit dem Sie die letzte Zeit oft zusammen waren. Keine Sorge, um den kümmern wir uns noch früh genug. Ohne die nötigen Beweise kann er uns ohnehin nicht gefährlich werden. Alles, was wir wollen, sind Hofer und die Unterlagen. Diese Aufzeichnungen sind sehr wichtig für mich. Sie sind die einzige Spur, die zu diesem Unternehmen und damit zu mir führen könnte. Sie werden also verstehen, dass ich absolut sichergehen muss.« Er hantierte von neuem auf dem Tisch herum.

»Was kommt als Nächstes?«, fragte Sven nervös. »Ein paar Elektroschocks als kleiner Denkanstoß?«

Hees lachte, wurde jedoch gleich wieder ernst. »Wie gesagt, ich will nicht riskieren, dass Sie dabei draufgehen. Deshalb wende ich in Ihrem Fall etwas subtilere Methoden an.« Er hielt Sven eine zweite Spritze hin. Im Gegensatz zur ersten war diese jedoch leer. »Haben Sie schon mal etwas von *Method Acting* gehört, Herr Kommissar? Der Begriff stammt ursprünglich aus dem Schauspielbereich und beschreibt das intensive Hineinversetzen in andere Personen. Manche Schauspieler befassen sich dabei so exzessiv mit ihrer Rolle, dass sie sie schließlich nicht mehr spielen, sondern *leben*. Anders ausgedrückt: Um wissen zu wollen, was es heißt, blind zu sein, muss man selbst eine Zeitlang auf sein Augenlicht verzichten. Wenn man die Erfahrungen und Gefühle eines Kranken verstehen will, muss man selbst schon einmal krank gewesen sein. Auch Psychologen wenden diese Methode an, um sich besser in die Denkweise bestimmter Patienten hineinversetzen zu können.« Er ging vor Sven in die Hocke, in jeder Hand eine der Spritzen. »Um *Sie* von der Dringlichkeit meines Anliegens zu überzeugen, habe ich beschlossen, Sie aktiv an *meiner* Arbeit teilhaben zu lassen, um so quasi Ihren Horizont zu erweitern. Als Sie vorhin bewusstlos waren, habe ich daher einige Vorkehrungen getroffen.«

»Wie … wie meinen Sie das?« Svens Gesichtsfarbe glich mehr und mehr der Wand, an der er lehnte.

»Überlegen Sie doch mal, Herr Kommissar. Wenn in dieser Spritze das Gegenmittel ist, was war dann wohl in der anderen, die ich Ihnen bereits verabreicht habe?«

Sven schluckte, obwohl sein Hals so trocken war, dass es wehtat. Und während er entsetzt auf die leere Spritze starrte, schwoll der stechende Schmerz in seiner linken Armbeuge zu einem gewaltigen Pochen an, das sich bis zu seiner Schulter hinaufzog.

39

Was ist hier los?«, fragte einer der beiden Wachmänner erbost, als sie die Einfahrt erreicht hatten.

»Keine Ahnung, frag die da«, erwiderte Meier kopfschüttelnd und deutete auf die vier Gestalten am Zaun. Über ihren Köpfen war ein großes Banner gespannt, das die gleiche Aufschrift trug wie das Sichtfenster des Wachhauses. Daneben war mit Draht ein großes Stofftier befestigt worden, aus dessen Bauch der dunkle Griff eines Messers ragte. »Die stehen seit zehn Minuten angekettet da und schreien ununterbrochen.«

»Das glaub ich ja wohl nicht«, fauchte der zweite Wachmann, der wütend die Glasfront des Wachhauses betrachtete. »Wie konnte das passieren, hast du da drin gepennt?«

»Na, was hätte ich denn tun sollen?«, setzte sich Meier aufgebracht zur Wehr. »Der Kerl ist plötzlich wie aus dem Nichts vor mir aufgetaucht und hatte eine Farbdose in der Hand.«

»Aber hast du die Kerle denn nicht vorher gesehen? Die müssen schließlich eine ganze Weile an dem Zaun rumhantiert haben.«

»Red doch kein Blech, Mensch«, empörte sich Meier. »Du weißt genau, dass man diesen Teil der Straße vom Wachhaus aus nicht sehen kann. Wenn die jemandem hätten auffallen müssen, dann ja wohl euch, warum schleicht ihr sonst hier draußen rum? Aber vermutlich habt ihr euch wieder mal ein ruhiges Plätzchen zum Rauchen gesucht, stimmt's?«

»Hört auf zu streiten!«, fuhr ihr Kollege dazwischen. »Das ändert auch nichts daran, dass wir in der Scheiße stecken.« Er war mittelgroß und kräftig, hatte aber trotzdem Mühe, seinen Hund festzuhalten. Der zerrte heftig in Richtung der vier Unruhestifter, bis der Hundeführer schließlich nachgab und langsam auf die vier zuschritt. Das wilde Bellen des Hundes ging in ein scharfes Knurren über, worauf der *Mörder*-Sprechchor deutlich leiser wurde. Trotzdem verstummten die angeketteten Männer nicht.

»Sagt mal, habt ihr sie noch alle?«, brüllte der Mann. »Was glaubt ihr Umweltfuzzis eigentlich, was ihr mit dieser lächerlichen Show hier erreicht? Außer uns ist hier niemand, der euch hören kann. Also haltet endlich die Klappe!«

»Mör-der! Mör-der!«

»Na schön, ihr hattet euren Spaß. Ich schlage vor, ihr packt eure Sachen zusammen und macht euch schleunigst vom Acker, und wir vergessen das Ganze. So ersparen wir uns alle eine Menge Ärger und unnötigen Papierkram. Es ist schließlich nichts passiert, was man nicht mit ein bisschen Terpentin wieder hinkriegt. Also überlegt es euch gut, denn wenn ich gleich telefonieren gehe, schmoren eure Ärsche den Rest dieser Nacht wegen Sachbeschädigung auf einer Polizeiwache, so viel ist sicher.«

»Mör-der! Mör-der!«

»Na schön, wie ihr wollt«, brummte der Wachmann missmutig. »Fuß, Reno!«, befahl er dem Hund, der sich nur widerwillig von der Gruppe löste. Er knurrte noch immer, als sie wieder bei den beiden anderen Wachmännern waren. »Ist Hees noch da?«

Meier nickte.

»Dann versuch ihn zu erreichen und erzähl ihm, was hier los ist. Olaf, du rufst die Polizei. Anscheinend wollen diese Penner es ja so haben.«

»Verrückt, so was.« Sein Kollege raufte sich die blonden Haare. »Stehen hier rum und heulen den Mond an. Ich wünschte, ich könnte wieder Kaufhäuser bewachen. Da muss man wenigstens nicht mit solchen Spinnern rechnen. Glaubst du, hier schwirren noch mehr von denen rum?«

»Keine Ahnung. Aber Reno und ich bleiben hier und behalten diese Idioten vorsichtshalber im Auge. Ich sage dir, irgendwas stimmt hier nicht.« Er ließ den Blick misstrauisch über das Gelände gleiten. »Irgendwas stimmt hier ganz und gar nicht.«

Während der Wachmann sich den Kopf zerbrach, erreichte Koschny völlig erschöpft die Laderampe. Keuchend lehnte er sich an einen Container und blickte zurück. Gut hundertfünfzig Meter lagen zwischen ihm und dem Gerätehaus, das er in der Dunkelheit kaum noch erkennen konnte. Hundertfünfzig Meter, von denen er jeden einzelnen in seinem schmerzenden Fuß spürte. Wieder einmal verfluchte er sich für seine Unsportlichkeit. Er konnte stundenlang hochkonzentriert vor einem Bildschirm sitzen und seine Gedanken mit der Wendigkeit eines Geparden formulieren, doch wenn es darum ging, im Laufschritt einen Parkplatz zu überqueren, konnte er es bestenfalls mit einer Schildkröte aufnehmen. Das war nur einer der Gegensätze, die das Leben ihm aufzwang, aber es war derjenige, mit dem er sich am wenigsten abfinden konnte.

Nachdem er wieder zu Atem gekommen und der Schmerz in seinem Fuß ein wenig abgeklungen war, sah er sich um. Er befand sich direkt hinter dem Hauptgebäude. Etwa in der Mitte der Rückfront sah er eine zehn Meter lange Laderampe, an die sich ein kleines Kontrollhäuschen anschloss. Ein Kleintransporter mit dem MediTech-Logo war mit der Ladefläche zur Rampe geparkt.

Die etwa drei Meter breite Öffnung über der Rampe war mit einem schweren stählernen Sicherheitsrollo verschlossen, sie kam als Eingang nicht in Frage. Ein Stück weiter war eine graue Stahltür, neben der Leerpaletten gestapelt waren. Alles wirkte übertrieben sauber, wie aus einem Werbespot. Keine leeren Kartons oder Folienreste auf dem Boden. Keine herumstehenden Kisten und keine gestapelte Ware, was auf wenig Durchgangsverkehr in diesem Teil des Unternehmens schließen ließ. Koschnys Blick glitt über eine lange Reihe schmaler Fenster, die wie Schießscharten in einem Abstand von zwei Metern in die Wand eingelassen waren, bis er an einer Stelle über der Stahltür haften blieb. Das Fenster darüber war kaputt und nur notdürftig mit Pappe und Klebeband repariert worden. *»Ist vor einem Jahr bei einem Umbau passiert. Das ist Ihre Eintrittskarte«*, erinnerte er sich an Seiferts Beschreibung.

Das Fenster befand sich schräg rechts über der Stahltür. Vom Boden der Laderampe aus lag es etwas über drei Meter hoch, wie Koschny schätzte. *Für wen hält der mich, für einen magersüchtigen Peter Pan?* Wenn dies seine Eintrittskarte war, würde er die Vorstellung wohl versäumen.

Er stieg die fünf Stufen zur Rampe hinauf und hoffte, dass das Ganze von dort aus freundlicher aussah. Doch das Fenster schien beinahe noch höher zu sein, als er direkt darunter stand.

Unmöglich, das schaff ich nie.

Sein Blick fiel auf den Stapel Leerpaletten an der Wand. Er brauchte etwa fünf Minuten, bis er sie unter das Fenster gezerrt hatte. Nach einer kurzen Verschnaufpause kletterte er mühsam auf die oberste Palette. Als er dort angekommen war, begann das Gebilde unter ihm bedrohlich zu wanken. Das war doch verrückt. Was er hier tat, war absolut verrückt!

Er streckte sich, so weit er konnte, doch seine Finger erreichten gerade eben die flache Einbuchtung unterhalb des Fensterrahmens. Noch etwa zehn, vielleicht fünfzehn Zentimeter, und er könnte den Rahmen greifen und sich daran hochziehen. Er hielt nach weiteren Paletten Ausschau, konnte aber keine entdecken. Seine einzige Chance war die schwarze Kunststoffklinke der Stahltür, die links neben ihm hervorstand.

Du wirst dir sämtliche Knochen brechen!

Er biss die Zähne zusammen und zog mit einer schnellen Bewegung das Knie an, bis sein Fuß auf dem Türgriff stand. Dann verlagerte er sein Gewicht darauf, krallte sich am Türrahmen fest und zog sich mit aller Kraft hoch, bis sein rechter Fuß frei in der Luft hing. Schweiß brannte ihm in den Augen, und sein Hemd war klatschnass. Aber er lächelte. Er stand mit einem Bein und eingezogenem Bauch auf einer Türklinke und lächelte, weil er ein weiteres Mal über seine Schwächen triumphiert hatte. Vorsichtig drehte er den Kopf nach dem Fenster. Es lag jetzt fast auf Augenhöhe. Langsam tasteten sich seine Finger an der Wand entlang zu dem Fensterrahmen. Doch dann rutschte Koschnys Fuß ab, woraufhin die Türklinke nachgab und er gänzlich den Halt verlor. Er schrie auf, als sein verletzter Fuß auf dem Palettenstapel landete. Sein Bein knickte vor Schmerz ein, und er stürzte seitlich auf den harten Beton. Schnaufend und stöhnend wand er sich mit verzerrtem Gesicht auf dem Boden und keuchte wüste Flüche in Richtung des Fensters. Aus dieser Perspektive wirkte es wie ein riesiger Mund, der zu einer grotesken Fratze verzogen war.

»Was ist los da drin?«, meldete sich Seiferts aufgeregte Stimme. Er sprach so leise und undeutlich, dass Koschny ihn kaum verstand. »Alles in Ordnung?«

Das Knurren des Hundes wurde wieder lauter. »Hört auf zu quatschen!«, war die zornige Stimme des Wachmanns zu vernehmen. »Wenn die Polizei hier ist, habt ihr noch genug Gelegenheit dazu. Aber bis dahin ist hier Sendepause, wenn ihr nicht wollt, dass ich dem Hund den Beißkorb abnehme, verstanden?«

Koschny seufzte erleichtert. Immerhin wusste er jetzt, dass Verstärkung im Anrollen war. »Ja, alles prima, könnte gar nicht besser sein«, zischte er erbost zurück. »Und jetzt halten Sie lieber die Klappe, bevor Sie mich auffliegen lassen und ich auch noch die Wachen …«

Er verstummte, als sein Blick auf die Tür fiel. Was er dort sah, überraschte ihn so, dass er sogar seine Schmerzen ignorierte.

Sie stand offen. Nur einen Spalt, aber sie war offen. Sie musste aufgesprungen sein, als sein Fuß von der Klinke gerutscht war. Er war tatsächlich auf die Klinke einer Tür gestiegen, die gar nicht verschlossen gewesen war, um sich dann bei dem Versuch, durch ein zerbrochenes Fenster von der Größe einer Brotbüchse zu zwängen, beinahe den Hals zu brechen. Doch er war nicht in Stimmung, länger darüber nachzudenken.

Unter Schmerzen raffte er sich auf und humpelte auf die Tür zu. Angenehm kühle Luft drang durch den Spalt. »Ich gehe jetzt rein«, meldete er Seifert seinen zwiespältigen Erfolg. »Wenn die Polizei kommt, haltet sie noch ein bisschen hin. Ich muss erst sicher sein, dass die beiden auch da drin sind, verstanden?«

Damit ging er hinein und zog die Tür hinter sich zu.

40

Sven rang nach Luft, doch seine Kehle war wie zugeschnürt. Alles um ihn herum pulsierte, schien nicht wirklich zu sein. Eine Art Wabern, ausgelöst durch den Schock, der all seine Sinne überwältigte. Er betete inständig darum, endlich aus diesem Alptraum erwachen zu dürfen. Aber dies war kein Traum. Das hier war echt. All das passierte wirklich!

Er zitterte am ganzen Körper, und schreckliche Angst schnürte sich wie eisige Klauen um seine Brust. *Bitte nicht*, flehte er im Stillen. *Bitte lass das nicht zu, lieber Gott!* Doch Sven rechnete sich keine allzu großen Chancen aus, erhört zu werden. Wut war dagegen in vielen Situationen ein geeignetes Mittel gegen Angst und Verzweiflung. Und in Sven stieg gerade eine schier grenzenlose Wut auf. Dieser schwabbelige Mistkerl hatte alle Fäden in der Hand, besaß uneingeschränkte Macht über ihn. Er war quasi sein *Schicksal*, wenn man es so nennen wollte, doch er hatte nicht vor, sich ihm willenlos zu ergeben.

»NEIN!«, schrie er und zerrte mit aller Kraft an seinen Fesseln. Er bäumte sich auf, wand sich am Boden und trat mit beiden Beinen nach Hees, der außerhalb seiner Reichweite dastand und diesem Ausbruch schadenfroh zusah. »DU VERDAMMTE DRECKSAU! DU MIESES SCHWEIN …!« Seine Stimme überschlug sich. Er bestand nur noch aus

Hass, der alle Kontrollen lahmlegte. »ICH BRING DICH UM, DU ELENDER DRECKSKERL!«

»Kein Grund, ausfallend zu werden, Herr Kommissar«, mahnte Hees. »Vielleicht sollte ich Ihnen ein bisschen Zeit geben, damit Sie sich mit Ihrer neuen Situation abfinden können und sich wieder beruhigen, was meinen Sie?«

Ein weiterer vergeblicher Tritt. Sven kämpfte gegen seine Fesseln, bis die Haut um seine Gelenke herum wie Feuer brannte und er erschöpft zusammensank. Es fühlte sich an, als würden seine Hände jeden Moment platzen und das angestaute Blut freigeben.

»Geht es Ihnen jetzt besser?«, fragte Hees nach einer Weile.

Sven starrte ihn voller Verachtung an.

»Nun gut«, meinte Hees. »Dann sind Sie jetzt sicher bereit, mir zu sagen, wo die Dokumente sind.«

Sven richtete sich auf und gab Hees mit dem Kopf ein Zeichen. »Kommen Sie her«, keuchte er schwach. Hees hockte sich vor ihm hin und lauschte gespannt. »Einen Scheißdreck werde ich«, verkündete Sven entschlossen. »Verstehen Sie, ich werde gar nichts sagen. Meinetwegen foltern Sie mich, schütten Sie mir Säure in die Augen oder prügeln Sie mich halb tot, wenn es Ihnen Spaß macht. Aber ich sage Ihnen nicht, wo die Dokumente sind. Und ich werde es jede Minute genießen, Sie deswegen schwitzen zu sehen, Sie elender Scheißkerl!«

Der überlegene Ausdruck in Hees' Augen verschwand schlagartig. Wutentbrannt sprang er auf, wie ein trotziges Kind, das seinen Willen nicht durchsetzen konnte. Sein Atem klang wie eine Babyrassel. Er stürzte zu Mohamed, griff unter dessen Jacke und zog Svens Dienstpistole hervor. »Los, reden Sie, oder …«

»Oder was? Sie erschießen mich? Nur zu«, erwiderte

Sven gelassen. Und dieses Mal waren es nicht nur Worte. Er fühlte gar nichts mehr. Sein Körper war taub, als hätte man ihm das Rückgrat gebrochen. Er hatte keine Kraft mehr, sich zu widersetzen, wollte dieses Leben endlich hinter sich lassen, weil es ihm nichts mehr bedeutete. Er war müde. Unendlich müde. »Ich habe nichts mehr zu verlieren«, sagte er. »Und ich werde ganz sicher nicht wieder vor Ihnen betteln. Nicht um ein Leben, das ohnehin zu Ende ist.«

»Sie brauchen mir nur zu sagen, was ich wissen will, und ich spritze Ihnen das Gegenmittel.«

»Für wie naiv halten Sie mich? In dieser Spritze kann sonst was sein, aber so, wie ich meine Situation einschätze, ist es sicher nichts, was mein Leben verlängern würde. Ich bin also so oder so im Arsch. Sie werden mich ja wohl kaum durch diese Tür da marschieren lassen, wenn ich Ihnen sage, was Sie wissen wollen. Also jagen Sie mir endlich eine Kugel in den Kopf, damit wir es alle hinter uns haben.«

»Sind Sie wirklich so abgebrüht, oder trauen Sie mir bloß nicht zu, dass ich abdrücke?«

Bei dieser fast schon hilflosen Frage lächelte Sven abfällig. »Wenn Sie tatsächlich den Mut dazu hätten, bräuchten Sie kein Gesindel wie den da, um die Drecksarbeit zu erledigen.« Er deutete mit dem Kopf auf Mohamed.

»Da täuschen Sie sich gewaltig, mein Lieber.« Bebend vor Zorn trat Hees einen Schritt auf ihn zu. »Dazu brauche ich niemanden.« Er spannte den Abzug.

Sven schloss die Augen.

41

Der Lagerraum war dunkel. Nur das schwache Licht der Parkplatzbeleuchtung drang durch einige der schmalen Fenster und ließ meterhohe Regale auf beiden Seiten des Ganges erkennen. Koschny schaltete die kleine Taschenlampe ein, die Jo ihm gegeben hatte.

Er stand inmitten von Kisten und Kartons, deren Konturen er in den Regalen gerade eben noch ausmachen konnte. In dem schmalen Lichtkegel der Taschenlampe konnte er einige der Aufschriften erkennen: »HANDLE WITH CARE« und »VORSICHT ZERBRECHLICH!«. Der Schmerz hatte ein wenig nachgelassen, aber sein Fuß fühlte sich seltsam taub an, als hätten die Nervenbahnen darin sich vorübergehend vom Rest des Systems abgekoppelt. Er spürte, wie die Haut bei jedem Schritt spannte, was auf eine beträchtliche Schwellung schließen ließ. Vorsichtig bückte er sich und lockerte die Schnürsenkel seines Turnschuhs. Dabei glitt ihm die Lampe aus der Hand, und Koschny sah hilflos zu, wie sie unter eines der Regale rollte. Seufzend kniete er nieder und spähte durch den schmalen Spalt unter dem Regalboden. Seine Finger tasteten sich durch eine millimeterdicke Staubschicht. Schließlich bekam er den Griff zu fassen. *Sei froh, dass du Reporter geworden bist*, dachte er. *Als Einbrecher würdest du bestimmt verhungern.*

Er richtete sich wieder auf, als plötzlich die Spitze eines Schuhs im Lichtstrahl der Lampe auftauchte. Grasreste klebten an den Rändern der glatten, fast neuen Ledersohle. Mit zitternder Hand ließ er den dünnen Lichtstrahl weiterwandern, über in dunklen Stoff gehüllte Beine, über das graue Hemd, das teilweise über dem Hosenbund hing, bis hin zu dem glatten, jungen Gesicht eines Mannes, der nicht viel älter als zwanzig sein mochte. Sein Mund stand offen, und die Augen waren halb geschlossen, als wäre er im Begriff, ein Nickerchen zu machen. Doch die Pupillen waren starr und reagierten nicht auf das Licht; und plötzlich begriff Koschny, dass dieser Mann nie mehr aufwachen würde. Ein weiteres sicheres Indiz dafür war das Loch oberhalb der Augen. Eine dünne Bahn aus getrocknetem Blut zog sich über seine Stirn, bis zur linken Braue. Etwas Kaltes kroch Koschnys Wirbelsäule hinauf und breitete sich in seinem Nacken aus. Vor ihm lag die Leiche des Mannes, der vor etwa drei Stunden bereit gewesen war, ihm eine Kugel durch den Kopf zu jagen. *Das Blatt hat sich gewendet, du Mistkerl*, dachte Koschny. Er hatte in seiner Laufbahn schon die eine oder andere Leiche gesehen, doch es war ein wesentlicher Unterschied, ob dies an einem gesicherten Tatort geschah oder in einem dunklen Lagerraum, zu dem er sich unrechtmäßigen Zutritt verschafft hatte und in dem der Preis für eine solche Entdeckung sein eigenes Leben sein konnte. Es kam ihm vor, als wäre das Blut in seinen Adern schlagartig um zehn Grad abgekühlt. Er musste schnellstens hier raus, er war ja nicht einmal bewaffnet. Gesehen hatte er ohnehin genug. Was konnte beweiskräftiger sein als eine Leiche?

»Koschny, hören Sie mich?«, flüsterte eine Stimme in seinem Ohr, und er erschrak so heftig, dass er einige Sekunden lang glaubte, sein Herz würde nie wieder den gewohnten

Rhythmus finden. Einen Moment lang hatte er den Stöpsel in seinem Ohr völlig vergessen. »Die Polizei ist da«, erklärte die Stimme, während er sich bemühte, nicht ohnmächtig zu werden. »Haben Sie verstanden, Koschny? Die Bullen sind da, also beeilen Sie sich.« Koschny empfand ein Gefühl tiefer Erleichterung, gepaart mit freudiger Erregung. Die Polizei würde den Rest erledigen, jetzt hatte sie allen Grund, nach Sven zu suchen und dem Ganzen ein Ende zu machen. Er hatte seine Story. Nein, er hatte *die* Story, und Köster würde ihm aus der Hand fressen, um sie in voller Länge drucken zu dürfen. Und dieses Mal würde ihm niemand dazwischenfunken.

Zitternd vor Erregung wollte er Seifert gerade von seiner Entdeckung berichten, als er plötzlich etwas Hartes im Rücken spürte.

42

Vor den Werkstoren sah Seifert Blaulicht unten an der Straße aufblitzen, kurz darauf bogen zwei Streifenwagen in die Einfahrt ein und hielten auf dem Randstreifen vor dem Werkszaun.

»Das wurde aber auch Zeit«, konnte er den Wachmann sagen hören, der mit seinem Hund auf die Beamten zuging. Die Männer sprachen eine Zeitlang angeregt miteinander, wobei der Wachmann immer wieder auf die vier Aktivisten deutete. Seinen Gesten konnte Seifert entnehmen, dass er keine Lobeshymnen über sie verbreitete.

»Koschny, haben Sie verstanden? Die Polizei ist da.« Seifert wartete vergebens auf eine Antwort. Der Stöpsel in seinem Ohr blieb stumm. Behutsam hob er den Saum seines T-Shirts an, unter dem sein Handy am Gürtel befestigt war, gleich neben dem handtellergroßen Aufnahmegerät. Das Display zeigte nach wie vor vollen Empfang. Rasch verbarg er die Geräte wieder. *Wieso antwortet er nicht?*, dachte Seifert, während er sah, wie zwei der Polizisten auf sie zukamen, gefolgt von dem Wachmann mit dem Hund. *Was macht er da drin?*

»Guten Abend, die Herren«, sagte der ältere der beiden Polizisten in höflichem, ein wenig herablassendem Ton. »Ich weiß zwar nicht, was Sie mit dieser lächerlichen Aktion erreichen wollen, aber ich gehe wohl recht in der Annahme, dass Sie nicht gewillt sind, diesen Ort freiwillig zu räumen?«

Keiner der vier reagierte. Christian strich sich verlegen übers Kinn, und die anderen sahen die beiden Beamten mit festem Blick an. Nur Seifert wurde immer blasser.

»Ihnen ist sicher klar, dass das hier eine nicht genehmigte Demonstration ist«, fuhr der Beamte routiniert fort. »Können Sie sich ausweisen?«

Wieder keine Reaktion.

»Wir können das auch auf der Wache klären, wenn Ihnen das lieber ist. Ich möchte wetten, dass mindestens einer von Ihnen aktenkundig ist. Aber ehrlich gesagt habe ich keine große Lust, mir Ihretwegen die ganze Nacht um die Ohren zu schlagen. Also kommen Sie uns ein bisschen entgegen, dann können wir das Ganze schnell hinter uns bringen. Sonst sind wir gezwungen, Sie gewaltsam abzutransportieren.«

Ein Ausdruck des Entsetzens malte sich auf Seiferts Gesicht. Doch niemand sagte ein Wort.

»Hey, Sie mit den roten Haaren.« Der Polizist deutete auf Seifert. »Ist Ihnen nicht gut? Sie sehen ziemlich blass aus.«

Keine Reaktion. Seifert starrte vor sich auf den Boden.

Der Beamte seufzte und schüttelte den Kopf. »Also gut, Herr Wagner«, wandte er sich wieder dem Wachmann zu. Der offizielle Teil schien erledigt zu sein. »Haben Sie irgendetwas, womit wir die Ketten aufkriegen?«

»Ja«, antwortete der Wachmann, »im Gerätehaus da hinten. Ich habe schon jemanden losgeschickt.«

»Prima, dann warten wir solange. Freiwillig kommen die sowieso nicht …«

»MEIN GOTT!«, schrie Seifert hinter ihnen auf, und alle drehten sich erstaunt um. Sein Kopf war nach vorn geneigt, und er presste die Finger ans Ohr, als lausche er angestrengt. »Koschny? Sind Sie okay? Sagen Sie doch was!«

»Mit wem zum Teufel redet der Kerl?«, wollte der Beamte wissen. Der Wachmann hinter ihm fluchte.

»Verdammt, ich wusste es doch, da ist was faul! Hier müssen sich noch mehr von denen rumtreiben. Sind wahrscheinlich über Funk miteinander verbunden.«

»Koschny!«, schrie Seifert verzweifelt, und Christian hätte sich vor Schreck beinahe die Barthaare ausgerissen. »Können Sie mich hören? ANTWORTEN SIE, VERDAMMT NOCH MAL!« Fluchend riss er sich den Stöpsel aus dem Ohr, der von seinem schulterlangen Haar verdeckt worden war. »Ich brauche sofort Hilfe«, wandte er sich verzweifelt an die Polizisten. »Da drin ist jemand in Lebensgefahr!«

»Wie meinen Sie das?«, fragte der Beamte.

Seifert griff unter sein T-Shirt und löste das kleine Aufnahmegerät von seinem Gürtel. Mit zitternden Fingern betätigte er zwei der Tasten und hielt es den Polizisten hin. »Hier«, sagte er, »hören Sie es sich selbst an.«

»Ich muss sagen, Sie fangen langsam an, mir auf die Nerven zu gehen, junger Mann.«

Zwei Empfindungen stiegen beim Klang dieser Stimme in Koschny hoch: Entsetzen über den harten Gegenstand, der sich in seinen Rücken presste, und Wut darüber, dass er sich vor ein paar Stunden von dieser Stimme hatte täuschen lassen. Dass sie so überzeugend geklungen und dass er Respekt vor dieser Stimme gehabt hatte. Vor allem aber darüber, dass dieser promovierte Drecksack ihn noch immer *junger Mann* nannte.

»Ich kann auch nicht behaupten, dass ich erfreut bin, Sie hier zu sehen, *Professor*«, erwiderte er.

Staude riss ihm die Taschenlampe aus der Hand. »Nehmen Sie die Hände über den Kopf und rühren Sie sich nicht.« Damit ließ er ihn stehen und ging, die Waffe weiterhin auf ihn gerichtet, zu dem Durchgang am anderen Ende der Lagerhalle. Kurz darauf flackerte ein Dutzend Leuchtstoffröhren an der Decke auf. Koschny kniff die Augen zusammen, während die Kartons in den Regalen um ihn herum langsam Konturen annahmen. Nur wenige Meter links von dem Durchgang sah er einen kleinen abgetrennten Raum. Die schmale Holztür stand offen, und das Licht fiel hinein. Koschny konnte ein paar Stühle und die Beine eines Tisches erkennen. Vermutlich ein Frühstücksraum für das Lagerpersonal. An der gegenüberliegenden Wand war eine Art Packstation. Eine etwa zwei Meter breite Arbeitsplatte, auf der bündelweise Faltkartons lagen. An der Wand dahinter waren etliche Hängeregale befestigt, in denen Koschny mehrere Papierablagefächer ausmachen konnte. Außerdem gut zwei Dutzend Rollen Packband und zwei Abroller.

»Ich dachte mir, dass Sie irgendwann hier aufkreuzen würden«, sagte Staude. Er stand in dem breiten Mittelgang und hielt die Waffe unsicher mit beiden Händen umklammert. »Nach dem, was Sie schon wussten, war es nur noch eine Frage der Zeit, bis Sie die Verbindung erkennen. Allerdings hatte ich nicht damit gerechnet, dass es so bald passieren würde. Was hat Sie darauf gebracht?«

Koschny hielt krampfhaft die Hände hinter dem Kopf verschränkt und tat sein Möglichstes, den Stöpsel in seinem Ohr mit dem Handballen zu verdecken. Er machte eine zögernde Bewegung zu der Leiche hin. »Sagen Sie Ihren Leuten lieber, dass sie Ihre Werbegeschenke nicht offen am Tatort herumliegen lassen sollen«, meinte er und betrachtete den Leichnam auf dem Boden. »Hoffentlich habe ich Sie nicht beim Aufräumen gestört. Es wäre bestimmt nicht gut, der Polizei diese Unordnung zu hinterlassen.«

»Ich weiß zwar nicht, wie Sie es allein bis hierher geschafft haben, aber Sie werden keine Gelegenheit bekommen, der Polizei von Ihrer Entdeckung zu erzählen.«

Du wärst überrascht, wenn ich dir sagen würde, dass sie bereits da ist, dachte Koschny schadenfroh. Allerdings hielt er es für klüger, Staude zu verschweigen, dass die Polizei bereits auf dem Gelände war, um ihm keine Möglichkeit zu geben, sich in dem Gebäude zu verschanzen. Er würde warten und den anderen so lange wie möglich in Sicherheit wiegen.

»Und wie wollen Sie das verhindern?« Koschny sprach betont laut, damit Seifert ihn gut verstehen konnte. »Indem Sie mir auch eine Kugel durch die Stirn jagen oder mich überfahren?«

»Das entscheiden andere. Ich bin nur für medizinische Probleme zuständig.«

Erneut wanderte Koschnys Blick zu der Leiche hinüber. »Und was für eine Krankheit hatte *er*?«

»Ich habe ihn nicht umgebracht, falls Sie das meinen.«

»Wozu dann die Knarre?« Koschny kannte sich mit Schusswaffen nicht sonderlich gut aus, aber er konnte erkennen, dass es eine Halbautomatik war.

»Das war seine. Jetzt ist sie eine Versicherung gegen ungebetene Gäste. Und Sie können sicher sein, dass ich sie auch benutzen werde, wenn ich dazu gezwungen bin.«

»Sie behaupten also, Sie wären kein Mörder. Und was war mit der alten Frau in dem Heim? Sie ist an den Folgen Ihrer Experimente gestorben, nicht wahr?«

»Sie sagen es ja selbst, sie war alt. Und außerdem todkrank. Ihre Zeit war einfach gekommen.«

»Ist es das, was Sie sich einreden? Ist das *Ihre* Art von Wissenschaft?«

»Was wissen Sie schon davon?«

»Dann klären Sie mich auf. Was hat den Ausschlag gegeben, der Ruhm oder das Geld?«

»Sie spielen gerne den Klugscheißer, nicht wahr?«, fauchte Staude. »Markieren gern den Unbeugsamen.«

»Meine Mutter hat mich so erzogen.«

»Ja, und wenn es mehr Wissenschaftler wie mich gäbe, wäre sie vielleicht noch am Leben. Aber Leute wie Sie verschließen sich dem Fortschritt. Kleinkarierte Besserwisser, die in ihrer Sturheit nicht einsehen können, dass große Entwicklungen eben hin und wieder Opfer fordern. Die Forschung könnte wesentlich weiter sein, wenn ihr Schreibtischhengste euch nicht ständig als Menschenrechtler aufspielen und uns durch Gesetze die Hände binden würdet.«

»Genau das ist der Zweck dieser Gesetze. Andere Menschen vor skrupellosen Typen wie Ihnen zu schützen.«

»Und welches Gesetz schützt die Menschen vor Aids?«, konterte Staude ungehalten. »Ich versuche nur, meine Pflicht als Mediziner zu tun, indem ich versuche Millionen Erkrankte vor dem Tod zu bewahren und über sechs Milliarden Menschen die Angst vor dieser Krankheit zu nehmen. Ich finde, solche Zahlen rechtfertigen das eine oder andere Opfer.«

»Das sehe ich anders«, widersprach Koschny. »Sie können doch nicht eine Ungerechtigkeit durch eine andere ausmerzen. Manchmal liegt es eben einfach nicht in unserer Hand.«

»Doch, es liegt in unserer Hand«, gab Staude aufgebracht zurück. »Wir müssen nur bereit sein zuzugreifen. Zwanzig Jahre meines Lebens widme ich mich jetzt schon der Aids-

Forschung, ohne nennenswerte Fortschritte erzielt zu haben. Erst mit Hilfe dieser Leute war es mir möglich, die entscheidenden Untersuchungen durchzuführen. Ich wäre doch verrückt, wenn ich eine solche Chance nicht genutzt hätte.«

»Ich will Ihnen ja nicht zu nahe treten«, bemerkte Koschny trocken, »aber Sie *sind* verrückt!«

Staude schien ihn nicht zu hören. »Ich frage Sie, wo wäre die moderne Medizin heute, wenn sich nicht hin und wieder Leute wie ich den Regeln widersetzen würden?« Er fuchtelte wild mit der Pistole herum. »Noch vor vierzig Jahren wurde ein Wissenschaftler, der behauptete, ein menschliches Herz verpflanzen zu können, als neuzeitlicher Frankenstein bezeichnet. Heute finden solche Operationen jeden Tag statt. Leber, Niere, Herz ... fast jedes wichtige Organ kann heutzutage verpflanzt werden. Sogar Gliedmaßen von Toten wurden bereits erfolgreich transplantiert, und niemand nimmt mehr Anstoß daran. Wir betrachten es mittlerweile als normal, den menschlichen Körper auszuschlachten, weil dadurch Leben gerettet werden. Ich garantiere Ihnen, in ein paar Jahren wird man unsere Forschungsmethode als wegweisend betrachten. Letztendlich schaden wir damit niemandem. Unsere Versuchspersonen sind ohnehin moribund, also was haben sie zu verlieren? Ihre letzte Stunde hat längst geschlagen, ich kann ihnen nicht mehr helfen. Aber ich kann ihrem Tod einen Sinn geben, indem ich durch ihn andere Leben rette. Aber jemand wie Sie wird das wohl nie begreifen.«

»Tja, dann müssen Sie mich wohl auch umbringen.«

»Ich lasse mir jedenfalls von Ihnen nicht die Chance zerstören, meine Arbeit zu vollenden.« Staude ruckte mit der Waffe in Richtung des Durchgangs. »Los. Ich bringe Sie zu den anderen. Die haben bestimmt ein paar Fragen an Sie, und dann werden sie entscheiden, was mit Ihnen und den anderen beiden geschieht.«

Das bedeutete wohl, dass Sven und Hofer noch am Leben waren. Die Hände noch immer hinter dem Kopf verschränkt, humpelte Koschny mühsam auf den Durchgang zu und spürte förmlich den Lauf der Waffe im Rücken.

Plötzlich ertönte ein leises elektronisches Warnsignal, und Koschny hielt entsetzt den Atem an, als es ihm verdeutlichte, dass die Ladezeit seines Handys zu kurz gewesen war. *Nicht jetzt*, flehte er stumm, als es abermals piepte. *Bitte lass den verdammten Akku nicht gerade jetzt den Geist aufgeben!*

»Was zum Teufel ist das?«, fragte Staude nervös, als das Geräusch ein drittes Mal ertönte. Koschny spürte, wie sein Hemd hochgerissen wurde; sah, wie Staudes suchender Blick das Handy mit dem Sender an seinem Gürtel fand. Dann schlug er ihm die Hand vom Ohr weg und entdeckte den Kopfhörer. »Sie … Sie elender …«

»Hören Sie, Professor, Sie haben keine Chance«, beschwor Koschny Staude. »Die Polizei wird das Gebäude jeden Moment stürmen. Also seien Sie vernünftig, es ist vorbei.«

»Nein«, flüsterte Staude. Seine Stimme zitterte vor Wut. »Es ist nicht vorbei, das darf es nicht sein!« Sein Gesicht verzerrte sich zu einer grotesken Maske. »Ich lasse nicht zu, dass die Arbeit von Jahren zunichtegemacht wird. Schon gar nicht von einem Schmierfink wie Ihnen, *junger Mann*.« Wütend riss er den Sender aus der Buchse des Handys.

Koschny sah seine Chance. Blitzschnell wirbelte er herum, und sein Ellenbogen traf hart auf Staudes Nasenbein. Knackend gab es nach. Staude schrie auf vor Schmerz und taumelte ein paar Schritte zurück, völlig überrumpelt von diesem plötzlichen Angriff. Blut strömte ihm aus der Nase, und er hielt sich benommen den Kopf. Koschny wartete nicht, bis er sich wieder erholt hatte. Er stürzte sich auf seinen Gegner, packte die Hand mit der Waffe und drückte sie zur Seite. Dann schleuderte er Staude mit einem Ruck gegen eines der Regale.

Das Regal geriet ins Wanken. Glasbehälter fielen auf sie herab. Ein Kolbenbecher prallte von Staudes Schulter ab, bevor er auf dem Boden zerschellte. Staude verlor das Gleichgewicht, krallte sich an Koschnys Hemd fest und riss ihn mit zu Boden. Die Pistole schlitterte durch die Scherben. Verzweifelt griff der Arzt danach, doch Koschny war schneller und schlug sie beiseite, so dass sie unter den Regalen verschwand. Sie rangen auf dem harten Boden miteinander, wälzten sich in den Glasscherben wie zwei Ringkämpfer. Koschny war durch sein Gewicht im Vorteil. Er gewann schließlich die Oberhand, drückte Staude nieder und drosch wie von Sinnen auf ihn ein. Als seine Faust abermals die Nase des anderen traf, winselte Staude auf wie ein getretener Hund. Doch Koschny hielt nicht inne, er war wie in Trance. *Mach ihn fertig. Mach diesen Schweinehund fix und fertig. Schlag zu. SCHLAG ZU!*

Staudes Gegenwehr erstarb, und sein Körper wurde schlaff. Und obwohl er bereits bewusstlos war, prügelte Koschny weiter auf ihn ein, packte ihn schließlich am Kragen und schrie: »Mein Name ist Koschny, verstanden?« Seine Stimme war schrill vor Wut. »Walter Koschny, du verdammter Drecksack!« Dann ließ er erschöpft von dem Mann ab und sank keuchend zu Boden. Sein Puls hämmerte in seinen Schläfen, und er hatte das Gefühl zu schweben. Doch kaum hatte er sich wieder unter Kontrolle, kehrten die Schmerzen zurück. Dieses Mal jedoch beschränkten sie sich nicht auf seinen Fuß. Die Knöchel seiner rechten Hand waren blutverschmiert und pochten, und sein Unterarm fühlte sich feucht und warm an. Er tastete ihn ab und fand eine etwa daumengroße Scherbe, die aus der Haut ragte. Mit schmerzverzerrtem Gesicht zog er sie vorsichtig heraus, drehte den Arm herum und begutachtete die Wunde. Sie war nicht groß, aber sie war tief und blutete stark. Er zog ein Taschentuch aus der Hosentasche und wickelte es um seinen Arm. Schon nach wenigen Sekunden war der Stoff mit Blut getränkt.

Seifert!

Hastig tastete er nach seinem Telefon und riss es aus der Halterung an seinem Gürtel. »Seifert, hören Sie mich?« Doch die Verbindung war tot. Er drückte auf die Wahlwiederholung, aber nichts geschah. Erst jetzt bemerkte er das zerbrochene Display. Auch das Gehäuse war beschädigt. Er musste daraufgefallen sein, als Staude ihn zu Boden gerissen hatte. Na gut, dachte er. Die werden auch so begriffen haben, was hier los ist.

Er ging zu der Packstation hinüber und nahm sich eine Rolle Packband. Glassplitter knirschten wie feine Kieselsteine unter seinen Schuhen, als er zu Staude zurückkehrte, der immer noch reglos am Boden lag. Koschny fesselte ihm Hände und Füße mit dem Klebeband und ließ ihn liegen. Dann sah er sich nach der Waffe um. Wenn er schon zum Warten verurteilt war, wollte er wenigstens nicht wehrlos sein. Als Erstes fand er die Taschenlampe, die zwischen den Glasscherben lag. Doch auch sie hatte unter dem Kampf gelitten. Ihr Licht flackerte, und Koschny musste kräftig gegen das Gehäuse schlagen, um es halbwegs zu stabilisieren. Mühsam kniete er erneut nieder, um unter den Regalen zu suchen. Die Waffe musste ganz nach hinten an die Wand gerutscht sein, damit war sie unerreichbar, zumal er in dem schwachen Licht der Taschenlampe nicht viel sehen konnte.

»Hilfe …«

Es war nur ein leises Stöhnen, doch es erschreckte Koschny fast zu Tode.

So schnell er konnte, rappelte er sich auf und sah sich hektisch um.

»Helfen Sie mir …«, keuchte die Stimme erneut.

Sie kam aus dem Frühstücksraum.

Dann ein Kratzen, gefolgt von einem Ächzen, das schnell zu einem keuchenden Husten wurde.

»Wer ist da?«, fragte Koschny.

Ein scharrendes Geräusch war zu vernehmen, als krieche jemand über den Boden.

Vergeblich suchten Koschnys Augen den Raum nach etwas ab, womit er sich verteidigen könnte. »Kommen Sie langsam raus«, rief er schließlich unsicher in Richtung der Tür. »Ich … Ich bin bewaffnet.« Skeptisch schielte er auf die Taschenlampe in seiner Hand hinunter.

Das Stöhnen klang schwach und mehr wie ein verzweifelter Versuch, sich bemerkbar zu machen. Langsam tappte Koschny auf die Tür zu, die Lampe wie einen Schlagstock in der Hand. Er griff um den Türrahmen, schaltete das Licht an und ahnte beinahe, was er vorfinden würde.

Neben dem Tisch kauerte ein Mann. Verzweifelt presste er den Rücken gegen die Wand, um sich daran hochzustemmen, sackte dann jedoch kraftlos zusammen. Das Stöhnen ging in ein Wimmern über. Dicke Schweißtropfen perlten auf seinem kahlen Kopf.

»Hofer?«, stieß Koschny entsetzt hervor. »Sind Sie Peter Hofer?«

Der Mann sah zu ihm auf. Seine Augen waren blutunterlaufen und tränten vor Schmerzen. Niemals, in seinem ganzen Leben nicht, würde Koschny diesen Blick vergessen. »Helfen Sie mir«, flehte er schwach. »Bitte helfen Sie mir. Es … es tut so weh …«

Vorsichtig schob Koschny das Hemd des Mannes zur Seite. Ein behelfsmäßiger Druckverband war um seine Taille gewickelt. Trotzdem blutete er im unteren Bauchbereich stark. Neben ihm lag eine zertrümmerte Plastiktasse. Koschny konnte frische Kratzwunden am linken Handgelenk des Mannes erkennen. Er musste versucht haben, sich mit den stumpfen Scherben die Pulsadern aufzuschneiden.

»… es tut so schrecklich weh.«

»Allmächtiger!«, flüsterte Koschny und deckte den Verband wieder zu. Die Wunde stank. Vermutlich hatte die Kugel den Darm verletzt. Er schluckte, hatte Mühe, sich nicht zu übergeben. Plötzlich schnellte Hofers blutige Hand hoch, packte Koschny am Genick und zog ihn zu sich herab. »Meine Frau und mein Sohn«, stammelte er Koschny wie im Fieberwahn ins Ohr. »Sie … Sie müssen sie beschützen, hören Sie … Tessin, Agarone … Schweiz … Sie müssen beschützen … verstehen Sie? Beschützen …«

»Schon gut«, stammelte Koschny. »Ist ja gut.«

Hofer packte noch fester zu. »Versprechen Sie es«, flehte er.

»Ich verspreche es! Ich verspreche es!«

Hofers Griff lockerte sich. Er sank zurück und schien das Bewusstsein zu verlieren.

»Bleiben Sie ganz ruhig«, sprach Koschny weiter. Seine Stimme klang wie die eines Fremden. »Hilfe ist unterwegs. Hören Sie mich? Gleich wird jemand hier sein, der Ihnen helfen kann.« Zumindest hoffte er das. Verdammt, wo zum Teufel blieben diese Idioten? »Hofer«, versuchte er den Mann bei Bewusstsein zu halten. »Ich weiß, Sie haben furchtbare Schmerzen, aber ich muss wissen, wo der andere Mann ist. Wo haben die Becker hingebracht?«

Die Antwort war ein Geräusch, offenbar aus einem Raum unter ihnen. Als Koschny es hörte, verlor er alle Hoffnung.

Es war der gedämpfte Knall eines Schusses.

43

Einen Augenblick lang verstummte die Welt. Dann kam das Rauschen, das in ein Brummen überging und einen Unterdruck in Svens Gehörgängen erzeugte, der alle anderen Geräusche absorbierte und nur den Knall widerhallen ließ. Verwundert stellte er fest, dass er noch am Leben war. Langsam öffnete er die Augen.

Was er sah, war nicht zu begreifen. Rauch stieg aus der Mündung der Pistole und aus dem Auswurfschacht des Schlittens auf. Mohamed taumelte zurück. Sein Mund war halb geöffnet. Ein dünner Speichelfaden tropfte von der Unterlippe und zog sich bis zum Kinn hinab. Das rechte Auge schielte ein wenig zur Decke hinauf, während das linke Hees blicklos anstarrte. Die Kugel war etwa zwei Zentimeter über dem Nasensattel durch die Stirn gedrungen. Wer behauptete, ein schneller Tod sei würdevoll und wünschenswert, hatte noch nie einen Menschen durch einen Kopfschuss sterben sehen. Mohameds Hose verfärbte sich um den Schritt herum dunkel. Dann sackte er zusammen und sank auf die Knie. Schließlich kippte er vornüber und schlug so heftig auf den Fliesen auf, dass der Boden vibrierte. Angewidert wandte Sven den Blick ab und stellte fest, dass die Pistole jetzt wieder auf ihn gerichtet war.

»Sie sehen, Herr Kommissar«, sagte Hees, »ich bin durchaus in der Lage, meine Probleme selbst zu regeln.«

»Pro… Probleme?«, stotterte Sven.

»Ich sage doch, ich hasse Leute, die Fehler machen. Wenn er mir nicht diesen schießwütigen Anfänger angeschleppt hätte, hätte Hofer uns wahrscheinlich längst gesagt, was wir wissen wollen, und dieses Spießrutenlaufen mit Ihnen wäre gar nicht nötig. Aber wahrscheinlich ist er inzwischen krepiert, und jetzt sind nur noch Sie da. Also machen *Sie* lieber keinen Fehler und reden Sie endlich. SOFORT!«

»Sie werden mich nicht erschießen«, beharrte Sven.

»Ach nein?« Hees lachte auf und fuchtelte mit der Waffe vor Svens Nase herum.

»Nein«, antwortete Sven. »Sie hätten es längst getan, wenn Sie es sich leisten könnten. Aber dieses Risiko würden Sie niemals eingehen, solange ich Ihnen nicht gesagt habe, was Sie hören wollen. Und wenn Sie mich umbringen, haben Sie spätestens in zwei Tagen eine zwanzigköpfige Sonderkommission am Arsch hängen, das garantiere ich Ihnen. Und die Jungs sind gut. Die verstehen ihr Geschäft, und wenn es um den Tod eines Kollegen geht, geben sie sich besonders viel Mühe. Irgendwann wird man unsere Leichen finden, und dann haben *Sie* einen Fehler gemacht. Selbst jemand mit Ihren Beziehungen dürfte es nicht schaffen, eine ganze Handvoll Leichen spurlos verschwinden zu lassen.«

Hees schien kurz zu überlegen. »Und wenn schon«, meinte er dann gelassen. »Zwei von den Toten sind Ausländer, und beide sind durch einen Kopfschuss aus Ihrer Waffe getötet worden, Herr Kommissar. Man wird sie für Mitglieder der Türkenmafia halten und denken, das Ganze sei eine Hinrichtung oder ein Drogenkonflikt, in den Sie bei Ihren Ermittlungen hineingeraten sind, oder was auch immer. Vielleicht denken die Kollegen ja auch, Sie hätten da selbst mit dringesteckt, wer weiß? Ein unzufriedener Bulle mehr, der sich ein Stück vom großen Kuchen abschneiden wollte und zu gierig geworden ist. Mir ist es ziemlich egal, was die sich zusammenreimen, solange sie mich nicht damit in Verbindung bringen können. Und dafür werde ich sorgen. Und was Sie angeht, Herr Kommissar«, sagte er, und seine Stimme schien noch etwas rauer zu werden, »für Sie gibt es zwei Möglichkeiten zu sterben: eine qualvolle und eine schnelle. Sie haben die Wahl.«

»Ich dachte, Sie bevorzugen subtilere Erpressungsmethoden.«

»Bei Ihnen mache ich gerne eine Ausnahme.«

Wieder hatten Hees' Augen diesen seltsamen Glanz angenommen. Es schien beinahe, als beschränke sich seine Existenz auf ein einziges Ziel: Sven zu besiegen, seinen Willen zu brechen, selbst wenn das bedeutete, dass er ihn töten musste.

»An meinem Standpunkt hat sich nichts geändert«, entgegnete Sven. »Ich habe alles gesagt, was ich zu sagen hatte.«

»Tja, Herr Kommissar«, gurrte Hees, und der Glanz in seinen Augen wurde zu einem Funkeln. »Dann sollten Sie sich jetzt wohl fragen, wie viel Schmerzen Sie ertragen können.«

Ein weiterer Schuss krachte. Dieses Mal wurde er von Svens Schrei übertönt.

44

Entkräftet stützte Koschny sich auf das Geländer, um seinen Fuß zu entlasten. Die Lagerhalle lag hinter ihm. Jetzt befand er sich in einem Treppenhaus. Die Suche nach der Waffe hatte er aufgegeben, sie hatte ihn unnötig Zeit gekostet. Zeit, die er nicht hatte. Vermutlich war es ohnehin schon zu spät.

Er stand vor einer breiten Schwingtür, die ins Erdgeschoss führte. Der Durchgang dahinter war nicht beleuchtet, so dass er in der dunklen Verglasung der Tür sein Spiegelbild sehen konnte. Seine Haare waren verschwitzt und strähnig, seine Kleider verschmutzt und hier und dort zerrissen. *Mein Held*, dachte er verächtlich und wandte sich ab.

Der Schuss war aus dem Keller gekommen. Zwei Wege führten dorthin. Gleich links neben der Tür befand sich ein Aufzug. Zu riskant, beschloss er, schließlich konnte er nicht wissen, was ihn dort unten erwartete. Er war nicht scharf darauf, noch einmal in den Lauf einer geladenen Waffe zu blicken, wenn sich die Tür des Fahrstuhls öffnete. Also entschied er sich für die Treppe und gegen seinen schmerzenden Fuß. Trotzdem zögerte er einen Moment, suchte nach Gründen, die ihn von seinem Vorhaben abbringen konnten. Da er Staudes Pistole nicht gefunden hatte, hatte er nach wie vor nur die Taschenlampe, um sich zu verteidigen. Warum also nicht warten, bis Helfer eintrafen? *Bewaffnete* Helfer.

Was konnte er schon ausrichten? Er, der nicht einmal hundert Meter laufen konnte, ohne einen Erstickungsanfall zu bekommen. Aber er hatte es bis hierher geschafft, warum also jetzt aufgeben? Diese Geschichte hatte sich längst verselbstständigt, und er war mittlerweile ein Teil davon geworden. Trotz der Erschöpfung und der Schmerzen verspürte er eine geradezu zwanghafte Energie, die ihn drängte, diese Treppe hinunterzugehen. Er musste an Hofer denken, sah wieder diesen Ausdruck in den Augen des vor Schmerzen halb besinnungslosen Mannes. Hätte er bei ihm bleiben sollen? Wozu? Er hätte nichts für ihn tun können. Jetzt brauchte Sven seine Hilfe. Und vielleicht war es doch noch nicht zu spät.

Vorsichtig humpelte er auf die Treppe zu. Mit jeder Stufe, die er hinabstieg, hatte er das Gefühl, der Hölle ein Stück näher zu kommen. Die Treppe endete an einer weiteren Schwingtür. Als er sie erreicht hatte, krachte der zweite Schuss. Der Schrei, der darauf folgte, ging ihm durch und durch. Instinktiv trat er zur Seite und presste sich zitternd an die Wand zwischen Tür und Fahrstuhl.

Großer Gott! Was in aller Welt geht hier vor?

Verzweifelt versuchte er den nächsten Schritt zu überdenken. Gab es überhaupt einen nächsten Schritt? Welcher Teufel hatte ihn geritten, sich hier einzuschleichen? Er wusste ja nicht einmal, mit wie vielen von diesen Kerlen er es zu tun hatte.

Ich bringe Sie zu den anderen …

Vielleicht waren es zwei, vielleicht zwanzig. Was sollte er tun, wenn einer von ihnen plötzlich vor ihm stand? Seinen Notizblock zücken und ihn zu Tode schreiben? *Die Feder ist mächtiger als das Schwert*, ging es ihm unverhofft durch den Sinn. Eine Schrotflinte wäre ihm unter diesen Umständen bedeutend lieber gewesen. Wahrscheinlich sollte er zurückgehen und noch einmal nach der Pistole suchen, aber irgendetwas sagte ihm, dass dazu keine Zeit blieb.

Nur die Ruhe, sagte er sich. Er hatte auf dem Parkplatz außer den Wagen der Wachleute nur zwei Autos gesehen. Also konnten nicht übermäßig viele Gegner auf ihn lauern. Vorsichtig spähte er durch die Glastür. Der Flur war hell erleuchtet, der Boden dunkelrot gefliest. Zu beiden Seiten waren in unregelmäßigen Abständen massive Stahltüren in den betongrauen Wänden zu sehen. Aus welchem Raum der Schuss gekommen war, konnte Koschny nur vermuten. Doch es musste einer der vorderen gewesen sein, denn der Knall hatte erschreckend nah geklungen.

Sein Blick schwenkte unsicher zur Treppe zurück. *Verschwinde*, drängte seine innere Stimme. *Hier gibt es niemanden mehr, dem du helfen könntest. Selbst mit einer Pistole wäre das Risiko zu groß, zu unberechenbar. Es ist vorbei, gib auf. Geh zurück zu Hofer und warte. Oder, noch besser, verschwinde aus diesem Gebäude, von diesem Gelände, aus dieser ganzen gottverdammten Gegend, und lass den Dingen ihren Lauf. Sven ist tot, bring dich in Sicherheit!*

Aus irgendeinem Grund konnte und wollte er das nicht akzeptieren. Letztendlich hatte man immer eine Wahl. Es kam nur darauf an, die richtige Entscheidung zu treffen.

Er holte tief Luft und trat durch die Tür.

Hastig zuckte sein Blick hin und her. Er versuchte alles gleichzeitig zu erfassen, sämtliche Türen im Auge zu behalten. Was sollte er tun, wenn sich eine von ihnen öffnete?

Keine Zeit für Spekulationen. Er musste auf seine Intuition vertrauen. Und auf sein Glück.

Als Koschny an der zweiten Tür auf der rechten Seite vorbeikam, vernahm er seltsame Geräusche. Es hörte sich an wie Schreie – nein, mehr wie erregtes Kreischen. Er zuckte zusammen und bemerkte das kleine Schild neben der Tür: *Tierhaltung.*

Affen, dachte er. *Das sind nur Affen, oder was immer die hier sonst im Namen der Wissenschaft abschlachten.* Vermutlich hatten die Schüsse die Tiere in ihren Käfigen aufgeschreckt. Zumindest was die Angst vor Waffen anging, war der Mensch dem Affen gleich.

Rasch drehte Koschny sich um, war sich plötzlich sicher, dass jemand hinter ihm stand. Doch da war nichts außer der Schwingtür. *Ganz ruhig. Du schaffst das schon. Genauso, wie du es immer irgendwie geschafft hast.* Eilig ging er weiter, vorbei an der dritten Tür, der vierten … Organanalyse … Giftlager … Das hier musste wahrhaftig die Hölle sein.

Obwohl der Gang gut drei Meter breit war, schien er immer schmaler zu werden, je weiter er voranschritt. Noch einmal drehte er sich um. Wieder nichts.

Dann waren erneut Stimmen zu hören. Dieses Mal waren sie eindeutig menschlich. Zuerst dachte er, sie kämen aus der Richtung des Treppenhauses, und er suchte panisch nach Deckung, einem Versteck. Doch als er genauer hinhörte, stellte er fest, dass sie hinter der Wand auf der linken Seite des Ganges hervorkamen, nur wenige Schritte von ihm entfernt. Ein Schild wies den Raum als Versuchslabor aus. Er ging näher heran, lauschte angestrengt. Doch die Worte drangen nur sehr schwach und unverständlich durch die stählerne Tür. Eine der Stimmen jedoch gehörte eindeutig Sven.

Nun gut, er lebte. Aber was nun? Sollte er die Tür aufreißen und den Raum stürmen? Er musste die Kerle herauslocken, das war die einzige Möglichkeit. Er brauchte einen Plan. Einen halbwegs sicheren Plan. *Denk nach, Mann … denk nach! Das ist das Einzige, was du gut kannst.*

Sein Blick irrte suchend umher und blieb an einem Feuerlöscher hängen, der ein Stück weiter an der Wand hing. Unmittelbar darüber ragte ein roter quadratischer Kasten aus der Wand, ungefähr so groß wie sein Handteller. Koschnys Augen leuchteten auf. Noch einmal blickte er zu der Schwingtür am Ende des Ganges hinüber. Dann wandte er sich wieder dem Feuerlöscher und dem kleinen Kasten zu.

Ja, so müsste es gehen, dachte er sich. So könnte es klappen … wenn er nur schnell genug war.

45

Im ersten Moment spürte er gar nichts. Nicht einmal die Splitter, die sein Gesicht und seinen Arm trafen wie Peitschenhiebe, als die Kugel in die Wand hinter ihm einschlug. Sven war sicher, dass sie ihn verfehlt hatte. Erst als er die Wunde betrachtete und sah, wie Blut die Fasern seines zerrissenen Hemdes tränkte, überfiel ihn der Schmerz mit unbekannter Heftigkeit. Die Kugel hatte seine Schulter zwar glatt durchschlagen, doch fühlte es sich an, als hätte sie ihm den halben Arm weggerissen. Er hielt den Atem an und kniff die Augen zusammen, um den Schmerz zu bändigen.

»Sie dürfen ruhig schreien, Herr Kommissar. Hier hört Sie niemand.«

»Sie verdammter Scheißkerl«, zischte Sven und krümmte sich vor Schmerzen. Seine Schulter fühlte sich an, als hätte jemand einen Eimer glühende Kohlen darübergegossen.

»Das war nur eine Warnung«, sagte Hees. »Als Nächstes sind Ihre Kniescheiben dran. Dann arbeite ich mich an Ihren Oberschenkeln hoch bis zu Ihren Eiern. Und wie Sie mittlerweile festgestellt haben sollten, treffe ich das, worauf ich ziele.«

»Schon gut«, stöhnte Sven. »Sie haben gewonnen.« Wozu sich noch wehren?, dachte er. Sollte dieses Scheißleben doch ein Ende nehmen.

Er sagte Hees alles, was er über den Verbleib der Unterlagen wusste. Erzählte ihm auch von Hofers Plan, gegen ihn auszusagen und das Ganze auffliegen zu lassen.

»Wie heißt dieser Reporter?«

Sven antwortete nicht und starrte hartnäckig zu Boden. Ein letzter Rest von Trotz, von Ehrgefühl.

»Den Namen!«, schrie Hees und drückte die Pistole gegen Svens rechtes Knie.

»Sattler«, murmelte er resigniert. »Peter Sattler.« Er wünschte sich, dass dieser Wahnsinnige ihm endlich den Rest geben würde. Innerlich war er ohnehin schon längst tot.

Zufrieden ließ Hees die Waffe sinken. »Sehen Sie«, sagte er, »war doch gar nicht so schwer. Wir hätten uns diese Peinlichkeiten ersparen können, wenn Sie mir sofort alles gesagt hätten.«

Voller Verachtung sah Sven zu ihm auf. »Ich wollte Ihnen doch nicht den ganzen Spaß verderben«, fauchte er zynisch. »Dabei sind Sie es, der verloren hat, Hees. Oder was gedenken Sie jetzt mit dieser Information zu tun? In die Redaktion stürmen und alle über den Haufen schießen?«

»Zerbrechen Sie sich nicht meinen Kopf, Herr Kommissar.«

»Nein, bestimmt nicht. Aber es gibt da noch etwas, das Sie wissen sollten«, sagte Sven mit letzter Kraft. »Wenn Hofer sich nicht jeden Tag zu einer bestimmten Uhrzeit telefonisch in der Redaktion meldet, gehen diese Unterlagen an die Polizei. Sie sollten also lieber beten, dass er noch am Leben ist, oder schon mal anfangen, Ihre Koffer zu packen. Es ist vorbei, Hees, so oder so. Dieses Mal können Sie sich nicht herauswinden. Nur schade, dass ich nicht mehr erleben werde, wie Ihnen der Arsch auf Grundeis geht. Es wäre mir wirklich ein Vergnügen gewesen, *Sie* betteln zu sehen. Und jetzt bringen Sie's endlich zu Ende, damit ich Ihre hässliche Visage nicht länger ertragen muss!«

»Sie haben recht, Herr Kommissar«, schnaufte Hees. »Es wird Zeit, dieses Gespräch ein für alle Mal zu beenden.« Er hob die Pistole.

In diesem Moment schrillte der Alarm los.

46

Was zum Teufel ist denn das nun schon wieder?«, schrie der Polizist, als der Alarm über das Gelände hallte. Ratlos starrte er den Wachmann an. Er schien mit der Situation sichtlich überfordert zu sein.

»Feueralarm!«, brüllte Meier aus dem Wachhaus herüber.

»Was?«, stieß Wagner hervor. Er hatte alle Hände voll zu tun, seinen Hund zu bändigen. »Aber das ist doch unmöglich, ich meine … Verflucht noch mal, was ist hier eigentlich los?«

»Das versuche ich Ihnen ja die ganze Zeit zu erklären!« Seifert umklammerte verzweifelt das Aufnahmegerät. Zweimal hatte er es den Beamten bereits vorgespielt. Doch die schienen noch immer nicht überzeugt zu sein. »Die Aufnahme ist echt! Da drin sind Menschen in Gefahr! Was muss noch passieren, damit Sie uns glauben?«

»Ist der Eigentümer schon verständigt?«, wandte sich der Polizist an Wagner.

»Meier versucht es immer wieder, aber in seinem Büro geht keiner ran, und sein Handy muss ausgeschaltet sein.«

»Verdammt!« Unschlüssig trat der Beamte von einem Fuß auf den anderen, ohne die vier aus den Augen zu lassen. »Können Sie den Alarm von hier aus abschalten?«

»Nein. Das geht nur über die Hauptstromversorgung.«

»Also gut«, entschied er verdrossen und deutete mit dem Finger auf Seifert. »Ich warne euch, wehe, wenn das hier wieder nur eine von euren Aktionen ist, dann kommt ihr dieses Mal nicht mit einer Verwarnung davon, das verspreche ich euch. Herr Wagner, Sie passen mir auf diese Bande auf. Dass mir ja keiner von denen verloren geht, klar?« Er wandte sich an seinen Kollegen. »Holger, du setzt dich mit der Zentrale in Verbindung und forderst zwei weitere Einheiten an. Außerdem einen Notarztwagen. Möglich, dass jemand verletzt ist. Ach, und verständige vorsichtshalber die Feuerwehr.«

»Was hast du vor, Dieter?«

»Wir gehen verdammt noch mal da rein und schauen nach, was da los ist.«

47

Vorsichtig öffnete Hees die Tür und spähte in den Flur hinaus, die Pistole schützend vor sich ausgestreckt. Rastlos folgte sein Blick dem Lauf. Rechts, links, wieder rechts ... Doch er fand kein Ziel, der Gang war leer. Er trat hinaus und wischte sich den Schweiß aus den Augen. Das durchdringende Klingeln des Feueralarms schmerzte in seinen Ohren. Sein Blick fand den kleinen quadratischen Kasten, in dem sich der Alarmknopf befand. Das Glas war eingeschlagen. Der kleine Metallklöppel an der Seite pendelte an seiner Kette noch leicht hin und her. Darunter ragte eine leere Halterung aus der Wand.

Er hörte ein leises Poltern, riss augenblicklich die Pistole herum und zielte den Flur hinunter in Richtung Treppenhaus. »Professor Staude?«, versuchte er das stetige Schrillen zu übertönen. »Staude, sind Sie das?« Behutsam schob er sich auf die Schwingtür zu, zögerte jedoch plötzlich. Dann wich er zurück, Schritt für Schritt. Zuerst langsam, dann drehte er sich um und rannte los. Er stürzte zurück ins Labor und schloss die Tür. Keuchend fuhr er sich mit dem Jackenärmel über die Stirn und verharrte einige Sekunden regungslos.

»Probleme?«, fragte Sven. Plötzlich musste er lachen. Eigentlich wusste er nicht, weshalb er lachte, aus Schadenfreude oder weil er langsam verrückt wurde. Oder einfach aus Freude darüber, dass die Gerechtigkeit dieses Mal vielleicht eine Chance hatte. Dass es ein Lachen der Hoffnung war, wollte er sich nicht eingestehen. Zu oft hatte Hoffnung ihn enttäuscht. Und was hatte ein Todgeweihter auch zu hoffen?

»Seien Sie still«, fauchte Hees, doch Sven lachte immer heftiger. Noch nie hatte er Lachen als befreiender empfunden als in diesem Moment.

Hees zerrte sein Handy aus der Jackentasche. Seine Finger flogen förmlich über die Tasten. Zunächst hatte er in seiner Erregung völlig vergessen, dass das Telefon ausgeschaltet war, dann schaltete er es ein und wählte erneut. Der Empfang war schlecht, dennoch wurde am anderen Ende sofort abgehoben. »Könnte mir mal jemand erklären, was hier los ist?«, schrie er den Wachmann an, bevor dieser auch nur ein Wort herausbrachte.

»Herr Hees?«, fragte Meier. »Gott sei Dank! Ich versuche schon die ganze Zeit, Sie zu erreichen. Ein paar von diesen Umweltschützern haben sich hier draußen am Zaun postiert. Mindestens einer von denen scheint es auf das Gelände geschafft zu haben. Wahrscheinlich hat er den Alarm ausgelöst.«

»Dann kümmert euch darum. Wofür zum Henker bezahle ich euch eigentlich?«

Meier räusperte sich verlegen. »Na ja, das wird nicht mehr nötig sein, Herr Hees. Die Polizei ist schon hier. Die müssten eigentlich jeden Moment bei Ihnen sein.«

Hees stockte der Atem. »Was … Was sagen Sie da?«, stammelte er fassungslos. *»Die Polizei?«*

»Ja. Was haben Sie denn, ist alles in Ordnung? Hallo … Herr Hees? …«

Hees ließ langsam das Telefon sinken, bis es ihm aus der

Hand glitt und zu Boden fiel. Stumpf starrte er die Wand an, während Meiers Stimme weiter aus dem Handy quakte. »Herr Hees … Antworten Sie doch … Geht es Ihnen gut? …«

»Was ist denn?«, fragte Sven. »Hat es Ihnen etwa die Sprache verschlagen?«

»Ich habe Ihnen doch gesagt, Sie sollen die Klappe halten.«

»Die Dinge entwickeln sich wohl nicht ganz so, wie Sie es geplant hatten, hab ich recht?« Nur die Schmerzen verhinderten, dass er von neuem in schallendes Gelächter ausbrach.

Wutentbrannt stampfte Hees auf ihn zu und schlug ihm ins Gesicht. »Schnauze!«, brüllte er. Sekundenlang konnte Sven den kalten Lauf der Pistole auf dem Wangenknochen spüren. Dann sah er verschwommen, wie Hees zu dem großen Waschbecken neben der Tür eilte. An der Wand darüber hing ein Erste-Hilfe-Kasten. Er riss die Klappe auf und wühlte darin herum, bis er schließlich mit einer Schere in der Hand zurückkam.

Eine Wolke aus feuchtwarmem Schweißgeruch hüllte Sven ein, als Hees vor ihm niederkniete und die Kabelbinder an seinen Füßen und seinen Händen durchschnitt. »Wie es aussieht«, keuchte Sven und zwang sich zu einem Grinsen, »komme ich doch noch in den Genuss, Sie schwitzen zu sehen.«

Hees packte ihn und zerrte ihn grob auf die Beine. »Wir beide marschieren jetzt hier raus, und wenn ich noch einen Ton von Ihnen höre, dann puste ich Ihnen mit Vergnügen das Licht aus, das schwöre ich. Haben wir uns verstanden? Und jetzt vorwärts!«

Svens Beine waren taub und schwer, und er taumelte mehr, als dass er ging. »Aufmachen«, befahl Hees und drückte Sven brutal die Pistole in den Rücken. Sven öffnete die Tür. Das Schrillen des Alarms wurde augenblicklich lauter. Bei den Tierlabors angekommen, vermischte es sich mit dem Kreischen der verängstigten Versuchstiere. Und plötzlich ging Sven auf, dass er nun selbst zum Versuchstier geworden war.

Als sie die Schwingtür erreicht hatten, zog Hees ihn fester an die Waffe heran. »Sie werden jetzt vorsichtig da durchgehen. Und keine hastigen Bewegungen, sonst blase ich Ihnen die Wirbelsäule weg.«

Behutsam drückte Sven gegen einen der Türflügel, bis er langsam aufschwang. Hees folgte ihm wie ein Schatten. Seine Blicke huschten unruhig durch das Treppenhaus. Doch es war niemand da, der sich ihnen in den Weg stellte. Keine Polizistenstimme schrie, er solle die Waffe fallen lassen. Nur sein keuchender Atem war zu hören. Und dieser verdammte Alarm. Aber jemand musste hier gewesen sein. Und dieser Jemand lauerte noch immer irgendwo und wartete, spielte mit ihm.

Hees schielte zur Fahrstuhltür hinüber, drängte Sven jedoch weiter auf die Treppe zu. Sven spürte die kalte Mündung der Pistole im Genick, als sie die Stufen erreichten. Hees spähte über seine Schulter nach oben, hielt ihn wie einen Schutzschild vor sich, während sie langsam hinaufstiegen. Doch auch im Aufgang zum Erdgeschoss war niemand zu sehen.

Hees wurde immer nervöser. Wo war Staude? Hatte er es mit der Angst bekommen und sich aus dem Staub gemacht? Er musste es irgendwie zu seinem Auto schaffen. Aber zuerst musste er den Kerl finden, der den Alarm ausgelöst hatte, und ihn unschädlich machen, bevor er ausplaudern konnte, was er gesehen und gehört hatte. Er musste hier raus, irgendwie. Ihm blieb nicht viel Zeit.

»Schneller«, trieb er Sven an. Sie waren im Erdgeschoss angekommen. Einen Herzschlag lang glaubte Sven, hinter dem schmalen Sichtfenster des Fahrstuhlschachtes eine Bewegung gesehen zu haben. Die Anzeige über der Tür zeigte ein großes E an. Hees schien es nicht bemerkt zu haben; er drängte ihn nach rechts, auf den Durchgang zur Lagerhalle zu.

Dann ging alles sehr schnell.

Als die beiden einige Schritte getan hatten, wurde die Tür des Fahrstuhls aufgestoßen, und eine Stimme schrie: »Runter!« Noch ehe Sven begriff, dass er damit gemeint war, fauchte ein weißer Pulverstrahl auf ihn und Hees zu. Sofort ließ er sich zu Boden fallen und hielt sich die Arme vors Gesicht. Hees fuhr herum und riss die Waffe hoch. Doch noch ehe er abdrücken konnte, brannte das Löschpulver in seinen Augen und tauchte alles in blendendes Weiß. Er taumelte zurück, hob schützend die freie Hand und wandte das Gesicht ab. Die trockene Luft brannte in seiner Lunge. Er zielte blindlings, und die Kugel schlug scheppernd in das Metall der Fahrstuhltür ein. Sie zischte so dicht an Koschnys Gesicht vorbei, dass er glaubte, den Luftzug spüren zu können. Verbissen humpelte er weiter … drei Schritte, vier … Sein Fuß war ein lodernder Feuerball. Erst als er die beiden erreicht hatte, ließ seine Hand den Hebel des Feuerlöschers los. Fast sofort lichtete sich der Nebel, und die Luft vor ihm wurde wieder klar. Hees kniete über und über von weißem Pulver bedeckt am Boden und versuchte verzweifelt, seinen Gegner zu orten. Mit einem Schrei riss Koschny den Feuerlöscher in die Höhe und ließ ihn mit letzter Kraft auf Hees niederfahren. Hees brach zusammen und blieb reglos am

Fuß der Treppe liegen. Koschny verlor das Gleichgewicht, stolperte und landete weich auf dem massigen Körper seines Gegners. Der Feuerlöscher rollte polternd die Stufen hinunter, bis er auf dem Treppenabsatz liegen blieb. In der Mitte verdeckte ein roter Fleck die weiße Aufschrift.

»Koschny!«, rief Sven, der noch immer halb blind war. »Koschny, ist alles okay?« Er kroch zu ihm, rollte ihn von Hees herunter und blickte blinzelnd in das verschwitzte Gesicht des Reporters. »Mein Gott, Sie sind es wirklich. Ich hätte nie gedacht, dass ich das mal sagen würde, aber ich bin verdammt froh, Sie zu sehen.«

»Ist es vorbei?«, keuchte Koschny atemlos. »Bitte sagen Sie mir, dass es vorbei ist.«

Sven nahm Hees die Waffe aus der Hand. Dann betrachtete er die Wunde am Hinterkopf des Mannes, tastete nach einem Puls. »Ja«, meinte er schließlich, »es ist vorbei.«

Koschny stützte sich auf die Ellenbogen. »O Mann, wer hätte das gedacht«, keuchte er, und sein Blick fiel auf die regungslose Gestalt neben ihm. »Mein zweiter K. o. heute. Das hat nicht mal Mike Tyson an einem Abend geschafft.«

»Da dürften Sie recht haben«, meinte Sven ernst. »Hees ist tot.«

Koschny erstarrte. »Was?«, fragte er kreidebleich. »Aber … Aber ich hab ihm doch nur …«

»Den Schädel eingeschlagen«, sagte Sven. »Machen Sie sich nichts draus, der Kerl war ein Stück Dreck.« Vorsichtig klopfte er sich den weißen Staub von Kleidern und Haaren, was seine Schulter mit neuen Schmerzen quittierte. »Woher wussten Sie überhaupt, wo Sie mich finden würden? Und wie sind Sie unbemerkt hier reingekommen?«

»Ist … ist 'ne lange Geschichte«, antwortete Koschny wie

in Trance. »Und von unbemerkt kann nicht die Rede sein. Staude hat mir ganz schön zu schaffen gemacht. Aber als Einzelkämpfer taugt der wohl noch weniger als ich.«

»Staude?«, fragte Sven. »Was denn, der steckt da auch mit drin?«

Koschny nickte geistesabwesend, ohne den Blick von Hees abzuwenden.

»Na großartig«, seufzte Sven. Allmählich konnte ihn nichts mehr überraschen. »Hees hat etwas von Polizei gefaselt. Haben Sie die Kollegen verständigt?«

»Irgendwie schon«, stammelte Koschny.

»Was heißt denn das nun wieder?«

»Ich sage doch, ist 'ne lange Geschichte.«

»Was ist mit Ihrem Fuß?« Vorsichtig tastete er Koschnys geschwollenen Knöchel ab. Der Reporter stöhnte auf. »Sieht nicht besonders gut aus. Können Sie laufen?«

»Ich habe ganz sicher nicht vor, hier neben ihm liegen zu bleiben, wenn Sie das meinen.« Koschnys Kehle fühlte sich merkwürdig eng an. »Ist er wirklich tot?«

Sven sah ihn an. »Hören Sie, Sie haben nichts falsch gemacht, verstanden? Dieser Mann hätte Sie ohne Zögern erschossen, wenn er Gelegenheit dazu gehabt hätte. Wäre es Ihnen andersherum lieber gewesen?«

»Sie haben ja recht«, sagte Koschny, »aber ich wollte ihn doch nur … Mein Gott!«

»Kommen Sie.« Sven wollte Koschny beim Aufstehen helfen, doch der Schmerz in seiner Schulter hinderte ihn daran. Dann sah er das blutige Taschentuch um Koschnys Arm. »Sind Sie verletzt?«

»Ist nicht weiter tragisch«, meinte Koschny. »Hab mich nur ein bisschen geschnitten.«

Sofort ließ Sven seinen Arm los und wich zurück.

»Was ist denn?« Koschny sah verwundert zu ihm auf. »Was haben Sie denn? Ich bin nicht giftig.«

»Aber ich möglicherweise.« Sven betrachtete die Wunde an seiner Schulter, die mit puderzuckerfeinem weißem Staub bedeckt war. Sie brannte wie Feuer. Und sie blutete immer noch.

»Warten Sie hier«, sagte er und gab Koschny die Waffe. »Ich bin gleich wieder da.«

»Hey, Moment mal«, rief Koschny verdutzt. »Wo wollen Sie hin?«

»Dauert nicht lange. Versprochen.« Sven rannte die Treppe hinunter, durch die Schwingtür und zurück in das Labor. Das Wasser war eiskalt und brannte, als es über seinen Arm in das breite Waschbecken lief und in einem rötlichen Strudel im Ausguss verschwand. Nachdem er sich abgetrocknet hatte, durchsuchte er den Erste-Hilfe-Kasten an der Wand. Ein kleines Päckchen fiel ins Waschbecken. Durch die Verpackung sah er dünnen Latex. *Aids-Handschuhe*, schoss es ihm durch den Kopf, und sein Magen verkrampfte sich. Einen Moment lang war ihm speiübel. Zitternd kramte er sterile Kompressen aus einem der Behälter und legte sie behutsam über die blutende Stelle. Anschließend wickelte er eine Mullbinde darum und fixierte das Ganze mit Pflasterstreifen. Dann bewegte er den Arm unter Schmerzen vorsichtig ein paarmal auf und ab und prüfte, ob der Verband hielt. Er durfte kein Risiko eingehen, er war zu einer wandelnden Bedrohung geworden. *Zu einem Außenseiter*, dachte er, und wieder stieg eine Welle der Übelkeit in ihm auf.

Als er sich zur Tür wandte, sah er das graue Kästchen auf dem ersten der vier Tische liegen. Es war offen, beide Spritzen lagen ordentlich darin. Wieder durchflutete ihn Hoffnung. Sofort versuchte er sie zu unterdrücken, sie nicht zu mächtig werden zu lassen. Trotzdem zögerte er nicht und schob das Kästchen behutsam in die Hosentasche, ehe er wieder auf den Flur hinauseilte.

»Warten Sie«, sagte Koschny, als sie durch die breite Schiebetür in den Lagerraum traten.

»Was ist?«

»Das Licht. Es war an, als ich vorhin weg bin.« Seine Finger ertasteten den Schalter an der Wand. Doch als er ihn betätigte, geschah nichts.

»Vielleicht nur eine Sicherung«, meinte Sven. »Möglicherweise hat der Alarm irgendwelche Stromkreise blockiert.« Trotzdem fasste seine Hand die Waffe fester.

»Glauben Sie noch an Zufälle?« Koschny griff nach der Taschenlampe, die er wieder an seinen Gürtel gehängt hatte. »Ich hoffe, das Ding funktioniert noch.« Flackernd malte der schmale Strahl einen schwachen hellen Fleck auf den glatten Betonboden und ließ Scherben und Reste von zerrissenem Klebeband erkennen. »Er ist weg!«

»Wer?«

»Staude! Er hat dort gelegen. Wir haben uns geprügelt, und er ist bewusstlos liegen geblieben, genau da. Ich habe ihn mit Klebeband gefesselt und mich dann auf die Suche nach Ihnen gemacht.«

»Verstehe ich das richtig?«, fragte Sven und betrachtete den Reporter mit schief gelegtem Kopf. »Sie haben den Kerl mit Klebeband gefesselt und ihn dann zwischen all den Scherben hier liegen lassen?«

»Also gut, ich habe einen Fehler gemacht«, erwiderte Koschny aufgebracht. »Normalerweise muss ich nicht jeden Tag gegen psychopathische Wahnsinnige um mein Leben kämpfen, ok.?«

Die Taschenlampe ging aus.

»Schon gut«, beschwichtigte Sven, »jetzt ist es sowieso zu spät. Wir sollten schleunigst von hier verschwinden.«

»Warten Sie.« Koschny hielt ihn zurück und schüttelte die Taschenlampe heftig, bis sie erneut aufflackerte. Er leuchtete zu dem kleinen Frühstücksraum hinüber. Auf dem Boden vor der Tür waren ein paar Blutstropfen zu sehen. Ächzend humpelte Koschny zu der Stelle und leuchtete in den Raum. »Hofer ist auch weg.«

»Er lebt?«, fragte Sven ein wenig überrascht.

»Zumindest hat er gelebt, als ich ihn vorhin hier zurückgelassen habe. Aber ich bezweifle sehr, dass er aus eigener Kraft abgehauen ist. Er hat eine ziemlich schlimme Schusswunde.« Der zitternde Lichtstrahl blieb auf einem Schrubber stehen, der neben einem der Regale auf dem Boden lag. Sein Stiel war mit Staub bedeckt. Koschny kniete sich hin und schien unter den Regalen nach irgendetwas zu suchen.

»Könnten Sie mir mal erklären, was Sie da treiben?«, fragte Sven nach einer Weile. »Ihnen ist doch hoffentlich klar, dass dieser Staude sich noch immer hier rumtreiben könnte.«

»Das ist es ja gerade«, entgegnete Koschny düster. »Es könnte nämlich durchaus sein, dass er bewaffnet ist.«

»Ich fasse es nicht! Sie haben dem Kerl auch noch eine geladene Knarre dagelassen«, flüsterte Sven kurz darauf aufgebracht, während sich die beiden vorsichtig an den Regalreihen entlangpirschten und sich bemühten, jeden Winkel auf unliebsame Überraschungen zu überprüfen. Um ein Haar hätte er Mohameds Partner eine zweite Kugel verpasst, als dessen Leiche urplötzlich im schwachen Licht der Taschenlampe aufgetaucht war. Koschny hatte vergessen, ihn darauf vorzubereiten.

»Was hätte ich denn tun sollen? Ich konnte die verdammte Pistole nicht finden, und als ich den Schuss gehört habe, war keine Zeit mehr. Die Polizei war bereits verständigt, und ich wusste, dass die früher oder später hier aufkreuzen würden. Also habe ich es für besser gehalten, nicht untätig hier rumzusitzen und lieber nachzusehen, ob Sie noch am Leben sind.«

»Früher oder später ...« Sven schüttelte den Kopf. »Sie wissen hoffentlich, was für ein verdammtes Glück Sie gehabt haben.«

»Ihre Dankbarkeit rührt mich wirklich zu Tränen«, knurrte Koschny verärgert.

Sven brachte ihn mit einem leisen Zischen zum Schweigen. Sie waren an einem Durchgang angekommen, der vom Lager in die Eingangshalle und zu den Laderampen führte. »Geben Sie mir die Taschenlampe«, sagte Sven. »Ich schaue mich mal um.«

Geräuschlos schlüpfte er durch die Kunststofflamellen, die vor dem Durchgang hingen. Die Halle dahinter war nicht groß, doch er konnte im schwachen Licht nicht viel von ihrem Inneren erkennen. Sven leuchtete umher, um sich zu orientieren und mögliche Hinterhalte auszumachen. Aber die Halle war zu unübersichtlich, zu verwinkelt, als dass er jegliche Gefahr hätte ausschließen können. Die Lampe begann zu flackern. Gleich darauf ging sie abermals aus. »Verdammt!«, fluchte Sven. »Auch das noch.« Wütend starrte er in die Dunkelheit. Einen Moment lang glaubte er ein Knirschen vernommen zu haben, doch er war sich nicht sicher, ob er es selbst verursacht oder es sich auch nur eingebildet hatte. Der Alarm war einfach zu laut.

Er machte kehrt und huschte geduckt zu Koschny zurück.

»Was ist mit der Taschenlampe?«, fragte der.

»Hat den Geist aufgegeben«, erwiderte Sven.

»Geben Sie her«, sagte Koschny. Er schlug mit der flachen Hand gegen den Reflektor, worauf das Licht wieder anging. »Ist wie bei Ihnen«, sagte er und grinste. »Sie brauchen auch ab und zu einen Arschtritt, damit Ihnen ein Licht aufgeht.«

»Schön zu wissen, dass Sie noch der Alte sind«, brummte Sven.

»Wie sieht's da draußen aus? Ist die Luft rein?«

»Kann ich nicht genau sagen. Wir müssen es einfach riskieren.«

»Warum warten wir nicht auf die Polizei?«

»So, wie ich die lieben Kollegen kenne, kann das noch eine Weile dauern. Wahrscheinlich warten die erst auf die Feuerwehr. Und ich will nicht, dass einer von denen hier ahnungslos in eine Kugel hineinläuft.« Wieder sah er sich um. »Wo ist der Ausgang?«

Vage deutete Koschny in die Halle hinein. »Etwa zwanzig Meter, würde ich sagen.«

»Glauben Sie, Sie schaffen einen Spurt bis dahin?«

Koschnys Blick verlor sich in der Dunkelheit der Halle. »Ich glaube, das würde ich jetzt nicht mal mehr mit zwei gesunden Füßen schaffen. Aber was bleibt mir anderes übrig?«

»Ich könnte es erst mal allein versuchen.«

»Das würde den Weg für mich auch nicht kürzer machen. Nein, ich komme mit.«

»Also gut, geben Sie mir die Lampe, ich laufe voraus. Wenn dieser Drecksack wirklich auf uns schießt, dann zuerst auf mich. Sie gehen dann sofort in Deckung, verstanden? Hier.« Er reichte Koschny seine Waffe. »Nur für den Fall, dass ich getroffen werde. Ich hoffe, Sie können damit umgehen.«

»Ich denke schon.« Es klang nicht sehr entschlossen.

»Wird schon schiefgehen«, meinte Sven und klopfte ihm aufmunternd auf die Schulter. »Ach, da wäre noch etwas«, fügte er hinzu. »Ich bin Ihnen wirklich dankbar für Ihre Unvernunft.«

Koschny nickte.

»Sind Sie so weit?«

»Ja.«

»Dann los!«

Er sprang auf und hastete los. Seine Schulter schmerzte bei jedem Schritt höllisch. Der Lichtkegel der Taschenlampe zuckte im Rhythmus seiner Schritte über Boden und Wände, bis er endgültig ausging. Hinter sich hörte er Koschnys schweren Atem, der bei jedem Auftreten seines verletzten Fußes wie ein Schluchzen klang. Dann hatte Sven die Tür erreicht; er blieb stehen und wartete auf Koschny. Es schien eine Ewigkeit zu dauern, und er befürchtete beinahe, der Reporter würde es nicht schaffen. Völlig entkräftet fiel ihm der Mann mit schmerzverzerrtem Gesicht in die Arme. Tränen rannen ihm über die Wangen. Sven stützte ihn, so gut seine Wunde es zuließ.

»Raus hier«, keuchte Koschny, kaum verständlich. »Nichts wie raus hier.« Er drückte auf die Klinke und rechnete fast damit, dass die Tür abgeschlossen war, doch sie gab nach, genau wie vorhin. Sven stieß sie auf, die beiden Männer stolperten ins Freie und starrten in die Mündungen von drei Pistolen.

»Er hat eine Waffe!«, schrie einer der Beamten am Fuß der Rampe, und sein Finger krümmte sich um den Abzug.

»Fallen lassen«, befahlen zwei weitere Polizisten, die sich rechts und links von ihm postiert hatten.

»Nicht schießen!«, brüllte Sven, dessen Schulter so sehr schmerzte, dass er Koschny kaum noch halten konnte. Der Reporter schien am Ende seiner Kräfte zu sein. »Ich bin Polizist, das ist meine Dienstwaffe! Mein Ausweis steckt in meiner linken Hosentasche.«

Vorsichtig kam einer der Polizisten die Rampe herauf, nahm Sven die Pistole ab und fischte den Ausweis aus seiner Gesäßtasche. Während Koschny noch immer schlaff in seinen Armen hing und der Beamte seinen Dienstausweis studierte, wanderte Svens Blick über den Parkplatz. Er zählte zwei Streifenwagen und einen Notarztwagen.

»In Ordnung«, verkündete der Polizist schließlich und gab Sven Ausweis und Pistole zurück. Die beiden anderen ließen ihre Waffen sinken.

»Helfen Sie mir«, keuchte Sven. »Der Mann braucht sofort einen Arzt.«

Eilig winkten die Beamten den Notarzt und seine Helfer herbei. Nach einer kurzen Untersuchung hoben sie Koschny von der Rampe und trugen ihn zu dem Krankenwagen.

»Was zum Teufel ist da drinnen passiert?«, fragte einer der Polizisten und musterte Sven eingehend.

»Das zu erklären würde zu lange dauern«, wehrte Sven ab. »Sind Sie verantwortlich hier?«

»Ja. Dieter Kluge, PI Koblenz.«

Sven schüttelte ihm eilig die Hand. »Becker, Kripo Koblenz. Wo sind Ihre restlichen Leute?«

»Restliche Leute? Ich habe noch zwei Streifenwagen draußen am Tor postiert, wenn Sie das meinen.«

»Was denn, das ist alles?«

»Ich denke, das ist mehr als genug für so einen Einsatz.«

»Weshalb hat man Sie verständigt?«

»Die Wachen am Tor haben eine nicht genehmigte Protestkundgebung gemeldet.«

»Eine *was*?«

»Ja«, bestätigte Kluge, »vier Typen von irgendeiner Umweltschutzorganisation. Sie hatten sich an den Werkszaun gekettet. Als wir die Sache bereinigen wollten, haben die plötzlich was von einer Entführung gefaselt und von einem Reporter, der angeblich in Lebensgefahr wäre. Einer hat mir eine Tonaufnahme vorgespielt, von der ich mir nach wie vor nicht sicher bin, ob sie echt ist. Tja, und dann ging der Alarm los.«

»Umweltschützer«, murmelte Sven nachdenklich vor sich hin und blickte zu Koschny hinüber, der gerade auf einer Trage in den Krankenwagen geschoben wurde. *Verdammt clever*, dachte er anerkennend. »Wie lange sind Sie schon hier?«

Laute Motorengeräusche übertönten seine Frage. Zwei Löschfahrzeuge rollten auf den Parkplatz und kamen mit zischenden Bremsen hinter den Streifenwagen zum Stehen. Feuerwehrleute sprangen heraus und liefen geschäftig um die Fahrzeuge herum. Einer, vermutlich der Einsatzleiter, eilte auf die Polizisten zu.

»Was haben Sie gesagt?«

»Ich habe gefragt, wie lange Sie und Ihre Leute hier schon vor Ort sind.«

»Etwas über eine Stunde. Die Verstärkung, die ich angefordert habe, ist erst vor ein paar Minuten eingetroffen.«

»Und in dieser Zeit hat niemand das Gelände oder dieses Gebäude hier verlassen?«

»Nein.«

Der Notarzt kam auf sie zu. Er war jung, vielleicht Anfang dreißig. »Werden wir hier noch gebraucht?«, fragte er.

»Ja«, antwortete Sven. »In dem Gebäude befinden sich noch zwei weitere Personen. Eine davon ist schwer verletzt und wird vermutlich als Geisel festgehalten. Wir versuchen, den Mann rauszuholen.«

»Um was für eine Verletzung handelt es sich?«, wollte der Arzt wissen.

»Schusswunde. Genaueres kann ich Ihnen leider nicht sagen.«

»In Ordnung. Ich fordere noch einen Krankenwagen an. Sobald er da ist, bringen wir Ihren Kollegen ins Krankenhaus. Seine Verletzungen sind nicht besonders schwer.«

»Er ist nicht mein Kollege, er ist …« Sven zögerte eine Sekunde. »Er ist ein Freund.«

»Was ist mit Ihrem Arm?« Der Arzt deutete auf den behelfsmäßigen Verband.

Kommen Sie ihm lieber nicht zu nahe, hätte Sven beinahe gesagt. »Es geht schon. Sobald hier alles erledigt ist, fahre ich ins Krankenhaus.«

»Wie Sie meinen.« Der Arzt machte kehrt und ging zu seinem Wagen zurück.

»Hören Sie«, wandte sich Sven wieder Kluge zu. »Ihre Männer sollen jeden Ausgang dieses Gebäudes besetzen. Fordern Sie wenn nötig weitere Verstärkung an, und informieren Sie die Kripo. Da drin liegen drei Leichen, und ich will nicht, dass noch mehr dazukommen. Die Geisel ist schwer verletzt. Der Kerl wird also schnell handeln müssen, wenn er nicht riskieren will, dass sie ihm unter den Händen wegstirbt. Ich will, dass es hier nur so von Polizisten wimmelt, verstanden?«

»Verstanden«, erwiderte Kluge. »Was ist mit der Feuerwehr?«

»Sagen Sie denen, dass es ein Fehlalarm war. Die sollen

sich aber vor dem Gelände bereithalten, für den Fall, dass wir sie noch brauchen. Im Moment blockieren sie nur die Durchfahrt.«

Kluge nickte und eilte davon. Sven sah, wie er mit dem Einsatzleiter der Feuerwehr sprach, der daraufhin seinen Männern etwas zurief. Kurze Zeit später wurden die Motoren gestartet, und mit demselben Getöse, mit dem sie gekommen waren, verschwanden die Löschzüge wieder.

Sven steckte seine Dienstwaffe ins Gürtelhalfter. Sie hatte heute Abend schon genug Unheil angerichtet. Er konnte es noch immer nicht fassen, dass er überlebt hatte; die Eindrücke waren noch so frisch und doch so unwirklich, so weit entfernt. Vielleicht sollte er lieber ins Krankenhaus fahren und sich den Problemen stellen, die sein Überleben mit sich brachte. Andererseits war dies einfach nicht der richtige Zeitpunkt, um zu grübeln. Behutsam tasteten seine Finger nach dem Kästchen mit den Spritzen in seiner Hosentasche. Wie viel Zeit zum Grübeln blieb ihm wohl noch?

Kluge rief ihm etwas zu. Er klang aufgeregt, aber Sven konnte ihn nicht verstehen. Dann war das leise Brummen eines Elektromotors zu vernehmen, gefolgt von einem metallischen Rasseln. Verwirrt sah er, wie seine Kollegen sich mit schussbereiten Pistolen um den Kleintransporter drängten, der unten an der Rampe stand. »Becker!«, hörte er Koschny aus dem Krankenwagen rufen. Er saß aufrecht auf der Trage und zeigte mit dem Finger. Sven folgte dem Finger und sah, was die anderen in Aufruhr versetzt hatte. Das stählerne Sicherheitsrollo über der Rampe hob sich langsam.

»Haut ab!«, schrie Staude den Polizisten zu, die ihre Waffen auf ihn gerichtet hatten. »Ich will, dass ihr euch alle verzieht, verstanden?« Sein linker Arm lag um Hofers Brustkorb und hielt ihn aufrecht. Mit der rechten Hand drückte er ihm die Pistole gegen die Schläfe. »Wir steigen jetzt zusammen in den Lieferwagen da und verschwinden!«, brüllte Staude. Er musste den Kopf ein wenig nach hinten neigen, weil die starke Schwellung über dem rechten Auge seine Sicht behinderte. Angetrocknetes Blut klebte unter seiner Nase. »Wenn einer von euch uns folgt, ist der Mann tot. Das Gleiche gilt für Straßensperren.«

»Seien Sie doch kein Idiot!«, schrie einer der Beamten zurück und trat einen Schritt vor. »Der Mann ist schwer verletzt, Sie werden nicht weit kommen!«

Staude riss die Waffe hoch und feuerte einen Warnschuss in den nächtlichen Himmel. Sofort senkte er den Lauf wieder zu Hofers Kopf herab. »Habt ihr irgendetwas nicht verstanden? Ich habe gesagt, ihr sollt abhauen!«

Der Polizist wich zurück. Sven hatte die anderen erreicht und war nur wenige Meter von der Rampe entfernt. Wie gelähmt stand er da und sah zu, wie Staude sich Schritt für Schritt auf die Ladekante des Kleintransporters zubewegte. Er zog Hofer mit wie einen Ertrinkenden. Hofers Hemd war blutgetränkt, seine Füße schleiften über den Boden, und seine Augen fanden Sven. Nur wenige Sekunden begegneten sich ihre Blicke, doch Sven kam es vor wie eine Ewigkeit. Hofers Augen lagen tief in den Höhlen und wirkten wie Fremdkörper in seinem bleichen Gesicht. Sie schienen etwas sagen zu wollen, und Sven glaubte zu wissen, was es war. Er nickte unmerklich.

Ja, ich sage es ihnen, antwortete er diesem Blick stumm. *Ich sage Ihrer Familie, dass es Ihnen leidtut.*

»Mein Gott, tut doch endlich was!«, schrie Koschny die Polizisten verzweifelt an, doch Hofer, der den Blick noch immer fest auf Sven gerichtet hatte, kam ihnen zuvor. Mit letzter Kraft packte er die Hand, die die Pistole gegen seine Schläfe drückte, tastete nach dem Abzug und drückte ab. Es ging so schnell, dass Staude keine Zeit hatte zu reagieren.

Erste Regentropfen fielen vom schwarzen Himmel, als sich der Schuss löste und Hofer schlaff zu Boden glitt. Sein Blut spritzte über Staudes Gesicht, ließ es zu einer roten Maske erstarren. Wie versteinert starrte er die Waffe in seiner zitternden Hand an.

»Fallen lassen!«, schrie einer der Polizeibeamten. Kurz darauf krachte ein weiterer Schuss. Staude schrie auf, griff sich an den Arm und taumelte zurück. Augenblicklich stürzten drei der Polizisten auf ihn zu, entrissen ihm die Waffe und drückten ihn zu Boden.

Sven schloss die Augen, während aus der Ferne das dumpfe Grollen eines Gewitters zu hören war wie das ferne Echo des Schusses.

48

Ja, bitte!«, ertönte es nach dem Klopfen. Sven öffnete die Tür und streckte den Kopf in das Krankenzimmer. Koschny saß angezogen auf dem Bett, umgeben von einem Wust aus Zeitungen und Papier. Als er Sven sah, schaltete er den Fernseher auf stumm. »Kommen Sie ruhig rein.«

Eine Hand hinter dem Rücken, betrat Sven das Zimmer. An Koschnys Bett angekommen, streckte er ihm das Präsent entgegen. Das Zellophan knisterte. »Hier … für Sie«, sagte er verlegen.

»Blumen?«, stellte Koschny verdutzt fest. »Sie schenken mir *Blumen*?«

»Na ja«, erwiderte Sven, »ich war unten in der Halle, an diesem Kiosk, und da … Wissen Sie, ich … ach, verdammt! Ich wusste einfach nicht, was ich Ihnen mitbringen sollte, und da habe ich gedacht, zu Ihrer Entlassung, da …«

»Schon gut«, unterbrach ihn Koschny. »Ich mag Blumen, vielen Dank.« Er nahm Sven den Strauß ab und legte ihn auf den Nachttisch neben seinen Laptop. »Was macht die Schulter?«

»Fast wie neu.« Behutsam bewegte er den Arm auf und ab. »Tut nur manchmal noch ein bisschen weh. Und Sie?« Er blickte auf Koschnys dick bandagierten Fuß hinunter. »Wie steht's mit Ihnen?«

»Bänderriss! Wird mich wohl noch 'ne ganze Weile bremsen.«

»Werden Sie denn nicht operiert?«

Koschny schüttelte mit dem Kopf. »Die haben gesagt, so was operiert man nur bei Hochleistungssportlern. Da besteht bei mir wohl kaum Anlass.« Er grinste verschmitzt. »Der Arzt meint, das wächst von selbst wieder zusammen.«

»Tja, dann werden Sie also in den nächsten Wochen nicht durch irgendwelche Fenster einsteigen.«

Koschny grinste. »Damit habe ich es auch nicht eilig. Es sei denn, Sie haben wieder vor, sich kidnappen zu lassen.«

Neugierig betrachtete Sven das gute Dutzend Zeitungen auf Koschnys Bett. »Wir haben ganz schön Staub aufgewirbelt, was?«

»Worauf Sie Gift nehmen können«, meinte Koschny stolz. »Zeitungen, Radio, Fernsehen ... Seit zwei Tagen berichten die Medien von nichts anderem mehr.«

Sven fischte ein Exemplar des *Rhein-Mosel-Kuriers* aus dem Zeitungsstapel hervor. Die Schlagzeile nahm gut ein Drittel der Titelseite ein: ILLEGALE MENSCHENVERSUCHE IN ALTENHEIM – KRIMINELLES PHARMAUNTERNEHMEN GESCHLOSSEN. Das Bild in der Mitte des Artikels zeigte vier junge Männer, die Arm in Arm in die Kamera lächelten. Rechts oben prangte eine große Anzeige: GLOBAL NATURE FOUNDATION – FÜR EINE BESSERE (UM) WELT. »Ja, aber Sie waren der Erste, nicht wahr?«

»Was mich ehrlich gesagt ein wenig gewundert hat.« Koschny schob die Zeitungen zusammen. »Oder wie erklären Sie es sich, dass kurz nach Staudes Verhaftung eine sofortige Nachrichtensperre verhängt wurde, angeblich, um weitere Beteiligte nicht frühzeitig zu warnen? Ziemlicher Blödsinn, finden Sie nicht?«

Sven schwieg verlegen.

»Außerdem wurde am folgenden Nachmittag die Redaktion vom *Westerwald-Express* durch eine Hausdurchsuchung für Stunden lahmgelegt. Wobei übrigens einige ziemlich brisante Unterlagen zu dem Fall sichergestellt wurden, von denen dann wie durch ein Wunder Kopien an meine E-Mail-Adresse geschickt worden sind.« Fragend sah er Sven an. »Sie wissen nicht zufällig, wer *columbus38* ist?«

»Das ist Ihre Story, Koschny. Sie haben sie sich verdient. Das war ich Ihnen schuldig.«

Koschny lächelte. »Finden Sie nicht, dass wir diese albernen Förmlichkeiten langsam bleiben lassen sollten? Ich denke, inzwischen müsste ich mir Ihr Vertrauen doch langsam verdient haben.« Er streckte Sven die Hand hin. »Freundschaft, Sven?«

Einen Augenblick lang zögerte Sven überrascht. Dann schlug er ein. »Freundschaft.«

»Tja«, fuhr Koschny fort, »schätze, in der Hölle werden sie jetzt ganz schön frieren, was?«

Sven runzelte verwirrt die Stirn.

»Weißt du nicht mehr? Unsere Rangelei vor dem Friedhof. Ich darf dich zitieren: *Eher friert die Hölle zu, als dass wir beide so etwas wie Freunde werden.*«

»Ja, richtig«, grinste Sven. »Aber ich muss dich jetzt nicht Walter nennen, oder?«

»Nein. O Göttlicher reicht völlig«, erwiderte Koschny, und beide prusteten los.

Sven legte die Zeitung zurück und trat an eines der beiden großen Fenster. Nachdenklich schaute er auf den Strom der Autos hinunter, der zäh durch die Straßen floss. Auf die Menschen, die auf beiden Seiten der Straße umherirrten, jeder Einzelne von ihnen mit einem eigenen Schicksal. Er sah eine junge Mutter, die ihre kleine Tochter ausschimpfte. Einen Mann mit Trainingshose und Stirnband, der schwitzend seine Runden drehte. Ein älteres Ehepaar auf einer Parkbank, das Tauben fütterte … Der Druck in seiner Brust war weg. Genau wie die Träume. Sie waren einfach verschwunden, als hätten die Ereignisse seine Schuldgefühle ausradiert. Wahrscheinlich musste man tatsächlich erst durch die Hölle gehen und dem Tode nahe sein, um zu begreifen, was Leben bedeutete und dass es zu kostbar war, um es zu verschwenden, indem man es ständig hinterfragte.

»Müde?«, fragte Koschny, als Sven sich erschöpft die Augen rieb.

»Nein, nur Kopfschmerzen.«

»Was hat die Untersuchung ergeben?«, sprach der Reporter die Frage aus, die wie eine Giftwolke in der Luft hing. »Ich meine … Du weißt schon, wegen der Injektion.«

Sven wandte sich ihm zu. »Sie konnten nichts feststellen. In der zweiten Spritze waren nur Rückstände von Kochsalzlösung. Anscheinend habe ich noch mal Glück gehabt. Hees hat geblufft.«

»Das freut mich für dich«, sagte Koschny. »Aber warum?«

»Vermutlich war ich ihm als Versuchsperson zu schade, er musste mich doch sowieso aus dem Weg schaffen. Er wollte wohl seine wertvollen Proben nicht verschwenden. Vielleicht war er auch einfach nur vorsichtig und hatte Angst, dass man eventuell Rückstände von dem Zeug finden könnte, wenn eines Tages meine Leiche auftaucht, und dass die auf seine Spur führen könnten. Den wahren Grund werden wir wohl nie erfahren.«

»Aber was hat es denn nun mit diesem angeblichen Impfstoff auf sich?«

»Na ja, die Auswertungen von Hofers Unterlagen laufen natürlich noch. Aber Staude hat ein Geständnis abgelegt. Demzufolge beruht dieser vermeintliche Impfstoff auf den Ergebnissen seiner Forschungsarbeit. Soweit ich es verstanden habe, scheint es ihm teilweise gelungen zu sein, den Aids-Erreger genetisch so zu blockieren, dass er seine Form nicht mehr verändern kann. Gleichzeitig hat er wohl eine Art Indikator eingeführt, einen körpereigenen Botenstoff, durch den die CD8-Killerzellen des Immunsystems dazu angeregt werden, das Virus unschädlich zu machen. Allerdings reagierten diese Zellen so stark, dass sie auch Antikörper gegen eigenes Gewebe erzeugen.«

»Also war das die wahre Todesursache der alten Frau in dem Heim.«

»Ja, vermutlich. Außerdem gab es andere Nebenwirkungen, deren Symptome denen einer starken Grippe ähneln, wie Schüttelfrost, Muskelschmerzen und hohes Fieber. Alles natürliche Reaktionen eines überaktiven Immunsystems.«

»Also gibt es im Grunde genommen gar keinen richtigen Impfstoff.«

»Nein. Es sei denn, die Gesundheitsbehörde stuft Begleiterscheinungen wie Leber-, Nieren- und Kreislaufversagen als unbedenklich ein. Aber bestimmt findet sich bald jemand, der Staudes Forschungen fortführt. Zum Wohle der Menschheit, versteht sich.«

»Zu Risiken und Nebenwirkungen befragen Sie den örtlichen Leichenbestatter«, bemerkte Koschny trocken. »Nun verstehe ich auch Staudes Zweifel, was die Entwicklung eines solchen Stoffes angeht. Wahrscheinlich musste er einsehen, dass er sich und seine Forschungen ein bisschen überschätzt hat.«

»Nein«, widersprach Sven. »Ich denke, er war der Lösung ziemlich nahe, zumindest hat er das geglaubt. Er wollte wohl nur nicht, dass zu viel davon vorzeitig an die Öffentlichkeit dringt, um Spekulationen vorzubeugen und sich nicht lächerlich zu machen, falls es doch nicht klappt. Und nicht zuletzt haben wir ihn als Gutachter seiner eigenen illegalen Arbeit bestellt. Diese Probe hätte für ihn bestimmt zu keinem ungünstigeren Zeitpunkt auftauchen können. Er war quasi zur Skepsis gezwungen, um sich mehr Zeit zu verschaffen. Ich glaube, es war ihm gar nicht so wichtig, ungeschoren aus der Sache rauszukommen. Er wollte nur um jeden Preis seine Arbeit vollenden.«

»Also sind all die Toten umsonst gestorben.«

»Ich wüsste nichts, was sie rechtfertigen würde.«

»Ich weiß nicht recht«, meinte Koschny. »Möglicherweise ist Staudes Sichtweise ja gar nicht so falsch. Was sind schon ein paar Menschenleben, wenn es um das Leben von Millionen geht? Vielleicht haben wir zu sehr das einzelne Individuum im Blick.«

»Ist das wirklich dein Ernst?«

»Ich habe die letzten Tage viel darüber nachgedacht«, erwiderte Koschny. »Und wenn ich ehrlich bin, weiß ich nicht mehr, was ich noch glauben soll. Es fällt nicht immer leicht, den Unterschied zwischen Richtig und Falsch zu erkennen. Manchmal verschwimmen die Grenzen.«

»Ja, das Gefühl kenne ich«, räumte Sven ein.

»Was ist mit Hofers Frau und seinem Sohn?«, wollte Koschny wissen. »Habt ihr sie inzwischen gefunden?«

»Das war gar nicht nötig. Sie hatten aus den Schweizer Medien erfahren, was geschehen war, und haben sich mit uns in Verbindung gesetzt. Beide sind gestern Nachmittag hier angekommen.«

»Hast du schon mit der Frau gesprochen?«

Das hatte er getan. Zumindest dieses Versprechen hatte er eingelöst. »Der Staatsanwalt wird sie in den nächsten Tagen vernehmen lassen«, wich er aus.

»Glaubst du, sie wusste von Hofers Machenschaften?«

»Keine Ahnung. Und ehrlich gesagt ist es mir auch egal. Schließlich haben schon genug Menschen für die Fehler anderer gebüßt. Auf Hofers Frau wartet in nächster Zeit ohnehin genug, womit sie fertig werden muss.«

»Hey, du wirst doch wohl nicht noch zu einem echten Menschenfreund, oder?«

»Na ja«, knurrte Sven, »ich habe wohl eingesehen, dass es nichts bringt, jeden als Feind zu betrachten. Dabei übersieht man eine Menge Freunde.« Verlegen blickte er auf seine Füße. »Außerdem war ich auf dem besten Weg, ein unausstehliches Arschloch zu werden.«

»Na ja, immerhin bist du jetzt ein verträgliches Arschloch«, bemerkte Koschny, und Sven erwiderte sein breites Lächeln.

»Ich soll dich übrigens herzlich von Milenz grüßen.«

»Der Pfleger?«, fragte Koschny. »Ich kenne ihn doch kaum. Habe ihm nur ein paar Fragen über Jensen gestellt.«

»Aber immerhin hast du einen nicht unerheblichen Anteil daran, dass er wieder auf freiem Fuß ist. Ich soll dir von ihm gute Besserung wünschen. Er sagte, wenn du einen guten Pfleger brauchst, sollst du ihn anrufen.«

»Vielleicht nehme ich ihn sogar beim Wort. Kann er kochen?«

»Das musst du ihn schon selbst fragen«, lachte Sven.

»Habt ihr schon etwas über diese beiden Schweinehunde mit dem BMW rausgefunden?«

»Der Kerl, der sich Mohamed nannte, hieß in Wahrheit Achmed Begim und hat seit etwa acht Jahren in Deutschland gelebt. Offiziell hat er zur Tarnung als Teilzeitkraft in einer Schlosserei gearbeitet. In seiner Wohnung wurden unter anderem diverse Waffen und eine Liste mit Adressen sichergestellt, denen wir noch nachgehen müssen. Das LKA hat sich mittlerweile in die Ermittlungen eingeschaltet. Die bringen Begim mit fünf weiteren ungeklärten Todesfällen innerhalb der letzten vier Jahre in Verbindung.«

»Und was ist mit seinem Komplizen?«

»Konnte bis jetzt noch nicht einwandfrei identifiziert werden. Aber Hofers Sekretärin hat sein Foto wiedererkannt. Er hatte in dem Heim regelmäßig einen Termin unter dem Namen Bülesch Altun, angeblich als Vertreter einer Firma für medizinische Geräte. Wahrscheinlich war er die Verbindung zwischen Hofer und Hees. Er kannte die Abläufe in dem Heim und wusste, wann es für ihn ungefährlich war, sich dort einzuschleichen und wo er nach den Daten zu suchen hatte. Außerdem gehen wir davon aus, dass er eine Art Mittelsmann für Begim war …«

Koschny unterbrach ihn mit einer Handbewegung und deutete auf die gegenüberliegende Wand. Das Logo einer Nachrichtensendung glitt über den stummen Bildschirm des Fernsehers. Koschny griff nach der Fernbedienung und schaltete den Ton wieder ein.

Der Aids-Skandal um das Koblenzer Pharmaunternehmen MediTech zieht weitere Kreise. Nachdem die Polizei die Büros der Frankfurter Firma Soheim GmbH durchsucht hatte, wurden gestern Abend Haftbefehle gegen insgesamt neun Mitarbeiter dreier weiterer Pflegeheime erlassen, die unter dringendem Verdacht stehen, im Auftrag des Unternehmens nicht zugelassene medizinische Tests an den Bewohnern durchgeführt zu haben. Drei der Verdächtigen sind noch flüchtig. Ein weiterer soll bereits ein umfassendes Ge-

ständnis abgelegt haben; eine offizielle Stellungnahme seitens der Behörden liegt jedoch noch nicht vor. Wie ein Sprecher der Polizei mitteilte, ist mit weiteren Verhaftungen zu rechnen.

Erstmals hat sich heute auch der Vorsitzende des Stadtrates und stellvertretende Oberbürgermeister der Stadt Koblenz, Dr. Eberhard Kilian, öffentlich zu dem Skandal geäußert.

Eine kurze Reportage wurde eingespielt.

»Ich bin erschüttert«, verkündete Kilian, der auf den Stufen des Rathauses stand, umringt von Reportern, die ihm gierig ihre Mikrofone entgegenstreckten. »Und im Namen der Stadt Koblenz möchte ich allen Opfern und ihren Angehörigen mein tiefstes Bedauern aussprechen. Ich versichere Ihnen, dass ich mein Möglichstes tun werde, damit diese ungeheuerlichen Vorfälle lückenlos aufgeklärt werden.«

»Stimmt es, dass die Stadt jahrelang Spenden von dem betreffenden Pharmaunternehmen erhalten hat?«, fragte einer der Reporter.

»Das ist richtig«, bestätigte Kilian in sachlichem Tonfall. »Wie auch von anderen namhaften Firmen dieser Region. Diese Spendengelder fließen ausnahmslos in einen von mir eingerichteten Fonds zur Förderung junger, innovativer Unternehmen.«

»Waren Ihnen die Machenschaften der Pharmagruppe bekannt?«

»Nein, zu keinem Zeitpunkt! Und ich möchte hier auch ausdrücklich betonen, dass ich dieses Vorgehen in keinster Weise billige oder unterstütze. Ich kann nur hoffen, dass sich so etwas nicht wiederholt.«

»Heißt das, Sie werden das Spendenprogramm weiterhin aufrechterhalten?«

»Es war immer mein erklärtes Ziel, die Wirtschaft dieser Region zu fördern, um mehr Arbeitsplätze zu schaffen und zu sichern. Ohne die Unterstützung finanzkräftiger Geldgeber ist das jedoch nicht zu verwirklichen. Daher sehe ich keinen Anlass, meine Grundsätze über Bord zu werfen. Und ich werde auch weiterhin alle Möglichkeiten ausschöpfen, um dieses Vorhaben weiter …«

Der Bildschirm wurde dunkel. Sven hielt den Aus-Schalter der Fernbedienung noch einen Moment lang gedrückt, ehe er sie wütend auf das Bett schleuderte.

»Man kann nicht immer gewinnen«, sagte Koschny nach einigen Sekunden des Schweigens.

»Ja«, seufzte Sven, »ich weiß. Es ist nur … diese eiskalte Abgezocktheit.«

»Das ist wohl die Grundvoraussetzung in diesem Job.«

»Der Kerl kann froh sein, dass Hees nicht mehr gegen ihn aussagen kann. Wahrscheinlich war er der Einzige, der ihn hätte belasten können.«

»Tja, dass es nicht dazu kommt, ist ja wohl mir zuzuschreiben.«

Sven sah Koschny streng an. »Rede doch keinen Unsinn!«, fauchte er ihn an. »Du hast uns beiden das Leben gerettet. Also hör endlich auf, dir deswegen Vorwürfe zu machen.«

»Schon gut, du brauchst nicht gleich so hochzugehen.«

»Entschuldige. Ist wohl eine alte Gewohnheit.« Er sah zu, wie Koschny die Zeitungen neben seiner Tasche auf dem Boden deponierte. »Was wirst du jetzt machen? … Ich meine, nach dieser Geschichte bist du doch sicher ein gefragter Mann, oder?«

»Ach, weißt du«, meinte Koschny und lehnte sich entspannt zurück, »ich denke, wenn mein Fuß es erlaubt, mache ich erst mal Urlaub. Mir schwebt da eine Insel in Malaysia vor. Irgendwo, wo es keine Zeitungen gibt. Mal sehen, vielleicht auch eine Kreuzfahrt. Ich habe da nämlich eine nette Kollegin, die mir so viel Romantik nicht zutraut. Bin jetzt schon gespannt, wie sie reagiert, wenn ich sie frage, ob sie mitkommen will.«

»Ein ehrgeiziger Kerl wie du, eingesperrt auf einem Kreuzfahrtschiff? Das passt nicht zusammen, da muss ich der Frau recht geben.«

Koschny schwang vorsichtig die Beine über die Bettkante. »Ein wenig Ehrgeiz in Ehren, aber zu viel davon macht einsam.« Er griff nach den Krücken, die neben dem Bett an der Wand lehnten, und stemmte sich hoch. »Komm, lass uns verschwinden. Ich kann's kaum erwarten, von hier wegzukommen. Du hast meinen Wagen doch abgeholt, oder?«

Sven sah ihn betreten an.

»Ich hab dir doch die Schlüssel gegeben, bevor sie mich ins Krankenhaus gebracht haben, und dich gebeten, den Wagen mit zu dir zu nehmen, weißt du nicht mehr?«

»Doch …«, begann Sven zaghaft.

»Aber?« Koschnys Blick wurde hart. »Wo ist mein Mercedes?«

»In der Werkstatt.« Sven flüsterte beinahe.

Koschny sah ihn durchdringend an.

»Na ja«, druckste Sven, »da ich, wie du ja weißt, selbst ein bisschen gehandikapt bin, habe ich einen Kollegen gebeten, deinen Wagen abzuholen. Tja, und der hat wohl einen Moment nicht aufgepasst … Ist nicht weiter schlimm. Nur ein Scheinwerfer und die Stoßstange haben was abgekriegt. Ist wirklich nur ein Kratzer.« Kleinlaut stand er vor dem Bett und wartete auf die Explosion.

Koschny betrachtete ihn emotionslos. »Auf dir liegt nicht zufällig ein Fluch oder so was?«

»Ehrlich, es tut mir leid.«

»Hey, schon gut«, wehrte Koschny ab. »Krieg dich wieder ein. Ist schließlich nur ein Auto, oder?«

Sven atmete erleichtert auf. »Nur ein Auto, genau.«

»Können wir jetzt gehen – egal, zu welchem Auto? Ich will hier raus.«

»Natürlich. Aber macht es dir was aus, schon vorzugehen? Ich ... Ich würde nämlich gerne noch jemanden besuchen.«

Koschny sah ihn verständnislos an. Dann begriff er. »O ja, sicher. Geh nur, ich komme schon klar.«

»Lass deine Sachen einfach hier stehen. Ich bring sie nachher mit.«

»Nein, ist nicht nötig. Ich bitte einen von den Pflegern. Die sind ohnehin froh, wenn sie mich los sind. Hab mich ständig über das Essen beschwert.«

Sven musste grinsen. »Hier sind die Schlüssel. Es ist ein blauer Opel. Das Kennzeichen steht auf dem kleinen Anhänger hier.«

»Ein Dienstwagen«, stellte Koschny fest.

»Ja. Dauert auch nicht lange, versprochen.«

»Nein, lass dir ruhig Zeit. Ich überwache solange den Polizeifunk. Und das hier nimmst du wohl lieber mit.« Er warf Sven den Blumenstrauß zu. »Sie kann bestimmt mehr damit anfangen.«

Seine Handflächen schwitzten, als er auf die Türklinke drückte. Im Gegensatz zu Koschny musste Sandra sich das Zimmer mit zwei anderen Patientinnen teilen. Als er eintrat, war jedoch außer ihr nur eine ältere Frau anwesend. Sie lächelte ihm zu, legte ihre Zeitschrift weg und zog ihren Bademantel über. Sven bedankte sich leise bei ihr, als sie den

Raum verließ. »Hier, für dich«, sagte er und gab Sandra den Blumenstrauß.

»Wie lieb von dir, danke.« Ihr Gesicht hatte wieder Farbe. »Ich bitte nachher die Schwestern um eine Vase.«

»Wie geht es dir?«, fragte Sven und setzte sich an ihr Bett. Neben ihr lag ein aufgeklapptes Taschenbuch.

»Ich bin wieder okay. Der Verband ist ab.« Sie deutete auf ihre Haare, die noch immer eng am Kopf anlagen. »Und morgen werden die Fäden gezogen. Dann kann ich nach Hause.«

»Das ist schön. Ich wäre ja schon früher gekommen …« *Aber ich hatte Angst davor*, schaltete sich ein Gedanke dazwischen. »Aber dieser Fall, an dem wir da gearbeitet haben …«

»Ich weiß«, sagte sie. »Hier im Krankenhaus sprechen sie von nichts anderem. Ständig hört oder liest man etwas darüber. Es heißt, du wärst angeschossen worden.«

»War nicht weiter schlimm«, wiegelte er ab. »Nur die Schulter.« Er achtete nicht auf den pochenden Schmerz, als er den Arm hob, um ihr die Stelle zu zeigen.

Behutsam nahm sie seine Hand. »Ich glaube, was Hofer angeht, muss ich mich bei dir entschuldigen. Du hattest recht mit deinen Behauptungen. Und das alles hat sich direkt vor meiner Nase abgespielt. Ich kann nicht begreifen, wie ich mich so in einem Menschen täuschen konnte.«

»Ich glaube, du hast dich gar nicht so sehr getäuscht«, sagte er und erwiderte ihren sanften Händedruck. Er genoss die Wärme ihrer Berührung. »Hofer ist nur aus Verzweiflung in diese Geschichte hineingeraten. Und ich bin sicher, er wollte vieles wiedergutmachen.«

»Was passiert denn nun mit dem Heim?«

»Ich würde sagen, das hängt davon ab, wie viele der Bewohner nach diesem Vorfall dort bleiben wollen. Und davon, ob sich ein Investor findet, wenn die Staatsanwaltschaft die Untersuchungen abgeschlossen hat.«

»Das dürfte ziemlich lange dauern«, seufzte Sandra.

»Die Menschen vergessen schnell.«

»Ich werde mich wohl nach einer neuen Stelle umsehen müssen. Nach alldem könnte ich auch gar nicht weiter dort arbeiten. Aber das ist jetzt nicht so wichtig. Erzähl mal, was genau ist denn nun eigentlich passiert?«

Er berichtete ihr in aller Ausführlichkeit, was geschehen war. Es tat gut, wieder mit ihr reden zu können, sich ihr zu öffnen, wie er es früher getan hatte. Unbeschwert und ohne Blockaden. »Ich lasse mich aber in drei Monaten noch einmal testen. Sicher ist sicher«, schloss er.

»Meine Güte. Diese Ungewissheit muss schrecklich gewesen sein. Das *alles* muss schrecklich gewesen sein. Unvorstellbar.«

»Ja, aber dadurch habe ich auch wieder begriffen, worauf es ankommt.«

»Das freut mich für dich.« Unvermittelt umarmte sie ihn. Er war so überrascht, dass einige Sekunden vergingen, bevor er die Geste erwiderte. Ihre Berührung kam ihm ungewohnt sanft und distanziert vor. Es war eine Umarmung unter Freunden. Und plötzlich wusste er, dass es vorbei war, spürte, wie er losließ, was er verzweifelt festzuhalten versucht hatte. Er hatte das Gefühl, an einem Bungee-Seil in die Tiefe zu stürzen, und nun war der Punkt der maximalen Dehnung erreicht. Ein Punkt, an dem er schwerelos war, an dem alles stillzustehen schien. Ein Punkt voller Spannung und Erwartung, voller Hoffnung und Sehnsucht. Er hing im luftleeren Raum und wurde dorthin zurückgeschleudert, von wo er gefallen war. Und als sich ihre Umarmung löste und er ihr in die Augen sah, spürte er seit langem wieder festen Boden unter den Füßen.

»Du solltest dich ein bisschen ausruhen«, meinte sie und betrachtete ihn besorgt. »Siehst ziemlich erschöpft aus.«

»Nein, ich habe nur schreckliche Kopfschmerzen. Du hast nicht zufällig ein Aspirin da?«

Sie lachte. »Soll das ein Witz sein? Ich hab so viel, dass es für ein ganzes Jahr reicht.« Sie öffnete die Schublade des Nachtschrankes und reichte ihm einen Tablettenstrang. »Wasser musst du dir allerdings am Waschbecken holen, ich sitze hier gerade auf dem Trockenen. Du kannst das Glas hier nehmen, wenn es dir nichts ausmacht, dass ich es schon benutzt habe.«

»Ich glaube, jetzt machst du Witze.« Sven drückte sich zwei der Pillen auf die Handfläche und ging in das kleine Badezimmer neben der Tür. Er füllte das Glas mit Leitungswasser und führte die Pillen zum Mund, als er plötzlich innehielt. Aufmerksam betrachtete er sein Gesicht im Spiegel, zwang sich, seinem eigenen Blick standzuhalten, während plötzlich Hees' Stimme in seinen Ohren widerhallte: *… Und danach gehen sie dann guten Gewissens nach Hause und schlucken zwei Aspirin gegen ihre Kopfschmerzen. Vermutlich in dem Glauben, das Zeug würde auf den Bäumen wachsen. Moral, Herr Kommissar, kann ziemlich doppelbödig sein …*

Sein Blick fiel auf die beiden Tabletten in seiner Handfläche, und ein unangenehmer Druck machte sich in seinem Magen bemerkbar. Nach einigen Sekunden ließ er die Tabletten schließlich ins Waschbecken fallen und spülte sie hinunter. Dann machte er das Licht aus und ging zurück zu Sandras Bett. »Ich muss los«, sagte er. »Koschny wartet unten auf mich. Heute fahre ich zur Abwechslung mal *ihn*.«

»Bitte bedanke dich in meinem Namen bei ihm dafür, dass er dich da rausgeholt hat.«

»Mach ich, ganz bestimmt.« Er drückte ihr noch einmal die Hand. »Ruf mich an, wenn du hier raus bist. Dann lade ich dich zum Essen ein, und wir können über alles reden. Ich weiß jetzt nämlich wieder, wie das geht.« Er ging zur Tür und drehte sich nochmals zu ihr um. »Lass von dir hören, okay?«

Sie nickte. »Mach's gut«, rief sie ihm nach, als er das Zimmer verließ.

Sven blieb noch einen Augenblick vor dem Zimmer stehen, bevor er den Flur hinunterging. Als sich die Tür des Fahrstuhls öffnete, kam sie ihm vor wie das Tor zu einem Neuanfang.

Forscher enträtseln natürliche HIV-Immunität

Eine Ansteckung mit dem HI-Virus bedeutet für die allermeisten Menschen, dass sie ohne eine Therapie an Aids erkranken. Ein kleiner Teil aber ist immun gegen die Infektion. Jetzt haben Forscher den dahinterstehenden Mechanismus enträtselt – und hoffen, endlich einen wirksamen Impfstoff zu finden. Die Wissenschaftler haben herausgefunden, warum Menschen mit einer bestimmten Genvariante immun gegen eine HIV-Infektion sind. Und diese Erkenntnis könnte ein weiterer wichtiger Fortschritt auf der Suche nach einem Impfstoff sein.

Offenbar – und das ist die neue Entdeckung der Wissenschaftler – besitzen diese Personen eine weitaus höhere Anzahl an sogenannten T-Killerzellen. Bei diesen Zellen ist die Fähigkeit, sich an eine HIV-infizierte Zelle zu binden, deutlich verbessert. Die Medaille hat aber auch eine Kehrseite: Diese Menschen sind anfälliger für Autoimmunerkrankungen, weil sich ihre T-Zellen auch gern an körpereigene Proteine binden und somit eine Reaktion gegen den eigenen Organismus auslösen. Dennoch stellen die Ergebnisse einen wichtigen Erfolg im Kampf gegen Aids dar, schreiben die Wissenschaftler.

Spiegel Online/06. 05. 2010

Kinderporno-Ring aufgedeckt

Frankfurt (eigener Bericht) – Bei einer groß angelegten Durchsuchungsaktion mehrerer Häuser und Wohnungen in der Frankfurter Innenstadt ging der Polizei am Donnerstagnachmittag eine Bande skrupelloser Kinderschänder ins Netz. Schon seit Wochen observierten die Beamten einer eigens zu diesem Zweck gegründeten Sonderkommission die verdächtigen Männer im Alter zwischen 25 und 38 Jahren. Eine Internetadresse, über die die Verdächtigen ihr Material zum Kauf anboten, brachte die Fahnder auf die Spur der Gruppe. Neben unzähligen Fotos, Magazinen und Internetdateien fand die Polizei auch mehrere Videokassetten. Unter anderem sind darauf Aufnahmen von zwei Mädchen im Alter von sechs und acht Jahren zu sehen, deren Leichen vor zwei Jahren in einem Waldstück in der Nähe von Koblenz gefunden worden waren. Nun scheint festzustehen, dass die Mädchen Opfer der fünf Beschuldigten sind. Einer von ihnen soll bereits ein Teilgeständnis abgelegt haben. Die Beamten prüfen, ob sich unter dem Bildmaterial noch weitere Opfer bislang ungeklärter Verbrechen finden. Auch die Koblenzer Staatsanwaltschaft hat bereits eine Wiederaufnahme des Falles angekündigt.

Rhein-Mosel-Kurier

Danksagung

Auch diesmal habe ich einer Menge Menschen zu danken, die an der Entstehung dieses Buches beteiligt waren und denen ich hiermit meine höchste Anerkennung ausspreche.

Mein größter Dank gilt meiner Frau Doris, die meine Launen ertragen muss, wenn es mal nicht so läuft, wie ich es gerne hätte. Ich weiß, ich kann an solchen Tagen unausstehlich sein. Das hält Dich aber nicht davon ab, weiterhin der liebenswerte Mensch zu sein, der Du bist und der es neben alldem auch noch schafft, mir den Rücken frei zu halten. Worte allein reichen da nicht aus, um Dir meine Dankbarkeit auszudrücken.

Auch danke ich meinem Agenten, Dr. Harry Olechnowitz, für seine wertvollen Tipps und seine fachliche Unterstützung. Ich kann nur jedem angehenden Schriftsteller raten, sich schnellstens seine Anschrift zu besorgen!

Ich danke allen Mitarbeitern und Mitarbeiterinnen des Goldmann Verlags, die mit ihrer Arbeit dafür sorgen, dass meine Manuskripte zu Büchern werden. Ich werde weiterhin mein Bestes tun, um das in mich gesetzte Vertrauen zu bestätigen.

Doris Hübner, Dirk Jakob und Melanie Schäfer spreche ich meinen tiefsten Dank aus, da sie bereits in der Entstehungsphase meiner Manuskripte als Testleser herhalten müssen. Euer Lob und eure Kritik spornen mich an!

Mein ganz spezieller Dank gilt den Betreibern der immer zahlreicher werdenden Bücher-Blogs im Internet, die mit Leidenschaft Bücher lesen, bewerten und sie somit anderen weitervermitteln. Was wären wir Autoren ohne Leser wie euch? Stellvertretend für alle möchte ich ein paar dieser Blogs hervorheben, die mir besonders ans Herz gewachsen sind:

Kossis Welt – Nicht nur eine charmante und sachkundige Bloggerin, sondern auch gleichzeitig eine Kollegin, auf deren Seiten es noch viel mehr zu entdecken gibt als nur Bücher.

Daves Buchwelt – Hallo, David! Ich hoffe, das sehnsüchtige Warten auf mein zweites Buch hat sich für Dich gelohnt!

Lovely's Leseleben – Zwei äußerst hartgesottene und liebevolle Anhängerinnen der Thrillerliteratur. In meinem nächsten Buch wird es wieder härter zur Sache gehen, versprochen!

Papiertourist – Tolle, sachkundige Videos zu allen Sparten von Büchern. Und die geilsten Intros überhaupt!

Elements of Crime – Rezensionen, Interviews und jede Menge gute Thriller!

Natürlich gilt mein Dank auch dieses Mal wieder Ihnen, dem Leser. Ohne Sie wären meine Bücher nur bedrucktes Papier. Erst durch Ihre Fantasie werden meine Geschichten lebendig. Auch war ich überwältigt von den vielen positiven und zum Teil überschwänglichen Zuschriften, die ich zu meinem ersten Buch, »Stigma«, erhalten habe. Daher bedanke ich mich ganz herzlich bei allen, die mir geschrieben haben. Autoren sind süchtig nach Feedback, daher scheuen Sie sich nicht, dies auch weiterhin unter *info@michaelhuebner.de* zu tun, oder besuchen Sie mich auf *Facebook* oder *wer-kennt-wen.de.*

Michael Hübner
Dezember 2011